U0133891

〔英〕温斯顿·丘吉尔

二战回忆录

法国的沦陷

〔英〕温斯顿·丘吉尔◎著
蔡 亮◎译

吉林出版集团股份有限公司 | 全国百佳图书出版单位

图书在版编目（CIP）数据

法国的沦陷 /（英）温斯顿・丘吉尔著；蔡亮译
. -- 长春：吉林出版集团股份有限公司，2023.7
（二战回忆录）
ISBN 978-7-5581-7128-4

Ⅰ．①法… Ⅱ．①温… ②蔡… Ⅲ．①丘吉尔（Churchill，Winston Leonard Spencer 1874-1965）—回忆录②第二次世界大战—史料 Ⅳ．① K835.167=5 ② K152

中国版本图书馆 CIP 数据核字（2022）第 005054 号

审图号：GS（2021）134 号

二战回忆录

FAGUO DE LUNXIAN

法国的沦陷

著　　者：〔英〕温斯顿・丘吉尔
译　　者：蔡　亮
出版策划：崔文辉
项目统筹：郝秋月
责任编辑：王　妍
出　　版：吉林出版集团股份有限公司（www.jlpg.cn）
（长春市福祉大路 5788 号，邮政编码：130118）
发　　行：吉林出版集团译文图书经营有限公司
（http：//shop34896900.taobao.com）
电　　话：总编办 0431-81629909　　营销部 0431-81629880/81629900
印　　刷：三河市兴国印务有限公司
开　　本：720mm × 1000mm　1/16
印　　张：26
字　　数：380 千字
版　　次：2023 年 7 月第 1 版
印　　次：2023 年 7 月第 1 次印刷
书　　号：ISBN 978-7-5581-7128-4
定　　价：70.00 元

印装错误请与承印厂联系　　电话：0316-7151807

致　谢

我应该再次感谢丹尼斯·凯利先生、伍德先生、迪金上校、艾伦海军准将、陆军中将亨利·博纳尔爵士、爱德华·马什爵士。我之前的各卷就是在他们的帮助下完成的。我也要感谢其他许多审阅过原稿并且提出了意见的人。

在本书的写作中，伊斯梅勋爵和其他朋友依然给了我帮助。

我能将某些官方文件的原文复制在本书中，有赖于英王陛下的同意，我再次表示感谢。按法律规定，这类文件的王家版权属于英王陛下政府文书局局长。本书所刊载的某些电文，考虑到保密的因素，应英王陛下的要求，由我根据原来的意思加以改动，但是并没有改变原来的意思。

温斯顿·斯宾塞·丘吉尔

序　　言[1]

我于本卷所涉及的时期肩负重任。那时，我既是首相，又是国防大臣、第一财政大臣和下院领袖。在最开始的四十天之后，德国不断地获得胜利，意大利又对我们发起致命的攻击，而我们只能孤军奋战。而当时敌对的中立国家——苏联，正在为希特勒积极提供援助，此外还有一个不能确定的威胁——日本。

然而，英国战时内阁忠诚而认真地处理了英王陛下的国家事务。不仅如此，由于有议会、英联邦、英国各地政府和人民的支持，战时内阁将所有任务都完成了，并且将敌人打败。

温斯顿·斯宾塞·丘吉尔

写于肯特郡威斯特罕的恰特威尔庄园

1949 年 1 月 1 日

---

① 本册及下册《单独作战》在英文原版中同属一卷。——译注

目　　录

在无视战争威胁的人们具备了一半的抵御能力之前，

英国人民浴血奋战，守卫阵地。

第一章　全国政党联合

开端和结局——英国人民为共同事业所做出的巨大努力——在整个战役中英国投入的部队数量——载入史册的人数——皇家海军的功绩——美国和英国的投弹量——美国给予的援助及对战局的有利影响——组建新内阁——保守党对张伯伦先生的忠诚——对下院的领导——异端说法被及时压制——我在5月11日写给张伯伦阁下的信——独特的体会——战争白热化阶段组建政府——新同僚：克莱门特·艾特利、阿瑟·格林伍德、阿齐博尔德·辛克莱、欧内斯特·贝汶、马克思·彼佛布鲁特——小型战时内阁——5月10日至5月16日，组建政府的几个阶段——离题浅谈权力——新作战指挥机构重视实际而不是表面——三军大臣职责转换——极少数人拥有战争指挥权——我自己的方法——指示要被写下来——伊斯梅将军——我和参谋长委员会负责人之间的关系——爱德华·布瑞奇斯爵士——战时内阁给予的信任及帮助——国防部办公室——办公室成员：伊斯梅、霍利斯和雅克布——五年内未做变更——参谋长委员会的稳定——除一人去世外，自1941年至1945年，没有任何变动——在最高层，政客和军人之间的关系亲密无间——私人通信——我和罗斯福总统的关系——5月15日我向总统拍发的电报——“鲜血、劳作、眼泪和汗水”

终于，战争的狂风暴雨席卷而来了，这场长期聚集的、蓄势已久的大战，在爆发之初，就让四五百万人兵戎相见。这样惨烈的战争，这么庞大的数字，在以往的战争中是绝无仅有的。法国战线在不到一周的时间内就被彻底摧毁，在上次大战和这次战争的初期，我们已经习惯躲避在法国战线后面度日。久负盛名的法国陆军在不到三周的时间内，摧枯拉朽般一败涂地，土崩瓦解。英国的陆军不得不在海上仓促应战，结果却是丢盔弃甲，溃不成军，装备辎重损失殆尽。不到六周的时间，英国就变得孤立无援，德国和意大利的军队紧紧地扼住了我们的咽喉，几乎解除了我们的武装。不仅英国如此，整个欧洲都被希特勒玩弄在"魔掌"之中，远在东方的日本正在坐山观虎斗。在国家生死存亡的紧要关头，我临危受命，出任首相和国防大臣一职，并决定组建一个包括各政党在内的战时内阁，以便集合一切可以集合的力量，以最符合国家利益的方式，为英国王室处理国内外事务。

差不多是在五年之后，意大利被击败，墨索里尼被杀；德国宣布无条件投降，希特勒被证实已自杀，我们的前途才光明起来。除了这些，艾森豪威尔将军还俘获了大量的德军。与此同时，在二十四小时之内，亚历山大元帅和蒙哥马利元帅分别在意大利和德国一共俘获了德军三百万之众。法国被解放了，经过一番休整，重新振作起来。我们携同我们的盟友——当时世界上强大的两个帝国，很快击溃了日本的抵抗。这一转折值得人民铭记。这五年的道路是漫长的、艰辛的，充满危险的。为这条道路披荆斩棘、奉献生命的人们并没有白白牺牲。那些有幸踏上胜利坦途的人们，将永远因自己曾为之奋斗过的事业而感到骄傲。

* * *

在说明我做的工作和著名的联合政府的成立经过之前，我首先要做一个表格（见下表），来体现愈是危险，愈是能紧密团结的大不列颠人民和政府，为多国家、多民族的共同事业而做出的努力和巨大贡献。我这样做的目的并不是想和我们的盟友——美国，做任何毫无意义的比较或者无聊的比试高低；对于美国给予的援助，我们是心存感激的。但是英国在二战中做出的巨大努力和贡献，同样应该被其他人了解和铭记，这也符合英语世界的共同利益。我做的这个表格涉及整个战争阶段，不仅囊括了欧洲和非洲战区，也包括亚洲战区。从表格中可以看出，直到 1944 年秋，美国军队登陆诺曼底以前，英国对敌作战的兵力都远远超过了美国。虽然在太平洋战区和大洋洲战区，我们的兵力从未超过美国，但是依然可以这样说，英国一直都有权利作为一个平等的盟友，同时也是一个最主要的盟友与美国平分秋色。从 1944 年 7 月开始，美国投入的总兵力才开始超过英国，并且不断增多，捷报连连，直到十个月后取得最后的胜利。

对敌作战的陆军部队（按部队兵力计算的师数）

	英国			美国		
	西方战区	东方战区	总计	西方战区	东方战区	总计
1940 年 1 月 1 日	$5\,^1/_3$	—	$5\,^1/_3$①	—	—	—
1940 年 7 月 1 日	6	—	6	—	—	—
1941 年 1 月 1 日	$10\,^1/_3$	—	$10\,^1/_3$②	—	—	—
1941 年 7 月 1 日	13	—	13③	—	—	—
1942 年 1 月 1 日	$7\,^2/_3$	7	$14\,^2/_3$	—	$2\,^2/_3$	$2\,^2/_3$
1942 年 7 月 1 日	10	$4\,^2/_3$	$14\,^2/_3$	—	$8\,^1/_3$	$8\,^1/_3$

① 英国的驻法远征军。

② 不包括驻在阿比西尼亚的游击队。

③ 不包括菲律宾的军队。

东方战区和西方战区的分界线被一条通过卡拉奇的南北线分割开来。

战场不包括以下地区：

印度西北边境、直布罗陀、西非、冰岛、夏威夷、巴勒斯坦、伊拉克、叙利亚（1941 年 7 月 1 日除外）。

马耳他岛作为作战地区，阿拉斯加从 1942 年 1 月到 1943 年 7 月也作为作战地区。

自由法国人、波兰人和捷克人作为外国分遣队不包括在内。

续表

	英国			美国		
	西方战区	东方战区	总计	西方战区	东方战区	总计
1943 年 1 月 1 日	10 1/3	8 2/3	19	5	10	15
1943 年 7 月 1 日	16 2/3	7 2/3	24 1/3	10	12 1/3	22 1/3
1944 年 1 月 1 日	11 1/3	12 1/3	23 2/3	6 2/3	9 1/3	16
1944 年 7 月 1 日	11 1/3	16	27 1/3	25	17	42
1945 年 1 月 1 日	30 1/3	18 2/3	49	55 2/3	23 1/3	79

从民众和政府人员的伤亡数字方面做比较，英国也远高于我们的同盟国。在整个战役中，英国本土士兵死亡总人数超过三十万三千二百四十人，其中包括军人的阵亡数、失踪数和被认为已死亡的人数；加上在印度和各殖民地战死的十万九千名士兵，总共是四十一万二千二百四十人。除了士兵的死亡外，在英国本土还有六万零五百名民众死于空袭，以及三万名商船船员和渔民死于海战。与英国相比，美国的伤亡主要集中在空军、陆军、海军和海军陆战队士兵上，共计三十二万二千一百八十八人。① 我坚信，我列举的这些数字，以及英美人民用鲜血换来的平等的盟友关系，将获得英语国家人们的肯定，并激励他们向前进。

在太平洋方面，美国肩负着全部的作战任务。1942 年，美国在中途岛海域、瓜达尔卡纳尔岛海域、珊瑚岛海域进行了多次决定性的战役，在辽阔的太平洋地区获得了绝对的主动权，清除了袭击日本的一切障碍，并最终攻击了日本本土。美国将主要兵力集中在太平洋区域，就无暇分兵到大西洋和地中海区域，这些区域的作战任务主要由英国来承担，以下事实就充分说明这一点。在欧洲战区、大西洋和印度洋海域击沉的总共八百六十六艘德国和意大利潜艇中，其中有五百九十四艘是英国海军和空军独立击毁的。除此之外，英军还摧毁了德军全部战舰、巡洋舰和驱逐舰队，

① 艾森豪威尔：《欧洲十字军》，第一页。——原注

意大利整只舰队也是被英军击溃并俘获的。下面是英军和美军击毁潜艇数对照表：

敌方潜艇损失数

击毁者	德国	意大利	日本
英军	525	69	9 ¹/₂
美军	174	5	110 ¹/₂
其他原因	82	11	10
共计	781	85	130
总计 996			

注：表中的“英军”和“美军”除了本国部队外，还包括其指挥的同盟国部队。表中的 ¹/₂ 表示该潜艇由英美共同击毁，这样被击毁的潜艇还有很多，在德国那一栏中凑成了整数。

在空战方面，美国空军也做出了贡献，尤其是他们的“空中堡垒”轰炸机。珍珠港事件刚一发生，美国就投入了大量该类战机，在白天对日本和德国进行轮番轰炸，投下了大量炸弹。直到 1943 年 1 月，英军到达卡萨布兰卡之后，美国才停止对德国的轰炸。此后，无论是白天还是黑夜，美军再也没有对德国投下一枚炸弹，以上都是事实。显然，美国对日德进行大肆轰炸后，取得了非常巨大的成果。不过，需要指出的是，在 1943 年底前，英国在德国的投弹量，无论是白天还是黑夜，跟美国相比都是按八吨比一吨的量计算。直到 1944 年春，美国的投弹量才超越了英国。也就是说，无论是空军、陆军还是海军，英国都是从二战之初就参与其中，并积极地做着努力，直到 1944 年，美国才后来者居上超过了我们。

还有一点必须要提及，自 1941 年 1 月“租借法案”生效之日起，美国便开始了对英国的援助，我们的军用物资得以增加百分之二十以上。有了美国给予的物资和武器，英国四千八百万同胞拥有了五千八百万人的战斗力。这些物资的运输全部得益于“自由”号轮船的大量生产，有了它们，这些物资才得以穿越大西洋，源源不断地运到英国来。因此，在整个战争期间，英美双方货船的损失，也可以做一个佐证，下面的数字同样值得人们铭记：

国家	损失货物的量（吨）	百分比
英国	11，357，000	54
美国	3，334，000	16
其他国家（非战争因素）	6，503，000	30
总计	21，194，000	100

以上的损失有百分之八十在大西洋，主要是英国沿海和北海，只有百分之五是在太平洋。

我所列举的全部事实，并不是向世界人民邀功，而是希望人们能站在一个公平的角度，去看待这个小岛在世界的危急关头，在战争的各个方面，义无反顾地做出了多么巨大的贡献。

* * *

在战争年代，人们一致对外的责任感要高于和平时期，因此组建一个内阁，尤其是联合内阁，要比和平时期容易得多。只要和其他政党的领袖达成共识，我下达的委任，其他党派人员都会像上阵的士兵一样，立即就任，没有任何异议。联合政府建立之初，我与各党派的许多人士都有过接触，在我看来，这些人中大部分都没有私心，有些人虽心存疑虑，但也是为公考虑。这样无私的精神在许多保守党和自由党的官员身上表现尤为突出，他们不得不放弃自己现有的事业，抛弃自己感兴趣的工作，投入到联合政府的建立中，有些人甚至一生都没有回归到以前的工作中去。

保守党的席位在下院中是最多的，要比所有政党的席位加起来还要多一百二十多个。而保守党心目中的领袖是张伯伦先生，我却取而代之，这一定让他们中的很多人感到不愉快。大家都知道，我的一生几乎都是在与保守党的摩擦中度过的，我曾对他们进行过多年的批评，有些甚至是严厉的谴责。在作为财政大臣期间，我曾就自由贸易问题与他们针锋相对。后来的许多年中，在关于对印度的外交政策和作战方针方面，我是他们的主要对手。接受我成为首相，对他们来说是相当困难的一件事情，他们中的一些骨干甚至感到痛心疾首。保守党人有一个最大的特点，那就是他们绝对忠于他们所推选的领袖。在战前的几年中，他们在履行国家赋予的责任方面存在着许多问题，也是由于他们对所选领袖的绝对忠诚导致的。不过，他们的愚忠并不能让我感到一丝忧虑，因为我知道，在大炮的轰隆声中，他们会跟我团结在一起。

一开始，我希望张伯伦先生能够就任下院领袖和联合政府首相一职，张先生也表示同意，只是这件事并没有公开宣布。后来我的助手艾德礼先生告诉我，如果这样安排，那么工党的工作将不容易开展。就任首相一职的人，必须是联合政府内所有人都接受的。我将这些情况告诉了张先生，他非常爽快地表示愿意由我来就任首相一职。直到 1942 年 2 月，在我任职期间，艾德礼先生是我的副手。考虑到他在反对党中积累的大量经验，我决定将全部日常事务交给他，我只有在棘手的事情出现时（这样的情况是经常会发生的）才出面解决。保守党人认为，张伯伦先生被忽视了。5 月 13 日，当他以落选的身份第一次进入下院时，保守党派所有成员——下院的大部分人都纷纷起立为他鼓掌，对他表示惋惜和鼓励，可见他们所有人都非常敬重张伯伦先生。而在我就任的几个星期里，只有工党的人为我鼓掌。不过，张伯伦先生是忠于我和支持我的，因此我对自己充满了信心。

在联合政府成立之初，一些工作认真、办事积极的工党成员和其他人员没有被吸纳到新政府中，这些人给我施加了很大的压力。他们认为，那些对《慕尼黑协定》的签署负责的人和战前没有积极备战的人是“卖国贼”，应该被请出联合政府。哈利法克斯勋爵、西蒙勋爵和塞缪尔·霍尔先生是主要的攻击目标。这些人都是爱国人士，而且他们都精于自己的本职工作，并积累了大量的经验。如果任由这些爱好批评的人继续口诛笔伐下去，那么保守党中至少三分之一的大臣将被撤职。考虑到张伯伦先生是保守党的领袖，显而易见，联合政府的团结性将受到破坏。虽然于道义上，有许多人应当受到牵涉，但是这些罪责不应当由这些人中的任何一方来承担，因为这都是由于当时的政府造成的。这些言论有许多，我轻易就能列举出很多条。工党大臣，包括许多的自由党大臣都曾发表过这样的言论，也有好多这样的投票记录，后来的事实证明这些言论和投票记录都是愚蠢至极的。我认为我有责任将这些分裂言论扼杀在萌芽之中。在几周后我说：“如果用现在裁判过去，那么我们将错失将来。”我的论点和当时的局势，制止了分裂言论的继续产生。

* * *

5 月 11 日一早，我给张伯伦先生写了一封信。为了避免在战争期间发生不必要的小麻烦，我写道：“一个月之内，还是不要变动住处比较好。”我继续居住在海军大楼，楼下的地图室和几间比较好的房间用作临时指挥部。我还将我与艾德礼的谈话和组建新政府的进程写进了信里：“考虑到当前的作战形势，我希望今晚就能为英王将战时内阁和后勤保障部组建起来。考虑到我们二人要时刻在一起工作，我希望你能再次搬回你的故居，也就是我们都很熟悉的 11 号公寓，[①] 希望这样的决定不会给你带来不便。”

> 由于陆军和其他作战单位正在有序地按照计划进行战斗，我决定取消今天的内阁会议。不过，我还是希望你和爱德华（哈利法克斯勋爵）能在正午十二点三十分，到海军部作战指挥室来，我们可以共同研究地图，并交流下意见。如果你能来，我将非常高兴。
>
> 英法同盟军的先头部队已经到达安特卫普—那穆尔一带，这条战线在遭受攻击前，必须牢固地掌握在盟军的手中，对战线的加固

① 财政大臣一般都居住在唐宁街的这所房子里。——原注

必须在四十八小时内完成，这一点非常重要。德军还没有攻破艾伯特运河防线，报告称比利时人的防守做得很好。荷兰人在防守上做得也不错。

*　　*　　*

我将全部的心思都扑在战争上，埋首研究战争的走向，却对这场战争无能为力。我既要忙于组建政府，又要会见客人，同时我还要调节各政党之间的关系。我不知道我当时是怎么挺过来的，我的记录里也没有相关的记载。总之，在最初的这几天里，我的经历是奇特的。当时的英国政府，被英王任命的大臣有六七十位之多，我的任务就是将这些大臣像拼图一样合理安置，同时还要兼顾各政党的意愿。我除了要会见各党派选举出来的担任要职的优秀人物之外，我也必须会见其他的重要人物。在分配职务时，我必须充分考虑到各党派领袖的意愿，以完成职务的分配。如果某个职位我有更好的人选，但是由于其他党派领袖有异议，或者抛开这个异议不说，最终这个人落选了，我也无能为力。不过以上的难题只是少数情况，总体来说还是一切顺利的。

比如说克莱门特·艾德礼，这个长期在下院工作、战斗经验又颇丰的同僚，就给了我很大的帮助。我和他虽然在对社会主义的看法上存在分歧，但是在战争和国家利益面前，我们紧密团结在了一起。我们融洽的关系和彼此信任的情谊一直贯穿整个联合政府时期。阿瑟·格林伍德顾问的胆识也对我帮助甚多。

我建议阿齐博尔德·辛克莱爵士担任空军大臣一职，但这受到了一定的阻力。辛克莱爵士是自由党选举的正式领袖，他们希望自己的领导者能在战时内阁有一席之地。不过这与小型战时内阁的原则是相左的。辛克莱爵士是我的好朋友，1916 年我在普罗格斯提特（普拉格街）指挥皇家第六火枪团时，他还担任过我的副指挥。他本人也愿意接受空军大臣一职，因此经过一番磋商，这个问题最终圆满解决了。我的解决方法是，当联合政府内部出现重大政治问题和党派分歧时，他便准许加入战时内阁。

我和贝文先生私交不深。在战争之初，我帮陆军部解决拖网船供应不足的问题时，第一次与他会面。他是运输和工人工会的书记，在战时内阁中他将出任劳工大臣这一非常重要的职位。在这之前，他需要和工会的工人们进行协商，这花费了他两到三天的时间。不过这非常值得，因为这个全英国最大的工会一致同意他出任该职，并在长达五年的时间里一直拥护他，直到战争胜利。

将飞机的供应和设计工作从空军部划分出来是我遇到的最大困难。根据上次大战的经验，我决定让彼佛布鲁克爵士就任飞机制造大臣一职，我相信他在这方面能够做出卓越的贡献。但是，他似乎并不想担任这一职位，空军部显然也不想将飞机供应这部分责任划分出去。此外还有其他因素阻碍他出任该职。但是，我确定战争的成败关键在于新式飞机能否源源不断地生产，而彼佛布鲁克爵士旺盛的精力和蓬勃的生气正是这个部门所需要的，因此我坚持了自己的意见。

战时内阁的成员不能过多，因为会议讨论和各媒体对它做了限制。因此，在组阁之初，我们只有五个成员，且只有外交大臣能掌管一个部门。这个部门云集的都是当时各政党主要的政治家。战时内阁的主要责任由这五位大臣承担，不过为了便于事务的开展，财政大臣和自由党领袖是必须要出席的；渐渐地，“必须出席”的人就多了起来。因为，一旦战争失败，被送到伦敦塔山[①] 斩首的也只是我们五个人。其他人由于不是国家政策的制定者，顶多被判一个失职罪。政策的制定是由首脑来完成的，因此除了我们五个人，他们所有人都可以说：“这件或那件事不在我的职责范围内。”基于这一点，许多人打消了疑虑，加入了我们。

以下是联合政府在大战期间日渐形成的几个阶段。

① 在中世纪，伦敦塔山是英国囚禁和处决囚犯的地方。——译注

1940 年 5 月 11 日

战时内阁

职务	姓名	党派
首相兼第一财政大臣		
国防大臣及下院领袖	丘吉尔先生 ⋆	保守党
枢密院长	内维尔 · 张伯伦先生 ⋆	保守党
掌玺大臣	C.R. 艾德礼先生	工　党
外交大臣	哈利法克斯勋爵 ⋆	保守党
不管部部长	阿瑟 · 格林伍德先生	工　党

内阁大臣

职务	姓名	党派
海军大臣	A.V. 亚历山大先生	工　党
陆军大臣	安东尼 · 艾登先生 ⋆	保守党
空军大臣	阿齐博尔德 · 辛克莱爵士	自由党

5 月 12 日

职务	姓名	党派
大法官	约翰 · 西蒙爵士 ⋆	
	（后为西蒙勋爵）	国家自由党
财政大臣	金斯利 · 伍德爵士 ⋆	保守党
内阁大臣兼国内安全大臣	约翰 · 安德森爵士 ⋆	无党派人士
殖民地事务大臣	劳埃德勋爵	保守党
贸易大臣	安德鲁 · 邓肯爵士	无党派人士
军需大臣	赫伯特 · 莫里森先生	工　党
新闻大臣	艾尔佛雷德 · 达夫 · 库伯先生	保守党

5 月 13 日

职务	姓名	党派
印度与缅甸事务大臣	L.S. 埃默德先生	保守党
卫生大臣	马尔科姆 · 麦克唐纳先生	国家工党
劳工与兵役大臣	欧内斯特 · 贝文先生	工　党

粮食大臣	伍尔顿勋爵★	无党派人士

5月14日

自治领事务大臣兼上院领袖	考尔德科特子爵★	保守党
苏格兰事务大臣	欧内斯特·布朗先生	国家自由党
飞机制造大臣	彼佛布鲁克勋爵	保守党
教育委员会主席	赫·拉姆斯伯瑟姆先生★	保守党
农业大臣	罗伯特·赫德森先生★	保守党
运输大臣	约翰·里斯爵士★	无党派人士
海运大臣	罗纳德·克洛斯先生★	保守党
经济作战大臣	休·道尔顿先生	工　党
兰开斯特公爵郡大臣	海基勋爵★	无党派人士

5月15日

年金及国民保险大臣	W.J. 沃莫斯利爵士★	保守党
邮政大臣	W.S. 墨利逊先生★	保守党
主计大臣	克莱勃恩勋爵	保守党
检察总长	唐纳德·萨莫维尔★（王室顾问）	保守党
苏格兰检察总长	T.M. 库伯先生★（王室顾问）	保守党
副检察总长	威廉·乔伊特爵士★（王室顾问）	工　党
苏格兰副检察总长	J.S.C. 里德先生★（王室顾问）	保守党

★上届政府人员

在我长期的从政生涯中，我担任过的所有重大职务中，我承认现在这个职务是我最喜欢的。执掌权力既能鱼肉人民，增加个人名利，但这样做被认为是卑鄙的；也能在国家危难之际自由制定政令，这对于执政者来说却是一件幸事。在任何活动中，二号、三号和四号的职位都无法和首脑的职位相比。在解决问题时，副手的职位在诸多方面都是比较尴尬和困难的。

二号或三号的不幸在于，当他必须提出解决重大问题的意见和政策时，他不得不考虑自己的意见是否与政策相左，领导是否同意；不得不考虑应该提何种建议，怎样让意见付诸实施，怎样得到人们的支持。此外，二号和三号还要考虑四号、五号、六号的意见，甚至是二十号——内阁外某个头面人物的意见。每个人都有雄心壮志，每个人都希望依靠权力达到目的，这种目的不一定是庸俗的。况且，副手们提出的观点也可能是好的，有道理的。我就有过这样切身的体会，那是1915年，在达达尼尔海峡，当时作为下级的我想发动一场大的作战行动，当然我的计划以彻底失败告终，我也因此吃了大亏。事实证明我的行为是多么不明智，这一教训改变了我的性格。

在权力的顶端，问题就会被大大简化。一个被众人选举出来的领导只需考虑怎样做最好，那么他就可以怎样做。人们给予领导的忠心是无法衡量的。他若跌倒，人们会将他扶起；他若犯错，人们便将错误掩盖；他如果睡着了，不会有人轻易打扰他。他若不称职，也会被换下，不过，这种极端措施不会天天被采用，尤其是在他刚刚当选的日子里。

* * *

战争让战争指挥系统变得更加务实而非停留在表面。和过去一样，现有的组织照常运作，没有做任何人员调整，在组阁初期，内阁成员还是要每天和参谋长委员会人员会面。而我，在英王的批准下就任国防大臣一职，我的权限也没有凌驾于法律和宪法之上。拿破仑说：“宪法应该是简短而概括的。”出于谨慎考虑，我并没有规定自己具体的职责范畴，我也并没有向国王要求什么特权。不过，在战时内阁和下院的支持下，大家默认由我来全面指挥战争。我就任首相兼国防大臣一职后，有一点关键性的改变，那就是没有人给我划定一个明确的权限，因此我享有这两个职务共有的一切权力：我除了能够监督和主持参谋长委员会的工作外，还拥有任免一切相关人员和政务要员的极端广泛的权力。这样，参谋长委员会在经过每日与政府首脑的日常会见，并与他达成共识后，第一次获得了恰当的地位，取得了战争和武装部队的指挥权。

海陆空三军大臣在战时内阁成立后受到了很大影响，他们都不是内阁成员，都不参加参谋长委员会的会议，虽然他们仍然对本部门负责，但是并不参与战略方针的制定和每日作战任务的部署。这三个部门虽然在形式上依旧，但地位已不如从前。不过这是得到战时内阁认可的，因为这些工作已由参谋长委员会和首相接管。三军大臣都是我的朋友，他们可靠又能干，办事务实不务虚，是我精心挑选出来的。在管理日益壮大的部队时，他们办事爽快、注重实际的工作风格给了大家很多帮助。他们是国防委员会的成员，又经常和我接触，因此对战局有很全面的了解。各军参谋长是他们的直属部下，对他们知无不言，尊重有加。不过，作战必须有总指挥，这是大家的共识，我们之间从来没有发生过僭越这种事情，大家可以畅所欲言，不过战争的最终指导权还是掌握在少数人手中。这在过去是件困难的事情，不过现在却简单得多。当然希特勒不会这么做。尽管战局动荡不堪，尽管未来困难重重，但我们众志成城，脚步一致，所有的工作都能够快速有序地进行，似乎这个机构有生命一般。

*　　*　　*

虽然此时海峡彼岸激战正酣，好多读者迫切想知道战况如何，但是我还是觉得先将我从就职之初就制定并遵循的处理军事和其他事务的原则说明一下比较妥当。我是处理事务要用书面文件形式的坚决拥护者。虽然书面文件在事后检查起来会出现与当时状况不相符，或脱离当时的实际情况，但我依然甘冒风险这样做。我认为除了有关军纪的事情外，发布命令的形式没有提出自己的意见或发表自己的看法妥当。显然，书面文件的形式能对于法定政府高官及国防大员发布的指示起到相当大的作用，那就是看似并非命令，却往往能够得到执行。

为了防止我的名字被轻易使用，我在7月份的紧急时期做了以下声明：

首相致伊斯梅将军、国家总参谋长和爱德华·布瑞奇斯爵士

1940年7月19日

为了便于理解，我做出的一切指示都用书面形式，或在事后立即追加。在国防问题上，我只对书面形式发布的决议负责，其他的则与我无关。

我每天早上八点起床，在阅读完所有电报后，就在床上口述大量的指示和备忘录给各部门及参谋长委员会。这些指示在口述之后会被打印出来，然后立即交给伊斯梅将军，他是我的内阁副秘书（军事方面）兼参谋长委员会的代表，他每天早上都会来见我。参谋长委员会在上午十点三十分开会前，他会带过去大量的书面指示。在讨论当下形势时，委员会成员会充分考虑我的意见。这样，在下午三点到五点之间，除了一些难题需要进一步讨论之外，一系列由我发布的或由参谋长委员会发布的，经过双方同意的命令和文件便制定出来了，人们便能够据此解决相关事宜。

在战争面前，军事问题和非军事问题是没有明显分界的。界限划分的矛盾之所以没在军方和战时内阁成员之间出现，完全得益于战时内阁秘书爱德华·布瑞奇斯爵士。这位前著名桂冠诗人[①]的儿子，不仅是一个任劳任怨的工作人员，而且还拥有许多优秀的品质。他性格坚毅，能力突出，又和蔼可亲，在他的天性之中没有一点儿嫉妒。他从不考虑自己应该获得什么样的职位，而是考虑战时内阁秘书处作为一个整体，该怎样为首相和内阁做出最大限度上的服务。这也是为什么秘书处的工作人员和军方从未起过冲突的原因所在。

① 指罗布特·布瑞奇斯。——译注

我都是通过召开战时内阁国防委员会会议来解决重大问题或意见分歧的。这个会议是由张伯伦先生、艾德礼先生、三军大臣及三军参谋长参加的。不过，这种正式的会议在1941年之后就逐渐减少了。[①] 鉴于政府工作的顺利进行，我认为三军参谋长就没有继续出席战时内阁会议的必要了。因此我提出了一个方案，就是举行后来为内阁内部人员所熟知的“星期一内阁检阅会”。每当这个会议一召开，都会有大量人来参加，包括战时内阁全体成员、三军大臣、国内安全大臣、自治领大臣、印度事务大臣、新闻大臣、三军参谋长和外交部官员。这个会议的主角是各军及部门的参谋长们，他们需要汇报这七天内所发生的一切重要事件，外交部官员也需要汇报外交方面重要形势的走向。其他日子里，战时内阁则单独开会，一切重大事件都将被提出，并进行讨论。在涉及其他部门事宜时，相关大臣才会出席战时内阁会议。战时内阁会议期间，一切和战争相关的文件都是透明的，他们也能看到我所发布的重要电报。战时内阁成员对战事是密切关注并且相当了解的，但是由于彼此间的信任，他们在作战活动上并不过多地干预。他们主要的工作重点在内政和党务活动方面，这为我分担了几乎全部的重担，让我能够腾出时间去解决更重要的问题。不过，在涉及未来重大作战计划的时候，我都会第一时间去找他们商量。他们从不过问时间和细节方面的问题，只是对战事本身做细致的考虑，有几次我决定告诉他们时间和细节时，他们都阻止了我。

我从来没打算让国防大臣在一个部门内独断专权。如果我那样做了的话，那么我前面描述的那些微调，那些因个人良好意愿而自然做的调整，就必须走一遍司法程序，按照立法章程重新裁定，这是没有必要的。不过有一个部门是由首相亲自领导的，那就是战时内阁秘书处，其前身在战前

---

① 国防委员会在1940年共开会40次，1941年76次，1942年20次，1943年14次，1944年10次。——原注

被称为帝国国防委员会秘书处。这个部门的主要负责人是伊斯梅将军，霍利斯上校和雅各布上校为其助手，从三军中抽调出来的年轻军官是这个部门的骨干。这个部门的成员隶属于国防大臣办公厅，我对他们的感激无以言表。伊斯梅将军、霍利斯上校和雅各布上校的军衔和声望随着战事的发展与日俱增，但是他们中的任何一个人都没有调换工作的意愿。因为在这样一个部门，人员的调动将影响机要事务连续有效地处理。

参谋长委员会只是在成立初期做过一些人员调整，之后就几乎没做过变动。1940 年 9 月，著名的空军将领波尔特将军调任空军参谋长一职，其前任尼沃尔将军期满卸任，前往新西兰担任总督一职。波尔特将军在接任空军参谋长一职后，始终与我共事，直到战争结束。从埃恩萨伊德将军手中接任帝国总参谋长一职的约翰·蒂尔爵士，自 1940 年 5 月到 1941 年 12 月，一直就任这一职位。在他与我共赴华盛顿之后，我便任命他担任我和美国总统联系的私人军事顾问兼英国驻美国联合参谋长委员会代表团的团长。他同美国陆军参谋长马歇尔将军的关系，是我们同美国联系的一条重要纽带。两年后蒂尔爵士因公殉职，他被特批安葬于阿灵顿公墓，这是只用来安葬美国烈士的墓地。蒂尔爵士的继任者是艾伦·布鲁克爵士，他一直担任帝国总参谋长一职，与我共事到战争结束。

从 1941 年起，在几乎四年的时间里，除了在早期遭受过不幸和挫折外，三军参谋长和国防部参谋人员从未发生过人员变动，唯一一次人员变动是因为海军上将庞德殉职。这在英国军事史上不得不说是一项纪录。美国罗斯福总统执政期间的三军参谋长委员会也有同样的稳定性，美国参战之日起便加入其中的马歇尔将军、金海军上将、阿诺德将军，还有杨海海军上将，也同样共事到战争结束。由于英美双方共同成立了一个联合参谋长委员会，因此这样的稳定性对双方起到的好处是难以估量的，类似这样的事情在同盟国之间是从来没有听说过的。

我们内部也曾发生过分歧，但是我和英国参谋长委员会之间日渐形成的共识总是能让我们以理而不是以威服人。当然，我们能做到这一点的原因，还要得益于我们讲相同的战斗术语和拥有相同的军事理论及战斗经验。在这个战争形势瞬息万变的格局中，战时内阁始终如一地支持我们，并给了我们充分的自行处置权，使得我们言行一致，行如一人。就像上次战争一样，政治家和军人之间，“大礼服”和“黄铜帽”①（令事情变糟的讨厌字眼）之间都没有发生过不和。我们亲密无间，友谊日渐加深，彼此都非常珍惜这份情谊。

最高当局发布的命令能否被真实地、严格地、忠诚地贯彻执行，是战时政府效率高低的关键。在战时内阁给予的极大诚意、理解和坚定的信心下，在国家直面生死存亡之际，我们解决了这个问题。指令一经下达，船舶、军队、飞机便立即开动，工厂的轮子立即转了起来。得益于这些方法的实施，得益于人们对我的信任、理解和支持，我很快能够对战争的各个方面做出指示。这真是太有必要了，因为我们时间有限。每个人都知道死亡和毁灭已近在眼前，个体的死亡暂且不说，这只是自然规律，更重要的是英国的命运，使命和光荣也面临着死神的挑战。因此，大家都普遍接受了这一措施。

为了充分描述联合政府制定的方针政策，我有必要对我个人发给美国总统和其他国家及各自治领首脑的函电解释一下。互相通信这一环节是不能跳过的。文件的起草和口述工作由我完成，内阁对政策做出特殊的决定后，我便立即着手进行。文件的形式大多数是非正式的，类似于朋友和同事之间通信的便笺。一个人用自己擅长的方式表达自己，往往能够表达得更完善。我一般不向内阁宣读信件内容，都是我自己自由撰写，因为我知道他们的意愿。由于需要解决外交方面的问题，因此我需要和外交部及外交大臣密切配合。有些电报涉及自治领大臣方面，我就会交给他们阅读，

① “大礼服”指代高级文官，“黄铜帽”指代高级武官。——原注

这些电报也会在战时内阁主要成员间传阅（有时会拍发出去才送过去）。当然，在确认拍发之前，我会找有关部门核实一下，主要是要点和事实方面。军事函电都是伊斯梅负责递交给参谋长委员会的。这种通信方式并不影响同大使们的正式会晤，也不影响他们的工作。实际上，在我指挥战争期间，这种方式在洽谈国际重大事务方面起到的作用，甚至都超越了我担任的国防大臣这一职务。

我身边的人都是经过精挑细选出来的人才，他们虽然拥有自由发表看法的权利，但是他们从不对我起草的函电加以改正，这让我信心倍增。举例来说，当第二级部门与美国方面发生无法解决的分歧时，通过第一级之间的直接交流，问题便会在数小时之内解决。由于第一级间这种高效率解决问题的方式，随着时间的推移越来越明显，因此我不得不小心，不要让这种方式存在于两国的次级部门之间。如果将解决问题的方式，全都不恰当地借助于私人之间的通信的话，那么这种通信的私密性就会很快遭到破坏，从而失去它的价值。这也是为什么我多次拒绝我的同事们的要求，让我在致罗斯福总统的私人函电中讨论重大细节的原因。

我和罗斯福总统之间的交流大部分是通过私人信件的形式，随着关系的日渐亲近，一些重大的问题也以私人信件的形式解决。这更加深了我们之间的了解。罗斯福总统的国家元首和政府首脑的双重身份，让他在言论和行动方面都有足够的权威；而我，只要战时内阁给予我支持，我在大不列颠的地位就几乎与其比肩。因此我们这种高层次的交流，便大大减少了解决问题的时间和参与其中的人数。我拍发给美国驻伦敦大使馆的电报，美国方面会以加密的形式直接拍发给白宫的总统。在几小时之内我就能收到美国方面的回复。我发送过去的电文无论是傍晚、夜间还是凌晨两点，美国总统都能在就寝前收到。第二天早上我醒来时，回复往往就送到了。在我发送给他的九百五十份电报中，约有八百份都得到了回复。我认为，在同我保持联系的这个人，不仅仅是一个热心的好友，更是一个伟人，一个为了我们共同事业而努力着的身先士卒的战士。

* * *

我担任首相之后，第一次起草致罗斯福总统的电报是在5月15日的下午。电报内容是尝试向美国政府请求支援我们驱逐舰。内容是经过战时内阁同意的，不过为了确保通信的非官方性，我使用了“前海军人员”这样的自称。我很喜欢这个称呼，在整个大战期间经常使用。

> 虽然我的职位发生了变化，但是我们之间密切的私人信件往来是不会中断的，我确信你也是这么认为的。局势日渐恶化，这是你我所共知的。敌人不仅在空中占有明显的优势，法国人还见识到了他们新技术的威力。依我看来，地面战争才刚刚打响，我很希望看到全民皆兵的局面。希特勒仅依靠特种坦克和空中力量，就将一些小国家如折断火柴梗般轻易粉碎，这仅是当前的局势。墨索里尼正在积极备战，不难想象，在不久的将来他也会加入摧毁文明国家的大军中来。我们随时都会受到空中打击、伞兵和空中运输部队的袭击，这是可以预见到的。我们已做好了充分准备，并将无所畏惧地单独作战下去，如果有必要，我们将单独作战到底。
>
> 但是，如果美国强大的实力只停留在声援上，总统先生，我想你也明白这对于战局并无裨益。如果美国的实力被压制太久，那么一个被纳粹征服的欧洲不久便将呈现在人们面前，英国是无法承受这样的压力的。我们现在物资短缺，我现在最希望的是你能对外宣布非交战状态，你不必向外派遣部队，但是请你尽一切力量援助我们。我们急需的物资如下：第一是驱逐舰，我们现有的舰只和开战之初便着手建造的舰只加起来仍显不足。如果意大利用一百艘潜水艇对我们发起攻击的话，那么我们就有崩溃的危险，我希望能借用你们四五十艘旧驱

逐舰，明年这个时候我们的舰只便充足了。第二是飞机，美国现在正陆续向我们供应，但是我们还需要数百架这种新式的飞机。我们可以用正在美国为我们制造的飞机进行偿还。第三是防空设施和弹药，虽然在明年我们也能自给自足这些资源，但是我们需要美国的供应帮我们挺过今年。第四是钢材，我们的矿石供应来自瑞典、北非，有些来自西班牙北部，其他资源也是如此。但是我们必须向美国购买钢材。资金都是用美元来支付，只要我们还能拿得出美元来，我们就将继续支付下去。不过我相信，即使我们无力支付了，你也不会中断我们的物资供给。第五，我希望美国能派遣一支舰队访问爱尔兰港口，最好是长期访问，因为大量报告表明，德国很可能派遣伞兵和空运部队入侵爱尔兰，美国的访问将对此事产生重大影响。第六，我希望你们能够合理利用新加坡，以达到限制日本在太平洋上活动的目的。具体细节我将在接下来的函电中陆续奉上。

祝一切都好，向你致敬。

5 月 18 日，我接到了总统的回电，他表示愿意继续与我进行私人通信，并回答了我提出的特殊要求。关于四五十艘旧驱逐舰的租借或赠送问题现在还不是时候，而且这件事需要国会的授权。新式飞机、防空设备、弹药和钢材，他都会尽力满足各国政府所需。他也会对维斯先生（这位能干的代表在不久前的空难中牺牲了）提出的问题给予最妥当的考虑。总统也将仔细考虑我提出的派舰队访问爱尔兰一事。美国的舰队也已经向珍珠港集结，关于日本方面他只说了这么多。

* * *

5 月 13 日星期一，我要求下院召开了一次特别的会议，即对新政府进行信任投票。在对新的部门人事变动一一做了汇报之后，我说："我不能向大家许诺什么，我能做的只有甘洒热血、不辞辛劳、满含同情和挥洒汗水。”这样一个短小通俗的国家纲领，在我国漫长的历史中，还没有任何一位首相提出过。我做会后总结时说：

> 你们问我，政策是什么？我说，我们的政策就是战斗。在海上，在陆地上，在空中，用上帝赋予我们的全部的本能和力量去战斗，去对抗人类罪恶史上从未出现过的、黑暗的、惨绝人寰的邪恶政府。你们问我，目的是什么？我只能用一个词来回答，那就是胜利。只有胜利值得我们付出一切，只有胜利值得我们面对恐惧，只有胜利值得我们跋涉艰辛而又漫长的道路。因为没有胜利，就没有生存。说得更具体一点儿：没有生存，就没有大英帝国的存在；没有生存，大英帝国代表的一切都是虚无；没有生存，人们就无法追逐时代的步伐，实现自己的目标。我肩负的这份使命，让我兴奋不已而又充满希望，我坚信只要我们众志成城，就不会失败。此时此刻，我将总结我的发言，我要说：“站起来吧，让我们团结力量，一同前进。”

这些简短的话赢得了下院的全票通过，并休会到 5 月 21 日。

* * *

就这样，我们开始为共同的事业而奋斗了。在此后的五年时间里，没有任何一位英国首相，从他的同僚、各党派人士中获得的忠诚而又真实的帮助超得过我。议会也站在政府的这一边，他们在对时事进行自由而又积极的评论的同时，对于政府出台的政策措施给予了全力的支持。全国人民都团结起来了，人们的精神状态也超过以往。这真是令人欣慰，而且确实应该欣慰，因为我们即将经受的事情，其可怕程度，是任何人都无法预见的。

第二章　法兰西之战之第一周甘默林将军

5 月 10 日至 5 月 16 日

“D”计划——德军的阵容——德军和法军的装甲部队——英法联军向比利时进发——荷兰遭受攻击——比利时问题——法国的战争艺术被公认为第一——阿登山脉的缺口——英国在战争初期的困难——“D”计划的进展——13 日和 14 日传来的坏消息——法国防线被克莱斯特集团军攻陷——英国空军遭受重创——英国最后的防线——雷诺在 15 日与我通电话——法国第九军团在阿登山脉裂口前溃败——荷兰“停火”——意大利的威胁——我飞往巴黎——在法国外交部的会谈——甘默林将军的观点——没有战略后备队：“一支也没有。”——计划攻击德军的“凸出部”——法国要求英国增援战斗机中队——5 月 16 日夜我向内阁发的电报——内阁同意增援十个战斗机中队

我于 5 月 10 日晚就任首相一职，此时战时内阁尚未组建完善，因此没人要求我和内阁成员对德军攻击荷、比、卢三国做出新的决定。此时使用的应对措施是甘默林将军的“D”计划，这个计划已于黎明时实施，在很早之前，法国和英国的相关人员已经认可了这个计划。实际上，这个大规模的作战计划在 11 日早晨就基本准备就绪了。古罗将军率领的法国第七陆军集团军负责沿海一带，此时已冒险进入荷兰境内；英国第十二轻骑兵装甲部队负责中心区的巡逻任务，此时已到达戴尔河附近；贝约特将军率领的第一集团军和剩余部队负责南面战线，此时已向戴滋河开拔。据盟军军事首脑估计，只要“D”计划生效，在缩短对德作战防线方面，我们能节省出十二到十五个师的兵力。再加上比利时集团军的二十二个师、荷兰陆军的十个师，让我们不至于在西线对抗中兵力处于劣势。这次的军事行动让我满怀信心，没有任何干预的必要，因此我只是充满希望地期待这次交锋。

然而，比利时人没有守住默兹河和艾伯特运河防线，我们失败了。英国参谋长委员会在1939年9月18日曾写过一篇重要的报告，[①] 报告中曾明确指出，如果比利时人做不到这一点，那么英法联军就应该坚守法国防线，或者是防线的左翼方向更靠前一点儿的斯卡尔特河区域，否则就是一个错误。如果在事后去回顾当时的情景，那么英国参谋长委员会的这篇文章堪称出色。早在1939年9月我们就达成共识，确定将甘默林将军的“D”计划作为应对策略。然而，在这之后什么也没有发生，英国参谋长委员会提出的观点就被人们忽视了。然而之后出现的种种迹象，更应该让人们重视这一观点。德国的军事实力正逐月增强，渐成气候，而且他们已经拥有了一支强大的装甲部队。身处前线的法国陆军在寒冬的折磨下，其实早已士气萎靡，溃不成军了。由于比利时是中立国家，他们的军事首脑便像他们的政府一样，将国家的危亡寄托于希特勒会尊重国际法，因而没有和盟军军事首脑达成有效的联合计划。那慕尔—卢万防线尚未竣工，上面设置的反坦克障碍根本不够用。在比利时的军队中有许多勇敢的主战派，他们渴望投入到战争中，不过由于害怕破坏中立而放弃了。实际上，甘默林将军准备已久的“D”计划并没有在比利时防线起多大的作用，因为早在命令执行之前，在德军的第一波攻击中，比利时防线就被多处击穿。现在只能

---

① 参见原著第一卷，第二十六章。——原注

寄希望于与德国的“遭遇战”能够打赢，这曾经是法国最高统帅部门极力想避免的。

八个月前，也就是战争刚刚开始的时候，德国只有四十二个没有装甲的步兵师，当时波兰是其主要的攻击目标。沿着西方战线，德国陆军和空军的主力从埃克斯—拉—夏贝雷防线一直部署到了瑞士防线。当时的法国，经过一番动员后，可以组建七十个师来与德国抗衡。但是由于前文提到的原因，这些师被认为并非德军敌手。八个月后，到了 1940 年 5 月 10 日，德军的实力发生了巨大变化。在征服波兰后，德军组建了大约一百五十五个全副武装、设备精良、训练有素的师团，其中还有十个装甲师（坦克师）。希特勒只在东线布置了最少量的德军，因为斯大林和希特勒签署了协定。“对于苏联，”德军参谋长哈尔德将军说，“部署的兵力连执行征收关税的任务都不够，而且是一支轻装负责掩护的部队。”苏联要求开辟的“第二战场”也将被德军破坏，而他们仍然没有认清当前的形势，还在继续苦苦要求和等待。接下来的目标就是法国了，届时希特勒能集结的兵力有一百二十六个步兵师和十个装甲师，十个装甲师意味着三千辆装甲车和至少一千辆重型坦克。

数量这么庞大的师团能够从北海一直部署到瑞士去，试想如下：

冯·博克将军指挥的 B 集团军，二十八个师，作为德军右翼集结于北海至埃克斯—拉—夏贝雷一线，随时准备攻陷荷兰和比利时，然后挺近法国。

冯·龙德施泰特将军指挥的 A 集团军，四十四个师，作为德军主力，集结于埃克斯—拉—夏贝雷到摩泽尔河一线。

冯·勒布将军指挥的 C 集团军，十七个师，集结于摩泽尔河到瑞士边境的莱茵河一线，扼守防线。

德军还有四十七个师作为最高统帅部门的后备师，其中有二十个师能够迅速对其他集团军做出支援，剩下的二十七个是一般后备师。

我们无从知晓敌军具体的兵力和军事部署，我方与敌对峙的阵容如下：贝约特将军指挥的第一集团军，五十一个师，其中包括英国九个师和后备司令指挥的九个师，部署在靠近隆维的马其诺防线，再由比利时边境线延伸到敦刻尔克前方的海岸线；普莱特拉将军和贝松将军指挥的第二和第三集团军，驻扎在法国边境，扼守隆维到瑞士一线，这两个集团军加上后备军有四十三个师；驻守在马其诺防线的相当于九个师的法国军队也加入此次战斗，我们对敌作战的总师数共有一百零三个。由于战争一打响，首先遭受攻击的国家是荷兰和比利时，因此上面的师数总和还要加上比利时的二十二个师和荷兰的十个师，当然这需要荷兰和比利时参战才行。这样算来，在名义上，同盟国可以调用一百三十五个各种质量的师团，也就是说

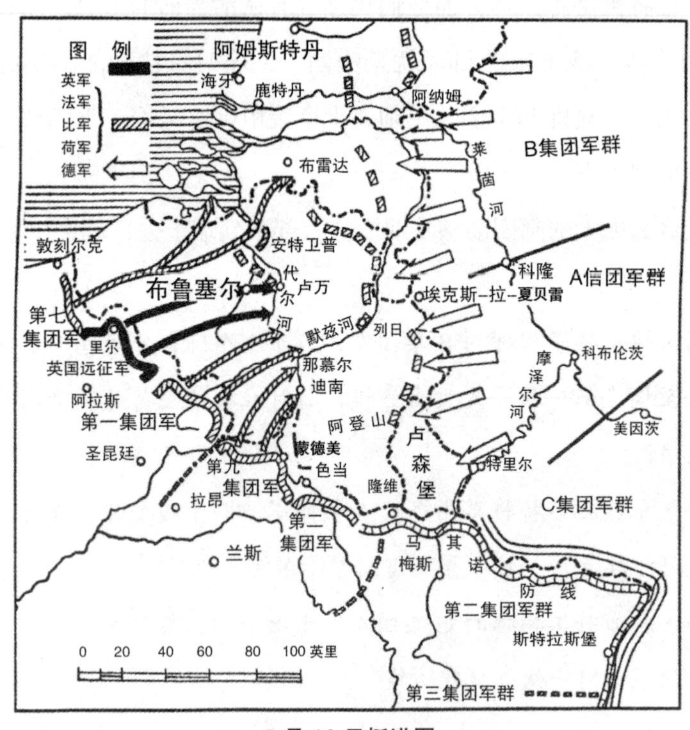

5 月 10 日挺进图

我们对敌作战的师数和敌人的师数是相差无几的。按照上次大战的标准，如果我们的军队能够受到良好的训练，得到适当的装备，并且指挥得当、组织合理，那么我们是有希望击败侵略军的。

然而，形势并非预想得那样乐观。德国在进攻时间、方向和用多少兵力方面有着充分的自由选择权。由于贝约特将军率领的法国第一集团军（相当于法国一半的兵力），包括英军在内的共计五十一个师都驻扎在法国南部和东部地区，就算荷兰和比利时方面会派来援军，我们还是要在隆维狭长的海岸线上抵抗博克和龙德施泰特率领的七十多个师团的猛攻。从阿登向色当和蒙德美发起进攻的，是由克莱斯特指挥的隶属于德军 A 集团军的五个坦克师和三个摩托化师。德军在进攻波兰时，曾在小范围内使用大量坦克配合俯冲式轰炸机作战的战术，并获得了成功，这次他们必然还将采取这样的作战方式。

针对德国的这种现代化的作战手段，法国出动了大约两千三百辆坦克，这些坦克大部分是轻型坦克。法国的装甲部队拥有一些强力的现代装备，不过为了配合步兵作战，不得不将全部的装甲兵力分散地部署到轻型坦克营中。法国只拥有六个装甲师，[①] 不过这些装甲师全都被分散部署在前线中，无法集结起来应对德国装甲师的密集进攻。作为坦克发源地的英国，此时只有一个装甲师（三百二十八辆坦克），而且编制和训练工作才刚刚完成，并且这个师远在英格兰。

空军方面，在法国有十个从英国本土抽调过来的战斗机中队（“旋风”式战斗机），此外还有八个“战斗”式战斗机中队，六个“布伦宁”式战斗机中队和五个“莱桑德”式战斗机中队。这些战斗机无论在数量上还是质量上，都远远落后于集结在西方的德国战斗机。此外德国轰炸波兰时用到的俯冲式轰炸机，此时已经成为作战的重要武器。这种飞机

① 拥有坦克的所谓的轻摩托化师也包括在内。——原注

在后来的战争中曾多次挫败法国士兵的士气，在挫败他们的黑人部队士气方面更是效果显著，而法国和英国的空军当局都没有给自己的部队配备这样的飞机。5 月 9 日夜到次日黎明，突然从黑暗之中出现了无数装备精良、士气高涨的突袭部队，这些部队是博克和龙德施泰特麾下的全部的德国集团军，他们跨越了比利时、荷兰和卢森堡的国境线直接奔法国而来。这些发动突然袭击的部队，大多都配备轻火炮，他们的主要目标是飞机场、交通要道、司令部和军火库。在拂晓来临之前，这次袭击让长达一百五十多英里的战线变成了一片火海，他们的突袭目的几乎全部达成。荷兰和比利时也遭到了袭击，在没有任何征兆的情况下，荷比两国未做充分防御，国内呼救声不绝于耳。荷兰立即开启了所有未被占领和卖出的水闸，启动了他们信赖的洪水防线，边防军也向侵略者还击。比利时人虽成功破坏了默兹河上的桥梁，可是德军还是将横跨艾伯特运河的两座完整无缺的桥梁据为己有。

在默兹—卢万—安特卫普防线前面，沿默兹河和艾伯特运河一线，驻扎着比利时的主力部队。按照“D”计划，只要比利时军队能挡住德军的第一次进攻，那么由贝约特将军指挥的第一集团军，以及少量但非常精锐的英国陆军将向东推进，进入比利时境内接应他们，将侵略者阻挡在国境线之外。不过，实际上的情况却是，比利时的军队迅速被德军压制到盟军防线上，这与以前料想的结果是一样的。这就使得本来就危急的法国第九军团防线更加雪上加霜，有人认为，这样的话，英法联军能够获得一次短暂的喘息机会，并能重新布置阵地，从结果看来确实如此。按照计划，在极左翼沿海一带的法国第七集团军的主要任务是迅速占领控制着斯卡尔特河口的海岛，如果有必要的话，还要挺进到布雷达地区援助荷兰人。我们南方的防线，即阿登山脉及阿登山脉以南从莱茵河一直延伸到瑞士的马其诺防线，被认为是敌人无法穿越的坚实壁垒。因此，只要比利时不被迅速占领，驻守在北方的盟军各集团军在左翼发起反击，一切问题似乎便迎刃而解。超过一百万人参与的军事计划就这样被详尽地安排妥当了，只等命令的发布，盟军就会英勇地向前冲锋。乔治将军于 5 月 10 日早上五点致电戈特勋爵，命令其“戒备一、二和三”，即马上进军比利时，不得延误。早上六点四十五分，法国最高统帅部（英国的军队也听命于这个部门）的甘默林将军也下达了命令，盟军准备已久的“D”计划开始实行了。

荷兰洪水的巨大力量，我曾有过耳闻，那是在 1937 年，荷兰首相柯立恩访问英国的时候。他曾对我详细描述说，这股巨大的洪水力量只需要一按电钮就可以触发，然后洪水会形成一道敌人无法逾越的屏障，御敌于国门之外，而这一切只要他在洽特韦尔的午餐桌上用电话下一道命令而已。在现代化战争面前，这真是十足的谬谈。一个小国在面临一个现代化的大国入侵时，任何天堑都是无法抵御的。德军在一天之内几乎攻陷了荷兰全部的外线防御工事，他们在运河上搭建桥梁，夺取了水闸和洪水控制设备，攻破了荷兰各处的防御措施。荷兰成了一个不设防的国家，德军所过之处，鹿特丹化为废墟，海牙、乌德勒支、阿姆斯特丹也逃不过这样的命运。荷兰人的幻想落空了，德军这次没有像上次大战那样，从荷兰的右面绕过去。

荷兰女王威廉明娜陛下和她的家族、政府人员，在被皇家海军安全护送到英国后，立即鼓舞他们的人民向侵略者发起反抗。女王和政府在海外继续管理着这个庞大的帝国，号召荷兰人民以决不投降的勇气面对德军的打击。在女王的授权下，英国接管了荷兰海军的指挥权，荷兰庞大的商船队伍也听命于英国，这对盟国事业的支持作用是无法估量的。

比利时的情况较复杂，需要更透彻的说明。上次大战结束后，有几十万英国人和法国人长眠于这个国家，他们的坟墓是他们曾在这里奋战的见证，然而这些并没有成为比利时政府的前车之鉴。在战后的这些年中，比利时的国家领导人并没有制定相关政策，在看到法国的衰败和英国摇摆不定的和平主义之后，更让他们感到忧虑，因此比利时更加坚定了保持中立的决心。在对待两大对峙阵营的态度上，比利时也从来都是哪个都不得罪的。对于面临如此严峻问题并处在夹缝中的小国家，我们应该给予充分谅解。不过，比利时政府采取的这种方针，受到了法国最高统帅部长达数年的批评，他们认为，与法国和英国结成紧密的同盟，才是比利时免遭德军侵犯的唯一出路。但是比利时政府不这么认为，他们依然将全部希望寄托于德国的诚意和对条约的尊重上，他们认为严格的中立才是保证比利时安全的唯一办法。如果开战之后，比利时军队能够及时将部队开赴本国边境，对英法盟军形成支援，那么艾伯特运河防线和其他河岸边的阵地就都不会失守，甚至同盟军还能在阵地组织一次强力的反击，来攻击德国。

比利时军队除了对外宣称死守中立外，还将国家十分之九的兵力部署在比德边境，此外还严令禁止英法联军进驻比利时，因此盟军无法对德国发动先制性的反击，也无法对比利时形成保护。英法参战后，比利时依然决定保持中立，没有回到昔日同盟国身边。因此，有一个问题就需要我们反复考虑，那就是是否对“D”计划的全面部署做出新的调整；是否应该退守到法国边境，并请比利时部队也退到这条战线上来，在这里进行殊死抵抗，这总比急行军到代尔河或艾伯特河更为明智。我们目前唯一能做的是，在 1939 年的冬天，由英国部队和他们右翼的法国第一集团军沿法比边境线修新防线和挖反坦克壕。

要了解当时决策是如何制定的，就有必要对法国军事首脑拥有的极大权威和每个法国军官对自己在军事艺术方面独占鳌头的信心做一下说明。在 1914 年到 1918 年间，福煦将军作为法国的最高统帅，指挥了那次可怕的地面战争，英国本国的和英帝国的六十七个师，包括美国的军队全部听命于他。当然，法国是那次战役的主力，也是伤亡人数最多的，共计牺牲了一百四十万人之多。这次战争，法国出动了一百多个师，也就是说二百多万人，防守从比利时到瑞士这条漫长的战线。与之相比，英国出动的远征军只有三四十万人，松散地布防在勒阿弗尔基地的海岸线到前线地区。因此，我们相信他们的判断，服从他们的指挥是理所当然的事情。从宣战之日起，人们一度希望甘默林将军能够退居法国军事委员会从事参谋一职，而法国和英国军队的指挥权则全部交与乔治将军。但是，甘默林将军保留了最高指挥权。在那八个月暂时的平静时期里，为了保住自己总司令的地位，他和乔治将军之间发生了冲突，这真是让人气愤。依我看来，乔治将军独自制订全盘作战计划的可能性，是不可能实现了。

英国陆军部长霍尔·贝利先生曾在战时内阁多次提出一个问题，那就是在马其诺防线北部，英军沿法比边境修筑的工事存在空隙。这一问题，英军总参谋部和战地总司令也表示担心，曾经通过军事途径向法国提出这一担忧，但是由于法国的兵力比我们多出十倍，我们不好意思对其进行批评。法国人认为："这一扇形区域不存在危险。"庞大的现代化军队将在阿登山脉前望而却步。贝当元帅也曾对参议院陆军委员会发表过这样的看法。因此，像英国人在比利时边境修筑的碉堡和反坦克壕这样坚固的阵地，并没有出现在默兹河一带，取而代之的是许多野战壕。而且，在科拉将军统率的法国第九集团军的九个师中，只有两个是常备的正规军，其他师的建制全都低于法国正规军的标准。在剩下的七个师中，有两个是只进行了部分机械化的骑兵师，还有两个师（六十一师和五十三师）和一个要塞师都是二流级别的，剩下的两个师（二十二师和十八师）也逊色于现役的师。因此，在这条长达五十英里的战线上，只有两个正规师驻守在没有永久性防御工事的色当到瓦兹河上的伊尔松一线。

一件事情不可能做到面面俱到。在没有充足的后备兵力，不能对敌人暴露出的攻击破绽进行有效反击的情况下，用轻装的掩护部队在漫长的边境线上进行布防，往往是错误的和没有必要的。在隆维到瑞士边境这条战线上，除了有马其诺防线的堡垒外，还有莱茵河宽广的河面、湍急的水流，以及它后面的要塞防御系统，而法国却将其一半的机动部队，足足四十三个师的兵力全部分散地部署在此，这是毫无远见的。防御部队与攻击部队不同，攻击部队在攻击时往往是强大的，而防御部队所面临的风险要大得多。如果战线拉很长，那么解决这种风险的唯一办法，就是依靠强大的机动灵活的后备兵力，迅速投入到一场决定性的战役中。以上观点可充分证明，法国后备军不足和部署不合理的情况，足见我的观点的正确性。阿登山脉背后的空隙自古以来就是著名的战场，如果敌人突破了这里，那么他们就找到了一条通往巴黎的捷径，北方各军团与首都的联系也会因此而受到威胁，他们全部的前进行动也将失去中心。

1939 年的秋天和冬天，当时战时内阁的首相还是张伯伦先生，我们曾就这一问题与法国进行过讨论，不过并不彻底。当然，对于内阁当时的举措和失策，我也有不可推卸的责任，因为我当时也是内阁成员之一。不过，这个问题讨论起来确实是不快与困难的，因为在每个阶段，法国人都可以说："英国可以派更多的军队过来啊，英国可以去防守那段更长的战线啊，英国可以将后备兵力补足啊，我们国家已经有五百万人[①]响应战争了。在海军方面，我们听从你们的意见，服从你们的指挥；那么在陆军方面，也请你们对法国在长期作战中达到的陆战水平给予同等的信心吧！"

无论如何，在当时我们就应该把这个问题解决。

盟军的军事行动和全部的作战计划，希特勒和他的将领们都一清二楚。在战争爆发前的这八个月中，德国便开始大量生产坦克，这些坦克工厂一定是修建于 1938 年慕尼黑危机之时，因此到这一年的秋季和冬季，德国已经拥有了大量坦克。因此德国人认为，阿登山脉这条天堑，在现代化的机械运输和强大的有组织的筑路能力面前，一定会变成入侵法国和搅乱其全部反攻计划的捷径。因此，他们完全不会避开这所谓的天然险阻，反而要在此处组织一次大规模的突袭，将盟军北方各集团军弯曲的左臂沿着肩胛骨的位置切下来。拿破仑曾在奥斯特里茨[②]战役中，用突袭普莱赞高原的

---

① 法国"动员"的五百万人，有许多是非武装人员，例如工人、农民等。——原注

② 该城市位于捷克斯洛伐克南摩拉维亚州。——译注

方法，切断并破坏了奥俄联军的迂回动作，占领了其中央阵地。德军的这一行动除了在规模、速度和武器方面与之不同外，其他方面极其相似。

*　　*　　*

5 月 12 日“D”计划的第一阶段完成了。北方各集团军沿着所有的马路驰援比利时，夹道是欢呼的居民目送他们奔赴远方。法军在默兹河对岸的轻装甲部队，虽然在德军巨大攻势的压力下退了下来，但是默兹河左岸到于伊的阵地依然在控制中。法国第一集团军的装甲师抵达于伊—汉诺—迪尔门防线。比利时人退居到了基特河防线，依照规定，进入安特卫普—卢万阵地；艾伯特运河虽然失守，但列日和那慕尔还在他们的控制中。法国第七集团军占领法尔霍伦岛和南比维兰之后，与德国第十八集团军的机械化部队相遇，在赫伦达尔斯—贝亨—沃普—索姆一线展开激战。法国第七军团面临着弹药补给不足的问题，因为他们推进的速度太快了。英国空军以寡敌众，虽然数量不足，但在质量上的优势已完全凸显。直到 12 日夜，一切作战计划都运转正常。

然而到了 13 日，德军对法国第九军团施加的压力让戈特勋爵的司令部警觉起来。入夜时分，地处迪南和色当之间的默兹河西岸失守。此时德军主力有两个选择，一是穿过卢森堡进攻马其诺防线左翼；二是穿过马斯特里赫特，进军布鲁塞尔。而法国最高军事指挥部并不清楚德军下一步的动作。出乎甘默林将军意料之外的是，在卢万—那慕尔—迪南到色当的整条战线，全部遭到了德军的进攻。此时处在迪南的法国第九集团军还没有做好战斗准备，一场激烈的大战被迫展开了。

*　　*　　*

14 日，坏消息开始陆续传来，一开始并不明朗。晚上七点，我接到雷诺先生拍发的一份电报，并向内阁宣读了电报内容。电报说，在德国坦克和俯冲式轰炸机的进攻下，色当失守了，为了重整战线，法国要求英国支援十个战斗机中队。发给参谋长委员会的电报还谈到甘默林将军和乔治将

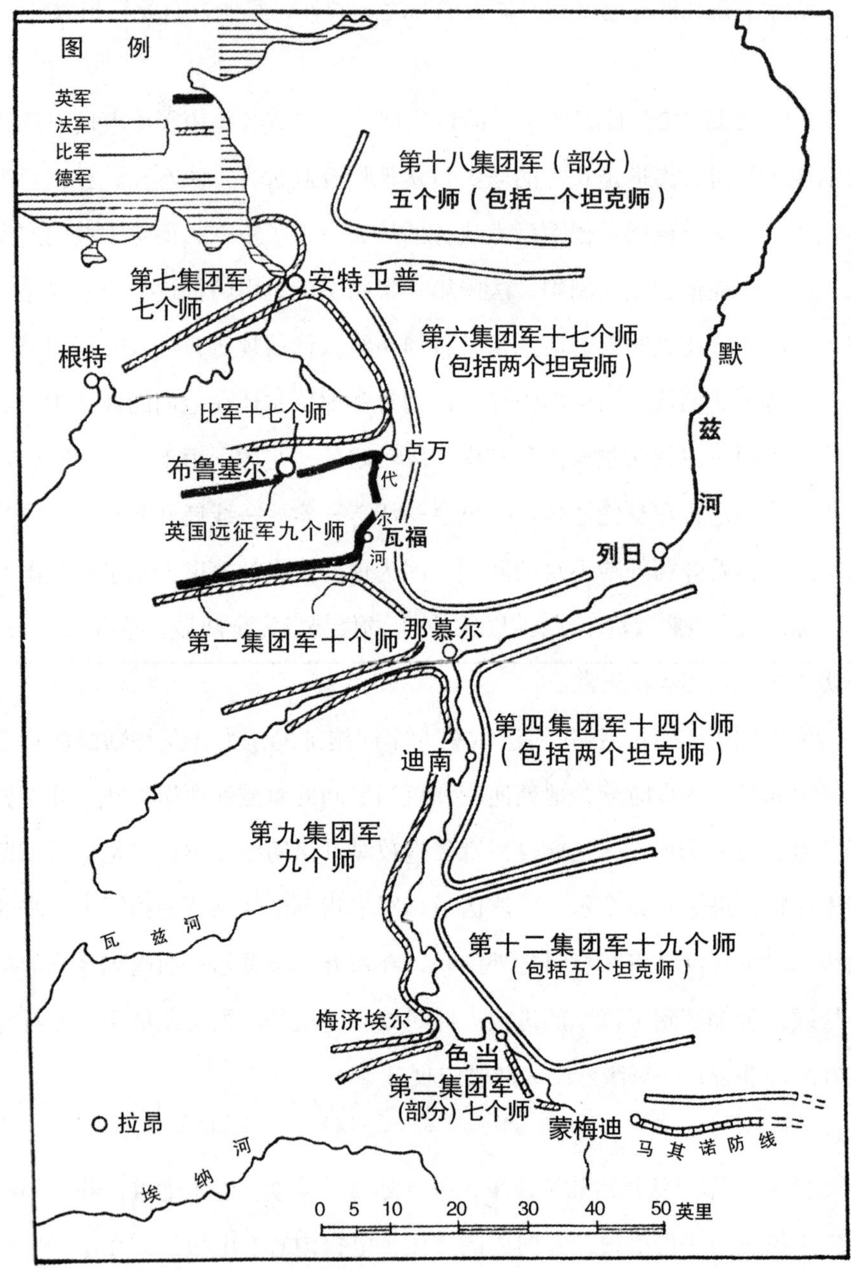

5 月 13 日双方对垒情况

军均认为局势危急，以及没料到敌军推进如此迅速等事，其他的内容基本相同。实际上，在与敌直接接触的战线上，法国军队已完全被克莱斯特集团军群击溃或歼灭，借助其大量的轻重装甲部队，德军正以战争史上从未出现过的速度向前推进。在火力和攻势方面，盟军也是无法和德军匹敌的。德军还有两个装甲师选择在迪南地区渡过默兹河，法国第一集团军在迪南以北地区进行了一场最为激烈的战斗。在蒙哥马利将军的指挥下，英国第三师在英国第一军和第二军固守的瓦福到卢万阵地，也与敌军进行了激烈的交锋。再往北，比利时正在撤向安特卫普。在沿海地带，法国第七集团军也在撤退，速度倒比早先前进时还快。

在盟军的作战计划接二连三地以失败告终后，有一项计划却成功了，那就是在开战之初，英国实行的“皇家海军”计划。[①] 这个计划是向莱茵河投入浮漂水雷，在开战后的一个星期内我们就像“流觞”般投进去一千七百颗。这些水雷几乎中断了卡尔斯鲁厄到美因茨之间全部的交通，并大大破坏了卡尔斯鲁厄的堤坝和浮桥，这个计划的效果立竿见影，不过它的成功却被接连的不幸掩盖了。

所有驻在法国的英国皇家空军都参与了战争，并且是连续作战，这些空军中队大部分的攻击力量都集中在色当地区的浮桥上。由于德军高射炮的炮击，使得执行低空轰炸任务的英国空军损失惨重。有一次，六架飞机完成任务后返航，结果只有一架回来。单单这一天，我们就损失了六十七架飞机，德国损失了五十三架，原因是同我们作战的主要是敌人的防空部队。到了那天夜间，能用来作战的英国飞机只有二百零六架了，而此前是四百七十四架。虽然我们损失惨重，但是在空军中队抱着必死信念的攻击下，还是有些浮桥被毁或遭受重创。

---

① “皇家海军”计划最初定于1939年11月，这些水雷按计划是要沿莱茵河顺流而下，破坏敌人的浮桥和船舶。这些水雷是从法国境内的上游投入到河中的。参见原书第一卷附录。——原注

虽然我们在有些战斗中占据优势，但是从不断发来的详细战报不难看出，照这样的规模持续战斗的话，英国皇家空军的飞机很快就会损失殆尽。那么紧随其后就有一个难题摆在我们面前：英国还能抽派出多少架飞机支援法国？前提是即能保障英国不失去防御能力，又保证战争的继续进行。在我们的天性和有力的军事证据的共同作用下，我们接受了法国不断提出的这项迫切要求。但是，这个支援量应该是多少，这关系着我们的生死。

首都战斗机指挥部司令道丁上将曾对我说，保卫英伦三岛，与德军空军的全部力量抗衡，不能低于二十五个飞机中队，低于这个数字，他也无能为力。当时战时内阁一天要召开数次会议，就包括这一问题在内的所有问题进行讨论。最后我和同事们一致决定：虽然空战失败可能导致我们的机场、空军，甚至是与我们的前途息息相关的飞机制造厂全部遭到毁灭，但是只要不超出这个限度，我们愿意为了战争冒这个险（那些风险是相当大的），但是无论如何，都不能超过这个限度。

“我们失败了。”15 日早上七点三十分左右，雷诺先生打来电话说。电话就在我床边，我当时刚刚被唤醒，没有立即回答。“我们失败了，我们输了。”他又重复道，他是用英语说的，声音很沉重。我说：“要败也不会这么快吧？”他答道：“色当附近的战线失守了，大量的坦克和装甲车正经过那里向前行军。”他大致是这样说的。接下来我说道：“1918 年 3 月 21 日那天，我曾与福煦将军谈过话，他告诉我，德军在进行了五六天的攻击后，必然会停下来等待补给。根据经验推断，这次德军的进攻也会很快停止，我们可以趁这段时间组织反击。”这种事情以前经常出现，这次应该也会出现。然而这位法国总理又再次重复了刚才的那句话：“我们失败了，我们输了。”后来的事实表明，我们确实输了。我说，我愿意去法国与他当面详谈。

这一天，法国的第九集团军被完全击垮了。科拉被北方的第七集团军司令吉罗将军取代，其残部也被第七集团军和正在南方组建的第六集团军司令部接管并整编。法军防线被突破的缺口差不多有五十英里长，敌军也的确正通过这个缺口大量涌入。报告称，到了 15 日夜间，德军的装甲部队已经开赴到利亚尔和距原来防线六十英里处的蒙科尔内。法国第一集团军所处战线也被德军撕破了一个口子，这个口子在莱梅尔以南，有五千码长。北方英军部队组织的进攻也全部被压了回来。法国的一个师从英军的右翼撤了下来，英军不得不在向南方向的侧翼组建一个防线，以防御德军的进攻。法国第七集团军占领的法尔霍伦岛和南北弗兰岛也丢了，他们退守到斯卡尔特河以西的安特卫普地区重组防线。

荷兰最高统帅部在这一天的上午十一点投降了，因此只有很少的荷兰部队撤了出来，荷兰方面的战斗结束。

显然，就目前的情况看我们是失败了。在上次大战中，我也见过很多类似的事情，战线被撕破了，甚至是漫长的战线被撕破了，但是战线被突破并没有使我意识到后果的可怕。与上次大战相比，利用机动的重型装甲部队进行攻击，造成的伤害会是如此巨大的，由于我多年没有接触到官方文件了，因此无法做出明确的比较。此刻我知道了，我也应该改变我当初坚持的看法，但是我没有。在这种固执的看法改变之前，我也做不了什么。乔治将军给人的感觉却很冷静，我打电话给他，他报告说，色当的缺口正在被封堵。甘默林将军也是一副成竹在胸的样子，他给我拍电报说，虽然那慕尔和色当的情况确实危急，但是局势依然在掌控中。雷诺先生的电话内容和其他消息，我在当天上午十一点转达给了战时内阁。

16 日，拉卡佩尔—韦尔万—马尔—拉昂战线前出现了德军的先头部队，增援这支部队的是出现在蒙科尔内和埃纳河畔的纳夫沙泰尔附近的德军第十四军的前锋部队。据证实，距离色当六十英里处的拉昂也被敌人攻陷了。迫于敌人力量的威胁和己方战线承受的越来越大的压力，法国第一集团军和英国远征军不得不奉命分三个批次退守到斯卡尔特河地区。虽然谁也不知道还会发生什么事情，就连陆军部都没得到相关细节方面的报告，但是大家都知道，情况是越来越糟了。看来，巴黎之行势必无法避免，当天下午我就决定动身。

* * *

虽然意大利的政策现在还没有做出变动，但是我们必须有所准备，随着前线战事噩耗频传，它很可能参与其中成为我们新的敌人，因此我们指示海关，疏散了在地中海地区的船只。我们还下令，运载军队到英国的澳大利亚船队须绕道好望角，英国的船队在回国时也不要再取道亚丁湾。对意作战的计划被提上日程，我们指示国防委员会做出相关的应对政策，特别是对克里特岛的应对政策。从亚丁和直布罗陀疏散非战斗人员的行动也已在进行中。

* * *

帝国副总参谋长蒂尔将军和伊斯梅与我共赴巴黎，我们选择乘坐英国的“红鹤”式客机前往，这种飞机我们一共有三架，下午三点左右，飞机起飞了。

这架“红鹤”式客机的时速大约是一百六十英里，乘坐很舒适，给人的感觉很好。这架飞机是非武装的，需要护航，所以我们选择在云雨层中飞行，一个小时多一点儿，我们就到了布歇。一下飞机，比我们想象的坏得多的情形便尽收眼底，迎接我们的官员告诉伊斯梅将军，预计德军在几天内就能到达巴黎。五点半我乘车到达法国外交部，此前在英国驻法大使馆我听取了关于局势的报告。我被带去见雷诺总理，在一间精致的房间里，我见到了他还有法国国防部长兼陆军部长达拉第和甘默林将军。每个人的脸色都不好看，我们谁也没有在桌子前坐下来，而是都站着。一幅两码见方的军用地图挂在一个学生用的画架上，盟军的战线用黑色的墨水标了出来，墨水线在色当地区凸了出来，虽然很小但这并不是什么好事。

总司令没有详谈战争的经过，只说色当以北和以南地区被德军突破了，迎击的法军已经全被消灭或击溃，德军的纵深部队进入到我方五六十英里的地方。他说，从目前德军的动向来看，他们的行军目的地可能有两个：一是阿布维尔或其附近的海滩，一个是巴黎。目前大批的德军装甲车在后面左右两翼八到十个摩托化师的配合下，正一边儿迎击被拦腰斩断的法国部队，一边儿以前所未有的速度向亚眠和阿拉斯挺进。我们谁也不说话，大约过了五分钟，这位将军叙述完毕后，又过了很长的一段时间，我才用英语问道："战略后备队在哪里？"然后又不知不觉地改用了地道的法语，"没有机动部队了吗？""一个也没有。"甘默林将军转过脸摇着头，耸了下肩对我说道。

我望向窗外，一些德高望重的军官正在用小车将档案推向火堆，看来他们是决定撤出巴黎了。沉默还在继续着，只有外交部花园中的几堆火堆冒着浓烟。

我们总是从过去的生活中吸取教训，这虽然有好处，但是也有弊端，因为事情从来不会照原来的样子再出现一次，不然何来人生不易这样的说法。在过去的战争中，在敌人突破我们战线的情况下，我们总是能够重新振作起来，还敌人以颜色。但是，这次出现的两个新的情况是我们始料未及的。第一，我们所有的交通线和乡村地区全部遭到了敌军装甲部队的袭击，我们却无法制止。第二，我们的战略后备队，就像甘默林将军说的那样，"一个也没有"。伟大的法国陆军和其最高的军事首脑们让我吃惊得说不出话来。此时我能说些什么呢？一个要防守长达五百英里前线阵地的司令官，他给自己准备的机动力量却是一个也没有，这样的事情我是从来没有见到过。这样长的战线谁能保证绝对能守得住呢？司令官总该而且是必须想到这一点，他应该准备几个师作为后备力量，在战线被撕破后或是在敌人因猛攻而疲惫后，命令他们冲上前去回以猛烈的反击。

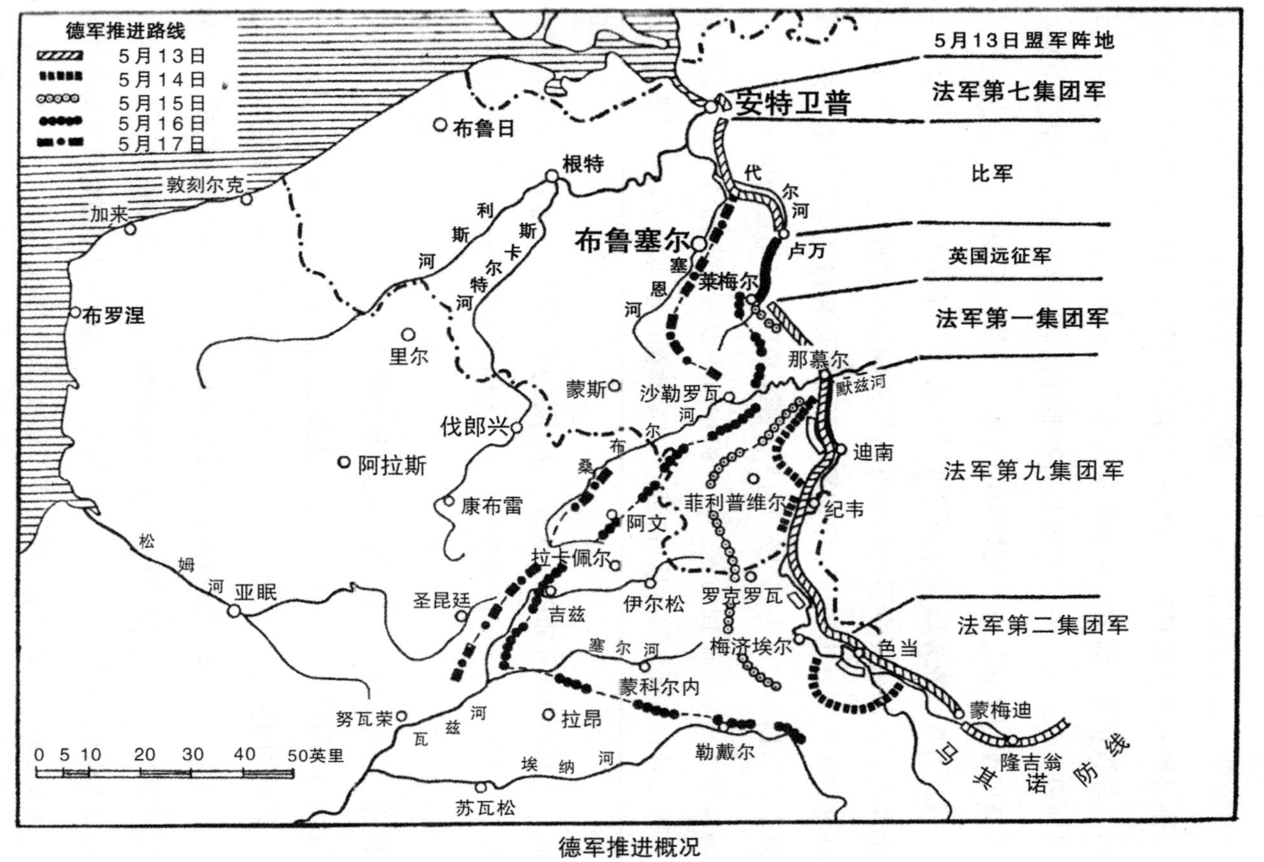
德军推进路线
5月13日
5月14日
5月15日
5月16日
5月17日
5月13日盟军阵地
法军第七集团军
比军
英国远征军
法军第一集团军
法军第九集团军
法军第二集团军
安特卫普
布鲁日
根特
敦刻尔克
加来
布罗涅
布鲁塞尔
代尔河
卢万
塞恩河
莱梅尔
利斯河
斯卡尔特河
里尔
蒙斯
沙勒罗瓦
那慕尔
默兹河
伐郎兴
桑布尔河
阿拉斯
迪南
康布雷
菲利普维尔
纪韦
阿文
拉卡佩尔
松姆河
亚眠
圣昆廷
吉兹
伊尔松
罗克罗瓦
塞尔河
梅济埃尔
色当
蒙科尔内
蒙梅迪
隆吉翁
马其诺防线
努瓦荣
瓦兹河
拉昂
勒戴尔
埃纳河
苏瓦松
0 5 10 20 30 40 50英里

德军推进概况

马其诺防线的作用是什么？它是用来在漫长的国境线上节约兵力的，节约下来的兵力可以用作后备力量，又可以利用防线上的多个局部出击口反击敌人。这是当时最好的且唯一的解决办法。在我的一生中有好多事情让我惊讶不已，我承认没有后备队这件事也成了让我最吃惊的事情之一。当然，不能将我当时正忙于海军部的事务作为借口，可是我为什么没有试图更多地了解当时的情况呢？也不能怪法国最高统帅部只将作战计划的大概告诉了我们，因为我们有权利知道更多，但是英国政府，尤其是陆军部，为什么没有试图更多地了解当时的情况呢？我们必须要知道，这次战争的责任是由双方军队共同承担的。我再次走到窗前，看到那些老者们还在用小车推着文件倒向火堆，法兰西共和国的政府文件化作缕缕青烟飘向空中。

主要人物之间又轮流做了很长一段时间的交流，雷诺先生对这次交谈做了详细的记录。在记录中他极力主张，北方各集团军应该反击而不是撤退。我也赞成他的意见。但是，这只不过是我们纸上谈兵的想法。[①] 我没有

---

① 由于对当时情况的记录非常之多，我便要求一直在我身边的伊斯梅勋爵进行回忆，他写道：

“我们都没有在桌子旁边坐下来，而是三三两两地来回走动，很可能说了很多话。关于怎样做，您并没有提出任何‘经过深思熟虑的军事主张’，这点我是可以肯定的。在1914年到1918年间，我们曾遭受过多次的‘突破’，但是全部通过对凸出部一侧或两侧进行反击的形式封堵住了。因此，在我们离开伦敦的时候，只是认为色当被突破后果很严重，但并不是致命的。

您曾向甘默林将军提出了很多问题，因为您认识到法国最高统帅部认为此次战争已满盘皆输。我认为您提这些问题的目的有两个：一是您想更多地了解事情的经过和他将来的打算；二是您想扭转他们对此事的看法。我确定，您并没有提出过任何特别的战略或战术主张，您在会议上提出的问题之一是：‘你们将在什么时候和什么地方向凸出部的两侧展开反攻？南面还是北面？’‘虽然形势危急，但是尚有挽回余地。’这是您主要的观点。”

指挥这次战役，我们只占前线兵力十分之一的陆军部队也全部受法国指挥。因此，我无法意识到这次灾难的严重性，也无法体会到法国人那无法掩饰的绝望心情。让我和陪同我的英国军官震惊的是，法国总司令和主要的部长们都认为一切都完了，而且深信不疑，我完全不同意他们的看法，我与他们说的每一句话都在反驳他们。然而，在不久之后我们不得不承认，他们所说的是千真万确的，我们必须向南方撤退而且越快越好。

此时我们还能调动起来的兵力有：从交火不激烈的马其诺防线撤下来的八九个师，没有参加战斗的两到三个装甲师，从非洲调过来的八到九个师，从非洲赶来的部队大概在两三周内能到达作战区域。德军如果继续深入的话，势必要遭受突破口或“凸出部”（我们以后都是这样称呼它）两侧部队的攻击。因此德军就要不断向两个侧翼增派兵力，同时还要为装甲部队的进攻做补给，这样的话我们很可能阻止德军继续深入。我们可以按照 1917 年和 1918 年的作战计划那样，在这两条战线上继续作战。此时，吉罗将军已奉命担任“凸出部”以北战线法军司令。鉴于以上所述，甘默林将军再次发言，谈论是否应该向缺口处集结兵力。然而，到目前为止少数几个重任在肩的决策人物并不赞成他的话。我虽然意识到了这一点，但是我还是追问他在什么时候什么地点组织反击。他绝望地耸动了下肩膀说：“兵力、装备、战术，我们都不占优……”我没有和他辩论，也没有必要辩论。我们的贡献这么小，我还能说些什么呢？开战八个月了，我们没有派出过一个现代化的坦克师，我们也只派出了陆军十个师，我们英国人还能说些什么呢？

这次后我再也没有见过甘默林将军。爱国、善良而且通晓军事的他一定有很多话要说。

* * *

甘默林将军还有法国最高统帅部一再强调，他们的劣势是空军，他们迫切需要英国方面增派更多的皇家空军中队过来，轰炸机也好战斗机也罢，但最需要的是战斗机。在法国沦陷之前召开的每次会议中，他们都会提出这样的要求。甘默林将军一再提这样要求的理由是，战斗机不但能够保护法国的部队，还能起到阻止德军坦克的作用。对于他们所说的，我们回应道：“战斗机的主要作用是保障空中的安全，炮兵才是用来阻止敌军坦克的。”而且我们已经决定将维系不列颠安全的首都空军战斗机中队缩减到最小值，在我赴法访问前的那天上午，我已经授意战时内阁再调四个战斗机中队到法国；在同大使馆的蒂尔将军反复讨论之后，增派战斗机中队的数量增加到了六个。此时，只剩下二十五个战斗机中队保卫不列颠了，这是最后的极限，作为首都空军最后的力量，他们无论如何也不能离开不列颠，这与我们的生死存亡有直接的关系。我将这一决定用电报的形式拍发给战时内阁，并告诉伊斯梅将军通知他们立即开会讨论这份电报。伊斯梅将军用印地语下达通知，因为已经事先在他的办公室中安排了一个印度军官执勤。无疑，这一决定将在两难中进行讨论。

1940年5月16日晚九点

我希望内阁能够立即开会讨论以下诸事。此时局势已危如累卵。由于法国兵力部署出错，大部分兵力部署在北方和阿尔萨斯一带，导致德军突破色当防线并疯狂向前推进。目前德军已突破该处防线达五十英里长。驰援该地和保卫巴黎的二十个师至少需要四天才能到达。

三个德国装甲师和两到三个步兵师已挺进这一区域，另外还有大批部队正急行军赶赴此处。这带来了两个严重的威胁：一，大部分英国远征军将暴露于外，被敌人咬住，无法进行撤退；二，法军目前无法集结充足兵力，如果这样下去，将无法抵抗德军的攻击。

此时法国已经在花园中焚毁外交部的文件，虽然他们曾下令不惜任何代价保卫巴黎。我认为，在接下来的三四天，对于巴黎也许还要加上整个法国陆军将具有决定性的意义。因此我认为我们能否在增援四个战斗机中队的基础上，再增派两个中队，虽然法国对于四个中队已经很感激了；此外能否命令我们大部分的重型轰炸机，在明天和明天之后的几个夜间，对正在渡过默兹河向“凸出部”前进的大批德军进行轰炸。虽然这样做不一定能将局势转危为安，但是我们不能眼看法国重复波兰的命运，如果对“凸出部”的作战能够取胜，便尚有转机。我认为，那些战斗机中队（即调往法国的六个中队）应该在明天就出发，与此同时，法国和英国的空军集结一切可以使用的力量，在接下来的两到三天中，控制“凸出部”的上空。这样做不是为了夺回那片区域，而是争取给法国最后一个喘息和集结兵力的机会。如果因为我们的拒绝而招致法国的灭亡，那么从历史的角度来看，将会给我们造成不好的影响。并且，我们是有能力派遣强大的重型轰炸机对德军执行夜间轰炸任务的。目前德军的空军和坦克已全部投入到战争中，因此我们如果能够组织有效的反击，那么对他们前进造成的困难是不能小觑的。如果这次行动失败了，如果我们的远征军被迫选择撤退的话，我们还能将剩余的空中力量用于保护他们的安全。我再次重申此时的形势已十分危急，以上是我的意见。蒂尔先生赞同我的意见，此时我亟待你们的答复，请在午夜前送达，法国人需要鼓舞。伊斯梅在大使馆等待回复，用印地语打电话跟他联系。

大约在晚上十一点半左右，我接到内阁的回电，他们说“同意”。我和伊斯梅立即驱车赶往雷诺的公寓，此时他已经就寝了，屋子里显得黑沉沉的。没过多久，雷诺就出来了，身上还穿着睡衣。我立即把这个好消息告诉了他，十个战斗机中队！我说服他把达拉第先生也请过来，一起听英国内阁的决定，达拉第先生闻讯立即赶到了。我希望我们能够用这种方法，用我们有限的力量，在我们能承受的范围内，鼓舞我们的法国朋友重新振作起来。达拉第先生一直没有说话，此刻他从椅子上缓缓地站了起来，紧紧地握住了我的手。大概在凌晨两点，我回到下榻的大使馆，那晚尽管有对抗空袭的炮声不时划过天际，令人辗转难眠，但是我睡得很好。第二天早上我乘飞机回国，尽管还有很多重要的事需要我去处理，但是新政府第二级成员的任免工作必须要落实了。

第三章　法兰西之战之第二周魏刚

5月17日至5月24日

战局恶化了——当地防卫志愿军——从东部来的援军——5月18日和5月20日我致罗斯福总统的电报——5月19日甘默林将军下达十二号绝令——法国内阁改组——魏刚将军的任命——5月20日关于小型船只的第一道命令——“发电机”计划——魏刚赶往前线——贝约特命丧汽车事故——法国对德国的装甲车无能为力——5月21日埃恩萨伊德的报告——政府从议会获得特殊权利——我再次访问巴黎——魏刚的计划——北方各集团军危机重重——阿拉斯区域的战斗——与雷诺先生的信件往来——约翰·蒂尔爵士就任帝国总参谋长

内阁在17日上午十点召开了一次会议，在会上我就这次巴黎之行和目前我们所处的状况做了详细的报告。

我说，法国方面已经知道，我们此时正冒着国家安全遭受严重威胁的风险援助他们；他们也知道，如果他们不能做出最大的努力，那么我们的战斗机中队将不会再次增援他们。我认为，战时内阁此时面临的重中之重的问题是增强我们的空军力量。报告指出，虽然德军的空军损失是我们的四到五倍，但是据我所知，我们在法国的空军力量也只剩下原来的四分之一了。据报告称，甘默林将军已经在17日发表了局势“失控”的言论，他说:

“巴黎的安全只在今天、明天和明天夜间有保障。”科克勋爵得到来自法国方面的消息称，他们不会再向挪威方面派出援军，看来几乎已经纳入囊中的纳尔维克是不可能占领了。

战局对我们越来越不利，几乎每过一小时，严重程度都会加深一层。应乔治将军的要求，为了掩护对我们向南方撤退至关重要的公路枢纽阿拉斯，英国陆军占领了从多亚到培隆纳战线上的所有据点，形成一段延长的防护翼对其进行保护。德军当天下午抵达了布鲁塞尔，第二天就挥师到康布雷，并且绕道圣昆廷将我们的小股部队从培隆纳赶了出来。此时，法国第七集团军、比利时军、英军和法国第一集团军正在向斯卡尔特河地区撤退。与此同时，英国彼得少将统率下的几支部队临时整编成分遣队，并被命名为“彼得军”，驻守在登特河流域，防护阿拉斯。

5 月 18 日到 19 日午夜，贝约特将军到司令部会见了戈特勋爵。从他的表情来看，他并没有带来什么好消息。在听到他的建议之后，英军总司令意识到，向海岸撤退的计划有可能要开始执行了。戈特将军的一封电报在 1941 年的 3 月被公布了出来，他在电报中说：“从当前（19 日晚）的情况看，不仅是我们的战线被压制和暂时性突破了，还有我们的堡垒也将遭到围困。”

继我访问巴黎并与内阁讨论之后，我觉得有必要将一个重要问题告知我的同事们了。

首相致枢密院院长　　　　　　　　　　　　　　1940 年 5 月 17 日

我非常希望你们能够在今夜对以下问题进行讨论，那么我将非常感激。第一，法国政府撤出巴黎或巴黎沦陷将带来的后果。第二，在必要的情况下，英国远征军凭借法国或比利时的交通线，以及海岸各港口，撤出法国可能引起的后果。需要说明的是，这份报告只是对未来可能出现的问题做了一番描述，并能在将来交与参谋长委员会进行研究。我会在六点半亲自会见军队负责人。

* * *

我们谁也没有忘记荷兰被迅速占领的结局。艾登先生曾在早期建议内阁推行组建地方防卫力量，这一建议已经被采纳，并正在被积极实施。在全国范围内，在所有意志坚决的人们中，一股股用霰弹枪、猎枪、棍棒和长矛武装起来的力量，正在各城镇和村庄兴起和聚集。虽然在不久的将来，这也是一支庞大的部队，但是我们对于正规军的需要依然迫在眉睫。

* * *

首相致伊斯梅将军并转参谋长委员会　　1940 年 5 月 18 日

1. 我认为英国国内的部队数量是不足的，因为在继伞兵之后可能会有大量的空运部队登陆。但是由于法国方面的战争尚未分出胜负，我不认为这样的威胁需要马上解决。

以下几项应该被立即执行，希望你们能仔细考虑：

（1）选择一条最安全的航线，将巴勒斯坦的八个营的正规军运回英国国内，为降低风险可以适当护航。用载运澳大利亚部队到苏伊士运河的船只即可，我建议取道地中海。

（2）澳大利亚的快速护航队载运的一万四千名士兵将于六月上旬抵达。

（3）将负责本土防御的八个营士兵快速运往印度，并从印度载运八个或更多的营前往英国。快速护航队的速度一定要快。

2. 对于委员会提出的和我在另一张纸上列举出的，控制在英外国人的建议必须不遗余力地执行。法西斯分子及他们的首领都包括在内，这些人中有大部分人在征得内阁同意后，都可以进行保护性或预防性拘留。

3. 我们随时都可能面临着这样的一个问题，那就是法国会与德国媾和，从而将战争的重担转移到我们肩上。因此，我希望参谋长委员会能考虑，将调往法国的装甲部队削减一半的数量，这样是不是更好。

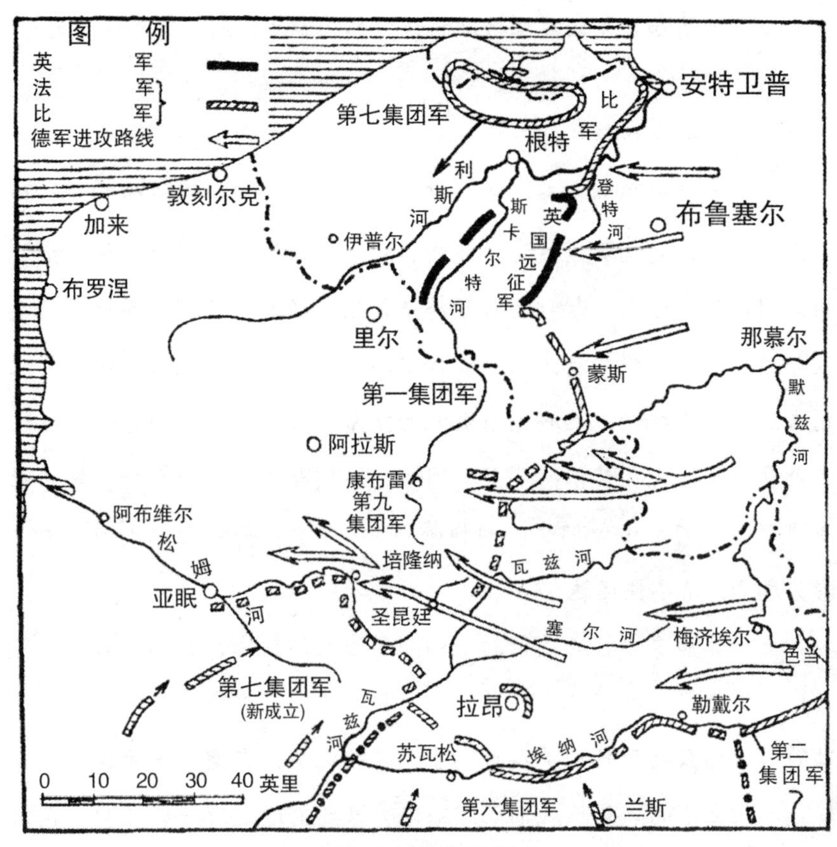

5 月 18 日傍晚形势图

* * *

为了向美国方面指出，法国和英国的沦陷将对他们的利益造成多么严重的影响，我认为必须将以下两封电报拍发给罗斯福总统。我向我的同僚们征求了意见，经过一番考虑，他们同意了我的建议。他们没有对电报内容进行修改。

前海军人员致罗斯福总统　　1940 年 5 月 18 日

局势的严峻性无须我多言。目前在法国进行的这场战争，不管结果如何，我们都已下定决心抗战到底。但是不管怎样，我们必须预料到，波兰曾遭受过的攻击在英国重演的可能性。我们并不想将美国拉进这场战争，但是如果美国愿意援助的话，那么希望援助来得越快越好。

前海军人员致罗斯福总统　　　　　　　　　　　　1940 年 5 月 20 日

通过与罗希恩的对话，我清楚地认识到你也面临着重重困难。但是，对于不能支援驱逐舰这件事情，我表示很遗憾。因为如果它们能在六周内抵达这里，起到的作用将是无法估量的。法国方面战事的成败与你我双方的安危息息相关。我们的空军正以一比二或一比三的比例击落敌军飞机，虽然我们对敌人的空军造成了重创，但是敌军飞机在数量上的巨大优势依然明显。因此，我们要求美国能否将贵军正在使用的，我们交由你们生产的柯蒂斯 P-40 型战斗机运往我国，由于形势危急，请尽快运达。

至于你和罗希恩的谈话结尾部分所涉及的内容，我们的打算是，无论如何都将在英国本土抗战到底。如果美国能够给予我们要求的援助的话，那么利用我们单兵作战能力强的优势，在空军方面我们与敌军是不相上下的。虽然我们已经决定，只要前途还有一线光明，我们就决不投降。但是，如果当前的不好形势继续持续下去的话，那么将导致现任政府的下台。那么一个不难想象的事实将会出现，即由一些人出面，踏着瓦砾和废墟与敌人谈判，而我们谈判的筹码除了舰队以外一无所有。如果美国依然坐视不管，那么只要谈判负责人能够保障本国居民的人身安全，那么即使他接受敌人提出的媾和条件，也没有人有权利去怪罪他。总统先生，请原谅我的直率。但是，我的继任者在失去希望和没有援军的情况下做出的决定，我无法预知。他们很可能向德国投降。这样可怕的事情显然很可能会发生。幸好我们目前还不必为这样的事情担心。再一次表达我的谢意。

*　　*　　*

雷诺先生改组了法国内阁和军事委员会，这次改组的长远意义将会在未来显现出来。18 日，贝当元帅就任法国军事委员会副主席。雷诺先生就任国防兼陆军部长，此前就任该职的达拉第被调去了外交部。19 日晚七点，甘默林将军的职位被刚刚从近东回来的魏刚将军接任。魏刚虽然已经七十三岁了，但他办事从不拖沓，而且精神矍铄。我与魏刚早年便已相识，那时他是福煦元帅的左膀右臂，他在 1920 年 8 月的华沙战役中巧妙阻止苏俄入侵波兰的事迹至今还让我赞赏不已，那次事件对欧洲可是一件具有决定意义的大事。5 月 19 日上午九点四十五分，甘默林将军发布了第十二号命令，这也是他发布的最后一道命令。他要求北方各集团军要不惜一切代价强行向南方的松姆河撤退，并攻击德军的装甲部队，防止交通线被切断和部队被包围；与此同时，第二集团军和新成立的第六集团军向北攻击，直到梅济埃尔。虽然这几项命令都是正确的，但实际上，让北方各集团军向南方总撤退的命令应该至少在四天前就应该下达。因为松姆河是色当失守后，北方各集团军唯一的希望。然而，贝约特将军只是一边儿下令建立右翼防线，一边儿让部队逐渐分批次地向斯卡尔特河撤退。不过，现在撤退也为时不晚。

北方司令部的混乱、法国第一集团军显而易见的溃败，还有未卜的前途让战时内阁中的成员焦虑不已。我们虽然沉着而镇静地行动着，但是有一个默契的共识却让我们感到痛苦。19 日下午四点半，我们得知戈特勋爵正在考虑“在不得已的情况下向敦刻尔克撤退的可行性”。我们中的大多数人，包括帝国总参谋长埃恩萨伊德在内，都不接受这个计划，我们一致认为应该向南方撤退。我们决定派遣埃恩萨伊德去见戈特勋爵，告诉他我们的指示：英国军队应强行越过障碍，向西南撤退与法国军队会师。对比利时的军队我们采取两套计划，一是敦促他们也向南方撤退，二是帮助他们的军队尽可能从各个海峡的港口撤出。此外还要告诉他，我们的决定不需要他向法国政府转达，我们自己会通知。同时，我们还决定派蒂尔前往乔治将军的司令部，他将在那里停留四天，利用我们和他司令部的直通电话线，向我们汇报他所能了解到的一切情况。我们同戈特勋爵的联系非常困难，经常中断，有报告称，他们的给养只能再维持四天，弹药也只能再进行一次战斗了。

* * *

我们的陆军目前的形势一直是战时内阁关心的问题，在 5 月 20 日的内阁会议上我们再次讨论了这个问题。我认为，虽然他们能够通过战斗成功地撤退到松姆河，但是依然无法避免大批部队被切断或被逼到海上。当时的会议记录是这样写的：“首相认为，海军部应该准备大量大小船只随时准备驶向法国的港口和海岸，以备英国远征军的不时之需。”建议一经提出，海军部就立即采取了行动，这项行动随着形势的加剧，在最近一段时间执行得更加积极。这项行动在 19 日就已经开始执行，负责人是多佛尔的拉姆齐海军上将，当时他能调用的只有三十六艘不同类型的私人船只，这些船只全部停靠在索桑普顿和多佛尔。20 日下午，海运部的代表和一切相关人员在多佛尔召开了一次会议，讨论伦敦方面下达的“向海峡紧急撤军”的命令。如果有必要的话，就安排部队分别从加来、布洛涅和敦刻尔克撤退，计划是每个港口在每天撤退一万人。第一批次的船只由三十艘客轮、十二艘海军扫雷船和六艘贸易船组成。22 日，四十艘在英国避难的小船被海军部征用，并在上面配备了海军水手；5 月 25 日到 27 日，这些船只被正式编入海军部。从哈利基到韦默思，以及英国各港口停泊的吨位达一千吨的船只，海运部官员都奉命做了登记和调查。以上行动被称为“发电机”计划，这一计划在十天后被证明挽救了英国陆军。

* * *

德军推进的方向此时已经清晰地展现在我们眼前了。他们的装甲车和机械化部队经由缺口前进到亚眠和阿拉斯，然后沿松姆河西行行进到海边。20 日夜间他们抵达阿布维尔，沿路突破和切断了北方各集团军所有的交通线。防线被突破后，德军那可怕而又致命的战车便像镰刀一般所向披靡，很少或根本就没有遭遇到抵抗。可怕的德国战车在机械化部队的协助和补给下，自由地在开阔的田野中行进，每天能前进三十到四十英里的路程。他们的军官从坦克的炮塔中伸出头来，得意地向路过的居民挥手致意，在完全没有遭受抵抗的情况下，穿过了几十个城市和上百个村庄。有人目睹了这样的情形，有许多还配备着步枪的法国战俘跟随在德军的身后，偶尔有德军士兵发现了这些步枪，便收缴上来扔到行进的坦克下面碾碎。防线被突破后，德军装甲部队的几千辆战车彻底击垮了法国强大的集团军，他们没有与敌人进行任何的白刃战，而是迅速地土崩瓦解，这让我们惊讶不已。公路上似乎也没有设置任何障碍，因此德军选择公路作为他们主要的行军路线。

难道德军的装甲部队在夜间不宿营吗？难道我们的空军不能找到宿营地进行轰炸吗？这些到处驰骋的装甲战车已经快将我们的后方分割得七零八落了。17 日，我就这些问题向空军参谋长进行了咨询。

我给雷诺发过去一份电报：

1940 年 5 月 21 日

对于魏刚将军，我表示完全信任，我对他的任命表示祝贺。

坦克已经突破了薄弱的防线并向我们的后方挺进，再想阻止它们是徒劳的。封堵缺口和围歼德军的方式也是不可取的。与之相反，我们应该主动打开几个缺口。坦克行进到某处或是到达某个城镇又有什么作用呢？他们得不到粮食、水源和汽油只能选择离开，如果他们想爬出坦克，那么就让负责防守的士兵攻击他们，必然对他们造成混乱。如果有必要，还可以用炸毁建筑物的方式拦截他们。这种防守方式应该被推广到所有的交通要道。对于在开阔地带行军的坦克，它们的履带必然受损，从而导致性能下降，我们可以用配备少数大炮的若干小股机动部队对其进行追击，这种办法对付入侵的装甲部队是可行的。对于敌军还没有到来的主力部队，对付他们的唯一方法是让战争混乱起来，我们可以用攻击他们侧翼的方式让这场战争变成一场混战，只有战局混乱了才能找到破解的方法。他们袭击我们的交通线，那么我们就袭击他们的。不过，这种方式需要各战线的部队协同作战，我希望英军会在这种作战方式中有用武之地，此时我的自信比战前又增加了几分。以上都是我的个人建议，我认为传达给你能够为你分忧。

祝一切顺利。

魏刚在上任之初做的第一件事就是要去北方，他要求会见北方各集团军的司令官并借机视察北方形势，对于这件事情的可行性，他和他的高级司令官们进行了讨论。对于一个临危受命的战场指挥官，他有这样的心情是自然的，也是让人理解的。但是这些事情他不该亲自去做，因为在收拾残局的阶段，他离开最高职位会浪费大量的时间，而我们已经没有时间可以用来浪费了。我不妨将后来发生的事情详细地记录如下：20 日早晨魏刚接任甘默林将军的职位，随即他做出第二天视察北方各集团军的安排。此时通往北方的交通线已全被德军切断，在知道这一情况后，魏刚选择乘坐飞机前往。飞机遭到攻击，只好在加来迫降。21 日下午三点，飞机抵达伊布尔，在这里他会见了比利时国王利昂伯德和贝约特将军，并召开了一次会议，此时距原定计划已晚了多时。戈特勋爵没有参加这次会议，因为他没有接到开会时间和地点的通知，其他英国军官也没有到会。这次会议主要讨论了三方面的内容：三国部队协同作战的问题；魏刚的计划实施问题；计划失败后，英、法部队如何撤往利斯河，比利时军队如何撤往伊斯尔河的问题。用比利时国王的话说，这次会议的过程是“四小时毫无重点地乱谈一气”。晚上七点，魏刚将军被迫离开，他要先乘车到加来，然后坐潜艇到迪埃普，再从那里回到巴黎。八点戈特勋爵闻讯赶来，贝约特将军给了他一份会议记录后，便匆匆赶回处理危急事务。一小时不到，贝约特将军撞车殒命的消息传来，会议所谈的一切只好被搁置起来。

* * *

21 日，奉命会见戈特勋爵的埃恩萨伊德赶回，以下是他的报告内容：

1. 向南行军行动和斯卡尔特河的后卫行动应一并进行，行动同时还应对德军的装甲部队和机动部队的防守地区发动进攻，并不忘对两翼实行掩护。

2. 由于管理方面的事宜，部队不能进行持续攻击。

3. 法国第一集团军和比利时军队在这样的行动中，无法与我们保持协同。

埃恩萨伊德还将他的所见所闻做了描述，他说，北方各集团军的法军统帅部已经指挥失灵，在过去的八天里，贝约特将军无法给出解决的方法，军队间的协作也出现了问题；英国远征军的伤亡目前为止是五百人，他们的士气良好。他还对沿途难民遭到德军扫射和道路上的情况做了生动的描述，并说自己也曾身陷危险之中。

此时，有两个可怕的选择摆在战时内阁的面前。一个是，不管法军和比军是否配合，英军都不惜一切代价南下到松姆河地区，戈特勋爵对于这一选择表示质疑，原因是他的兵力不足；另一个是，无视将会遭到敌军空袭的危险和丢弃珍贵而又稀少的大炮和装备的损失，向敦刻尔克集结，再从海上撤退。相比而言，第一个选择虽然危险但值得尝试，不过为了防止南下撤退计划失败，在海上做好充分的安排和准备也是必需的。为了方便做出决定，我提议去法国会见雷诺和魏刚，蒂尔可以从乔治将军的司令部动身，赶往会见地点与我见面。

* * *

此时，我的同僚们认为向议会要求特权的时机已经成熟，因此他们在过去的几天内拟定了一项法案。法案的主旨是，赋予政府拥有支配英王统治下的大不列颠全体人民的生命、自由和财产的权利。从法律的角度来说，议会赋予的权利是不容置疑的。《帝国国防法》和在枢密院权利范围内颁布的防卫条例都规定："为了维护公共治安、保卫国土安全、维持公共秩序，或为了让任何战争有效进行，或为了公共事业提供必不可少的劳力时，英王陛下有权利对他子民的生命、自由和财产进行支配。"

这个条例赋予劳工大臣两项权利，一是关于人员调配的权利，即他可以安排任何人从事任何必要的劳务；二是关于公平工资的权利，即他可以规定工资条目。劳工供应委员会也将在各大中城市成立，并任命一个劳工局局长。根据政府的命令，包括银行在内的一切企业和最广义的财产的控制权也将归政府所有。企业老板们的账簿将会被征收，对于超额利润税可征收到百分之百。格林伍德将会出任生产委员会主席。

22 日下午，这项法案由张伯伦先生和艾德礼先生提交至议会，艾德礼先生建议进行讨论。仅一个下午的时间，在上、下两院占大多数的保守党就完全通过了这项法案，英王当天晚上也对该法案表示同意。我当时的心情可用下面这首小诗概括：

古时候的罗马人，
为了他们的战争，
不惜田园荒芜，
不吝个人得失，
不念远方的妻子，
不恋自己的残生。

* * *

5 月 22 日，我抵达巴黎。此时的法国政府已经经过了一次重组，甘默林将军被换下，达拉第也被剥夺了战争指挥权，雷诺总理兼任法国陆军部部长。目前巴黎是安全的，因为德军的进攻方向是海滨。中午时分雷诺先生陪同我抵达万森，法国最高统帅部依然设在这里。在花园里，一位高大的骑兵军官正忧郁地来回踱步，和他在一起的还有几个人，他们都曾是甘默林手下的人。一位副官告诉我，他们“还是原班人马”。雷诺和我被带领着经过魏刚的房间，然后进入挂有最高统帅部大地图的屋子，魏刚在这里同我们见了面。劳累的工作和连夜的旅行并没有让他感到疲惫，他的心情很好，精神依然饱满，行动迅速，他给我们的印象非常好。接下来他向我们讲述了他的作战计划。他认为北方各集团军应该从康布雷和阿拉斯一带向东南方向的圣昆廷发起攻击，而不是向南方或后方撤退，因为在圣昆廷—亚眠这片袋形（他这样称呼这片区域）阵地内，德军的装甲师是可以通过袭击侧翼的方式被歼灭的。他不认为北方各集团军的后方存在威胁，因为那里可以交给比利时的军队进行掩护，如果有必要的话，还能在比军的掩护下对北方发起攻击。同时，还应该在松姆河地区建立一条战线，为了防守这里，法国将组建一个十八到二十个师的新集团军，兵力来自阿尔萨斯、马其诺防线、非洲和其他地区的部队，由福勒尔将军指挥。这支新的集团军要尽最大的努力，给亚眠地带的敌军装甲部队施加压力，并尝试通过那里推进到阿拉斯地区与北方集团军会师。一切能够传达到的地方都已经接收到了以上的命令。魏刚认为：“我们不能被敌军的装甲师耍得团团转。”这时我们才知道，知晓全部作战计划的贝约特将军刚刚出车祸去世了。我和蒂尔拿不出更好的方法，我们也确实没有更好的方法，因此只好同意这个计划。我补充道：“阿拉斯对于南北方各集团军的联系非常重要。戈特将军在向西南方发动进攻的时候，不能忘记对沿海通道的防守。”为了保证计划不致发生误差，我亲自口述了一份摘要给魏刚看，他表示没有异议。我将以上内容报告给了内阁，并给戈特勋爵发了一封电报：

1940年5月22日

我同蒂尔访问了巴黎，并会见了雷诺和魏刚。我们讨论的结果和你从陆军部得到的指示没有冲突。祝你在巴博姆和康布雷战役中取得胜利，这将是一场苦战。现将我们讨论后的决议概括如下：

1. 苏伊士运河防线由退往此处的比军防守，水闸届时会打开。

2. 英国军队和法国第一集团军必须在明天集结八个师的兵力，对巴博姆和康布雷发起攻击，届时比利时的骑兵队要出现在英军的右翼。

3. 英国空军也将参加这次战役，并不分昼夜给予最大支援。这次战役对于双方军队至关重要，亚眠能否解放直接关系到英军交通线的通畅与否。

4. 新成立的法国集团军也将向亚眠发起进攻，并在松姆河建立防线。接下来他们会挥师北上，与向南进攻巴博姆的英军会师。

可以很明显看出，魏刚的新计划同甘默林将军的第十二号命令除了侧重点不同外，没有其他的新意，同19日战时内阁发表的坚决主张也并无出入。北方各集团军和福勒尔指挥下的新成立的法国集团军遥相呼应，一个向南进攻，一个经亚眠向北进攻，在可能的情况下，粉碎德军装甲师的攻势。如果能完成这一目标，那么对战局将起到重大作用。然而这一命令的下达却晚了至少四天，在这四天里戈特没接到任何命令，直到魏刚上任后的第三天，这一命令才被下达，对此我曾私下向雷诺先生抱怨过。临时换将虽然正确，但之后耽误的时间是没有必要的。

当晚我下榻在大使馆中。晚上震耳欲聋的枪炮声不时传来，却很少听到空袭的炸弹声。伦敦即将面临的灾难与此刻法国正在遭受的真是大不相同。我非常想见到我的朋友乔治将军，我在贡比涅——他的司令部所在地有一个联络官斯韦恩准将。斯韦恩同我共事过一段时间，他曾就他了解的法军的部分情况向我做过报告，他劝我不要去，因为这场大规模的、复杂的军事行动在行政管理方面还存在着多种多样的困难，此外，我们的交通线还随时面临着被切断的危险。

由于此前最高统帅部迟迟不下达命令，此时战争的节奏已经完全被敌人掌握。戈特已于 17 日将部队调往阿拉斯驻防，并加强了鲁约尔古—阿尔勒防线的南面侧翼的防御。法国第七集团军也已南移与法国第一集团军会和，不包括在法尔霍伦岛战役遭受重创的第十六军。英军的后路曾遭到截断，这虽然造成了小范围的骚动，但并不严重。5 月 20 日，戈特曾建议贝约特将军和布朗夏尔将军，在 21 日用两个师加一个装甲旅从阿拉斯向南方进攻，贝约特将军同意配合，并决定从第一集团军中

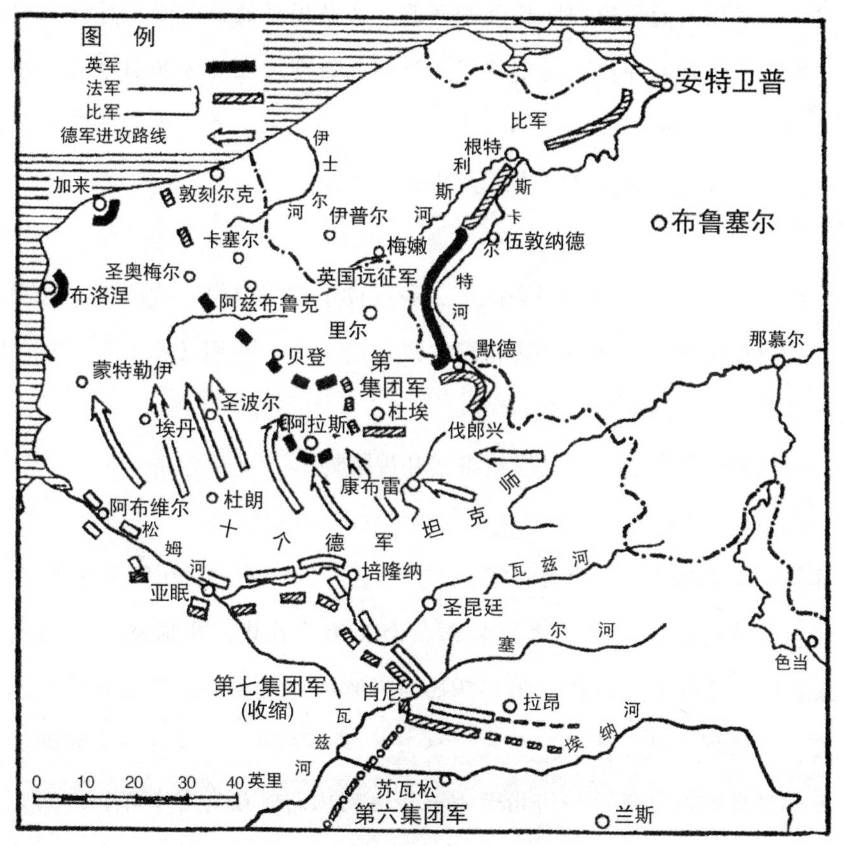

5 月 22 日傍晚形势图

抽调两个师参加这次行动。在默德—伐朗兴—德尼安—杜埃之间的一片长约19英里、宽约10英里的长方形区域驻扎着法国第一集团军的十三个师。20日，德军从伍敦纳德附近跨过了斯卡尔特河。23日，东部方向的三个英国军团撤退到法比边境，冬天我们曾在这里构建过防线。这些部队曾在十二天前从这个防线斗志昂扬地杀向前方。这一天，英国远征军发放的军粮减半。法国从各方面竟无动于衷，因此我致信给雷诺提出抗议。

首相致雷诺总理　　1940年5月23日

（抄送给戈特勋爵）

德军强大的装甲部队已经切断北方各集团军的交通线，解救他们的唯一办法是立即执行魏刚将军的计划。我要求在北方和南方的法军司令员和比利时最高司令部，立即执行这一计划，并下达最严厉的命令，以求转危为安。时间紧迫，补给已极其匮乏。

在上午十一点半的内阁会议上，我宣读了这封电报，我认为，魏刚计划的成败直接取决于法军是否采取主动。晚上七点我们又开了一次会，因为法军没有采取行动的迹象。

第二天，我发了一封电报给雷诺和魏刚将军。

首相致雷诺总理并转魏刚将军　　1940年5月24日

戈特将军报告说，他此时正在南北两面作战，交通线也受到威胁；因此尽管北方战线三国部队的协同作战非常重要，但是此时他已经无法维持这种协作了。今天（23日）下午三点，我从罗杰·凯斯爵士那里得到消息说，任何指示都未传达到比利时最高司令部和比利时国王那里。这样的话，布朗夏尔和戈特怎么能够协同作战呢？此时敌人正在向北方战线集结，而我们的协同作战行动却迟迟不能达成，我深知交通的不方便，但是我也确定你能够扭转这一局面。戈特还报告说，他的每一次行进都是一次突围，必须从南方对他进行救援，因为他们已经没有（重复一次没有）弹药继续作战了。但是，坚持你们计划的命令已经向他下达。不过，你们的命令还有关于北方作战的细节，我们至今还没有看到。可否请你们尽快委派法国使节告知我们计划详情？祝一切顺利。

* * *

英军在阿拉斯附近进行了小规模的战斗。富兰克林司令官统帅着英军的第五师、第五十师和第一集团军的坦克旅。他计划任命马特尔将军指挥这一装甲旅和两个师中的各一个旅，对围绕在阿拉斯西面和南面的森色河发起进攻，以图占领阿拉斯—康布雷—巴博姆地区。这两个英军师只剩下两个旅的兵力了，参加这次行动的坦克数目是“马克Ⅰ”型坦克65辆、“马克Ⅱ”型坦克18辆，这些坦克的履带由于寿命不长，此时已磨损严重。两个法国师在东面的康布雷—阿拉斯公路线上做接应。5月21日下午两点，战斗打响了。战斗开始不久，他们就发现远远低估了德军的抵抗能力。参加这次战斗的德军军团是第七和第八装甲师，其中第七装甲师由隆美尔指挥，他们的坦克总数量大约有四百辆之多；加之德军空军部队的支援，在敌人压倒性的优势面前，英国军队伤亡惨重。虽然战争一开始我们打得还不错，俘敌四百多人，但是并没有抵达森色河一线，东面的法军也未能实现支援，西面的支援仅限于一个轻装的机械化师。不久，第十二骑兵团报告称，德军部队正向圣波尔移动，我们的西南侧翼可能会成为他们的目标。集团军坦克旅、第五师第十三旅和第五十师第一百五十一旅在夜间退守斯卡尔普河，并在其附近区域多次击退敌人的进攻，坚守到22日下午。德军从蒙圣爱洛瓦出兵对防守西南侧翼的法国轻机械化师施压的同时，还向贝登方向迂回，不久后，德军的坦克进逼苏瑟茨。23日晚七点，英军的东西两翼都承受着巨大的压力，阵地随时有被夺取的危险。由于敌我双方的兵力过于悬殊，英军大部分都被敌人的装甲部队包围了。夜里十点，弗拉克林将军再次向最高指挥部报告，如果不能在夜间撤退，那么部队将面临被全歼的危险。他得到的回复是，司令部在三小时前就已经下达了撤退的命令。事后他们的报告称：“德军曾对配备装甲部队的英军进行的大举反攻感到不安。”这就是这场战斗对德军造成的暂时影响。

戈特向此时的北方各集团军指挥官布朗夏尔将军建议，根据魏刚的计划，应该派遣两个英国师、一个法国师和一个法国骑兵团穿越杜·诺尔运河和斯卡尔特河的中间区域向南进攻。实际上，法国第一集团军在这段日子里并不是只被动防守，他们曾对康布雷外围展开过两次攻击，只是都被敌军的飞机赶了回来。这两次进攻是他们仅有的两次主动出击。

* * *

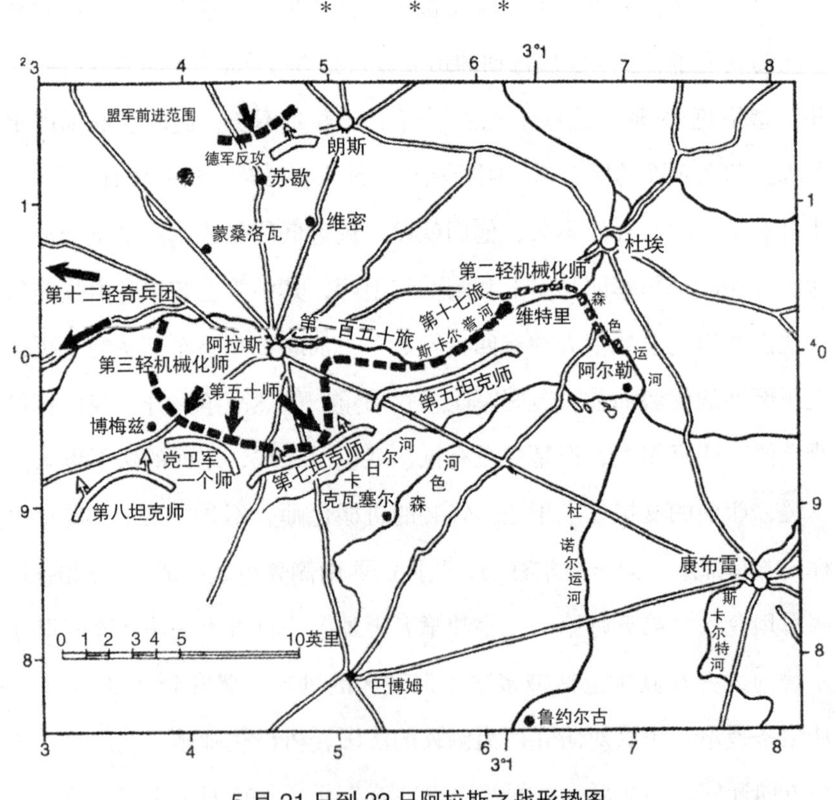

5 月 21 日到 22 日阿拉斯之战形势图

我们在伦敦无法获悉阿拉斯突围战役的具体情况，但是在24日，雷诺对我们大加指责的电报却接连发了过来。其中较短的那封比较有代表性。

> 魏刚将军收到来自布朗夏尔将军的电报称，当南方的法军部队由南往北推进，希望同北方的英军会师时，英军已经通过各沿海的港口擅自撤退了二十五英里。这与你在今晨发电报告诉我的，让戈特将军继续执行魏刚的计划不符。
>
> 魏刚将军曾在今晨再次下令按照原计划行动，英军的这一行为不仅违反了这一计划，而且导致魏刚将军的全盘部署宣告失败。之前预期的封堵缺口和恢复一条连续不断的战线的结果也未能完成。这一后果的严重性是不言自明的。

魏刚将军直到现在还一直期望的是，福勒尔将军的军队能够北上抵达亚眠、艾伯特运河和培隆纳。实际上，他们只是在对军队进行整编和集结，到目前为止还没有北上的打算。我对雷诺先生的电报做了以下回复：

> 1940年5月25日
>
> 我们获悉的一切消息已经在昨晚发送的电报悉数告知，到目前为止，戈特勋爵也没有发过来任何与之相左的消息。我从一个参谋军官那里得知，你在电报中提到的英国两个师从阿拉斯撤退的消息是确凿的。已向蒂尔将军下达了通知，要求他尽快派一名参谋人员从戈特将军那里乘飞机回来报告。当我们知道事情的经过后，将立即转告给你们。此外，北方各集团军的交通线除敦刻尔克和奥斯坦德外已经全部被切断，显然他们已被包围。

1940年5月25日

我们有充足的理由证明，戈特并没有从北方战线撤离。下面是我们得到的消息：第一，戈特既迫于西侧敌军施加的压力，又必须保持己方部队与敦刻尔克之间交通线的畅通，因此他不得不从两个师中分出一部分兵力布置在己方和日益增多的德军装甲师之间，以取得必需的补给。德军此时已经相继占领了阿布维尔、布洛涅和圣奥梅尔，加来和敦刻尔克也面临着威胁，德军装甲部队的攻击如破竹一般无法抵御，戈特在右方没有掩护的情况下，如何撤离北方战场向南移动呢？根据我们得到的消息，英国远征军的行动决不会导致你们越过松姆河向北推进计划的失败，希望你们不要以此为借口放弃这次行动，因为我们相信，向北推进是有进展的。

第二，你抱怨大量物资从勒阿弗尔被运走的消息也是错误的。是有物资被运走，但那些都是瓦斯弹，将这些东西留下来是不明智的，剩下的物资是从勒阿弗尔的北岸运到了南岸。

第三，如果由于局势的发展对我们造成了巨大的压力，使得我们不得不对已经达成的共识做出改变时，我会第一时间通知你。蒂尔此时与戈特将军在一起，他完全拥护我军向南转移与北上的福勒尔将军会师的观点，他相信这是我军能够顺利突出重围的唯一方法。我想你应该知道，我们等待向南转移已经等了一个星期，此时德军的装甲部队业已切断了我们同海岸联系的通道，因此向南转移已经显然和必然是我们进军的唯一方向，之后再利用侧翼的掩护向西推进。

我们将委派斯皮尔斯将军去见你，当局势清明后，请立即让他回来。

* * *

约翰·蒂尔爵士在4月23日就任帝国副总参谋长以来，在军事才能和战略知识上表现出来的才华，让战时内阁成员和高级将领们强烈地感觉到，他应该担任我们的首席军事顾问，以便让他的才能和学识得到充分的发挥。他在军事方面的声望是远远超过埃恩萨伊德的，没有人对这一点表示质疑。

在惨淡的战争愁云面前，我和我的同僚们都认为约翰·蒂尔爵士就任帝国总参谋长一职是众望所归。出于英国也将遭受攻击的考虑，我们还须选举出一位本土防御总司令。5 月 25 日深夜，在海军部大楼我的房间里，我同埃恩萨伊德、蒂尔、伊斯梅和另外一两个人研究当前的形势。埃恩萨伊德主动提出，他愿意卸任帝国总参谋长的职位，并就任英国本土防御指挥一职。他的这一决定是勇敢的和大公无私的，因为本土防御部队指挥的职位对于他这样的指挥官来说，是没有前途的。我十分感激地接受了他的决定，由于他对此事表现的态度，在后来被授予了崇高的荣誉和地位。5 月 27 日，约翰·蒂尔就任帝国总参谋长，人们对于这次的人事变动是普遍接受的。

第四章　向海岸撤退

5月24日到5月31日

梳理战局——哈尔德将军讲述了希特勒是如何亲自干涉战局的——德军装甲部队停止推进——德军参谋部的日记揭示的真相——在关键时刻停止推进的另一个原因——布洛涅防御战——加来戏剧性的一幕——延长防线带来的后果——戈特不再执行魏刚的计划——戈特在5月25日做出的决定——对比利时军队的缺口进行封堵——英军开始向敦刻尔克桥头阵地撤退——英军四个师从利尔涉险撤离——参谋长委员会面临的问题——参谋长委员会做出的回复——我给戈特勋爵发送的电报——我给凯斯海军上将发送的电报——博纳尔记述的5月28日早晨戈特与布朗夏尔会谈的内容——5月28日比利时军队投降了——布鲁克将军和第二军在5月28日进行的决定性战役——向桥头阵地撤离——半数法国第一集团军从海上逃走

我们来梳理一下到目前为止这一令人难忘的战争所经历的过程。

同盟国从未想方设法破坏比利时和荷兰的中立，只有希特勒一直希望荷、比能够参战。在比利时遭受到攻击以前，同盟军始终尊重比利时的意愿，没有入境。因此，发动战争的先机掌握在希特勒手中，他选择5月10日发起进攻。此时，对比利时的一切援救行动都已经为时已晚，以英军为核心的第一集团军群此时要做的应该是，在事先准备好的工事后面进行战略防守，但他们却错误地选择了冲向前去。法军没有对阿登山脉对面的阵地进行加固，导致那里的工事不完善，从而降低了那里的防御力量。敌军用于这次战争的装甲部队的数量是空前的，法军防线的中腹轻易被敌军突破，导致北方各集团军陷入被孤立的局面，在四十八小时内，他们同南方和海岸线的交通线全部有被切断的危险。此时法国的最高统帅部应立即或最迟在 14 日之前下令，命令部队应不惜任何代价，即使物资有遭受重大损失的危险，也必须以最快的速度进行总撤退。然而，这一无情的现实主义问题遭到甘默林将军的漠视。虽然贝约特将军是北方各集团军的司令，不过他无法自行下达必要的命令。这是左翼各集团军在受到敌人威胁后，陷入混乱的主要原因。

当盟军感觉到敌人的攻势无法抵挡时，他们选择了撤退。由于撤退是从右边进行的，所以那里形成了一条侧面防线。但是这样的撤退行动已经至少晚了三天的时间，如果他们在 14 日撤退，那么在 17 日就能撤退到旧防线，从而在那里获得一次突围的好机会。英国战时内阁在 17 日就已经很清晰地认识到了这一点，只有让英国远征军从南方撤离，才是挽救他们的唯一方法。虽然我们自己的前线指挥官戈特将军对于向南撤离存在质疑，他认为脱离甚至是穿越正在激战的战线的可能性不大，但是我们还是将这一意见告知法国政府和甘默林将军。甘默林将军在被免职的当天，发布了他最后的一道命令，即“第十二号命令”，英国战时内阁和参谋长委员会一致认为这道命令符合他们的主要观点，虽然比预期晚了五天，但是至少在原则上还是正确的。19 日，魏刚上任，这又导致了三天的延误。他对北方各集团军的访问造成法国最高统帅部没有统帅的局面，他在那里提出的大胆计划最终也没有付诸实施。此外，他的计划和甘默林将军的计划如出一辙，计划能否得到实施，由于时间的延误，已经很渺茫了。

我们接受并忠诚和坚决地执行了魏刚的计划，虽然这个计划没有起到什么效果，但我们还是一直坚持到25日，因为当时的情形实在是太糟糕了。25日之前，我们对敌人进行了攻击，但是我们微弱的攻势并没有改变阿拉斯失守、比军战线被突破、比利时国王利昂伯德决定投降和向南方撤退的希望化为泡影的命运。此时，海路成了我们唯一的选择，能否到达那里还是一个未知数。如果不能到达海边，那么我们很可能会被敌人在开阔的战场上围歼。我们的大炮和装备，这些好几个月也补充不起来的辎重，将会损失殆尽。但是，士兵才是军队的核心和基础，与他们相比，这些大炮和装备又算得了什么呢？戈特勋爵在敦刻尔克附近建立了一个桥头阵地，并将残存的兵力全部集结到那里去，因为从25日之后，他也意识到从海路撤退已经成了他唯一的选择。接下来他们能做的只能是严守纪律，司令官们包括布鲁克、亚历山大和蒙哥马利在内，充分发挥自己的才能。当然，需要他们做的还有许多，但是他们将该做的都做到了，就够了吧。

*　　*　　*

一个被大家争论过好多次的插曲值得我们研究。据哈尔德将军——德军的陆军参谋长称，希特勒干预了这次战争，这也是目前为止唯一一次他本人亲自对战争发出指示，他的干预对这场战争起到了直接而有效的结果。希特勒认为，他们的装甲部队冒险进入的这片区域不会给他们带来任何重大的收获，反而这片运河交错的区域会让他们处于不利的境地。他还强调，这些装甲部队在战争的第二阶段是不可或缺的，他们此刻的损失都是没有必要的。从这里可以看出，希特勒对他的空军是充满信心的，他自信仅依靠空军力量就能阻止我们从海路撤退。在勃劳希契发给哈尔德的电报中，希特勒命令“装甲部队不必继续前进，先头部队可以考虑撤回”。哈尔德反驳了这一观点，因为这样会打开一条道路让英军撤往敦刻尔克。一封德军的明码电报被我们在5月24日上午十一点四十二分截获，电报中有停止向敦刻尔克—阿兹布鲁克—梅威尔战线进攻的内容。哈尔德表示，龙德施泰特集团军是遵照明确命令，阻止敌人到达海岸地带的，因此他代表陆军最高司令部拒绝干预他们的行动。他还强调，虽然在这片区域作战会对坦克造成损失，但是越快越彻底地占领这里，就会对将来补充坦克越有利。

最后，哈尔德的争辩终结于希特勒下达的一条明确命令。希特勒说，他将派遣他本人的联络官凯特尔和一些其他的军官，分别乘飞机前往龙德施泰特集团军的司令部和前线各指挥所，监督这道命令的实行。哈尔德将军对此表示无法理解，他说："希特勒这些想法的产生很可能来自凯特尔。在第一次世界大战期间，凯特尔曾在弗兰德待过很长一段时间，他很可能会将这里发生的事讲给希特勒听，因此希特勒才会认为他的装甲部队此时正在冒险。"

德军的许多将领都发表过与哈尔德类似的看法，有人暗地里认为，希特勒下达这样的命令是出于击败法国后，更容易与英国议和的政治动机。但是，在龙德施泰特总部发现的一份可靠文件否定了以上说法，这份文件是写于当时的一篇日记。勃劳希契在23日午夜带来德军最高指挥部的命令，命令龙德施泰特仍然指挥第四集团军继续进行"包围战"，并实施"最后行动"。第二天早上，希特勒出现在龙德施泰特的总部，龙德施泰特说，现在他的装甲部队需要休整和重新部署，因为经过长距离的行军，他们的速度和力量都大不如以前，无法对敌人实施最后的打击。龙德施泰特的参谋在日记中的记录大致是这样的：他（龙德施泰特）认为，与我们作战的敌人非常顽强，他们很可能从南北方向对我们分散的兵力进行夹击。希特勒对于这一观点表示认同，并认为应该由步兵执行对阿拉斯东部攻击的任务，机动部队则应该和B集团军共同扼守朗斯—贝登—埃尔—圣奥梅尔—戈拉弗林防线，以便截击东北方的敌人和对他们施压。可见，如果实施了魏刚的计划，我们就会对敌人形成反击之势。希特勒也深知，在以后的作战中，保障装甲部队兵力充足是至关重要的。然而，在25日的一大早，勃劳希契带来的总司令的命令却是这样说的：不允许装甲部队停止前进。由于此前希特勒曾口头答应龙德施泰特提出的要求，因此他没有将这条命令转达给第四集团军的司令克卢格，而是置若罔闻，并告诉他继续节约使用装甲部队。克卢格认为这是在拖延时间，并提出了抗议，龙德施泰特在第二天（26日）才下达继续让装甲部队行动的命令，在命令中他还强调敦刻尔克此时并不是主要的攻击目标。日记中还写道，第四集团军对于这种限制是表示不满的。27日，集团军的参谋长曾打电话抱怨过这件事：

> 大船停靠在码头并纷纷放下跳板，人们都在登船，连物资都不要了。这就是当时的情形，我们不希望看到这些人重新获得了装备，继续与我们作战。

综上所述，德军的装甲部队确实停止了前进，但是这都是龙德施泰特造成的，并不是希特勒希望的。龙德施泰特不服从最高统帅部下达的命令，或者不将希特勒的口头指示告诉给他的同僚显然是错误的；但是他这样做并不是没有理由的，他是在综合考虑了装甲部队的状况和总的战争局势做出的决定。不过，德军的司令官们都普遍认为，一个大好的机会被白白浪费了。

* * *

在战争的紧要关头，影响敌军装甲部队行动的不仅仅是以上原因，还有其他因素。

20日夜，德军在到达阿布维尔的海岸线后，其装甲部队和摩托化部队的主力继续经埃塔普勒向北进军，其目的显然是占领布洛涅、加来和敦刻尔克，以切断我军所有的海上撤退路线。上次大战的时候，在敦刻尔克，我曾利用机动化的海军陆战旅对进军巴黎的德军侧翼发动过攻击，处于加来和敦刻尔克之间的戈拉弗林洪水系统的重要性再一次出现在我的脑海中。这一系统是我们撤退的南面屏障，此时它的水闸已被打开，洪水每日都奔流不止。布洛涅防线，尤其是加来防线正在进行着艰苦卓绝的防御战，在局面失控的最后一刻，英国派遣的援军抵达了那里。守备布洛涅的部队有两个营、一个英国为数不多的反坦克炮队，还有一些法国部队。5 月 22 日，在坚守了三十六个小时之后，布洛涅被敌军孤立起来，守卫这里的部队在仅损失两百人的情况下要求撤退，我同意了他们的要求，并于 5 月 23 日到 24 日夜用八艘驱逐舰帮他们从海上撤离。法国军队继续抵抗到 25 日清晨，对于我们的撤退，我表示遗憾。

我和帝国总参谋长之间的联系频繁，由于他在几天前接管了海峡各港口的防卫指挥权，因此我将必须死守加来、不得从海上撤退的决定告诉了他。此时负责守卫加来的部队有步枪旅的一个营、第六十步枪旅的一个营、维多利亚女王步枪旅、皇家第二二九反坦克炮兵营、皇家坦克团的一个营、二十一辆轻型坦克和二十七辆巡逻战车，还有等量的法军。这些部队的主要任务是，不惜任何代价托住敌人两到三天的时间。这一决定是令人痛心的，因为在接下来的两到三天的时间里，这些训练有素的部队很可能会全军覆没，而他们的牺牲可能对战局没有任何的裨益，而他们争取来的时间怎么利用也无法预知。这一不得已的决定最终还是获得了陆军大臣和帝国总参谋长的同意。以下是关于这一决定的电报和会议记录。

* * *

首相致伊斯梅将军并转帝国总参谋长　　　　　　1940 年 5 月 23 日

除了继续执行魏刚将军的计划外，我认为必须要尽快从敦刻尔克、加来或布洛涅为戈特的部队打开一条持续的补给线，以便他们经由亚眠向南方转移。我们将派遣部队从海岸向他的部队方向推进，戈特应同时派出一个师或少量的必要兵力与我们会合，同时提醒他，此时他们的处境已十分危急，不要再无所察觉。如果我们的装甲师和巡逻车能在加来登陆，将会对战局的改变起到积极的作用，届时我们会将装甲师第二旅的余部派遣过去。如果我们的防线后面出现敌军，那么必须对其穷追猛打，因为这片区域能否被扫清，关乎我们主要的撤退计划成功与否。如果撤退的道路上出现了难民，那么就按照魏刚的建议行事，将他们暂且安顿在田地里。你同戈特用什么方式联系，发送给他一封加密电报需要多长时间？绘制一张到今天为止的关于英军九个师阵地详情的地图，并委派一名参谋送到唐宁街来。你不必亲自给我回信。

首相致伊斯梅将军　　1940 年 5 月 24 日

加来的局势让我感到困惑。为什么我们的部队不向正在封锁我们道路的敌军进攻？为什么仅凭敌人设置在郊外的野战炮就可以将我们的坦克困在城中？因为受不了他们的炮火吗？我想围困加来的敌军兵力应该不多，可是为什么在我们从后面袭击他们时，戈特不出兵接应我们？英军都快被饿死了，戈特肯定有派出一个旅或两个旅扫清他们交通线的能力，可是他却不一发兵一卒来实施这一行动，以获得必要的补给。交通线的重要性是不言自明的，预备队该用在什么地方也是不言而喻的。

德国人的坦克可以三个一群、五个一伙地开往我们后方的任何地点，干任何事情，却从来不怕被发现和攻击，因为我们的野战炮不喜欢攻击他们的坦克。而我们的坦克却在敌军的野战炮面前龟缩不前。必须命令戈特将军对这支围困加来的敌军进行攻击，敦刻尔克的加拿大军队和我们被围困在城内的坦克也要参加这次进攻。既然敌人的摩托化炮兵能在远离他们阵地的情况下，对我们实施封锁，那么我们强大的炮兵部队为什么不能实施反封锁呢？

英国远征军是清除通往加来的交通线，并保持其通畅的主力。

这封电报的内容，在评价我们军队方面是欠公平的，但是我当时确实是这么写的。

*　　*　　*

首相致伊斯梅将军　　1940 年 5 月 24 日

我从海军副参谋长处获悉，今日凌晨两点，原则上决定撤离的命令被发往加来。这简直愚蠢至极。为什么不能放弃加来的理由很多，但最重要的一条是，我们可以把敌人牵制在这里；加来失守的后果是，封锁此地的敌军将全部涌向敦刻尔克。海军部报告称，他们正在准备一种大炮，这种大炮可以发射十二磅重的半穿甲弹头，任何坦克都无法抵抗它们的火力，这种大炮一共有二十四门，一部分将在今晚准备完毕。

首相致帝国总参谋长　　1940 年 5 月 25 日

我必须尽快知道，戈特勋爵是否依然在全面执行还是在片面执行魏刚的计划，以及他为什么放弃阿拉斯和他怎么使用他余下的部队的？如果戈特放弃了魏刚的计划，那么你对接下来几天事态的发展有什么看法？戈特是否应该向海岸的方向突围？是否应该利用压倒性的炮兵优势和强大的后卫力量，摧毁位于他们和海岸间的敌军装甲部队并掩护他们和比利时军队向后方转移？总之，他不能坐以待毙。我希望在明天得到答复。

只要有任何一个机场的条件允许，蒂尔就必须要乘飞机回国，并派整个皇家空军中队保护他。

首相致陆军大臣和帝国总参谋长　　1940 年 5 月 25 日

今晨看到一份电报，其内容令人非常泄气，里面所述的都是些怠慢军心的话题，却美其名曰“一切为了盟军内部的团结”。我希望能查出这份电报的起草人，和向加来下达撤退命令的军官是什么人。我们要确定参谋部内部是否有失败主义思想在蔓延。

首相致帝国总参谋长　　1940年5月25日

加来对于我们的国家和我们的陆军都至关重要，必须尽最大努力防守。通知防卫加来的旅长注意以下几点：第一，必须确保我们交通线的安全，尽最大努力牵制住敌军的装甲部队。第二，确保有一处港口可以让英军撤回国内。已命令戈特勋爵向你处提供增援，海军部将竭力满足你们的补给。加来保卫战是一场为帝国和英王陛下所瞩目的战役，政府深信，你和你的将士因英勇抵抗而取得的功绩将不负英国的声誉。

5月25日下午两点，这封电报被发往尼克尔森准将处。

5月26日晚上九点，艾登、埃恩萨伊德和我做出了最后决定，不调回驻守加来的部队。在此之前，驱逐舰是一直处于待命状态的。艾登曾服役过的团也是驻守部队中的一支，在上次大战中，他曾在这个团中长期战斗过。我们三人从海军部出来，走向餐厅，战斗中的人们也是要吃饭喝水的。我们围着桌子坐了下来，谁也不说话，此刻我感觉我好像生病了一般。

这是我发给尼尔克森准将的电报：

政府决定不允许你们撤退，因为在接下来的每个小时里，你们因坚守阵地所取得的辉煌战绩，都将对英国远征军起到莫大的帮助，对此我不吝惜任何的赞美之词。之前用于撤退的船只将回到多佛尔，“真谛”号和“温莎”号将用于司令官扫雷和为其返回做掩护。

影响我们从敦刻尔克撤退的因素很多，但是可以肯定的是，只要加来防御战能争取到三天的时间，那么我们就能保住戈拉弗林的洪水防线，从而防止敌军切断我们所有的后路，全歼我们的军队。虽然希特勒可能还在犹豫不决，但龙德施泰特却随时可能下达进攻的命令。

* * *

5 月 24 日，德军突然向距离奥斯坦德和敦刻尔克不足三十英里处的库尔特累两侧的比军防线发动进攻，并突破了那里，此前德军从未向比军发动过如此大规模的进攻。这次进攻导致比利时国王对战局彻底失望，准备投降。这虽然又是一桩不幸的事件，但是这次事件却让千头万绪的战局趋于简单化了。

英国远征军第一军和第二军从比利时撤退到里尔，去年冬天他们曾在此处国境线的北面和东面修建过防御工事，包抄我军南翼的德军在 5 月 23 日也抵达该处，因此他们必须在那里布防。迫于形势，戈特不得不将部队转移到拉巴塞—贝登—埃尔—圣奥梅尔—瓦当一线沿运河布防。这条防线并不连贯，因为圣奥梅尔和瓦当已经失守，负责防守此处的第三集团军只好在主要路段设置一系列防御“点”。敌军的攻击已经威胁到卡塞尔北部的几条重要交通线。前文提到过的作为英军后备队的第五师和第五十师，为了执行魏刚的计划，在冒险反攻阿拉斯失败后已陷入敌人的重重包围。在长达九十英里的英国远征军防线上，每一处都与敌人近在咫尺。这就是当天的情况。

法国第一集团军在英国远征军的南面，该军团的十三个师除了两个师在国境线布防外，其他的十一个师全都龟缩于杜埃的北面和东面区域，该军团受到德军包围圈东南方向兵力的攻击，皆已溃不成军。位于我军左翼的比利时军队正向北方撤退，由于利斯运河防线多处失守，使得梅嫩以北出现了一个缺口。

25 日夜间，戈特勋爵命令第五师和第五十师依然按照魏刚的计划，向南挺进到康布雷地区，试图呼应按照约定从松姆河向北进攻的法军的行动。

虽然这项决定对于英军来说意义重大，但是法军似乎并没有配合的迹象。此时，布洛涅的最后一波守军已完全撤离，加来还在坚守。戈特勋爵在意识到向南和向松姆河进军无望后，放弃了魏刚的计划。我们截获了一条下达给德军第六集团军的命令，称德军将派两个军分别进攻西北方向的伊普尔和西方的威兹沙特，德军发起的同时进攻，比利时军队是无法阻挡的。那么一个新的、足以改变战局的危险将出现在我们面前，比利时军队的溃败将导致我们的北方出现一个缺口。

戈特认为，他已经与英国、法国政府，以及法国最高统帅部的联系全部中断，出于对自己军事才能的信心，他决定放弃向南进攻转而向海岸移动，同时堵住因比利时军队投降而即将出现的北方缺口。为了军队不被全歼或投降，这是此时唯一的方法。英国第五师和第五十师，以及英国第二军奉戈特的命令于下午六点前往比利时方向，堵塞行将出现的缺口。戈特将这一命令通知了布朗夏尔将军，此时他已经接替贝约特将军担任第一集团军群总指挥，这位将军对于形势的危机程度没有异议。布朗夏尔认为，应该撤退到里尔以西的利斯运河防线，以便在敦刻尔克附近建立起桥头阵地，于是他在夜间十一点三十分下令，要求部队在 26 日赶往该处。

向海岸撤退的计划在 5 月 26 日凌晨，由戈特和布朗夏尔共同制订完成。为了等待路程较远的法国第一集团军，作为后卫兵力的英国第一军和第二军需要在 5 月 27 日到 28 日夜，驻留在国境线上的阵地中，英国远征军在 26 日到 27 日的行动也都是准备性质的。虽然戈特勋爵的行动都是他一人制定的，但是在国内，我们综合了得到的情报，在进行了不同角度的讨论后，也得出了以上的结论。26 日，陆军部向戈特发去电报，同意他“协同法军和比军向海岸转移”的行动。海军部的大量的各式各样的大小船只也已积极地集结起来。

26 日一整天，通往海岸的西侧阵地基本没有发生变化：除了正在坚守埃尔和拉巴塞运河阵地的第二师正在进行激战外，第四十八师和第四十四师驻守的阵地承受的压力都不大。东面的卡尔文防线，德军正在对英法联合防御军进行猛烈的进攻。危机在附近露营的第五十师的发起反攻后才被化解。第五师和划归该师指挥的第四十八师第一百四十三旅从英军左侧的防线撤了下来，经过彻夜行军，在拂晓前接防了伊普尔—柯明运河防线，以便堵塞英军和比军的缺口。此后不久，敌人对该防线发起进攻，战斗进行了一整天。第一师的三个营作为后备队也参与了这次战斗。在里尔以南

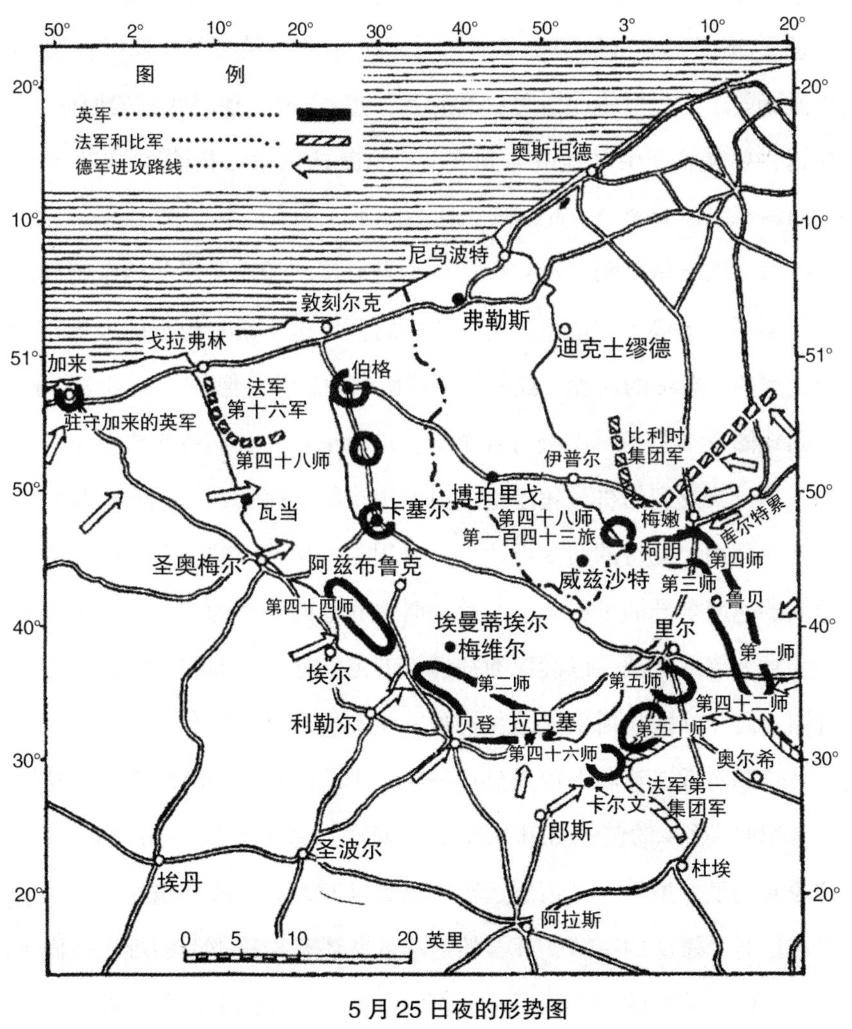

5 月 25 日夜的形势图

露营的第五十师已向北方的伊普尔附近转移，以便为第五师形成一个延伸侧翼。比军方面报告称，在敌人整日的猛攻下，他们的右翼已经被突破，已丧失与英军防线取得联系的能力和退守到苏伊士运河配合英军行动的能力。

法国人已在戈拉弗林到伯格一线驻防，英军则在伯格运河经弗勒斯到尼乌波特再到海岸线这些区域布防。与此同时，建立工事、构建桥头阵地的行动正在敦刻尔克进行。在这条战线上随处可见各式各样的军队，他们都是从两方面行军至此的。27 日下午一点，陆军部发给戈特勋爵一封电报，以便证实 26 日的命令，并通知他"尽可能地撤出最多的军队"。26 日，我将撤离英国远征军的计划通知了雷诺先生，并要求他对此做出回应。"不许后退，要在利斯河阵地战斗到底"，这是法国第一集团军于 27 日下午两点向各军下达的命令，此后通讯便中断了。

德军试图在里尔附近将包围圈的两臂合围，孤立英军的四个师和法国第一集团军，形势十分危急。有三天的时间，由于里尔附近的大批盟军和四个优秀的英军师的处境，我都是在苦恼中度过的。但是，在那些日子里，我们的地图室不完备，无法对各个阶段进行衔接，我们也无法在伦敦控制战局。不过，我们的机械化运输，虽然很少派上用场，但这一次却发挥了关键性的作用。戈特的命令下达后，仅用了一夜的时间，我们的四个师就以惊人的速度全部撤了回来。与此同时，其他的英军师——第二师和第五师则与敌人展开激战，以确保通往海岸的道路通畅，他们在阻止敌人包围圈合围方面，分别起到了延误和耽搁了敌人三天时间的作用。1942 年，在斯大林格勒附近，苏联人曾进行过一次伟大的战役，当时的情景与这次战役非常相似。德军的包围圈用了两天半的时间，直到 5 月 29 日夜间才合围。在这段时间里，虽然法军用于运输的只有马匹，通往敦刻尔克的主要公路已经被切断，撤退的军队、长长的运输部队还有拥挤不动的难民挤满了次级公路，但是英军的四个师还有法军的第一集团军的大部分，除了损失掉的第五军之外，全部井然有序地通过缺口撤了出来。

* * *

在十天前，我曾要求张伯伦先生和其他大臣共同研究我们继续单独作战的问题，此时，这一问题被正式提交到我们的军事顾问面前。我早就知晓他们坚决的立场，但是为了让议会放心，也为了让他们相信有专业人员支持我们的决策，我做了一份参考材料，像这类决策还是用书面文件的形式比较明智。虽然在这份材料中，我有意识地使用了启发性的措辞，但是我还是希望三军参谋长能够自由地各抒己见，不论什么意见都能提出。下面是参考材料的内容和他们的答复：

首相提交给我们的参考材料中的各条内容，我们已重新讨论，下面是关于“在不可预知的情况下英国战略”的报告：

如果法国因不能继续作战而中立，如果比利时军队在帮助英国远征军从海岸撤退后被迫投降，如果德军据守目前为止他们已得阵地向我们提出条件，要求我们割让奥克尼群岛海军基地或其他领土，并解除武装听命于他们，那么我们继续单独同德国战斗下去将会面对怎样的形势？同可能参战的意大利作战又会出现什么样的形势？对于阻止敌军入侵发起的猛攻，我们能否将希望寄托于我们的海军和空军？对于敌人数以万计的空中部队的袭击，我们本土现有的兵力能否抵抗？英国的持久战能否对已经占据大半个欧洲的德国造成巨大的威胁？

下面是我们给出的答复：

1. 对于德军从海上发起的猛烈进攻，联合我们的海军和空军力量，前提是我们的空军还存在，应该是可以应对的。

2. 如果我们的空军力量不复存在了，那么对于敌人的入侵，我们认为海军可以抵御一段时间，但无限期抵抗是做不到的。

3. 当我们的空军已全部被歼灭，我们的海军无法阻止敌人入侵时，如果德军的坦克和步兵在我们的海岸登陆并建立坚固的工事，那么我们的海岸和海滩防御部队将无能为力。如果此时德军发动大规模的入侵，那么我们的地面部队也将无法应对。

4. 如果我们不能在空中占据优势，那么敌人仅依靠空袭就能压制住我们，因此问题的关键在于我们的空军是否占优。

5. 只要我们的飞机工业（考文垂和伯明翰的工厂是其中的重中之重）和我们的空军不被彻底摧毁，那么德军就无法在空中取得优势。

6. 此时我们正以最快的速度完善飞机工厂的防御设施，但是我们依然无法保障那些大的飞机工业中心（我们的飞机工业依赖于它们）的安全，敌人甚至不需要精确打击，就可以对这些中心造成巨大的伤害。无论白天还是黑夜，敌人都可以对我们的飞机工厂进行空袭。为了避免遭受严重损失，我们认为应当投入大量的兵力，在白天先行对敌人的飞机工厂进行空袭。

7. 空袭不仅能在物质上对我们的飞机工业造成损毁，还会影响工人们的精神状态，因此我们的飞机工业能否被摧毁，还取决于工人能不能在工厂遭到巨大破坏后有继续工作的决心。

8. 如果敌人对我们的飞机工业进行的空袭是不间断的，很可能相关工业区的工人无论在物质上还是心理上都会受到伤害，那么他们将因此无法工作。

9. 德国的飞机工厂分布得非常分散，而且接近它们也十分困难。有一点我们必须要注意到，德军的飞机数量是我们的四倍。

10. 当然，我们也能够通过同样的方式，对敌人的飞机工厂进行空袭，对敌人的物质和精神进行打击，这样他们的一部分飞机工业也会陷入瘫痪。这些行动的前提是，我们必须拥有反击用的轰炸机中队。

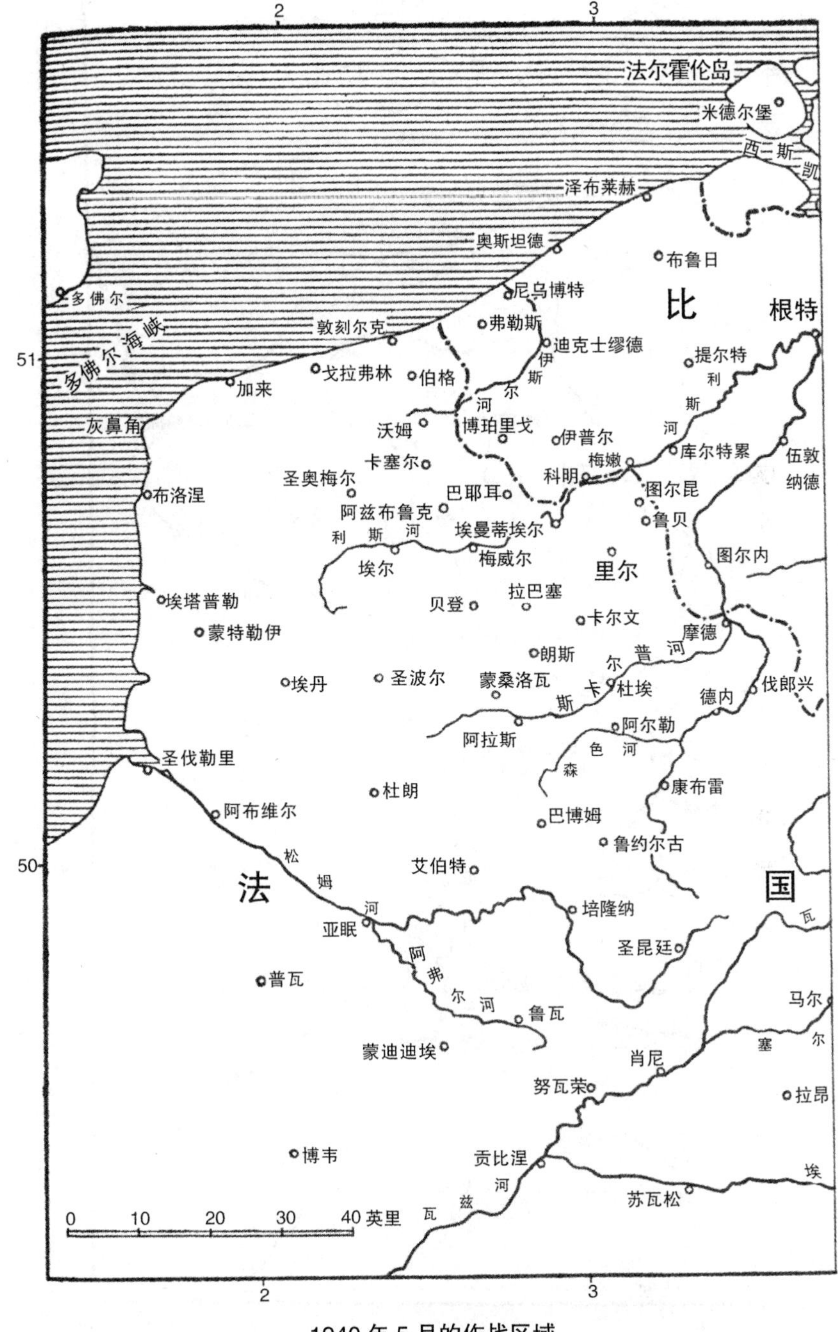

1940 年 5 月的作战区域

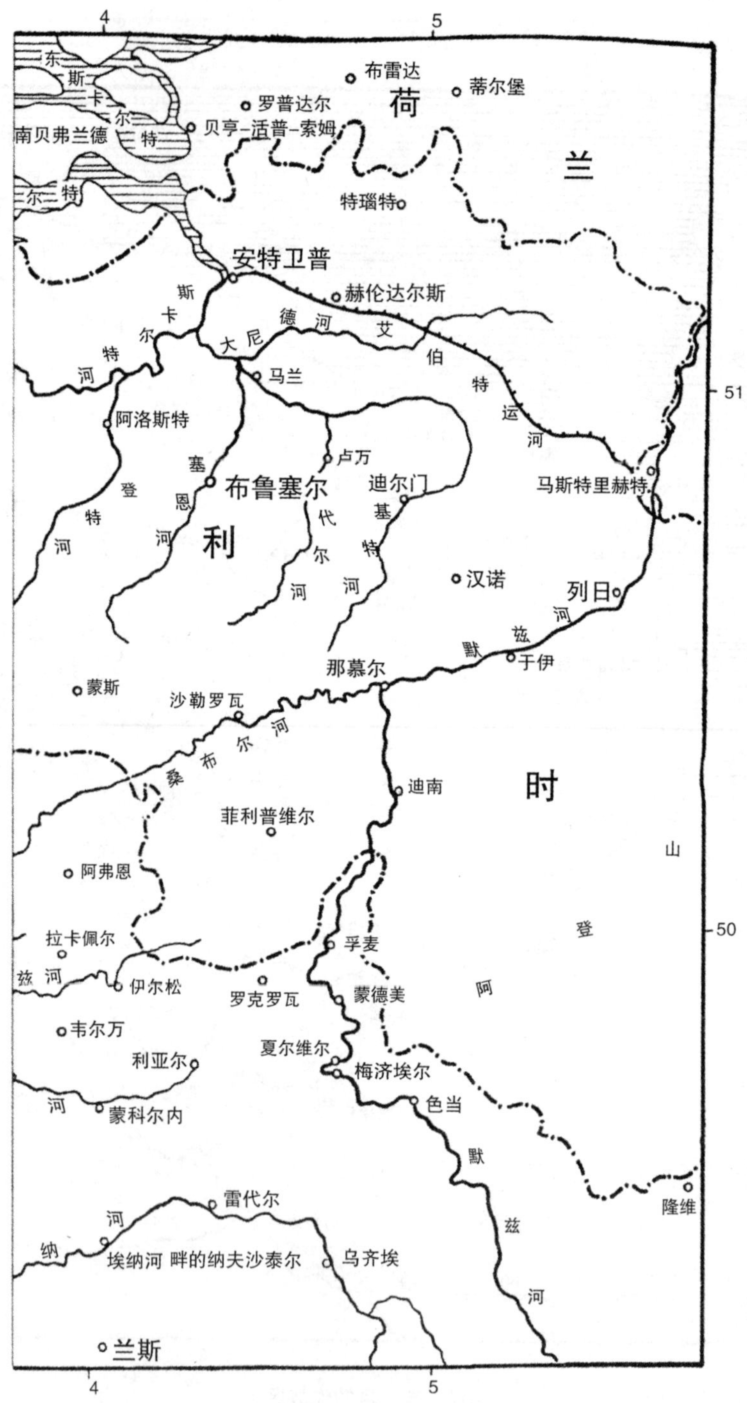

1940 年 5 月的作战区域

11. 结论是：我们的战士和人民不惧怕敌人在数量和物资上的优势是问题的关键。虽然我们相信能够做到，但是从表象上看，德军是胜券在握的。

这份报告写于敦刻尔克大撤退之前那段最黑暗的日子，尼沃尔、庞德、埃恩萨伊德、蒂尔、菲利普斯和皮尔斯这些正副参谋长们都在上面签署了名字。当时事态的严重性，甚至在几年后重读这份报告时，依然能够感觉到。不过，当时我们的心是在一起的。无论是战时内阁成员还是看过这份报告的大臣们，都没有对报告进行讨论，因为我们的想法是一致的。

* * *

这是我亲自写给戈特勋爵的信：

1940 年 5 月 27 日

虽然现在的情况很糟糕，但谁也不能准确预言日后形势怎么发展，但不管怎么说，突出敌人的包围圈总比被十面埋伏好。在这里，我必须要祝你成功。以下几点建议是我深思熟虑过的，谨列在下面：一，大炮无论在攻击坦克或其他目标时都可能受到损失，但是现在要用大炮来攻击坦克。二，我对奥斯坦德非常担心，请用一个旅的炮兵占领那里。三，加来防御战已经让德军的坦克部队疲惫不堪，此时加来还未失守，敌军除了继续攻击那里外没有别的行动，这正是派一支部队进行反击的好机会。也许，敌人的坦克之所以那么可怕，是因为我们一直在被动防守。

我们需要比利时人的帮助，下面的附件中有发给凯斯的电报，届时他们会知晓现在的情况。我希望你能亲自去见比利时国王，凯斯将会给予你帮助。

我们正在开辟道路迎接我们的军队回家，我想军队方面也是知道这件事的，从来没有任何事在鼓励大家斗志方面能与之相比。对于给予你们援助，海军和空军也在全力以赴。安东尼·艾登现正在我处，我和他一起向你送去祝福。

（附件）首相致凯斯海军上将

请向你的朋友比利时国王转述以下几点：英法联军已决定撤向包括戈拉弗林和奥斯坦德在内的这两个地区的海岸地带；我们也已下令在危急时刻，海军和空军全力支援他们登船。我想以上这些，他都是知道的。我们不希望比利时陷入敌军包围，坐等被全歼，但是对此，我们又能做些什么呢？我们唯一能做的是不放弃胜利的希望，除非希特勒被打败了或是英国亡国了，我们才会退出战争。我相信，在时机未到前，你们乘飞机离开是可以做到的。如果需要的话，在我们顺利建成一个有效的桥头阵地后，比利时的一些师团将由我们通过海路运往法国。比利时继续参战和比利时国王的安全都同等重要。

28 日，凯斯海军上将抵达英国，在这之前，他不知道我们给他发送了这样一封电报，比利时国王利昂伯德也因此没有获得这封电报中的重要内容。不过这些都无关紧要，因为在 27 日下午五六点的时候，凯斯海军上将通过电话联系了我，下面的内容是从他的报告中摘录下来的。

27 日下午五点，国王将部队已溃败的消息告诉了我，此时他正要求停止对敌作战。为此，我用无线电发送了一封加密电报给戈特和陆军部，并立即乘车赶往拉潘尼给首相打电话，这份电报于下午五点五十四分被陆军部接收。此前，首相已经多次接收到关于这件事的报告，因此他并没有感到惊讶。他只是让我尽最大的努力，说服国王和国王的母亲随我一起到英国。然后他口述了一封电报的内容给我听，这封电报我本该在当天下午接收到的。

1940 年 5 月 27 日

比利时大使馆认为，国王没有离开国家，很可能是他认为战局已经失败，决定单方面与敌人媾和了。

比利时立宪政府为了不受国王决定的约束，已经在国外重建。比利时的军队虽然在当下不得不投降，但是这并不代表比利时就失去了继续战斗的能力。在法国还有二十万比利时人符合服役年龄，比利时现有的物资也比 1914 年时多。国王向希特勒寻求帮助的行为其实是在分裂国家。他这样做将对盟国和比利时造成灾难性的后果，请将以上建议告知国王。

我将首相的电文提交给国王利昂伯德，得到的回复是，他已下定决心，不离开他的军队和人民……

*　　*　　*

下面是我向国内下达的通知：

（绝密）　　1940 年 5 月 28 日

虽然现在的日子我们看不到光明，但是作为首相，如果政府中我的同僚们和身居要职的官员们能保持高昂的士气，我将甚感欣慰。我要求大家这样做，是让我们对自己充满信心，而不是无视事态的严重性。敌人企图统治整个欧洲的野心，在我们坚决的抵抗下，势必会被瓦解。

我们决不会让法国产生单方面与敌媾和的想法；不过，无论法国做出什么样的决定，誓死保卫我们的岛屿、帝国和我们的事业都是我们不容置疑的责任。

戈特勋爵的参谋长博纳尔记录了28日早戈特再次与布朗夏尔会见时的谈话，我表示感激并叙述如下：

在今天的会晤中，布朗夏尔没有给出任何建设性的意见或计划，我们发现，他已经不像当初在卡塞尔会谈时那样热情。当他听到关于命令我们向海岸行动以便登船的电报后，他显得非常惊讶。我们对他的惊讶表示不解，因为双方都接到过建立桥头阵地的命令或与之类似的命令。建立桥头阵地的目的不就是为了方便登船吗？否则还能有什么其他原因呢？接下来我们的政府下达的命令也是合理的，我们也通知了法国政府这一命令，不过现在的情况是，布朗夏尔对这些并不知情。了解到这些情况后，他的情绪稍微平静了些，但并没有完全镇静下来。我们继续说道，就像他希望的那样，我们也希望同法国第一集团军并肩战斗到底。因此，我们希望法国第一集团军能同我们一起撤退，当夜就行动。他态度坚决地否定了我们，并表示这是办不到的。为了让他认清当前局势，我们对各方面的因素做了详细的阐述。我们说，虽然在未来二十四小时内，德军不会在我们的东北翼增兵以加大对那里的压力，但是一旦增兵，后果将非常严重。我们的西南翼那条较长的防线目前面临的压力是最大的。昨天，在炮兵的掩护下，德军步兵师的前锋部队已在这条防线的多处区域展开攻势，虽然沃姆、卡塞尔、阿兹布鲁克等主要据点还在我们的掌握中，但是防线的有些地方已被突破。布朗夏尔都非常清楚这些情况。我们肯定，德军一定会利用既得优势，将他们师团的主力分散开来，全力阻止我们向海岸撤退，这是不需要怀疑的。虽然没有给法军下达撤退的命令，但是今夜撤离利斯河，至少到达伊普尔—博珀里戈—卡塞尔一线是不容耽搁的。如果等到明天夜间，敌人包抄到我们后方再撤退，那么就相当于给德国人“争取”了两天的时间，这未免太愚蠢了。据我们估计，即使我们的军官和士兵能够到达海岸，成功撤退的部队也不会超过30%，而且前沿阵地的许多部队将永远撤不下来了。即使是这样，哪怕我们只能挽救其中的一小部分，对将来的战局也会起到积极作用。今夜就撤退，哪怕只撤退一小部分、一小段距离也好，因为我们必须要做一切可能需要做的事情。

此时法国第一集团军正驻扎在一片方形区域，这片区域位于运河地区，其东北角在埃曼蒂埃尔，西南角在贝顿。普里奥将军现任第一

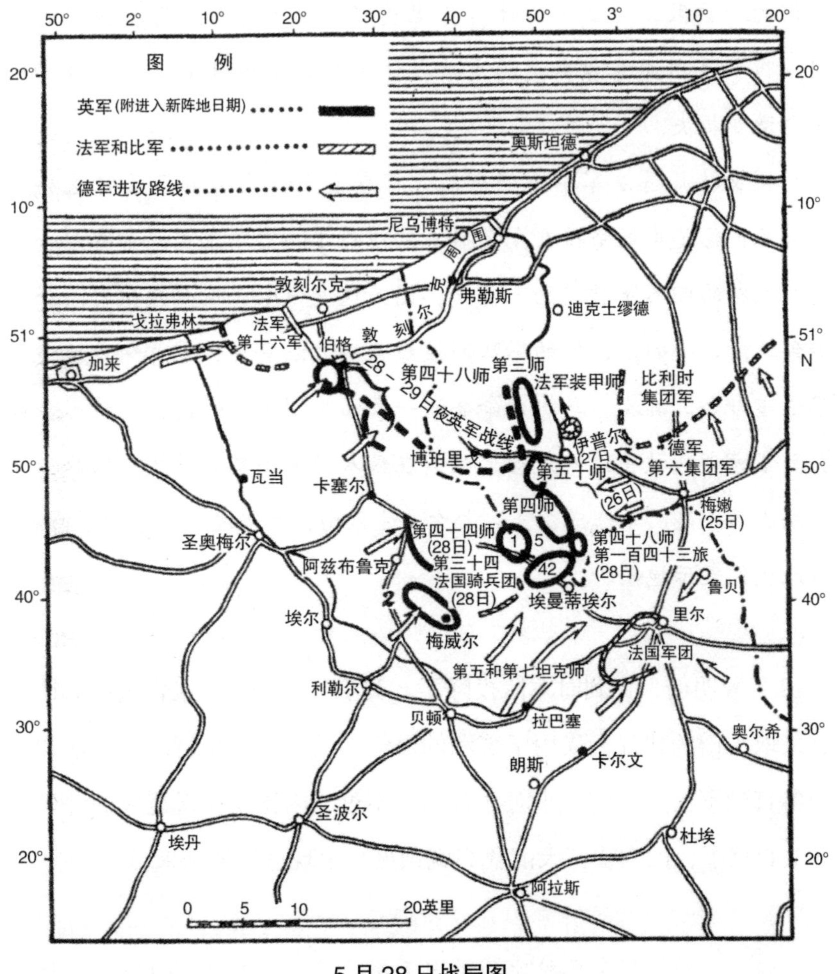

5月28日战局图

集团军的总司令，这位将军派来一位联络官告知布朗夏尔，他今夜将寸步不离那片区域。这位将军统帅的部队由于路途过远，又加之士兵们已疲惫不堪，所以未能撤离。我们认为，既然留在后面必定牺牲，那么为什么不试着撤到海岸，争取上船的机会呢？毕竟，尝试了还有希望，不尝试什么好处也得不到。我们让他为第一集团军和盟国的共同事业着想，至少应有一部分军队与我们一起撤离。这些都没有打动他，布朗夏尔也似乎因普里奥将军的态度而留意已决。显然，英国海军部为英国远征军做的准备，法国的海军部并没有为他们的士兵做，这就是为什么普里奥将军说不可能从海滨撤离的原因。布朗夏尔同意普里奥的看法，认为尝试不仅什么也得不到，反而会遭受损失。

在戈特知道法军不会撤离后，布朗夏尔直白地问了戈特这样一个问题：你是否还坚持在今夜撤退到伊普尔—博珀里戈—卡塞尔一线去？戈特的回答是肯定的。首先，因为这是命令，他必须执行。如果等到二十四小时后，他的军队因被拦截而无法登船，就意味着他违背了这道命令。其次，与执行命令这一表面原因无关的是，戈特不会愚蠢到不顾部队被击溃的危险，继续在敌人的包围圈里作战。因此，虽然法国第一集团军选择留守，由于上述理由，英国远征军也必须撤离，对此我们表示抱歉。

* * *

28日黎明前，比利时军队投降了。关于怎么向议会报告这件事情，我没有采取雷诺的建议，采用了缓和的语气。关于这件事情的正式通知，戈特勋爵直到事情发生前一小时才接到。不过，因比军投降造成的缺口已想尽办法封堵了，因为在三天前我们就预见会出现这样的结果。

昨天，一名代表已被比利时国王派往德军司令部，他将全权代表国王请求与德军停战。英国与法国政府已下令断绝与比利时军队的联系，并要求两国将领继续坚守阵地，对敌作战。今晨四点，德军司令部已同意比利时的请求，比军已停止抵抗。以上这些议会都将知晓。

对于身为比军总司令的比利时国王的行为，我不打算向议会提出建议，做出论断。比军也曾顽强作战，虽然伤亡惨重，但是也让敌人吃到了苦头。比利时政府已表示会继续战斗下去，并声明已与比利时国王断绝关系，自己才是唯一合法政府，他们站在盟国一方。

6 月 4 日，对于如何对待在英国的比利时政府，我在议会发言称，我们对于法国盟友和比利时政府将会一视同仁，不会有失偏颇。对于利昂伯德国王的看法，我与雷诺先生的看法也完全不同。法国政府对此表示关心，我认为有必要根据我得到的比较翔实的材料，对事实的真相进行如下阐述。

当比利时遭到入侵就要抵挡不住的时候，利昂伯德国王曾向我们求救，虽然那时我们的情况也十分危急，但还是派出了援军。我们的左翼，唯一一条通往海岸的通路，由比利时国王和他的五十万精锐之师进行防守，并保持其通畅。令人猝不及防的是，在没有经过大臣同意的情况下，也没有向我们下达通知和进行讨论，他突然向德军司令部派去全权代表要求投降。这使得我们的退路和全军全部暴露出来。

然而，失败和奉命投降并没损坏比利时军队的荣誉。他们继承了军队的光荣传统，曾英勇作战，他们是被强大的敌人在无力长期抵抗的情况下打败的。

对于堵住比军造成的缺口，布鲁克和他的第二军在柯明—伊普尔，再从伊普尔到海岸的东面防线，出色地完成了防御任务。不过，英军能否成功撤出敌人的包围圈，在 28 日这天，依然是个未知数。因为，虽然第五师在过去的两天中，多次击退进犯柯明的敌军，但是缺口在继比军向北撤退继而投降后，已经扩大到无法堵住的程度。英国远征军不得不自己承担起侧翼掩护任务。第五十师负责延长防线，从里尔以东撤下来的第三师和第四师负责扫清通往敦刻尔克地区的道路，他们将乘摩托车全速赶往那片走廊地带。鉴于德军对英、比联军的进攻有如破竹一般，我们已经预料到，德军随时都有越过苏伊士运河的海滨，包抄正在奋战的我军后路的危险。对此我们已采取了相应的措施。

德军付出了血的代价。英军的野战炮队和中型炮队奉命全力阻击敌人的突击，他们将全部的炮弹都射向敌军，在如此强大的火力下，敌人的进攻严重受阻。敦刻尔克的桥头阵地处，大量的车辆和部队正不分昼夜地持续涌入，然后立即井然有序地开赴防线。在敦刻尔克前方约四英里处，布鲁克正在防线上浴血奋战。桥头阵地周围的东西主要交通线，曾因车辆堵塞而一度完全瘫痪，此时那些车辆已被压路机拖进沟中，一条单向交通线被清理出来。

28 日下午，桥头阵地已延伸至戈拉弗林—伯格—弗勒斯—尼乌博特一线，从伯格至尼乌博特海岸线，英军各师的布防顺序从右至左如下：第四十六师、第四十二师、第一师、第五十师、第三师和第四师。戈特已下令全军向桥头阵地撤退。29 日，桥头阵地范围内已集结了大部分的英国远征军，此前海军为撤退准备的设施此时被充分利用起来。30 日，从总司令部接到报告称英军各师，准确说是英军各师的残余部队，已全部进入桥头阵地。

到达敦刻尔克的部队也包括一半以上的法国第一集团军，其中绝大部分已安全登船。不过，在里尔以西，至少有五个法国师的退路被德军的包围运动切断。28 日，他们试图突围，但因敌人从四面八方对他们进行逼近而失败。在其后的三天，德军逐渐压缩法军在里尔的阵地，他们虽然进行了反抗，但是到 31 日夜间，因弹尽粮绝，法军不得不宣布投降，德军俘获的法国士兵有五万之众。摩里尼埃将军是这些法军的统帅，他指挥法军进行英勇抵抗，牵制了至少七个师的德国军团，使得这些师团不能对敦刻尔克外围进行攻击，为此次撤退赢得了关键的四天时间。对于英国远征军的撤离和其他相对幸运的法军来说，他们的贡献无疑是巨大的。

* * *

这一次的经历，对我来说与以往是大不相同的，我肩负着负责全局的重任，但又因害怕造成更大的危害而不敢过多插手，只能关注着扑朔迷离的战争大戏，而无法控制剧情的发展。不过有一点是可以肯定的，如果继续执行魏刚的计划，那么我们将在本来就已经非常危险的情况下变得更加危险。因此，当戈特放弃魏刚提出的向松姆河撤退的计划转而向海岸转移后，我们立即同意了他的做法。这一任务的完成，主要得益于戈特和他的参谋人员的才能，这件事情将永载英国军事史。

第五章　敦刻尔克大撤退

5 月 26 日到 6 月 4 日

祈祷仪式——“沉痛的坏消息”——内阁成员的态度——自发赶来的小型船只——七百艘各式船只——三个主要原因——“蚊子”舰队——帮助法国人撤离——向戈特下达最后的命令——一个可能出现的结果——亚历山大接过敦刻尔克的指挥权——我于 5 月 31 日第三次访问巴黎——斯皮尔斯将军和贝当元帅——撤退完成——我于 6 月 4 日在议会发表演说——空军取胜意义非凡——不列颠的决心

5 月 26 日，威斯敏斯特大教堂举行了一个简短的祈祷仪式。虽然英国人不善于表达自己的情感，但是我依然能感受到教会人员内心郁积着的强烈情绪。我坐在唱诗班的椅子上，能够感受到他们对英国可能战败和灭亡表现出的恐惧，不过对于死亡、受伤和财产损失，他们是毫不畏惧的。

*　　*　　*

自从组阁以来，除了内阁成员，我很少会见其他同僚，即使见也是少数。因此我认为召集内阁成员以外的所有内阁级大臣在我的下院办公室开一次会，是有好处的。5 月 28 日这天是星期二，到这天为止，我已经有一周没有去过下院了，在此期间我也没有发表过声明，议员们也没有对我提出这样的要求，因为这是没有裨益的。但是这个星期，对于我们的军队，甚至是比我们军队更重要的事情，具有决定性的意义。“我只补充一点，”我说道，“对于可能出现的沉重的坏消息，下院应当要有所准备。不过，无论出现什么事情，对于这场战争，我们都要相信自己有能力继续战斗下去，我们誓死捍卫的共同事业是正义的，我们的责任是不容推卸的。在以往的历史当中，我们的力量在很多关键时刻，让我们冲破了层层困难，最后战胜了敌人。”在我讲述了战争的发展过程，并坦言我们此刻的处境依然是生死未卜后，我轻描淡写地，仿佛这件事并没有什么重大意义一般，对在座的二十五个人说道：

“就算敦刻尔克发生了什么事情，我们也不能投降。”

在座的这二十五个人都是经验丰富的政治家和议员，不论观点正确与否，他们对战争的看法都大不相同。听完我的发言后，他们的表现让我惊讶，有许多人仿佛从座位上跳起来一样，跑到我的椅子旁，一边儿拍着我的后背，一边儿大声讲着话。我敢肯定，每位大臣都宁愿牺牲自己的生命、家庭和财产，也不愿意向敌人投降，他们的心意已决。无疑，只要我在危急存亡的关键时刻，在国家的大政方针上有一点儿踟蹰，他们就会立即弹劾我。他们的态度不仅代表下院，也代表着全国人民。他们的心情即是我的心情，因此我能够很好地表达出来。在接下来的几天和几个月中，只要场合适宜，我都会表达他们的心情。我们岛屿的每个角落已被一股无法扑灭的熊熊之火燃遍了。

* * *

关于英法联军的敦刻尔克大撤退，已经被翔实和完整地记录了下来。从 20 日起，多佛尔港的司令官拉姆齐海军上将就已经着手指挥舰只和小型船只在该港口集结。26 日下午六点五十七分，“发电机”计划由海军部下令开始执行，当天夜间第一批军队便被运回了国内。敌人攻陷布洛涅和加来后，将我们的救援时间缩短到两天，此时还在我们掌控之中的只有敦刻尔克港和比利时边境的开阔海滩，我们认为在这种情况下，能够救援出的军队人数大概有四万五千人。5月27日早晨，为了应对“特殊需求”，海军部采取紧急措施，以便搜寻更多小型船只。船只数量要足够用于撤离所有英国远征军。很明显，除了在敦刻尔克港口装载士兵的大型船只外，用于在海滩登陆的小型船只同样是必不可少的。海运部的里格斯先生建议，让海军部官员从特丁顿到布莱特里希之间的各个船坞征集船只；第二天，四十艘可以使用的汽艇便集结到西尔纳斯。与此同时，伦敦各码头定期邮轮上的救生艇、泰晤士河上的拖船，以及快艇、渔船、驳船、平底船、游艇等可以在浅海地区使用的交通工具，都被征用。27日夜间，所有小型船只驶入大海，它们像潮水一般先涌向我们的海峡港口，然后朝着我们热爱的军队的所在地敦刻尔克开去。

行动公开后，海军部没有丝毫犹豫，立即下达命令，让我国南方和东南沿海一带的船只自由行动。无论是汽船还是帆船，只要是船，人们就将它们驶向敦刻尔克。29日开来的小型船只并不多，相当于后来赶来船只的先遣队。由于我们的准备工作在一周前就已经开展了，使得自愿赶来救援的小型船只越来越多，后来达到了将近四百只。从31日起，这些船只的巨大作用展现出来，它们从海滩运到远离海岸的大船上的人数达到十万之多。海军部地图室主任海军上将皮姆和另外两三个常见的人，在这几天当中没有出现在我的眼前，他们驾驶着一艘荷兰小船，在四天内运出了八百人。虽然敌人不间断地发动着空袭，但是前往救援的船只还是达到了将近八百六十艘，除了同盟国的船只外，英国的船只约七百艘。

* * *

以下表格是官方统计的参加运载军队船只的数量，未参加运载的不包括在内。

英国船只			
船只类别	船只总数	被击沉数量	损坏数量
巡洋舰	1	—	1
驱逐舰	39	6	19
炮艇和驱潜快艇	5	1	1
扫雷艇	36	5	7
拖网船和扫海船	77	17	6
特别公务船	3	1	—
装甲船	3	1	1
摩托鱼雷艇和摩托反潜快艇	4	—	—
荷兰小船（英军水手）	40	4	无记录
快艇（英军水手）	26	3	无记录
私人船只	45	8	8
医疗船	8	1	5
海军电驱艇	12	6	无记录
拖船	22	3	无记录
其他小型船只	372	170	无记录
共计	693	226	—
盟国船只			
各种类型的军舰	49	8	无记录
其他船只	119	9	无记录
共计	168	17	无记录
总计	861	243	—

在环绕敦刻尔克的海岸上，一条环形的防线被有序而又严密地布置开来。抵达的部队全部秩序井然地前往防线进行休整，没有出现混乱不堪的局面，这使得工事的防御力量在两天的时间内大大增加了。防线的构筑任务由阵容最好的部队去完成，损失惨重的部队如第二师和第五师，先留在海滩作后备队，然后他们将最早登船。29 日，法军接管了更多的防线，之前驻扎在前线的三个英国军团，现在用两个就够了。我们后撤的部队受到

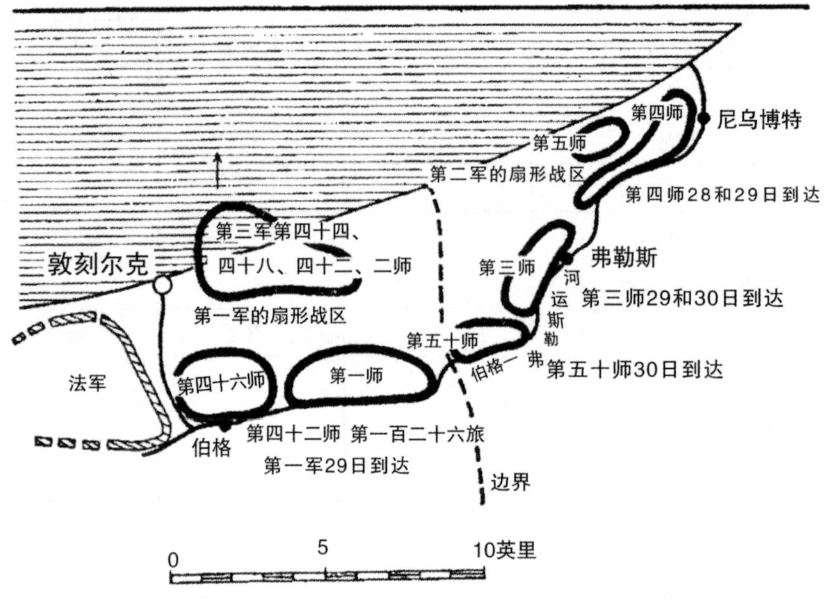

5 月 29 日、30 日，敦刻尔克周边形势图

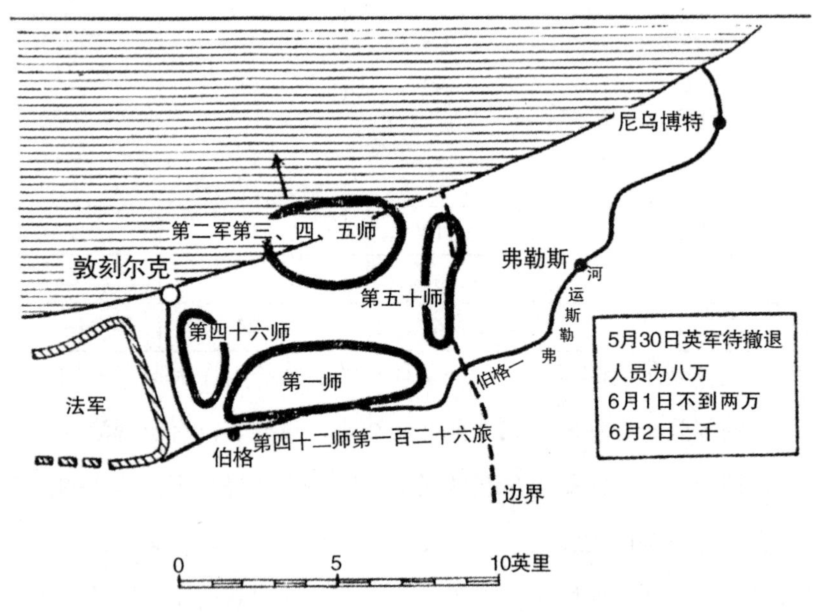

5 月 31 日和 6 月 1 日，敦刻尔克周边形势图

了敌人疯狂的追击，激战从未停止过，在尼乌博特和伯格一带的战斗尤为激烈和频繁。英军和法军的人数随着撤退的进行，都在不断减少，伴随而来的是防线的缩短。希特勒认为，他的装甲部队应该在战争的最后一刻使用，只用德国的空军就能阻止我们撤离，因此在海滩的沙丘上，一连三四天甚至五天，德国的空军无情地向我们成千上万的军队发动着空袭。希特勒的想法并非没有道理，但是他这样做是不对的。

希特勒的期望之所以没有达成，主要有三个原因：第一，空袭投下的炸弹全部扎进松软的沙土里面，弹片被沙子包住，爆炸时散不开。因此，虽然我们集结在海岸的大量军队遭到连续不断的轰炸，但并没造成重大伤亡。一开始，敌人空袭投下的炸弹在各处隆隆作响，但是令他们惊讶的是，这只让很少人受了伤，对于整个军队来说几乎算是没有伤亡。由于这片海滩没有岩石，造成不了严重的后果，因此士兵们很快就不在乎敌人的空袭了，他们只要冷静地蹲在沙丘之间，就有活下去的可能。灰色的大海就在他们的眼前，只要有船，大海就会欢送他们回家。

第二，德国飞行员的伤亡是希特勒始料未及的。一场空军质量的较量在英德两国之间展开了。英国的战斗机部队拼尽了全力，不断在战场上空巡逻，与敌机进行殊死搏斗。德国的战斗机部队和轰炸机部队一次次被它们冲得七零八落，损失惨重，退出战场上空。这样的战斗天天在上演，一直到皇家空军光荣获胜为止。有时德国战机会四五十架成群结队而来，只要被他们看到，无论在哪儿，都会立即冲上去展开攻势。我们的一个飞机中队或者不足一个中队往往能击落敌人几十架飞机，不久之后，敌机的损失量就达到了几百架之多。我们全部的首都空军中队，即我们最后的神圣后备部队也参加了战斗。有时战斗机中队的飞行员一天要出击四次，取得了显著的战果：有些敌人被我们击退了，有些被我们击毙了，甚至有些因害怕而退缩了。他们虽然是优势的一方，他们虽然也非常英勇，但是战胜的一方是我们。这场战争是具有决定意义的。可惜的是，空军进行的这场伟大的战斗都是在几英里外或云层上面进行的，海滩上的部队看不到这些，导致陆军对空军产生了强烈的愤怒情绪。由于不了解当时的情况，在多佛尔和泰晤士河登陆的有些部队甚至还侮辱了穿着空军制服的人，他们应当紧紧握住空军士兵的手才对。他们对空军使敌人遭受的损失一无所知，只是感觉到，敌机从战场上空飞过，向海滩投下炸弹。他们不知道，这些敌机也许飞过去就再也飞不回来了。他们怎么可能知道这些情况呢？在议会上，我极力向大家说明了这一事实。

第三个原因是大海，正是因为有了大海，才使得海滩细沙成为有利条件，才让我们空中的战斗起了重大作用。十天或十二天以前的情况是非常紧急的，在那时就开始执行的命令，在人们高涨的情绪下，收获了累累硕果。大海很平静。小船们不顾敌人的轰炸在海岸和大船之间来来往往，将士兵们从海岸运走，将落水的人救起。虽然空袭造成的牺牲时有发生，但是无论是船上还是岸上都没有出现混乱的局面。仅凭小船的数量就能抗住敌人的空袭，这支成群结队的“蚊子”舰队是打不沉的。正当我们笼罩在失败的阴影中时，我们的岛屿上传来了敦刻尔克海滩战斗的经过，传到了我们团结一心、不可战胜的人民的耳中，这次战斗的光辉事迹将永载我们所有的史册之中。

小船的工作是出色的，军舰的作用也是不能被忘记的。它们往返于英国和敦刻尔克港口之间，载运了三分之二的兵力，承担着最繁重的任务。其中，驱逐舰的作用最大。同样不能被忽视的和做出巨大贡献的是私人船只和商船水手。

*　　*　　*

随着撤退的进行，人们关注的眼神变得焦急，人们心里的期望不断地增长。27 日晚的情况一度十分危急，甚至可以说令人绝望了。海军部认为戈特将军的阵地也已岌岌可危。皇家海军上校坦南特，奉海军部之命担任敦刻尔克高级海军军官职务，发来急电称“撤退不能耽搁到明天夜间”，要求所有能够使用的船只必须立即到达海滩。为了满足他的请求，我们派去了一艘巡洋舰、八艘驱逐舰和二十六艘其他舰只，这已经是我们能贡献的最大力量了。28 日这天的局面非常紧张，但由于皇家空军的支援得力，我们陆上的阵地没有失守，紧张程度得到了缓解。29 日，我方损失了三艘驱逐舰和二十一艘其他舰只，还有许多被击伤，尽管损失严重，但是海军部的计划并没有停止。

将法国士兵丢在后面不管的情况绝对没有出现过。在收到法国方面提出的任何要求和怨言之前，我已下达了如下命令：

首相致陆军大臣、帝国总参谋长和伊斯梅将军

（原件送交帝国总参谋长） 1940 年 5 月 29 日

不要让法国军队仅依靠他们自己的航运工具撤离，应该让他们和我们共同从敦刻尔克撤退，这是非常重要的。为避免法国方面的指责或者尽量避免他们的指责，应立即同驻在我国的法国代表团，有必要的话，同法国政府洽谈。为了指挥，比较妥当的办法是，让我们的军队去临时替换在敦刻尔克的那两个法国师，并让他们撤离。不过，采取什么样的行动还请你们妥善安排，并向我报告你们的建议。

首相致斯皮尔斯将军（在巴黎） 1940 年 5 月 29 日

把这份文件交给雷诺，并确保魏刚和乔治也能知道里面的内容：

将近五万人已经从海滩和敦刻尔克港撤离，期望今晚还能再撤离三万人。敌人发动的空袭和他们从西南方向射来的炮火，随时都可能将我们的码头、海滩和船只摧毁，前线也有被破坏的可能。当前的顺利局面还能维持多久，我们还能撤退多少人，谁也无法预知。将来会有多少人被迫投降，我们不知道，但是分担这一损失是我们必须做的。更重要的是，我们不仅要分担这一损失，还要接受这一损失，对于不

可避免出现的混乱，以及繁重、紧张的工作，我们不会有怨言。我们已命令海军部对法国海军提出的援助要求都尽量满足，让法国军队和我们一起撤退是我们所希望的。

对于敌人扬言的和此刻正在进行着的侵犯，我们已在着手积蓄力量准备抗击。我们撤下来的部队将会得到改编，一经完成，他们就会为保卫我们的生命安全而战斗；印度和巴勒斯坦的正规军正在调往这里，加拿大和澳大利亚的军队不久就会抵达，一支新的正规军将在圣那泽尔组建。为了使部署妥善和应对紧急突袭，足够五个师使用的装备正从亚眠以南向这里运送。我们驻扎在法国的增援部队制订了新的计划，不久我们就将计划送达给你们。如果你们有什么意见，请不必犹豫，坦率提出。此信满含我们之间的同盟之情。

* * *

30日，我召开了一次会议，参会的有海陆空三军大臣和三军参谋长，我们对比利时海岸的情况进行了讨论。参加救援的八百六十艘各式船只总共运出部队的数量已达十二万，其中法国人只有六千。海军上将威克·沃克从敦刻尔克来电说，虽然在一小时前，敌人对敦刻尔克发动了猛烈的轰炸和空袭，但是仍有四千人上了船；他还认为，明天敦刻尔克就将失守。目前迫切需要的是撤出更多的法国军队。我强调，如果做不到这一点，那么我们对盟国关系的损害将是无法弥补的。我还要求戈特勋爵，当坚守阵地的英国军队缩减到一个军的时候，他便应当让一个军长留下负责，然后坐船回国。为了能让法国军队继续撤退，驻扎在阵地上的英国军队应坚持到最后一刻。

出于对戈特勋爵性格的了解，我于30日下午两点在陆军部亲笔写了一道命令给他：

为保证当前撤退行动的顺利进行和能撤出更多的人，应竭尽全力对目前的阵地进行防守。可通过比利时西部的拉·潘尼来汇报情况，每三小时报告一次即可。在你我之间联系畅通的情况下，当部队缩减到一个军长就能指挥时（现在即应指定该军长），你将接到我们让你回国的命令，你可自行决定与你偕同撤退的军官。如果联系中断，当少于三个师具有战斗能力后，你须按照规定移交指挥权，然后回国。此事不容你自由决定，已按军事程序进行了正确的部署。当部队只剩下一小部分时，如果你继续指挥，一旦被俘，从政治的角度来看，那是让敌人获得了一次额外的胜利。从敦刻尔克或海滩继续撤退的行动不能停止，你应向你指定的那名司令官下令，继续同法军坚守防线。为了避免无谓的牺牲，当撤退行动不能继续并且不能对敌人造成伤亡后，这名司令官有权同法国高级司令官商议投降。

这封最后发出去的电报很可能影响了后来的一些大事件和另一位勇敢的将军的命运。1941 年 12 月底，当时我在白宫，我从总统和史汀生先生那里听到了麦克阿瑟将军统帅的美国军队在克里奇多尔[①]的遭遇。对于他们即将面对的命运，也就是当一位总司令指挥的军队已经缩减成一小部分时，我是怎么处理的，我认为应该告诉总统和史汀生，我让他们看了那份电报。让我感到惊讶的是，他们不仅仔细地阅读了那份电报，而且肯定对里面的内容印象深刻。因为就在当天，过了没多久，史汀生就来向我要抄写件，我马上给了他一份。我不知道是否因为这份电报，让他们下达了由麦克阿瑟将军部下的一位军官[②]替代其指挥军队的命令，从而使这位伟大的司令官

---

① 1941 年 12 月 7 日，即珍珠港事件后第三日，日军在吕宋岛登陆。麦克阿瑟命令部队向西撤退到巴丹半岛，死守克里奇多尔。1942 年 3 月 17 日，麦克阿瑟将美军和菲律宾军队的指挥权交给温盖特。1942 年 4 月 9 日，巴丹守军投降；同年 5 月 6 日，克里奇多尔被攻陷。——原注

② 指温盖特将军。——原注

不至于战死或被日本俘虏，使他能够继续参加战争并在后来取得了许多辉煌的战绩。我希望是这份电报起了作用。

* * *

30 日，戈特勋爵接到他的参谋人员的通知（该通知的结论是与多佛尔的海军上将拉姆齐商讨后得出的），称东部外围阵地很可能于 6 月 1 日白天失守。为了保障撤退顺利，必须采取紧急措施，将不足四千人的英国后备队留在海岸上。后来发现，这些兵力无法对掩护阵地实施有效的防守，因此直到 6 月 2 日午夜前，英军都不能离开防御地区。在此期间，英军和法军享有同等的撤离权。

5 月 31 日晚，亚历山大少将接过部队指挥权，戈特勋爵奉命回国，之后的情况便如上文所述。

* * *

5 月 31 日，我必须与艾德礼先生、蒂尔将军和伊斯梅将军共同前往巴黎，出席盟国最高军事会议，以便通过私人接触的形式，避免误会的产生。5 月 30 日从巴黎飞回英国，带来最新消息的斯皮尔斯将军也与我们同行，这位将军从一战以来就是我的朋友。1916 年，作为法军左翼和英军右翼之间的联络官，他带我巡视了维密岭，并将法国第三十三军司令官法约尔介绍与我结识。他的法语讲得非常好，这位袖子上有五条受伤荣誉带的优秀军官同时还是一位议员，因此作为处理此刻我们和法国之间令人焦急的关系的人选，他最合适不过。法国人总是十分冲动，在讨论我们共同遭遇的麻烦时，他们总是口若悬河般说个不停，英国人则显得迟钝甚至粗鲁。只有斯皮尔斯能在与法国重要人物谈话时，做到从容而又有力度，在这一点上，我还没见到过能与他媲美的人。

我们此次行程的目的地不是外交部，而是雷诺先生在圣多米尼克街的陆军部办公室。会见我们的法国内阁成员只有两个人，一个是雷诺先生，一个是穿着便装的贝当元帅，我和艾德礼都注意到了这点。贝当此时是最高军事会议的副主席，这是他首次出席我们的会议。此外，代表法国出席会议的还有魏刚、达尔朗、雷诺的私人办公室主任德马尔热里上尉和内阁秘书伯多安先生。我们的代表是驻法大使、蒂尔、伊斯梅、斯皮尔斯、艾德礼和我。

挪威的局势是我们讨论的第一个问题。英国政府认为，我们部署在纳尔维克地区的军队、驱逐舰和一百门高射炮，必须立即从那里撤出，因为其他地方急需这些军队和物资。我建议撤退行动从6月2日开始实行。法国军队、挪威国王及任何愿意到法国来的挪威军队，都由英国海军负责运送。这些驱逐舰急需被部署到地中海地区，作为应对意大利参战的不时之需；在埃纳河和松姆河战线上再部署一万六千人也是有益无害的。雷诺表示，法国政府对这一措施没有异议，挪威问题就这样得到了解决。

接下来我们讨论了敦刻尔克的问题。对于北方军团的情况，法国跟我们了解的相差并不多。在我们告诉他们撤退的十六万五千人中只有一万五千人是法军，他们都十分惊讶。很明显，他们注意到了撤出的法军的人数远远少于英军。我解释道，这是因为后方的许多英军行政单位在战斗部队从前线撤下来之前已经先行撤离了；此外，还由于法军至今尚未接到撤退的命令。确定法军是否接到了与英军相同的命令，是我此次来巴黎的主要目的之一。英国为弥补盟军必然遭受到的损失，决定留下三个英军师在中央阵地防守，以便掩护盟国部队的撤离，并贡献出英国的海上力量帮助他们进行运输。英王陛下的政府已意识到，有必要在情况危急之时，命令戈特勋爵优先撤出战斗部队，将伤员留在后面，这样二十万身强体健的士兵就有可能被撤出。如果这一愿望能够实现，简直就是奇迹。就在四天前，我都不敢担保能否撤退五万人。我还反复提及了在装备上，我们受到的惨重损失。对于英国的海军和空军，雷诺给予了极高的评价，对此表达了谢意。如何在法国重建英国部队，是之后我们详谈的话题。

与此同时，达尔朗海军上将草拟了一封电报，这封电报将发送给在敦刻尔克的海军上将阿布里亚尔，内容如下：

1. 在敦刻尔克周围形成一个桥头阵地，由你指挥的几个师和英军司令指挥的几个师共同防守。

2. 当确认没有军队能够向登船地点前进后，立即从桥头阵地撤离并登船，英军优先。

我插言道，英军须担任后卫，不会优先登船，英法联军要按同等数量“携手撤离”。[1] 对于这一点，大家都没有异议。

接下来的议题是意大利。我代表英国方面发言，立即对意大利实施残酷打击，是应对意大利参战最行之有效的方法。战争是残酷的，这一点不仅要让他们国家中的多数反战人员知道，更应当让所有意大利人知道。我的建议是，对意大利西北部城市米兰、都灵和热那亚构成的三角工业区进行空袭。雷诺和达尔朗将军都表示同意，对于同盟国如何立即出击，达尔朗将军已制订出相应计划：在法意边境与那不勒斯之间的沿海地带，储藏着意大利大半的石油资源，届时可由海军和空军对他们的石油供应系统进行轰炸。对于技术层面上的问题，我们也进行了商议并安排妥当了。

随后，我表达了我们的战时内阁成员应与对等的法国内阁成员尽快熟识的愿望。比如身为劳工大臣兼工会领袖的贝文先生，他领导着英国工人阶级，放弃了比上次大战中更多的假日和特有权利，因其卓越的能力，我希望他能对巴黎进行访问。雷诺对此完全赞同。

丹吉尔的重要意义和不让西班牙加入战争的重要意义不必详谈，对于总的形势，我进行了如下讲述：对于所有敌人，盟国的态度都不能有丝毫退却……美国虽未参战，但是最近事态的发展已经激怒了他们，他们必将很快对我们提供大力援助。如果英国遭到入侵，将对美国产生深远的影响。

① 原文为法文。——译注

对于入侵，英国无所畏惧，我们的村庄无论大小都将进行激烈反抗。我们的物资可以交给法国盟友使用，我们的军队只要能满足基本需求即可……将战争进行到底并取得胜利，是我唯一的信条。即使英国被击败了，我们遭遇浩劫被夷为平地，我们当中的另一个也要继续战斗下去；英国政府也会寻觅“新大陆”继续战争。德国是不会对我们仁慈的，一旦两个盟国中的一个或两个被击败，我们就将成为他们的傀儡并永远被奴役下去。作为两大民主国家，我们为之生存的东西被剥夺后，却继续苟延残喘般存活下去是不允许的，我们宁肯给全部西欧文明画上一个悲惨壮烈的休止符。

艾德礼先生完全支持我的观点，他说：“一旦德国战胜，英国之前建立的一切事物都将遭到彻底破坏，德国不仅会对我们的人民进行屠杀，还会对我们的思想进行控制。对于这样的危险，英国人民已经意识到了。他们此刻所抱有的决心在以往的历史中是从未有过的。”雷诺对我们所说的话表示感谢。他深信，我们的军队在暂时的失败面前所表现出的高昂气势远远超过德国人。如果在英国的援助下，法国能够守住松姆河，如果我们的军火在美国工业的援助下能补充充足，胜利的一方将非我们莫属。雷诺说，他非常感激我重复说到的，一国战败，另一国也将战斗不已这句话。

正式会晤就此结束。

我们从会议桌旁站起来后，发现在飘窗那里，以贝当为首的几个重要人物神情异样地在那里交谈。年轻的法国上尉德马尔热里坚持在非洲抗战到底。斯皮尔斯充当我的法语翻译，并发表了自己的观点。贝当元帅的表情阴沉，对此事不置可否，使得我怀疑他要单独媾和。对于迷恋他的人，这位元帅不用说话，仅用他的人品、威望和处变不惊的态度，就能对他们产生无法抗拒的影响。有一位我不记得姓名的法国人很委婉地表示，法国的外交政策很可能因为战事的不断失利而随时都会被迫改变。听到这里，斯皮尔斯马上向前一步用很地道的法语对贝当元帅说道：“这意味着封锁，元帅阁下，您明白吗？”“这也许是改变不了的。”另一个人说道。斯皮尔斯继续与贝当面对面地说道："那就不要一味封锁，还要向德国人手中的法国港口进行轰炸。"听到这句话让我非常开心，我不禁唱起了我经常唱的那首歌："虽然会发生意外，但我们战斗不止；虽然有人掉队，但我们战斗不已。"

*　　*　　*

当晚，小型的空袭与以往无异，第二天早晨我离开巴黎赶回英国。之后，我拍发了这样一封电报：

首相致魏刚将军　　1940 年 6 月 1 日

撤退行动最严峻的考验即将来临。我们的五个战斗机中队已达能力极限，虽然他们几乎从未停止出击，但是依然无法保护六艘舰只，其中有几艘还满载着部队，于今晨被敌军炸沉。大炮的火力全部集中在对我们可用航道的攻击上，我们的桥头阵地在敌人的进逼下正逐渐缩小。虽然今夜撤离，我们会损失很多人，但是也会有很多人被救出；如果坚守到明天，我们可能会全军覆没。你所描述的，在桥头阵地上的法国军队的数量并没有那么多，我们甚至怀疑那片区域所有部队加起来能否达到这个数量。在碉堡中的海军上将阿布里亚尔都不能完全判明情况，你不能，我们也不能。我们已经向英国防区总司令亚历山大将军下达命令，要求其与海军上将阿布里亚尔进行协商，判断明天再撤退的可能性。相信你不会反对。

敦刻尔克战役于 5 月 31 日和 6 月 1 日迎来战事的最高潮。已超过十三万两千名士兵于这两天在英国本土安全登陆，其中冒着敌人猛烈的空袭和炮火从海滩上撤离的人占将近三分之一。从 6 月 1 日清晨起，每当我们的战斗机必须飞回加油时，德军的轰炸机便利用这段间隙赶来，对我们的密集船只进行疯狂轰炸，使得我们损失惨重，仅这一天的损失就几乎与上星期的损失总和相等。加之水雷和快速鱼雷艇的攻击，以及其他不幸事故造成船只沉没的数量达三十一艘，其中有十一艘被彻底击毁。在岸上，敌人极力想冲进我们的桥头阵地，盟国后卫部队顶着敌人施加的压力，拼死抵抗，完全击退了他们的攻击。

在撤退的最后阶段，我们已经不再像以前那样临时抱佛脚了，第一次学会了提前将计划安排好，我们的撤退工作得以熟练和细致地进行。6月2日黎明，持续被压缩的敦刻尔克外围阵地依然有约四千英军和同等数量的法军，配备着七门高射炮和十二门反坦克炮在那里坚守。撤退工作在白天已经无法进行，因此海军上将拉姆齐选择在当夜将一切还能使用的船只集中到敦刻尔克港。当晚，除拖船和小艇外，还有四十四艘舰只从英国出发赶往该地，其中包括十一艘驱逐舰和十四艘扫雷艇。除了这些，还有四十艘法国和比利时的船只也赶来了。英军后卫队在午夜前就上船了。

不过，敦刻尔克大撤退并没有就此告一段落，还有法国的军队需要撤退。我们打算当晚就撤出尽可能多的法军，而且撤出的法军人数要大大超出法国方面要求的数量。然而，当我们决定在拂晓时分撤退时，留在岸上的大量法军正在与敌人进行战斗，使得我们好多船都是空载状态。尽管船员们这几天都没有休息过，不断的工作已经让他们精疲力竭，但是我们必须再做一次努力，船员们响应了这一号召。6月4日，两万六千一百七十五名法国士兵被运往英国，其中由英国舰只运送的人数达两万一千多名。不幸的是，在愈来愈小的桥头阵地上，还有几千名士兵没有撤走，直至4日早晨，当敌军抵达这座城市的外围时，他们已经战斗了一个晚上，此时已筋疲力尽。为掩护英军和法军撤退，在这些天中，他们进行了英勇的战斗。今后，他们面对的将是战俘营的生活。我们必须铭记：敦刻尔克后卫部队进行的战斗，将我们在英国本土重建一支部队，保卫我们的国家直到最后获胜所遭受的挫折降到了最低。

最后，6月4日下午两点二十三分，在征得法国同意后，海军部宣布“发电机”作战计划完成。

英军和盟军在英国的登陆情况表

日期	海岸撤离人数	敦刻尔克撤离人数	共计
5月27日	0	7，669	7，669
28日	5，930	11，874	17，804
29日	13，752	33，558	47，310
30日	29，512	24，311	53，823
31日	22，942	45，072	68，014
6月1日	17，348	47，081	64，429
2日	6，695	19，561	26，256
3日	1，870	24，876	26，746
4日	622	25，553	26，175
总计	98，671	239，555	338，226[①]

* * *

在6月4日召开议会之前，我有责任公开事件的整个过程，然后在秘密会议中公布事件的细节。我们此刻必须要做的是，不仅让我们的子民同时也要让世界人民知道，我们决定继续战斗下去不是在做困兽犹斗，而是因为我们有牢靠的依据。我的讲演稿现在还存在，其中，我对我抱有的信心进行了说明，这是很有必要的，下面是从中节选的几段：

> 我们的援救成功了，但这并不代表我们胜利了，靠撤退是赢得不了战争的，这点我们必须要慎重对待。不过有一点我们也要意识到，这次援救孕育着胜利。这个胜利是空军为我们争取来的。我现在要离题谈谈这件事情。我听到过许多归国的士兵对空军的议论，这是因为他们没看到空军的行动，他们只能看到敌军的轰炸机，却不知道那是我们的空军在进行掩护性攻击时逃脱的敌机。空军的成就不能被低估，在这里我必须将其中的原因告诉你们。

① 这些数字系海军部记录，陆军部记录的数字为336，427。——原注

德军的空军对我们数以千计的密集船只进行轰炸的理由很明显，他们想是让我们从海滩撤退变为不可能，除此之外，他们还有其他更大的目的吗？没有比这更重大的军事意义了吧！虽然他们的空军拼尽了全力，但是我们的空军经受住了这次考验，成功挫败了他们执行的任务，最终他们被击退了，我们的陆军撤退了。他们的损失是我们的四倍……事实已经证明，无论是飞机的类型还是飞行员，我们都比敌人优秀。

需要指出的是，对于来自海外的袭击，我们认为在英国上空进行抵御更具优势的可靠依据，就是源于以上事实。这一事实使得我们的依据可行而又保险。当时，强大的法国陆军在遭到几千辆装甲车的攻击时大部分都溃退了，难道不能说是数千名空军用他们的技艺和忠诚保卫了我们文明的事业吗？我将我的敬意献给那些年轻的飞行员们。

我们早就被告知，英伦三岛会遭到希特勒的入侵。在过去，也经常有人抱有这样的打算。拿破仑曾用平底船载着他的大军抵达布洛涅，并在那里驻扎了一年之后，有人对他说，“英国的杂草将会使您苦不堪言”。这种“杂草”现在变得更多了，因为我们的远征军回国了。

对于抵御入侵，我们现在拥有的本土防御能力和兵力，比上次大战或任何时候都不知道高出多少倍，这当然是对我们有利的，但并非是可持续的，仅能进行防御战争并不是我们想要的。对于盟国，我们还肩负着责任。由英勇的总司令戈特勋爵指挥的英国远征军必须被重组和重建，且已经在进行中。在这段时间内，我们正在对本土防御进行部署，以便形成用极少数的人便能保障安全，同时还能发挥攻击部队最大潜力的高度组织化的防御体系。

结束时，我的一段话对美国的决策起到了及时而重要的影响，在将来就能看到起它的作用。

尽管德国秘密警察和由纳粹统治的种种罪恶机构的魔掌已经伸向欧洲，使得大片土地和许多古老、文明的国度已经沦陷或可能沦陷，但这都不能使我们屈服，我们将坚定不移地战斗到底。我们将在法国作战，海上也将是我们的战场，我们在空中作战的信心和力量正与日俱增。对本土的防御我们将在所不惜，我们将在海滩作战，敌人在哪里登陆哪里就会有战斗，田野、街头和山区都将是我们的战场。虽然我不相信会发生下面的事情，但是即使是我们的岛屿或我们岛屿的大半部分被征服，我们陷于饥饿，我们也决不投降。在英国舰队的保护下，我们海外的帝国臣民也会武装起来继续作战。直到这个旧大陆在上帝认为合适的时机，被新大陆贡献出的全部力量拯救和解放。

第六章　趁火打劫

英国和意大利的传统友谊——意大利和墨索里尼保持中立的好处——就任首相后，我写给墨索里尼的信——不友好的回信——雷诺于5月26日访问伦敦——英国和法国请求美国进行干预——5月28日内阁的决议及我的电报——一旦意大利参战即予以痛击——意大利和南斯拉夫——意大利宣战——对阿尔卑斯前线的进攻由法军终止——1943年12月23日，齐亚诺写给我的信——罗斯福总统向意大利发出警告——6月11日我给罗斯福的电报——英国和苏联的关系——莫洛托夫对德国的胜利表示祝贺——斯塔福德·克里普斯爵士被任命为驻莫斯科大使——1940年6月25日，我写给斯大林的信

从加里波第和加富尔时期起，英国人民和意大利人民就建立了友谊。维多利亚时代的自由主义者们对意大利从奥地利统治下获得解放的每一个阶段，以及他们走向统一和独立的每一个过程，都曾予以同情。这种感情是持久而亲密的。意大利在与德国和奥匈帝国缔结的三国同盟中表示，无论何种情况，都不会参与向不列颠发动的战争。意大利在一战中之所以参加协约国，跟英国有莫大的关系。墨索里尼上台后和法西斯主义建立之初，曾对两国关系造成过影响，但仅限于舆论派系的划分方面，两国人民良好和深厚的关系并未受到影响。墨索里尼制订的侵略埃塞俄比亚的计划曾引起严重争论，但在这之前对于希特勒和德国的野心，他是站在英国一边表示反对的，这是有目共睹的。在上册书中我曾谈到，鲍德温·张伯伦不援助埃塞俄比亚的政策如何将最坏的结果带给我们这两个大陆，如何使得国际联盟受到重大损害，我们如何在不破坏墨索里尼权力的情况下与意大利的独裁者疏远。在绥靖政策期间，为了和墨索里尼重修旧好，张伯伦先生、塞缪尔·霍尔爵士和哈利法克斯勋爵还曾着实下了一番功夫，他们的诚心也是有目共睹的，他们的努力是徒劳无功的。墨索里尼认为，日不落帝国已经红日西斜，加之德国的帮助，他益发自信，觉得在大英帝国的废墟上建设意大利的未来已成为可能。柏林—罗马轴心的出现更加显现了这一点，可见在战争爆发的当天，意大利就已经决定要参加对英国和法国的战争了。

墨索里尼首先应该做的是，谨慎地注视着战局的发展，然后再决定自己和他的国家是否应该加入战争的泥淖之中。等待是可以换来好处的。为了争取意大利，双方都会充分尊重其利益，意大利因此签订了许多有利的协定，同时也为改进装备赢得了时间。局势不明了的那几个月，就这样过去了。如果意大利贯彻这种政策，那么它的未来没人能够妄下判断。不过有一点是明了的，如果希特勒想用武力将意大利拉拢过去，那么美国国内大量的美籍意大利人进行的投票，就会告诉他这样做的后果是极其严重的。只要保持中立，和平、繁荣和国力的增长就都能获得。这种美妙的状态甚至可以在苏德发生纠纷后，无期限延续下去，好处也将水涨船高。在这个阳光明媚的半岛上，在勤劳富裕的人民中，无论是和平年代还是战争即将结束的那一年，墨索里尼都将被誉为历史上最英明的政治家。然而，等待着他的却是比这个差太多的境况。

在我担任鲍德温内阁的财政大臣时，从1924年之后的数年间，我都一直致力于维持意大利和英国之间的传统友谊。在商定债务结算办法时，对比法国，我给予了沃尔皮伯爵丰厚的优惠。为此，这位领袖[①]曾热忱地向我致谢，并决定授予我最高荣誉勋章，我一再谢绝他才不再坚持。此外，在法西斯主义的问题上，我的立场也相当明确。1927年，我曾两次会见墨索里尼，那时我们的私人关系是非常亲密和融洽的。在埃塞俄比亚的问题上，我绝对不会鼓励英国同他决裂，也不会要求国际联盟敌对他，除非我们准备兵戎相见，矛盾不可调和。英国舆论不支持我重整英国军备，墨索里尼对此非常高兴，但是他同希特勒一样，对于我大力提倡的主张，他是非常尊重并且理解的。

法国刚刚惨败，危机还没有过去。身为首相，我有责任阻止意大利参与战争，虽然我不抱有希望，但是我还是要尽最大的努力，我利用了一切可以利用的手段和影响，并立即付出了行动。在我当选首相六天后，我给墨索里尼写了一封信，信中表达了内阁的愿望和我的呼吁。这封信和他的回信在两年后被发表了，那时的情况与此时已大不相同。

* * *

首相致墨索里尼先生　　　　1940年5月16日

首相兼国防大臣向意大利民族领袖送上友好祝愿。罗马会晤的情景如今还历历在目，英意两国人民之间却即将因两国不和而互相残杀、两败俱伤、血流成河，地中海上空也将因战争而愁云密布，如果你非要这样做，其结果必然如此。不知越过两国之间似乎正在迅速扩大的鸿沟来阻止这一局面的出现，是否为时已晚？我们从未将伟大的意大利当作敌人，也从未想过要和意大利的立法者为敌，这是发自我们内心的声明。目前尚难判断正在欧洲进行的激烈大战结果如何，但是无论发生什么事情，我确定，英国都会像以前那样在大陆上战斗到底，即使没有盟友，也不会放弃。美国，甚至美洲会日益增加对我们的援助，

① 指当时英国内阁领袖鲍德温·张伯伦。——原注

这点我是有几分把握的。

请你相信，我们发出的庄严呼吁将被载入史册，因为它并非出于软弱和恐惧。几个世纪以来，所有呼声都是这样一种声音的附和：毁灭性的战争不应出现在拉丁文明和基督文明共同的继承者之间。以所有的荣誉和尊重的名义，我恳求你听我之言，如果可怕的信号必须发出，我不希望是你我之中的任何一方。

他的回信很强硬，但至少做到了坦率。

墨索里尼致首相　　1940 年 5 月 18 日

我回信的主要原因是为了告诉你，我们两国处于敌对阵营的原因不是偶然的，而是有重大历史原因的。不用说你也知道，但我还是愿意提醒你，就在不久前，1935 年的日内瓦会议上，当时意大利只不过想在非洲的阳光下占有一小块地，这丝毫未对英国及其他国家的利益或领土造成损害，但是你们的政府却率先提出对意大利进行制裁。我还愿意提醒你，看看在我们自己的领海里，意大利人正在怎样被奴役着。如果你们的政府是为了增加荣誉才签下了对德宣战书，那么你就应该了解我们签下《意德条约》时的心情，不论发生什么事情，同样的荣誉和尊严都将指引意大利制定现在和未来的政策。

对于墨索里尼会在合适的时机参战，从这个时候起，我们就不再怀疑了。5 月 13 日他曾对齐亚诺说，对英法宣战的时间不会超过一个月。当时法国军队的败势已经非常明显，他就是在这个时候下定了决心。5 月 29 日，墨索里尼正式通知意大利的三军参谋长们，在 6 月 5 日之后的任何合适时机宣战。应希特勒的要求，日期被延迟到 6 月 10 日。

*　　*　　*

5 月 26 日，雷诺飞抵英国与我们讨论北方各集团军的问题，他们的命运已岌岌可危，我们为此一直忧心忡忡，但没有任何人对部队能否突围给出准确的判断。一个新的敌人——意大利正虎视眈眈地注视着法国，它随时都会宣布战争并从南方扑来，在法国的另一条战线上点燃战火，对此我们必须预料到。我们当前面临的问题是，如何诱导墨索里尼改变主意。法国总理给出了许多论据，认为可以一试，但是这些论据反而让我更加相信不可能成功，我认为毫无希望。雷诺因法国陆军的节节败退而在国内遭受着巨大的压力，我们对于盟国此刻的处境是能够深切体会到的。雷诺曾将他访问英国的全部过程记录下来并发表，其中有他谈话的详细记录[①]。参加会谈的还有哈利法克斯勋爵、张伯伦先生、艾德礼先生和艾登先生。雷诺本人是想继续战斗下去的，但是有这样一种可能性一直存在，那就是不久之后他就会被其他性格不同的人换下去。雷诺还明确地表示说，不必对现在的严重事实一一说明，法国都有可能退出战争。

5 月 25 日，应法国政府的建议，我们联名向罗斯福总统发出请求信，希望他进行干预。在信中，我们对他说明了意大利在地中海领土问题上对我们怀有的宿怨，并表示允许意大利以任何交战国同等的地位参加和平会议，我们会考虑他们提出的任何合理要求，同时授权罗斯福总统对所达成的一切协议进行监督。虽然总统表示同意并发表了演说，但是意大利的独裁者却粗鲁地拒绝了。我们在同雷诺会见之前，就从罗斯福总统那里得到了回复。法国总统建议改善意大利在“自己的领海受人奴役的状况”，他的建议虽然明确，但是这势必影响直布罗陀和苏伊士运河的地位。在突尼斯问题上，法国也准备让步。

对于这样的建议，我们决不赞成。并不是因为这些建议没有参考的价

① 雷诺：《法国拯救了欧洲》第二卷，第 200 页。——原注

值，而是因为此时付出这么大的代价让意大利不加入战争已经为时已晚。就我们目前的处境分析，我认为，如果我们战败了，墨索里尼可以得到，或者从希特勒那里索取任何他想得到的东西。我们连生命都保不住了，又怎么与他们谈条件呢？一旦开启谈判，势必要对双方进行调停斡旋，这种友好局面会让我们失去继续作战的力量。我的同僚们也不同意这些建议，他们的态度是坚决的。我们更倾向于一旦墨索里尼宣战，就立即对米兰和都灵进行轰炸，看看他如何应对。雷诺对我们的意见表示赞同，他似乎被我们说动了，其实他内心是期待这样做的。我们会将问题提交内阁，然后在第二天做出明确的答复，我们能许诺给他的只有这么多了。雷诺和我单独在海军部就餐。下面的电文是战时内阁给出的答复，其中的大部分是我亲自措辞的。

首相致雷诺先生　　　　1940 年 5 月 28 日

1. 关于你今天送交给我们的对墨索里尼先生做出明确让步的建议，我和我的同僚怀着切身的同情做了仔细研究。对于双方面对的严重问题，我们有充分的认识。

2. 继上次讨论之后，一个新的事件使得我们的处境更加恶化，比利时投降了。这一不幸事件造成的直接影响是布朗夏尔将军和戈特将军的部队从海峡港口撤离成了大问题。很明显，在这种情况下，我们提出的任何合理条件，德国都不可能接受。在战争未分出胜负以前，就放弃独立地位，无论是我们还是你们都不会甘心的。

3. 上周日，哈利法克斯勋爵已拟定出方案，建议只要墨索里尼与我们合作，促使欧洲的所有问题得到解决，我们的独立地位得到保证，欧洲持久和平的基础得到奠定，他在地中海地区提出的要求就会被讨论。你为争取他成为调停人而提出的增加某些特别让步的建议，我认为并不能起到打动墨索里尼的作用，而且这些条件一经提出将覆水难收。上周日我们已对这一方案进行了讨论。

4. 毫无疑问，在最后时刻担当调停人这个角色，墨索里尼先生早已考虑到了，我和我的同僚认为，在调停过程中，为意大利争取丰厚利益正是他的初衷。不过，我们相信，墨索里尼在这个时候提议召开会议是很难成功的，因为希特勒认为盟军的抵抗即将迅速和彻底地瓦解，他此时正处于胜利的微醺之中。还需提醒你的是，罗斯福总统已践行了我们对他的联合请求，但遭到了意大利的拒绝。意大利驻英大使也未对上周六哈利法克斯勋爵提出的方案做出回应。

5. 我们认为，与墨索里尼在某个时间进行洽谈的可能性并不是没有，但目前的时机是不合适的。必须要补充的是，洽谈将对我国人民现有的坚强不屈的士气造成极其严重的影响。我认为，法国也将受到影响，程度会有多大，你自己应当是最了解的。

6. 在我们失去两个北方集团军和比利时的支援后，如果你询问用什么方法能够改善这一局面，我的答复是继续表明坚决的信心。这样做的好处是，可以立即提升我们的谈判地位，并博得美国方面的称赞，也许还能获得他们的援助。德国的战斗机和轰炸机每天被我们的空军击毁的数量是惊人的，我认为，只要我们两国为了共同利益同仇敌忾，那么德国国内就会感受到我们不可战胜的海军和空军施加的压力。

7. 德国人遭受的损失、遇到的困难和对我们空袭的恐惧正在削弱他们的勇气，我们有理由相信，德国人也在追赶时间。我们是有可能赢得胜利的，如果着急承认失败，就会将转瞬即逝的良机变为一场悲剧。

8. 我认为，只有战斗到底，我们两国才能得到挽救，才不会重蹈丹麦或波兰的覆辙。勇气和坚持固然重要，但是团结才是我们取得胜利的首要条件。

法国政府没有听取我们的意见，几天后他们越过我们，在领土方面向意大利做出了让步；正如我们所预料的那样，他们得到的答复是轻蔑的。“他已经决定对法国宣战了，”6月3日齐亚诺对法国大使说，“他对通过和平谈判的方式从法国收回任何领土的建议不感兴趣。”[①]

* * *

为了能对墨索里尼发动的讨厌攻击立即予以还击，我每天都要发出一系列的指示以确保万无一失。

首相致伊斯梅将军　　1940年5月28日

请向参谋长委员会转达以下内容：

1. 如果意大利参战，我们将采取什么措施对埃塞俄比亚的意大利驻军进行攻击，如何用步枪和资金援助埃塞俄比亚的起义军，如何应对全面开战。

据我所知，史默兹将军已向东非派遣了一支南非联邦旅，他们是否已到达目的地？何时到达？是否还有其他安排？喀土穆地区的驻军力量如何，钦尼罗省的部队力量又是怎样？在盟军的援助下，埃塞俄比亚人民迎来了解放的机会。

2. 如果法国在意大利宣战后还是我们的盟友，那么最佳的行动方案是，联合英法舰队从地中海两端对意大利采取积极攻势。开战之初，摸清意大利究竟有多大能力，了解他们自上次大战之后是否有所改变是非常重要的，让海军和空军同时发动攻势。除非发现意大利的战斗力很强，否则不应考虑地中海舰队总司令提议的绝对防御战略。保持明显的防御态势，比命令亚历山大港的舰队向前出击并采取某些冒险行为，效果要差得多。必须在此时采取冒险行为，

① 雷诺：《法国拯救了欧洲》第二卷，第209页。——原注

各个战场都应如此。

3. 我推断，海军部已经制订出计划，来应对法国宣布中立。

首相致伊斯梅将军（并致其他人） 1940 年 5 月 29 日

必须尽快从巴勒斯坦调八个营回国。从地中海运兵回国已经不安全，目前可供选择的线路是红海和波斯湾（可通过沙漠到达这里）。请于今天下午研究选择哪条路线，可向海军部征求意见，之后向我报告所需时间和安全状况。除澳大利亚军队暂时留在巴勒斯坦外，其他人员，包括高级专员在内都必须服从国家的最高要求。

是否用大型邮轮以最快速度绕道好望角载运这批士兵，由海军部决定。

首相致海军大臣 1940 年 5 月 30 日

在英国港口的意大利船只有多少艘？如果意大利宣战，将这些船只一网打尽应该采取什么样的措施？海上的和外国港口中的意大利船只怎么处置？请立即将此信转交给有关部门。

在 5 月 31 日的巴黎最高军事会议上，盟国双方已经就尽早对意大利境内所选定的目标进行攻击的行动达成共识，并就双方的海军和空军协商作战的计划取得一致意见。鉴于意大利已表现出侵略希腊的迹象，盟国双方对于确保克里特岛不落入敌手也没有异议。在我的备忘录中，对这一点进行了进一步的阐述。

首相致空军大臣和空军参谋长 1940 年 6 月 2 日

鉴于意大利宣战后，可能对里昂和马赛发动攻击，我们用重型轰炸机对其进行还击是非常重要的。我认为，我们应该要求法国方面允许我们的重型轰炸机中队飞往他们的南部机场，并通知后勤部队做好接纳工作。

请于今晚的会议中告诉我你们的意见。

首相致空军大臣和空军参谋长　　　　1940 年 6 月 6 日

只要意大利宣战或向我们下达无法接受的最后通牒，就立即展开攻势。这一点至关重要。请将正在赶往法国南部机场的后勤部队的确切位置告诉我。

仅对南斯拉夫展开攻势是意大利早期制订的一项欧洲计划，其好处是，既可提升意大利潜在的经济地位，又可加强其在东欧的势力；齐亚诺对该计划大为称赞，墨索里尼本人也一度为这一计划动心。4 月末，墨索里尼曾对格拉齐亚尼说道："我们缺乏原料，南斯拉夫的矿产中有我们需要的东西，因此我们必须让它投降。我们的战略方针是：攻击东方的南斯拉夫，提防西方的法国。请就这一问题进行研究。"[①] 格拉齐亚尼表示，他曾以意大利军备不足，特别是大炮不足提出过忠告，不要重蹈 1915 年伊松佐战役的覆辙。出于政治原因，也有人对进攻南斯拉夫提出过反对。一旦将东欧牵扯进来，那么就可能促使英国在巴尔干采取行动，苏联也可能在东欧执行下一步计划，这些都是德国此时想极力避免的。对于意大利的这一政策，我当时并不知情。

首相致外交大臣　　　　1940 年 6 月 6 日

因意大利攻击南斯拉夫或有攻击那里的打算即对其开战，我曾持反对意见，因为我想知道意大利到底是想对南斯拉夫的独立造成严重

---

① 格拉齐亚尼：《保卫祖国》，第 189 页。——原注

打击，还是只想在亚得里亚海夺取一部分海军基地。现在的局势却是另外一番景象了，意大利正不断威胁英国与法国，要求正面交锋。看来我们与意大利的关系破裂已不可避免，虽然这与南斯拉夫无关，但是我们最好还是让巴尔干借机行动起来。你们对此有何意见？

* * *

为了让墨索里尼回心转意，美国尽了全力，这一点赫尔在他的回忆录中有详细记载，[①] 虽然没有成功，但是我们的准备工作已经做得相当充分，在新的战争和纠纷到来时，我们已能够应付。6 月 10 日下午四点四十五分，意大利外交部长会见英国大使，宣布从当天午夜起意大利就会与英国处于战争状态，法国政府也收到了同样的通知。法国外交大使弗朗索瓦·篷塞在接见齐亚诺时，一边儿向门口走去，一边儿说道："你们会明白，德国并不是一个好伺候的主子。"在罗马，墨索里尼从他的阳台上向事先组织好的人们宣布，意大利已向法国和英国宣战。后来，齐亚诺曾辩解道："这样的好机会五千年才会出现一次。"稀少的机会并不一定都是好的。

驻在阿尔卑斯阵地的法国军队很快就遭到了意大利的进攻，大不列颠立即宣布与意大利进入战争状态。海军奉命拦截海上所有的意大利船只，五艘意大利船只在直布罗陀被拦截下来，之后被带到我们控制的港口处。12 日夜，我们的轰炸机从英国轻装起飞，长距离飞行到都灵和米兰，投下了第一批次的炸弹；等法国的马赛机场能为我们所用后，预计会有更多的投弹量。

这个时候简述法意战役是比较合适的。意大利向阿尔卑斯山口和里维埃拉沿岸进攻的西部集团军有三十二个师，该集团军由翁伯托亲王指挥；抵御这一进攻的法国部队只有六个师，其中有三个师多一点儿是要塞师。与意大利部队呼应的是强大的德国装甲部队，他们此时正迅速通过罗纳谷，

---

① 《赫尔回忆录》第一卷，第 56 章。——原注

马上就要挺进法国的后方。在新战线上的每一点，意大利人都遭到了抵抗，他们被法国部队牵制在阿尔卑斯的阵地上没有任何进展，甚至在巴黎和里昂相继落入德军之手时还是这样。6 月 18 日，墨索里尼在慕尼黑与希特勒见面时，这位意大利领袖没有任何牛皮可以吹。为此，6 月 21 日意大利发动了新的攻势。然而，法军的阿尔卑斯阵地依旧岿然不动，向尼斯进军的意军主力也在芒通的郊外止步不前。法军虽然在东南边境上保住了他们的荣誉，却不能阻止德军从南面抄向他们的后路，法军停止了战斗；与此同时，他们也不得不向意军停止敌对行为，因为在法国与德国缔结的停战协定中，有这样的条款。

* * *

不幸的齐亚诺在被他的岳父处死前，曾写给我一封信，我对意大利命运悲剧的描述可以用这封信做个终结。

丘吉尔先生：

希望我在临近死期时给您写信不会让您感到吃惊，尽管有一段时期您对我的评价是欠公平的，但是我依然敬仰您，并把您当成是一位十字军战士。

在墨索里尼与德国人共同进行反国家反人类的罪恶行径时，我从来都不是他们的帮凶。与之恰恰相反的是，德国人曾让我的孩子陷入极度的危险中，这就是为什么去年 8 月份，我突然从罗马消失的原因。他们违背我的意愿将我和我的家人流放到了巴伐利亚，在此之前，曾满口许诺将我送去西班牙。如今，在维罗纳的监狱中，我已被党卫军野蛮虐待近三个月了。有人告诉我说，我的时日已经不多了，不出数日我就会被判处死刑，这正好让我从每日的折磨中解脱出来。我不希望看到在德国兵的统治下，意大利蒙羞和蒙受不可偿还的损失，因此我宁愿死去。

对于发动这场战争让世界变成一片血海的希特勒和德国人，我是深恶痛绝的，此刻我要赎我的罪，作为一个外国人，我见证了他们在密室中为发动战争而做的冷酷无情的准备。对于他们来说，我是一个危险的证人，现在我即将被处决，这正是匪类的逻辑。但是他们打错算盘了，我的日记和各种文件早在很久以前就被我存放在一个安全的地方了。德国人的罪行和墨索里尼如何因为虚荣而冲破道德底线，充当他们可悲且卑鄙的傀儡的情形全部记录在案，这些文件比我更能证明这些情形。

佩西·洛恩爵士在出使罗马时就知道这些文件的存在，我已做了安排，请求盟国报业在我死后尽快发表这些文件。

也许我今天向您贡献的只是冰山一角，但是我还是要将这些及我的生命贡献给自由和正义的事业。我相信胜利眷顾着这一事业。

请将这些文件发表，以便让全世界了解、痛恨和记住里面的内容，以便让世人根据里面的事实对未来做出这样的判断：不是因为意大利的人民，而是因为一个人的可耻行径使意大利蒙受不幸的。

格·齐亚诺谨呈

维罗纳，1943 年 12 月 23 日

* * *

10 日夜，罗斯福总统发表了一次演说。大约是午夜时分，在海军部作战室，我和部分军官收听了该演说。对于意大利，他表示强烈的谴责：“他手持匕首刺向了邻居的后背。”屋里的人听到此处发出了一阵满意的呼声。虽然我不知道在即将到来的总统选举中，美籍意大利人如何投票，但是我知道作为美国政党的政治家，罗斯福有着丰富的经验，他是那种一旦下定决心就会甘冒风险的人。这次漂亮又充满感情的演说给我们带来了希望。这次演讲让我印象十分深刻，在临睡前，我给总统写了一封感谢信。

前海军人员致罗斯福总统　　1940 年 6 月 11 日

昨晚我们恭听了你的演说，我们的信心因你宣言中的伟大远见而加强。你声明美国会给予盟国以物质援助，这将极大地鼓舞身处黑暗但并非绝望中的我们继续战斗下去。必须防止法国产生谈判的想法，即使巴黎陷落了，也要竭力让他们继续战斗下去。你让他们看到了希望，并将赋予他们坚持下去的力量。他们的陆军应当竭尽全力保卫每一寸国土。这样，希特勒想速战速决的计划就会受挫，转而攻击我们，我们时刻准备着抵抗他们的气焰，保卫我们的国土。由于成功救出了英国远征军，使得我们并不缺乏本土防御部队，等各师的装备能更好地适合在大陆作战后，就将他们派往法国。

对于 1941 年的战争，我们打算在法国打造一支强大的陆军并在那里打响。飞机和飞艇关系着大不列颠的生死存亡，对于它们的需求我已向你发去电报，目前对驱逐舰的需求最为迫切。我们必须拥有大量的驱逐舰来对抗意大利的潜艇，防止它们进入大西洋或在西班牙港口建立基地。只有驱逐舰才能对付潜艇。得到你们为我们重组的那三十或四十艘旧驱逐舰，对我们来说再重要不过了。我们一边儿打仗一边儿在造新的舰只，但在六个月以内，我们的舰只是不足的，那些驱逐舰在安装上我们的潜艇探测器后，可以弥补这个不足。如果你也需要这些舰只，原舰或等同于原舰价值的舰只会立即被送回，但无论何时需要，请提前六个月通知我们。今后的六个月将至关重要。敌人会从东海岸入侵我们，同时德意潜艇会对我们的商船发动新一轮的疯狂攻击，如果不拼尽全力阻止敌人切断我们的海上交通线，我们的生存就会失去依靠。你正在做的和想要做的种种努力，使我们的共同事业变得名副其实，我谨代表我和我的同僚向你表示衷心感谢。

*　*　*

趁火打劫的局面开始了。参与其中的并非墨索里尼这只豺狼，还有虎豹。

在上册书中我已经论及在战争爆发和开始敌对行动前的英苏关系，实际上，在苏联对芬兰实施侵略时起，英苏关系就已经濒于破裂了。斯大林和希特勒有许多相似之处，比如他们都是独裁者，两国的政治制度也很相似。因此在当时，在双方的利益冲突允许的条件下，苏联和德国是紧密合作的关系。莫洛托夫对德国大使舒伦堡伯爵的态度总是谦恭和卑微的，在每一个重要的场合，他都会不加思索地赞成德国的政策和恭维希特勒的军事行动。4 月 7 日，德国进攻挪威，他发表声明说："对于德国被迫采取的措施，苏联政府表示理解，英国完全忽视了中立国的权利，他们做得太过分了……预祝德国采取的防御性措施取得成功。"[①] 5 月 10 日上午，对于如何把对法国和荷、比、卢三个中立国发动进攻的消息告诉斯大林，希特勒着实花了一番心思。舒伦堡写道："我拜访了莫洛托夫，他对这一做法表示赞赏和理解，并说德国为了保护自己必须要向英国和法国发动攻击，他认为我们一定会成功。"[②]

虽然在战争结束前，我们无法正确解读苏联人话中的含义，但是关于他们的态度，我们心中是有数的。我们决定采取耐心等待的政策，寄希望于随着事态的发展，苏联能与德国走到根本的对立面上，届时再尝试恢复与苏联的互信关系。不过，我们想到了一个更聪明的办法，即委派斯塔福德·克里普斯爵士出任驻苏大使，他的才能会有所帮助。完成这项任务几乎是没有希望的，但他表示愿意就任这一前途暗淡的职位。当时我们并不了解，苏联的共产党人讨厌和党外人士建立情感，那样会让他们感到厌恶，除非这个人能够入党；相比于保守党人和自由党人，他们对左翼政治家更

① 《纳粹与苏联的关系，1939—1941 年》，第 138 页。——原注

② 《纳粹与苏联的关系，1939—1941 年》，第 142 页。——原注

是深恶痛绝。苏联政府接受克里普斯出任大使，为此还向德国做了解释。5 月 29 日，舒伦堡向柏林报告说：“不必怀疑苏联对我们的忠诚，他们没有改变对英政策，只是希望用木材换取英国的橡胶和锡矿；克里普斯出使苏联不会对德国或德国的重大利益造成损害。没有任何迹象表明，德国最近的成功曾使苏联政府感到惊恐。”①

斯大林应该是对法军的崩溃、法国的沦陷和西方势力的均衡被破坏有所想法的，但是苏联的领袖们对他们即将面对的危险似乎毫无察觉。6 月 18 日，法国全面失败，舒伦堡报告说：“莫洛托夫请我今晚去他的办公室，对于德国武装力量取得的伟大胜利，他代表苏联政府表示最热烈的祝贺。”②从那时起，大概一年半的时间，在完全出乎苏联政府预料的情况下，德国的同一武装力量，向苏联的领土上投下了有如瀑布般密集的炮火和炸弹。在 1940 年击溃法国仅仅四个月之后，希特勒就断然决定对苏联实行歼灭战。那些曾得到苏联热烈祝贺的德军开始了规模庞大的、行踪隐秘的进军，只是这些情况我们当时并不知情。在对他们的错误估计和以往行为进行回顾之后，苏联政府和他们遍布世界的伙伴们不得不开始呼吁开辟第二战场；而在第二战场中扮演主要角色的，正是他们曾经认为无法逃脱被摧毁和被奴役命运的英国。

然而，关于苏联的危险和他们的利益，我们比他们更了解，相比那些冷酷无情地策划未来的人，我们对未来有更真实和清晰的认识。下面是我写给斯大林的第一封信。

首相致斯大林先生　　1940 年 6 月 25 日

欧洲局势时刻都在发生变化，当此之时，我愿将我亲自写给你的一封信交给英王陛下的新使臣，以便在你接见他的时候转交给你。

---

① 《纳粹与苏联的关系，1939—1941 年》，第 143 页。——原注

② 《纳粹与苏联的关系，1939—1941 年》，第 154 页。——原注

地理上，你我两国分局欧洲两端；制度上，可以说你我两国的政治思想体系完全不同。但是在国际范围内，我相信我们之间的和谐互利的关系不会因这些事实而受到破坏。

就在不久之前，由于互相猜疑，我们之间的关系受到了损害，这点是必须要承认的。为了苏联的利益，去年8月，贵国政府决定终止同我们的谈判，转而与德国缔结了亲密关系；几乎在同时，德国成了我们的敌人却变为你们的朋友。

但是与此同时，德国在大陆上建立霸权的可能性也应运而生。这一新因素的出现，使我敢于设想，我们两国的关系可以恢复到以前的状态，因为欧洲事务与你我双方的利益息息相关，需要我们在必要的时候进行洽谈。不仅是你我两国，现在全欧洲的国家和人民都面临着这一问题。

对于抵抗德国的霸权，由于你我两国分居欧洲两端的特殊地位，让我们对位于欧洲中部的国家存在比较优势。拥有这样的位置是幸运的，利用地理位置和庞大资源来对抗德国的霸权，正是英国政府所设想的。这些你都是知道的。

挫败纳粹政府的企图，让英国免于遭受强加给我们日耳曼民族的统治；将欧洲的其他国家从强加给他们的统治中解救出来，是大不列颠的两个目的。事实上，我们的政策都是围绕着它们制定的。

只有你们自己能判断出德国目前在欧洲推行的霸权主义是否损害了苏联的利益；一旦出现威胁，也只能由你们自己决定什么样的防卫方法最好。但是我认为，这些严重的危机并不仅仅局限于欧洲，乃至全世界都将如此。因此，我必须向你如实表明英国政府所感受到的情况，以便得到如下保证：我希望斯塔福德·克里普斯在与贵国政府进行洽谈的过程中，涉及英王陛下的政策时，或者涉及德国目前在欧洲推行的分阶段征服与吞并的严密计划，英国政府有与苏联政府就该计划引起的广泛问题进行磋商的意愿时，贵国政府不至有所误解。

我没想得到回复，当然他也没有回复。在斯塔福德·克里普斯安全抵达莫斯科之后，出于礼仪，斯大林冷淡地接见了他。

* * *

当时，苏联政府正在忙着趁火打劫。6月14日巴黎被攻陷的当天，莫斯科向立陶宛和其他波罗的海国家下达最后通牒，要求各国立即停止对苏联的军事阴谋，在军事上做出让步，并彻底对本国政府进行改组，必须立即成立亲苏政府，还要准许苏联在各国驻军。6月15日，立陶宛遭苏军入侵，该国总统斯梅托纳逃往东普鲁士。受到相同待遇的还有拉脱维亚和爱沙尼亚。这些小国根本没有力量进行抵抗。维辛斯基先生在拉脱维亚总统被流放到苏联后，在该国建立了一个临时政府，并举行了新的选举。爱沙尼亚的命运也是如此。6月19日，日丹诺夫在塔林建立了同样的政权。从8月3日到6日，苏联强行将波罗的海各国纳入其版图，克里姆林宫拿掉了他们挂出的亲苏友好民主的假招牌。

6月26日晚十一点，苏联向罗马尼亚驻莫斯科大使下达最后通牒，要求罗马尼亚将比萨拉比亚和布科维纳省北部割让出来，并要求第二天得到答复。苏联和德国曾于1939年8月签署过《德苏条约》，条约中规定，苏联对东南欧地区有政治利益独享权。虽然苏联的这一行为威胁到了德国在罗马尼亚的经济利益，并让德国感到愤怒，但是碍于条约，德国还是促使罗马尼亚向苏联妥协了。6月27日，在罗马尼亚的军队撤离后，苏联占领了上述两地。波罗的海沿岸和多瑙河河口此时已被苏联武装部队牢牢控制。

第七章　再谈法国

6 月 4 日至 6 月 12 日

陆军斗志昂扬——1940 年 6 月 2 日我最初的打算和指示——损失的装备——总统、马歇尔将军和斯退丁纽斯先生——美国的义举——6 月时面临的双重压力——英国陆军被重新整编——英国极度缺乏现代武器——决定将仅有的两个装备精良的师派去法国——法国战事的最后阶段——6 月 11 日至 12 日苏格兰第五十一师被歼灭——“苏格兰依然宝刀未老”——我在布里阿尔第四次访问法国——魏刚和贝当——召来乔治将军——我与魏刚进行商谈——因法国方面的原因皇家空军无法空袭都灵和米兰——德军占领巴黎——第二天早上旧事被重提——达尔朗海军上将的保证——向法军总司令部道别——有惊无险的归途——关于会议我向战时内阁做的报告

当从敦刻尔克撤出的部队数被公布之后，如释重负后的强烈欣慰感让人们几乎产生了我们已经胜利的错觉，这样的感觉充斥着我们整个岛屿和帝国。二十五万陆军精英平安归国，是我们这几年的挫败之旅中堪载青史的一件大事。南方铁路局、陆军部行动组、泰晤士河各港口工作人员，特别是多弗尔港的工作人员值得最高程度的赞扬，让二十余万人登船并迅速分批运往全国的伟大任务是由他们完成的。被救出的部队除了带回了他们的步枪、刺刀、几百挺机关枪和与敌人战斗到底的愿望外，其他什么都没有了。我们立即给了他们七天的假期，将他们送回家享受家庭团聚的快乐。这些在战场上与敌人交锋过的战士始终有这样的信念：只要遇到好时机，就能战胜敌人。他们的士气很高，很快就回到了各自的团里和营中。

无论是常任的还是新选拔的所有大臣和官员都充满了信心，不管白天还是黑夜，他们都在精力充沛地工作着；除此之外，还有许多事迹值得歌颂。在他们的鼓舞下，我用平时积累的经验工作时，变得更加得心应手。陆军得救了，我简直太高兴了。我认为什么工作应当去做，就向相关部门下达指示，并向战时内阁汇报工作，每天都是如此。伊斯梅负责向参谋长委员会传达指示，布瑞奇斯负责向战时内阁传达报告。修改的情况时有发生，在错误被矫正、缺点被弥补后，百分之九十的指示是能够被实行的，独裁政府的速度和效率是无法与我们相提并论的。

在陆军从敦刻尔克成功撤退的事实被确认后，我最初的想法是这样的：

首相致伊斯梅将军　　　　1940年6月2日

国防大臣写给参谋长委员会的便条。

我们的本土防御情况因英国远征军的成功撤离而发生了根本的改变。按照本土防御计划对远征军的各单位进行整编后，我们将拥有大量训练有素的军队，这足以应对敌人对我们国内发动的大规模袭击，即使有二十万人，也应付得了。以先行入侵的敌军人数为一万作为基础，他们进攻的难度、危险和损失将会随着人数的增加而增加。我们必须立即重新看待战局。陆军部需对某些问题进行考虑，联合参谋部应对他们进行辅助：

1. 最快需要多长时间让英国远征军重新具备战斗价值？

2. 整编的方案是什么？纵观全局，我偏向于认为应先让他们做好本土防御，然后再派往法国。

3. 法军将停止作战，除非我们在法国的英国远征军被立即整编。一旦巴黎被攻破，也必须请求法军将大规模的游击战进行下去。在布列塔尼半岛构筑桥头阵地和在登陆地区组建一支大军的计划应当被加以考虑。我们必须制订好计划，因为这能够让法国人感到坚持下去就会有希望。

4. 在依据国内防御方案对英国远征军进行改编后，应立即向法国派遣三个师，与松姆河以南的我们的两个师会合，或者与撤退的法军会合，无论他们那时撤到了哪里，都要找到他们。我在考虑是否立即派加拿大的军队过去。请制定一个方案，并告诉我。

5. 需要重新考虑纳尔维克的问题，是否应该让一支部队在自力更生的情况下在那里驻留几个星期？如果在一个星期前，我们就能对敦刻尔克的撤退情况做出预测的话，那里的情形将不会如此。经常变换方针的缺点和危险，我有很深的印象。必须对经济作战大臣的信和几天前总司令发来的电报做最后的斟酌。

6. 驱逐舰队最近的情况如何？请让海军部向我汇报，并告诉我 6 月时已经到达和能够到达的增援舰只有多少，多少舰只能够在经过修理后被使用。

7. 让从印度调来的八个土著士兵营接替巴勒斯坦的八个正规营，这八个正规营将作为新的英国远征军的砥柱，必须被调回国内，现在就执行。

8. 澳大利亚军队登岸后，立即让大船载运八个或十个营的本土防御部队返航前往孟买。然后再让这些船只从印度载运八个正规营到英国，并再次从英国载运八个或十个营的本土防御部队到印度。驻印炮兵的调遣问题应参考以上原则。

9. 我们本打算在战争开始后的十二个月内给英国远征军扩充二十个师，但由于装备的损失，使得在战争开始后的十八个月内最多只能扩充十五个；但是，我们必须向法国人提交一个计划。这个部队的主力应该由装甲师、第五十一师、加拿大师和两个本土防御师组成，于7月中旬交由戈特勋爵指挥。在战争开始后的十八个月内再将二十四个营的正规军和本土防御部队、加拿大第二师、一个澳大利亚师和两个师的本土防御部队组成六个师，增加到上述部队中。也许我们还可以做得更加完善。

10. 最紧要的是，至少要从英国远征军中整编出六个正规旅负责本土防御工作。

11. 为配合最后的撤退行动，对空军做了如何部署？在这危急时刻，需要减轻后卫部队承受的压力了。

最后，从全局出发，我谈一下总的看法。让我最为害怕的是德军突破松姆河或埃纳河的法军防线，攻陷巴黎；因为我不害怕德军对我们有攻击意图，因此我相信他们必然选择前者。下面的事实大大增加了他们这样做的概率：大不列颠现在的武装力量强于以往的任何时期，与敌作战的部队经过了长期的训练，他们的攻击部队是领教过我们士兵的锐气的；他们曾因惧怕我们士兵的攻击而不敢向前，甚至在这些士兵撤退时都不敢过分阻拦。在今后的几天中，我们必须认识到，在英国远征军或其大部分整编完毕前，局势依然是危急的。

* * *

敦刻尔克大撤退也有其暗淡的一面。远征军的全部装备都损失了，我们的工厂在之前为陆军生产的第一批装备也损失了：军火7，000吨、步枪90，000支、大炮2，300门、交通工具82，000辆、轻机关枪8，000挺、反坦克枪400支。

即便不受敌人干扰如期完成了现在的计划，这些损失也需要好几个月的时间才能弥补。

强烈的情绪已经在大西洋彼岸的美国领导人心中激荡起来。在第一次世界大战中，我的军需部同僚的好儿子，我们的挚友斯退丁纽斯曾对当时的形势发表过正确且精彩的论述。[①] 英国陆军大部分成功撤退后，美国立即获悉我们丢失了所有装备。美国陆军部和海军部早在6月1日就奉命向总统报告了有什么武器可以支援给英国和法国。美国陆军部参谋长马歇尔将军不仅在军事方面才能卓越，而且目光远大，作为陆军军事首脑，他立即下令检查美国军械和军火的清单。他的军需官和助理参谋长在四十八小时内给出了答复，马歇尔将军于6月3日批准了所列的清单。第一批清单如下：1917年和1918年造0.3英寸口径步枪五十万支，是用油脂封藏了二十年的二百万支步枪中的一部分，每支步枪配备二百五十发子弹；75毫米口径野战炮900门，附带一百万发炮弹；机关枪80，000挺，还有各类军用设备。斯退丁纽斯先生有一本关于美国供应品的佳作，他在其中写道："为节约时间，陆军部决定将清单中的物品以三千七百万美元的价格卖给一家公司，再由该公司立即转卖给英国和法国。"这一事宜由军需部部长韦森上将负责，从6月3日起，美国陆军军械库和兵工厂就开始为船运进行打包了。这周末，六百多辆满载货物的重型货车驶向新泽西州的拉里坦陆军码头，再走河运到达格雷夫森德湾。6月11日，十二艘英国商船抵达该湾，下锚后，开始从小船上取下货物并装舱。

美国陆军动员计划规定的最低人数是一百八十万人，由于采取了上述非常措施，使得他们的军械装备刚刚够用，在现在看来算不了什么的行为在当时是了不起的。从自己的军火中拿出那么多军械去帮助一个被很多人认定已战败的国家，美国践行了他们的信义，展现了他们的气概。他们一

① 见《租借法案——胜利的武器》，1944。——原注

定会无悔当初的。这些武器在7月时被平安运过大西洋，不仅是物质上的支援，还是迫使所有人，无论是敌人还是朋友，重新估计胜算的重要因素。下文还会再次提及此事。

* * *

科德尔·赫尔先生在他的回忆录中谈及此事：[①]

> 总统曾敦促丘吉尔先生向法国支援飞机，以回应雷诺近乎可怜的求援呼吁，但是这遭到了首相的拒绝。美国驻巴黎大使布里特对此非常愤怒，并于6月5日向总统和我表达了他的担心：英国可能是想在同希特勒谈判时，将他们的飞机和海军用作讨价还价的筹码，因此他们才会保存实力。
>
> 总统和我都不这样认为。我们相信，虽然法国已经无所作为了，但是在丘吉尔的领导下，英国会永不妥协地战斗到底。伦敦决不会与柏林谈判。丘吉尔在下院发表的出色演说在布里特发来电报的前一天到来。
>
> 丘吉尔的演讲是发自内心的，总统和我都相信这一点。我们对英国将继续战斗下去没有怀疑，因此才采取行动，给予他们物质援助。如果我们曾经怀疑过的话，还向英国运送武器就不合逻辑了，因为在我们的武器到达前，英国早已经向德国投降了。

* * *

6月对于我们所有人来说是特别艰难的一个月，除了因为我们目前一无所有外，还因为我们要承担两副无法兼顾的重担：一，我们要向法国尽应尽职责；二，我们的本土防御需要一支强有力的部队来加强。这两重压力无法兼顾又全都生死攸关，没有什么比这更严重的了。然而我们并没有

---

① 《科德尔·赫尔回忆录》，第1卷，第774、775页。——原注

过分紧张，因为可以坚定不移地遵循已制定的政策。当务之急是对英国的驻法远征军进行重编，并尽快将我国经过训练的装备齐全的部队派往法国。然后再加强我们的本土防御：第一，重组正规军并完善他们的装备；第二，加强可能登陆地点的防御并修筑工事；第三，尽可能多地动员民众并武装他们。此外，调回大英帝国驻扎在各地的全部可以调用的军队。此时，英国面临的最紧迫的威胁是，德国可能用小规模但高机动性的坦克部队或者伞兵在英国登陆，对我们的部署和防务进行破坏。我将全部精力用于以上事情中，其间与新任陆军大臣安东尼·艾登联系频繁。

按照我的指示，陆军大臣和陆军部已经把整编军队的计划制订出来了，执行情况如下：从敦刻尔克撤回的各师是最早被整编和重装的，七个现存的机动旅也已按时编入这些师中，他们都已经到岗了。由在战时经受过九个月严格训练的士兵组成了十四个师负责本土防御，只有部分人员获得了装备。第五十二师已具备了海外作战能力。由于缺乏坦克，第二装甲师和四个陆军坦克旅还在编成中。加拿大第一师已装备齐全。

我们人员充足，但是缺乏武器。到6月中旬，塞纳河南边的交通线和基地中多达八万支步枪被我们回收利用后，正规军的士兵至少人手拥有了一件武器。我们的野战炮严重不足，正规军也是如此。在法国我们几乎丢失了所有能发射25磅重炮弹的新式大炮，发射18磅炮弹的大炮和4.5英寸口径、6英寸口径的榴弹炮只剩下大约五百门。巡逻战车只有103辆，步兵坦克114辆，其中50辆在国内皇家坦克团的一个营内服役，剩下的在训练学校，还有轻坦克252辆。在敌人面前，如此缺乏装备的大国是从来没有出现过的。

* * *

从一开始，我就同加拿大现任政府首脑和南非联邦政府首脑这些老朋友们保持着最密切的联系。

首相致麦肯齐·金　　1940年6月5日

英国远征军奇迹般的撤离大大改变了英国的局势。对于任何可能入侵之敌，在这些部队重新获得装备组成军队之后，英国的实力都能应付且绰绰有余。英德两国的空军力量在敦刻尔克大撤退中接受了一次重大的考验。在德军飞机数量占巨大优势的情况下，我们对其造成了于我方三倍以上的损失，且成功撤退。英国空军的技术更适宜在本土上空进行防御，而不是到海外进行作战。我们的飞机工厂自然是敌人的主要攻击目标，但是只要我们的空中防御能够强大到敌人只能黑夜来袭的话，他们就不能很准确地进行轰炸。我有坚定的信心，英国具有继续作战、对本土和帝国进行防御和实施封锁等方面的能力。

我希望即使在最恶劣的情况下，法国也能继续进行大规模的游击战，我们正在将英国剩余部队改组成远征军，不知道这能否促使他们继续战斗下去。

需要注意的是，美国依然保持中立是想在英国崩溃后获得英国舰队和除大不列颠外的英帝国保护者地位；不能让美国人将这一前景看得过于轻松，因为在英国战败后，我将很难断言，势必要组建的亲德政府会采取什么政策。

截至目前，我们还没有从美国得到过任何实际的援助。我们并不需要军事方面的援助，只是希望他们在驱逐舰和飞机方面能做出重大贡献。他们也没有派海军分遣队到爱尔兰南部港口进行访问。虽然罗斯福总统是我们最要好的朋友，但是如果你能向他施加压力的话，会有莫大的帮助。

我非常感谢你派遣四艘加拿大驱逐舰参加对德潜艇作战，对你给予的一切援助，我深表感激。向你致以最诚挚的问候。

远在南非的史默兹并不知晓专门针对岛屿空中防御问题的近况，对于法国面临的悲剧，他自然难免用传统的观念去看待："好钢要用在刀刃上。"史默兹和我在处理重大军事问题时意见往往都是一致的，现在我们意见不统一，是因为他不能像我这样便利地了解事实。如果给我们半小时的会面时间，我将我知晓的空战司令道丁上将的详细计划告诉给他，他就会同意我的意见。

首相致史默兹将军　　　　　　　　　　　　　　　　1940年6月9日

在空中打击敌人、尽快向法国派遣获得装备的军队当然会同时进行，我们不会保留实力。但是将大量的战斗机派往法国是错误的，因为它们很可能在参加战斗时受损，那么我们就无法继续战斗下去了。一个更艰难、更长远的任务在等着我们去完成，我认为这个任务也是更有希望的。在本土进行防御比去法国参加战斗有利得多：在本土，我们有望集中非常强大的力量以一比四或一比五的损失对敌机造成伤害；在法国，我们的飞机往往因为那里没有防空设施而被击毁，敌人的战斗机数量也必然比我们多，我们不大可能以一比二的损失对他们造成伤害。即使下个月我们将带有维修设备的二十个战斗机中队派往法国，牵制住了敌人，也不能对战争的成败起到关键性的影响。希特勒就会将其全部的空中力量用在攻击我们失去空中防御的本土上，我们生产飞机的设备也会在白昼的空袭中遭到毁灭性打击。在这件事情上，你提到的古典战争原则被大量的事实否定了。如果希特勒攻击我们，就在他攻击的时候摧毁他的空中力量，这是我看来目前唯一可行的方法。如果他这样做了，则冬季来临的时候，他就在欧洲站不稳脚跟了。美国可能在总统选举之后对德宣战。

我勇敢的老朋友，感谢你发来的电报，希望经常听到你的意见。

* * *

我们虽然坚决否定将最后二十五个战斗机中队派遣出去，但是向法国提供援助依然被认为是当务之急。第五十二苏格兰低地师应于6月7日遵照以往命令赶赴法国，命令已经被执行。预定优先装备的蒙哥马利将军指挥的第三师一并派往法国。在当时看来毫无希望的措施也被实行了，派遣年初集结于英国的装备精良的加拿大军团主力师前往布雷斯特。在征得自治领政府的完全同意后，部队已于6月11日陆续到达该处。到达法国的部队还有从挪威撤退的两个法国轻装备师，和被我们从敦刻尔克撤出的所有法国部队和人员。

第五十二苏格兰低地师和第一加拿大师是我们仅有的两个新编成的师，也被派遣到我们节节败退的法国盟友那里去了。我们不久就将面对德国全部火力的攻击，这生死攸关的时刻，在战争开始的这八个月中，考虑到我们极有限的武装力量，向法国派遣部队称得上是我们的功绩。现在回忆起来，我很奇怪，当时我们面临着敌人的入侵威胁，是打算战斗到底的，法国显然已经崩溃，是什么样的勇气让我们将仅有的那部分有战斗力的部队派遣出去的。也许是因为我们知道，没有制海权或制空权及必要的登陆艇，敌人想通过海峡并不那么容易。

* * *

我们的建制完整的第五十一苏格兰高地师，从马其诺防线撤下来之后，此时正在法国松姆河后方驻防；第五十二苏格兰低地师正陆续抵达诺曼底。我们唯一的缺少坦克营和供应队的第一装甲师被调往加来。该师在执行魏刚的计划试图通过松姆河时遭到重创，实力下降了三分之二，6月1日被调到塞纳河对岸进行重编。与此同时，一支由九个临时步兵营组成的军队正在法军基地和交通线处集结起来。这支主要武器是步枪，没有运输队和通讯队，反坦克武器也很少的混合军队被人们称为“伯曼部队”。

会同英国的分遣队，法国第十集团军试图在松姆河战线据守；长达十六英里的战线需要第五十一师单独防守，其他重要的任务由剩余部队负责。6月4日，他们用法军的一个师和法国坦克攻击了阿布维尔的德军桥

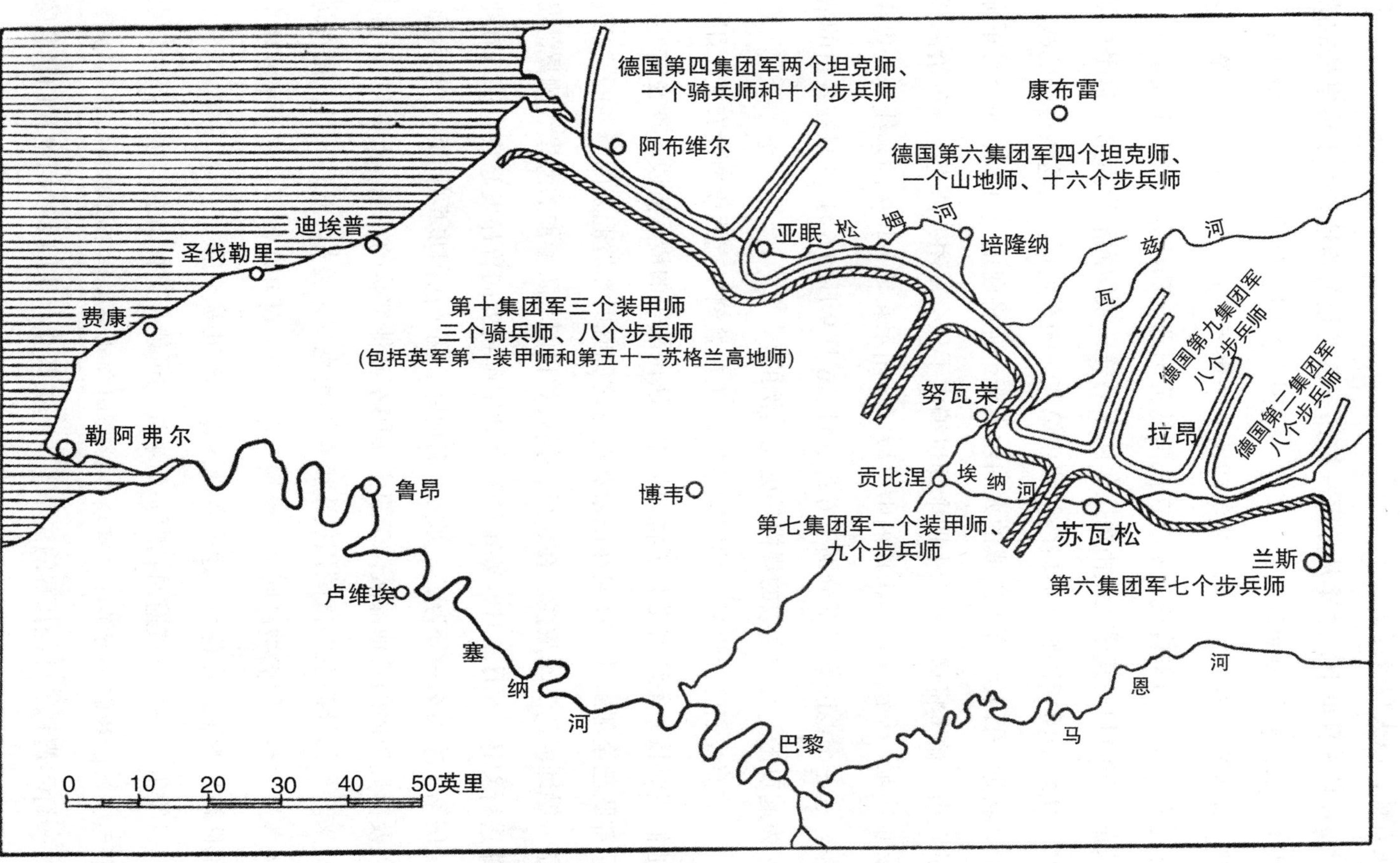

1940 年西部防线对峙图

头阵地，以失败告终。

6月5日早上，德军从亚眠—拉昂—苏瓦松公路这条七十英里长的战线上发起攻势，夜间我们获悉了这一情况，法国战争的最后阶段拉开了序幕。法军阵营有第二、第三和第四这三个集团军群；第三集团军由第六、第七和第十集团军构成，所有在法国的英国部队都被编在第十集团军中。莱茵河防线和马其诺防线由第二集团军防守，埃纳河沿岸由第四集团军据守，从埃纳河到松姆河河口的防线由第三集团军负责。在这条辽阔的战线上，将近一百五十万人组成的大约六十五个师将迎接一百二十四个德军师的攻击。德军将这一百二十四个师也编成了三个军团：博克指挥的沿海战区集团军、龙德施泰特指挥的中央战区集团军和勒布指挥的东线战区集团军。这三个德国集团军分别于6月5日、6月9日和6月15日在各自的战区发起攻击。这次会战的规模是史无前例的。

前面我们已经讲过，德国的装甲部队在敦刻尔克战役中没有被使用，他们当时按兵不动就是为了将力量用于法国战争的最后阶段。现在这些装甲部队已全部出动，扑向在巴黎和海岸之间临时布置起来的薄弱的、甚至是一触即溃的法军战线。在这里，我只对我们军队参加的海岸线侧翼的战斗进行叙述。6月7日，德军的两个装甲师再度向鲁昂发起攻击，旨在把法国第十集团军一分为二。苏格兰高地师、两个法国步兵师和两个骑兵师，以及第九集团的其他部队位于第十集团军其他部队的左侧，此时已被分隔开来。“伯曼部队”试图用三十辆英军坦克支援鲁昂。6月8日，德军进入鲁昂城后，他们被赶回了塞纳河。第五十一师和法国第九集团军的残余部队被切断了，在鲁昂—迪埃普地区被三面包围。

第五十一师有被逼回勒阿弗尔半岛的可能，这样就会与主力部队失去联系，对此我们极度关注，曾命令该师司令弗金少将于必要时向鲁昂撤退。这一行动遭到了已经瓦解的法军司令部的禁止。他们多次回绝我们紧急陈述的意见，固执地拒绝正视当前事实，致使法国第九军和我们的第五十一师全军覆没。6 月 9 日鲁昂落入敌手，此时我们才接到向勒阿弗尔撤退的命令；曾派出过部队对这一行动进行掩护，但是由于我们的部队才刚刚抵达位于鲁昂三十五英里处的迪埃普，德军先于我们的主力部队行动前就插了上来。德军从东面进抵海岸，切断了第五十一师大部和许多法国军队。这样的危险在整整三天前就已经被预料到了，这绝对是一个指挥失当的事例。

6 月 10 日，第五十一师和法军第九师经过激战退到圣伐勒里，试图从海上撤退。我们在勒阿弗尔半岛的所有部队此时已迅速安全登船。11 日至 12 日夜，圣伐勒里的部队因大雾而无法乘船撤离。12 日早晨，南面海崖被德军占领，海滩暴露于敌人的炮火之下，城里挂起了白旗。上午八点法国第九集团军投降，上午十点半苏格兰高地师残部被迫投降。隆美尔将军指挥的第七坦克师俘获了八千英军和四千法军，仅有一千三百五十名英军将士和九百三十名法军将士逃脱。对于法国人让我们这个师一再等待，致使他们不能及时撤向鲁昂，也不能到达勒阿弗尔或向南撤退，最终导致他们被迫同法国部队一起投降的行为使我十分恼火。经过其后几年艰苦的扩充，在与第九苏格兰师混编后，新的苏格兰高地师又开始活跃于各个战场中。他们参加过阿拉曼战役，打过莱茵河，为他们的前辈报了仇，并取得了最后的胜利。

查尔斯·默里博士在第一次世界大战中写的几行诗，[①] 我认为用于这里恰好合适：

城堡里降下了半旗，
昨晚首领的挽歌被奏起。
许多失去了丈夫的村妇们，

① 摘自《回乡集》。——原注

孤独地为征夫做着祷祝。

因为自由，因为目的还未达成，

山谷中的人们都集合起来吧，向前去。

砍下老鹰那恶毒的利爪，

撕下它们的羽毛扔进大海里。

勇敢的人们离开城堡和集镇，

离开店铺和作坊，

向朋友愉快地辞行，向敌人勇猛地冲锋。

苏格兰依然宝刀未老。

* * *

大约在6月11日上午十一点，我接到雷诺拍来的电报，他告诉我说法国的情况越来越糟糕了。罗斯福总统也收到了相同的信息。几天前我费了很大的周折才见到雷诺他们，并督促他们召开最高军事会议；现在不能再客客气气地讲话了，我们必须弄明白法国人是怎么打算的。巴黎的情况我们一无所知，但德军的先头部队一定就在其附近，因此在巴黎召开会议已经不合适了。当时雷诺告诉我，法国总司令部现设在奥尔良附近的布里阿尔，可以在那里见面。图尔取代巴黎为现在的政府所在地。我对雷诺指定的飞机将要降落的机场表示满意，命令“红鹤”式飞机于午饭后在亨顿机场做好起飞准备。在上午的内阁会议中，在征得我的同僚们的同意后，我们下午两点出发了。在临行前，我给罗斯福总统发了一份电报：

前海军人员致罗斯福总统　　1940年6月11日

法国方面又邀我出访，看来危机已经来临，我马上就要出发。此时你若在言行方面给予帮助，他们的局面将有所改观。

爱尔兰也让我们放心不下。我确定美国派遣分遣队对贝瑞赫文进行访问会有很大帮助。

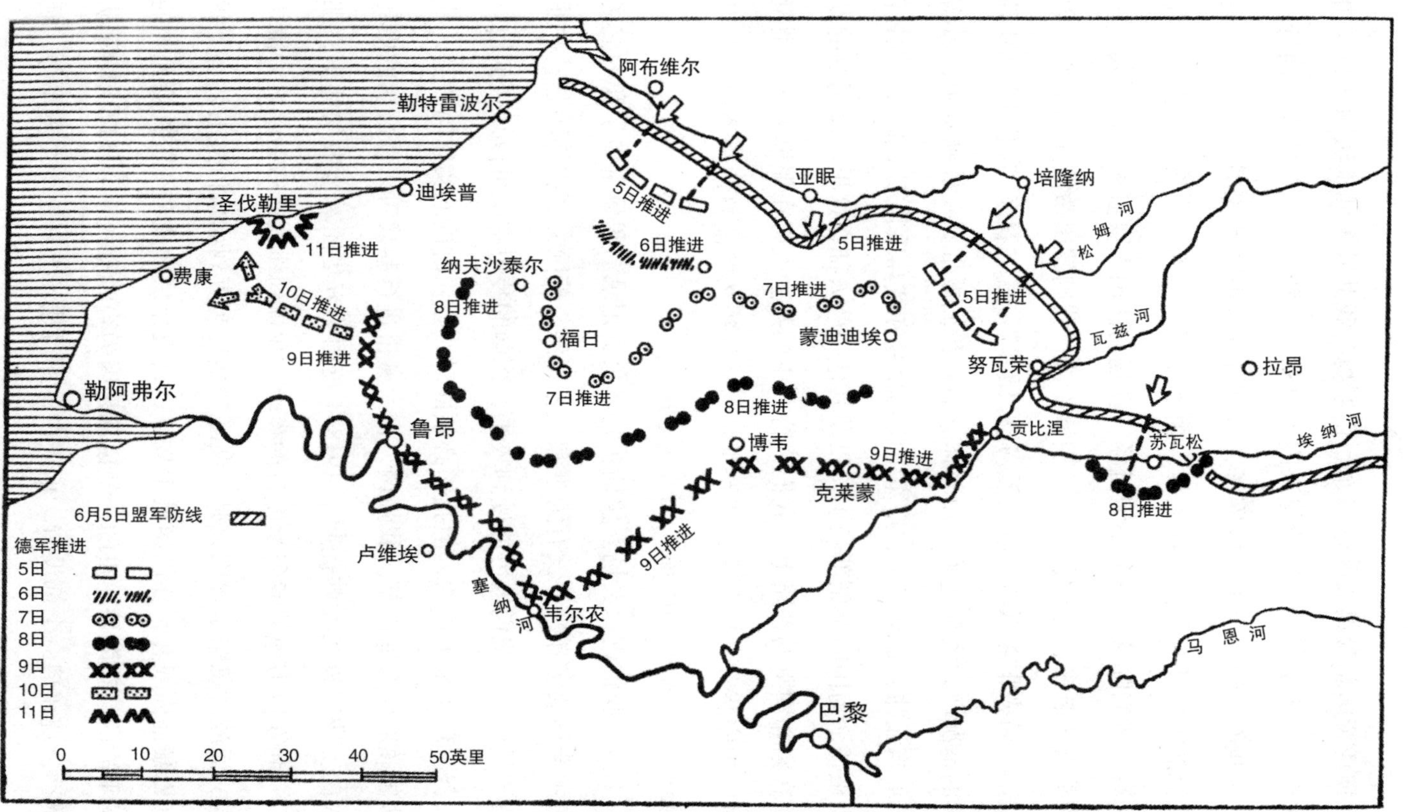

6月5日至11日，德军推进图

* * *

现任帝国总参谋长蒂尔将军、伊斯梅与我共赴第四次法国之行，由于这次出访主要是了解军事情况，因此也邀请了陆军大臣艾登先生同行。这次出访我们需绕一个很大的圈子，以避开深入海峡的德国空军。“红鹤”式飞机的护航任务与前几次一样，由十二架“烈焰”式战斗机担任。几小时以后，我们降落在一个小型机场，在场的法国人寥寥无几。不久，一位上校乘汽车赶来，他面色阴沉，表情冷淡；我则露出微笑显示信心，因为我觉得在局势非常不利的情况下，这样做并不为过。看来，自我上次访问后，巴黎的情况已大大恶化了。短暂休息后，我们被带到一栋别墅中，雷诺先生、贝当元帅、魏刚将军、空军上将韦也曼和戴高乐将军（他的级别较低，刚刚被任命为国防部副部长），以及其他一些人都在这里。总司令的专列停靠在紧邻别墅的铁路上，我们一行人中的某些人将在那里下榻。别墅的盥洗室中安装着一部电话，线路很忙，要等很久才能打出一通电话，里面不停地传出来喊叫的声音。

七点，我们进入会场。伊斯梅将军负责记录。我只重申了我的立场，并表示会继续坚守，并没有为难和互相埋怨。英国方面担心的是，并非只有法国是前线，我们也可能受到攻击，德国的装甲部队可以从任何地方发起攻势。现实是无情的，但我们必须面对。会议讨论的实质问题是，我认为法国政府应力保巴黎。我强调，在大城市进行巷战对入侵部队的损耗是巨大的。我向贝当元帅提起了 1918 年英国第五集团军惨败的往事，那些我们一起在博韦他的专列上度过的夜晚；我提到他如何靠一己之力扭转了战局，而故意忽略了福煦元帅。我还向他提起克列孟梭说过的话：“我们会在巴黎前面战斗，在巴黎城中战斗，在巴黎后面战斗。”贝当元帅的回答是平静的，态度是庄重的，他说那是因为当时有六十个师以上的军队可以调动，现在却一个都没有。他还说，那时战场上有六十个英军师，现在战局已定，就算巴黎化为焦土也无济于事了。

魏刚将军极力称赞法军作战勇猛。在对就他了解的距此五六十英里外的变幻不定的战场形势进行一番叙述后，他说道，他们需要各方面的增援，尤其需要英国所有的战斗机中队立即加入战团。他还说：“英国不派出全部的战斗机中队是错误的。现在是决战，是决定性的时刻。”按照我特别邀请空军上将道丁将军参加的一次内阁会议中的决定，我回答道：“这不是决战，也不是决定性时刻。当希特勒的空军向大不列颠大举进犯时才是决定性的时刻，我们必须要保证制空权，如果还能够保证制海权的话，我们将为你们报仇雪恨。”[①] 我们需要这二十五个战斗机中队防御大不列颠和英吉利海峡，无论发生什么事，让我们付出什么代价，我们都要保住它们，不会放弃。放弃这些空军就等于放弃继续作战，放弃无限期持续下去的抵抗，放弃我们生存的机会，在任何情况下，我们都不会这么做。话已至此，我希望将在附近的西北战线总司令乔治将军召来，他们立即照办了。

不一会儿，乔治将军赶到。在被告知最近的形势后，他证实了魏刚将军刚才谈到的法军防线的情况。我再次提及我的主张，极力要求法军进行大规模游击战。因为，当短兵相接时，德军并没有想象得那么强。战线上的敌军的军事行动会在法军所有军队，每一个师、每一个旅的竭力作战中趋于停滞。我得到的回答是，拥挤不动的难民正在遭受德军机枪的扫射，人们无法抵御成批逃离，公路状况糟糕至极；政府机构持续崩溃，军事机关指挥不灵。魏刚将军在谈到某处后插嘴说，也许法国将不得不选择停战。这立即受到雷诺的喝止：“那是政治上的事情！”根据伊斯梅的记录，我当时是这样说的：“如果法国认为让陆军投降是结束苦难最好的方法，那么就不要顾虑我们，因为我们决定坚持、坚持、坚持战斗下去时，也没有管你们要怎样做。”德军的一百个师将因为法军无论在何地的继续作战而

① 伊斯梅将军记录下了这些话，我在此表示感谢。——原注

被牵制住或消耗掉，当我提出这一问题时，魏刚将军回答道：“即使如此，德国仍然有实力攻击你们，他们可以再拿出一百个师来让你们屈服，你们怎么应对呢？”军事上我不擅长，对于这一点，我的军事顾问们是这样认为的，当德军入侵大不列颠时，最好的方法是半渡而击之，尽量让海水淹死他们，等余下的人一爬上岸就敲掉他们的脑袋。魏刚苦笑道：“我必须承认，不管怎么说，敌人的坦克确实很难逾越那条障碍。”他说的最后这句话给我留下了很深的印象，因此我记得很清楚。对于这次令人为难的会谈，我一直心怀愧疚，英国有四千八百万人口，却不能在对德地面作战中做出更多的贡献，致使法国以一国之力承担了十分之九的屠杀和百分之九十九的损失。

过了一个小时左右，饭菜摆在了会议桌上，我们起身洗手准备就餐。在休息的时候，我和乔治将军私下进行了交谈，我向他提出了几点要求：第一，在国内任何地方都可以组织战线，战斗一定要继续下去，可在山区进行长期的游击战。第二，转战非洲（一个星期以前，我曾认为这个办法带有“失败主义”色彩）。虽然对法军的领导，我的这位可敬的老朋友负有许多直接责任，但是他的意见从未被听取过，所以这两个方法都不大可能会实现。

虽然我对这几天情形的描述显得很轻松，但实际上我们所有人的心中都承受着煎熬。

* * *

十点左右，大家就座进餐，我坐在雷诺和戴高乐先生中间。菜品有汤、蛋卷和其他的菜，饮品是咖啡和淡酒。尽管我们正处于被德国蹂躏的痛苦中，但是我们当时是非常友好的，不过这样和谐的场面很快就被一个突然出现的插曲打破了。读者可以回忆一下在意大利参战后即对其进行迎头痛击的重要性，法国曾经完全认同这点，为此我安排将英国的重型轰炸机中队调往法国马赛附近的机场，以便对都灵和米兰实施空袭。现在一切准备都已就绪，只等进攻开始。我刚一落座，伊斯梅便接到英国驻法空军中将巴勒特打来的电话：法国地方当局以轰炸意大利会使得法国南部遭到报复为由拒绝英国轰炸机起飞，声称英国无力抵抗或阻止这种报复行为。我们离开餐桌，雷诺在与魏刚、艾登、蒂尔和我商量后，同意向有关当局下达不许阻止轰炸机起飞的命令。当天夜里，我们再次接到了巴勒特将军的报告，他说轰炸机依然无法起飞去执行任务，因为机场里堆满了附近居民拖来的各式各样的乡村车辆。

就餐结束后，我们正在坐着喝咖啡和白兰地，此时雷诺告诉我，贝当已经准备好了法国寻求停战的相关文件，并已通知要他过目。雷诺还说："他还没有向我递交这些文件，因为他耻于这样做。"不仅是这件事，还要为当他发自内心地认为法国已经完了，应该投降时，还支持或暗中支持魏刚要求的英国应该将最后的二十五个战斗机中队派往法国这件事而感到羞耻。因此我们怀着很不愉快的心情在这个失去秩序的别墅中或几英里外的列车上就寝了。14 日，德军占领巴黎。

*　　*　　*

第二天早上我们又召开了一次会议，空军中将巴勒特列席。雷诺再次主张向法军基地增派五个战斗机中队；魏刚将军表示，军队的不足亟待轰炸机在白天进行轰炸来弥补。我向他们保证，我回到伦敦后会立即通知战时内阁站在法国的角度考虑这些问题；同时我还强调，为增加法国的空中防御而调走联合王国的基本国防力量，是一个重大的错误。[①]

这个会议很短暂，在快结束时，我明确提出了以下几点问题：

---

① 对于这个问题，甘默林的意见很有趣，他在 1938 年 3 月 15 日的法国最高空军会议上曾有如下陈述："如果英国来援助我们，他们可能的做法是：'在能够使用我们的空军基地的情况下，可能会同意加强我们的轰炸机中队。但是，不要奢求他们能将其本土防御战斗机中队派往法国。'"——原注

1. 1914年时巴黎和巴黎郊区的人民曾设置障碍分散和牵制敌人，难道现在他们就不能那样做了吗？或者像马德里那样也可以。

2. 英军和法军不能越过塞纳河，在下游组织一次联合反攻吗？

3. 如果不能进行协同作战，不就意味着敌军已经将力量分散开来了吗？实施纵深战或对敌人的交通线进行攻击总是可以的吧！敌人在同法国陆军和大不列颠作战的同时，还需要控制被征服的国家和法国大部分的土地，他们的力量能够长久地支持下去吗？

4. 继续抵抗以待美国参战，难道不可以吗？

魏刚认为在塞纳河下游组织反击的想法是正确的，但他表示没有足够的军队实施这一计划。他还说，据他分析，德国人的力量足以控制他们征服的国家和法国的大部分土地。雷诺接着说道，自开战时起，德国又建立了五十五个师，制造了四五千辆重型坦克。这些数字显然是被人为地夸大了。

结束时，我极其郑重地表示：希望法国政府能在情况有变时立即知会英国政府，以便英国能够派遣人员与他们在任何方便地点协商法国将要采取的第二阶段行动，并做出指导战争走向的最后决定。

之后，我们向贝当、魏刚和法国最高统帅部的人员辞行，这是我们与他们的最后一次会晤。最后，我找到海军上将达尔朗，避开人群对他说："达尔朗，你决不能让他们得到法国舰队。"他庄严地许诺，不会允许那样的事情发生。

* * *

十二架"烈焰"式战斗机因缺乏合适的汽油而无法继续护航。我们面临着两种选择，等待天空放晴或者冒险乘"红鹤"式飞机返航。我们急于回去，但被告知全程航线都有乌云。最终我们决定单独起飞。出发前，我们向英国拍发了电报，要求他们在可能的情况下派护航机来海峡上空接应我们。飞机接近海岸时，乌云散去了，倏尔变得晴空万里。勒阿弗尔在我们右下方八千英尺处燃烧着，滚滚浓烟向东飘去。未见新的护航飞机到来。我看到有人和机长谈了一会儿话，不久后，飞机突然向下俯冲而去，在距离平静的大海大约一百英尺的地方停止下降，飞机在这样的高度飞行不容易被发现。我后来才得知发生了什么事情，原来是在我们下方有两架德军飞机在向渔船射击。所幸，德军飞行员没有向上看。新护航机在我们临近英国海岸时出现了，值得信任的“红鹤”式飞机平安降落于亨顿机场。

* * *

此行的结果，我于当日下午五点向内阁做了汇报。

我将魏刚在会议上告诉我的法军情况又复述了一遍。经过六天六夜的战斗，几乎全部的法军都筋疲力尽了。法军的四十个师承受着敌人一百二十个师的攻击，加上敌军装甲部队的配合，使得法军全线陷入被动局面，每一个点上都没有打过胜仗。敌人的装甲部队已完全扰乱了法军最高指挥部对下级司令部的支配，行动已不能被正常指挥。法军现在只有一条战线能进行有组织的抵抗了。如果这条战线崩溃了(已有两三处被突破)，魏刚将军将不能继续指挥作战。

魏刚认为法国继续抗战这条路是走不通的，而贝当将军的求和之心已决。贝当的想法是，德国现在对法国进行的破坏是有计划的，让国家剩余部分免于这种命运是他的责任。我提到了那份给雷诺看过但没有交给他的求和文件。我说：“贝当在上次大战中就是一个失败主义者，他向来都是如此。显然，在这样关键的时刻，他是一个危险分子。”不过，雷诺先生似乎有打下去的决心，一同参加会议的年轻将军戴高乐同意进行游击战。我对这个散发着朝气的将军印象很好。根据我的分析，很可能出现这样的局面：战线崩溃后，雷诺会要求指挥法军；宣称过不会投敌的达尔朗海军上将会把法国海军送到加拿大，不过法国的政客很可能让他最后的计划搁置。

显然，对于有组织的抗战，法国很快就将无能为力了，战争的一个章节即将告一段落。如果法国人想继续战斗下去，方法总会有的。甚至在将来可能会出现两个法国政府，一个政府媾和，一个政府继续作战，他们可以在殖民地组织抗战，让海军继续在海上战斗并在国内进行游击战。这种情况能否出现，现在还不能断言。虽然对法国的援助在一定时期内还不能停止，但是集中主要力量加强我们的本土防御已经是当务之急。

第八章　本土防御

6月

英国的极大努力——即将来临的危险——“突击部队”问题——家园防卫军——缺乏反坦克武器——杰弗里斯少校的实验——“黏性炸弹”——对戴高乐的“自由法国”的帮助——遣返其他法国军队——对法国重伤员进行照顾——英国部队应该去进行紧张的训练，而不是修筑防御工事——报界该如何报道空袭——德国可能会使用占领的欧洲工厂——中东和印度问题——巴勒斯坦的犹太人的问题——我们防御计划的进展——巨大的反坦克工事和其他设施

读者在将来阅读这些章节时，可能对被严实的帷幕遮蔽着的未来感到困惑。只有在水落石出之后才能知晓，当时我们在哪些地方愚昧处之、慌张了之、大意为之或愚蠢对之。曾经在两个月之内，有两件事情震惊了我们：德国闪击波兰和突破色当；德国拥有的所向披靡的巨大力量被后续形势的发展一再证明，他们是否已经做好了万全的准备？他们的组织是否算无遗策呢？他们是否会携带新式的武器，部署周密的计划，用绝对优势的兵力闪击我们几乎算是毫无装备，可以说是手无寸铁的岛屿上的十几或二十几个可能的登陆地点，或者入侵爱尔兰呢？一个人即使能做到明确又可靠的推理，但是如果他不能做出万全的准备，他也算不上是聪明人。

约翰逊博士说过：“一个知道自己将在半个月之后被处以绞刑的人，请相信，他一定会变得非常专注。”我从未丧失必胜的信心，不过迫于形势，我的工作非常忙碌，但我的想法都能被付诸实施是可喜的。我的思维极其活跃，感觉非常充实的一天是6月6日。早上我思索着根据暗淡的局势应该下达的指示，并向秘书口述我今天要做的事情并让他们记录下来。

首先我了解拦击飞机的火箭和引信触发部件的研究情况，在这些方面取得的进展，需要军需大臣赫伯特·莫里森先生的报告；关于自动轰炸瞄准器的设计和生产的情况，以及低空无线电定向装置和空中截击机的情况，需要飞机制造大臣比弗布鲁克勋爵每周都进行报告。关于这些事项，我早就提出过要特别关心，现在这样做是为了引起这两位新任大臣和其庞大的部门的注意。我认为，暂时把五十名经过训练或经过部分训练的飞行员调往空军司令部是有必要的，我向海军部下达了此要求；实际上，我们有五十五名飞行员在空中大战中已参加过战斗。在我的授意下，一旦意大利宣战成为我们的敌人，立即向都灵和米兰实施空袭的计划正在制订中。应荷兰流亡政府的愿望，我要求陆军部制订建立荷兰旅的计划。承认不接受投降的比利时国王治下的比国政府为唯一合法政府，鼓励南斯拉夫积极应对意大利的威胁，我都已敦促外交大臣着手办理。为使得我们在纳尔维克地区修建的巴尔特福斯和斯凯兰机场在被放弃后，在尽可能长的时间内不能使用，我已下达在那里埋下延时炸弹的命令；可惜，这样的炸弹我们一个也没有。我还记得，1918年德军在总退却时用这种方式多么有效地推迟了我们对铁路的使用。考虑到意大利的敌对行为，我很担心停泊在马耳他港进行各种修理的大量舰只。考虑到在很长一段时间内挪威的木材不能输入到英国，为缩减我们进口木材的吨数，我曾写给军需大臣一封很长的备忘录，告诉他在本土砍伐和生产木材是最重要的方法之一。本书附录中记录着许多类似的备忘录。

民兵虽然英勇，但是不能赢得战争。我希望得到更多的正规军以便扩建陆军。

首相致陆军大臣　　　　　　　　　　　　　　　　　1940年6月6日

1. 命令印度八个营的士兵前往英国的命令已经发出，两周前我就被告知，他们能在四十二天内到达。今日，即6月6日，第一批次的八个营的士兵已动身离开印度绕道好望角，7月25日便可到达。

2. 载运澳大利亚军队的巨型船只似乎在开普敦耽误了一个星期，虽然我希望他们能以二十海里的速度赶来，但现在他们的速度是十八海里。他们能按照我期望的于15日左右到达吗？不管何时到达，立即让他们载运尽量多的、最好是十二个营的本土防御部队，以最快的速度返回印度，然后再立即载运第二批次的八个正规营全速赶往英国，之后再向印度载运另一批次的本土防御部队。以后再讨论将来的调动问题。现在他们需要做到的是，来去都必须开足马力。

3. 我对由于本地反对使得从巴勒斯坦抽调几个营士兵的工作无法继续这件事深感遗憾。当然，韦维尔将军根据形势做出自己的判断是很正常的事情。我所要考虑的是，如何弥补英国赴法远征军在战争的第一年中一败涂地的不足，我们需要建立一支合适且力量强大的部队。在上次大战中我们有四十七个师，每师有十三个营，其中一个是工兵营参加了战斗。现在呢？每师只有九个营。不知道你是否意识到了什么？官僚主义害了我们。

4. 如果八个印度土著营能够立即赶往巴勒斯坦的话，我非常希望看到他们接替即将从巴勒斯坦调走的八个营士兵的防务，从而避免向那里派遣英国远征军。你不必就此事给我安排时间表。我尚未接到任何有关取道巴士拉和波斯湾运送印度士兵接替英国营的报告。请尽快向我报告。

5. 我正在考虑跳过其他步骤，直接采取这一办法：将剩余的澳大利亚军队全部运回不列颠。希望你能给我一份特别指明启程日期的备忘录。

6. 我并没有忽略中东局势。印度会给予我们很大的支持，他们的部队应当不断地向巴勒斯坦和埃及移动，从孟买和卡拉奇穿越沙漠前往那里。与上次大战的前九个月相比，印度目前的表现没有值得称道的地方。上次不单我们的英国远征军全部来自印度，而且还比现在多出许多。在圣诞节期间，一个印度军还参加了在法国的战斗。二十五年前，我们办事雷厉风行、精力充沛，有一股敢干敢拼的精神，现在的我们显然要疲惫很多。让我们从东方和中东的呆板局面中摆脱出来，是你和劳埃德及埃默里应该努力的方向。

*　　*　　*

在此期间，英国人的团结是空前的，所有人都在尽最大的努力工作着。在工厂的车床和机器岗位上，男人们和女人们都在不停地工作着，直到他们精力耗尽，累倒在地才被人扶走换下，而接替他们的人早已经准备好上岗了。得到一把武器是所有男人和女人唯一的愿望。战时内阁和政府之间也不忘精诚团结，人们紧密结合在了一起。参议院的代表们很好地表达了人们的心情："我们毫无恐惧。"在德国的攻击下，法国经受的一切我们还没有经受。英国一千年都未被侵略过，入侵的威胁相对于其他的事情更能让英国人行动起来，无须发表演说激励他们的斗志，广大人民都抱着必死的决心要打赢这场战争。他们决心做的和打算做的事情，我都能给出充足的理由，因此他们非常乐于听我表述他们的情感。有些人甚至疯狂到想做不可能完成的事情，他们认为这样有利于加强行动，这可能是我们产生的唯一分歧。

我们此时更加有必要采取一切可能的措施，应对敌人对我们岛屿发动的直接袭击，因为我们已经决定将仅有的两个装备精良的师派往法国。

* * *

首相致伊斯梅将军　　　　　　　　1940年6月18日

请将下列问题的相关情况告诉我：1. 海岸瞭望所和海岸炮兵。2. 港口和海湾等登陆地点的防御工事。3. 向以上地区增援的部队。4. 机动部队及各旅。5. 普通后备队。

上述各部队的情况和各个地区可以使用的大炮情况，请派专人向我报告。立即用步兵坦克和巡逻战车装备第八坦克团的指示已下达，在他们拥有五十二辆全副装甲兵配有大炮的新式坦克之前须贯彻到底。让卡尔将军向我报告本月和上月军用品的产量，要确实做到，不要将这些产品搁置在仓库中，应立即下发到各部队去。

本土部队总司令对于成立冲锋队一事有什么意见？这种构想一向被我们轻视，但是这种方法在上次大战中确实让德国有所收获，这次大战中，又是他们取胜的重要因素。因此，应从现有的部队中抽调至少两万名人员，组成歼灭小规模登陆部队或伞兵的“猎豹”冲锋队（最终命名为“突击部队”）。这些官兵需配备最新式的武器，如手提机枪、手雷等，尽最大努力满足他们对于摩托车和装甲车的需求。

* * *

5月13日，艾登先生在内阁提议组建地方防御志愿军，建议一经提出，立即得到了全国各地的响应。

首相致陆军大臣　　　　　　　　1940年6月22日

请向我简述地方防御志愿军的征募和武装情况。他们是用来监视敌人还是正式作战？他们同警察、军事指挥部和当地长官的关系是什么样的？他们听命于何人，向谁报告？如果你能写一份一两页左右的报告简明地叙述下这些情况，我将十分感激。

我很早以前就想用“家园防卫军”这个名字了，1939 年 10 月我就曾提出过这样的建议。

首相致陆军大臣　　　　1940 年 6 月 26 日

我不大赞成管那支新编的大部队叫“地方防御志愿军”这个名字，“地方”这个词不够响亮。今天赫伯特·莫里森先生向我提议用“公民防卫军”这个名字；而我则希望叫他们“家园防卫军”，我认为这个名字更有力量。如果你们也这样认为的话，就不要因为已经制成了臂章而犹豫是否应该改名字。

名称被更换了，不久后这一强大的团体就发展到了一百五十万人，他们逐渐获得了精良的武器，并继续壮大队伍。

*　　*　　*

在这段时间里，我曾设想过让我们的坦克部队在德国海岸登陆，所以很自然就想到了德国的坦克部队也可能想着在我们的海岸登陆，这正是我最担心的。我们极度缺乏反坦克炮和反坦克弹药，甚至普通的野战炮。对于这种危险，我们是多么窘于应对，下面讲述的这件事可见一斑。我在巡视靠近多佛尔的圣麦加利特湾海滩时，那里有一个旅守卫着长达四五英里的海岸线，这个旅的旅长告诉我，这里面临着极大的危险，但是他们只有三门反坦克炮，每门炮只有六发炮弹。他还略带刁难地问我，是否可以让他手下的士兵们发射一发炮弹看看效果，就当练习了。我回道，我们的炮弹不足以供应演习，要到最后时刻、最近距离才能射击。

紧迫的时间已经不允许我们循规蹈矩地寻找应对的方法了。为了使任何一个新想法或新发明能够迅速实现，不受机关办事程序的约束，我决定以国防大臣的身份亲自领导杰弗里斯少校在华特丘基地建立实验室。在与这位优秀的军官接触时，我受益良多。1939 年他研究的漂浮水雷和下文中即将提到的他具有发明才能的聪明大脑都曾对整个战争做出过贡献。林德曼和杰弗里斯都同我保持着密切的联系。他们利用大脑，我利用权力。杰弗里斯上校同他另外的几个同事正在针对坦克研究一种“黏性炸弹”，这种炸弹可从车窗投向坦克，并粘在上面。当接触钢板的爆炸性极强的炸药被引爆时，爆炸的威力是显著的。我们能够想象出这样一幅画面：士兵或民众怀着对国家的忠诚，飞奔着向坦克投掷炸弹，近距离的爆炸夺去了他们的生命。不用怀疑，好多人都会这样做。我曾设想过，能否将这种炸弹装在木棒上，用装有少量炸药的来复枪打出去。

首相致伊斯梅将军　　　　　　　　　　　　　　　　1940 年 6 月 6 日

研究出能用来复枪射击坦克的类似榴弹，或用反坦克枪射击的类似迫击炮弹的投射弹非常重要。前者也许能发射“黏性炸弹”，也许不能。总之，要着力于对投射弹的研究中，让它们可以被反坦克枪或普通来复枪发射。

我对这件事非常关心。

首相致伊斯梅将军　　　　　　　　　　　　　　　　1940 年 6 月 16 日

制造“黏性炸弹”由谁负责？据我所知，这件事的进度几乎已停止。请让卡尔将军告诉我为什么会出现这样的情况。我需要知道这件事情在最初提出时是怎样的情景，让他做一份简明的报告给我。

对于此事要每日都去催促，并隔三天向我汇报一次。

首相致伊斯梅将军　　　　　　　　　　　　　　　　1940 年 6 月 24 日

几日前我曾要求，为了能够成功进行下一步实验，关于制造“黏性炸弹”的准备工作需提前做好。在如此紧急的进程中，为什么这件事情会被延误？请给我一份时间表对此进行解释。

首相致伊斯梅将军　　1940 年 6 月 24 日

我已了解实验没有完全成功的原因是，坦克车上的灰尘和泥土使炸弹不能粘在上面。应让杰弗里斯少校坚持下去，因为显然可以发明黏性更强的混合剂。

对于嘲笑实验失败、过去又没有积极推进炸弹研制的军官们，我非常讨厌。

这种“黏性炸弹”的价值在普遍处于未开化状态中的叙利亚得到证明，最终被公认为是最好的应急武器之一，不过我们没有在英国本土使用这种炸弹。

*　*　*

为帮助戴高乐将军让真正的法国精神存活下去，竭尽所能组建法国部队是我们的责任。

首相致三军大臣　　1940 年 6 月 27 日

1. 应立即将艾恩德里营的一万三千六百名法国海军官兵、特伦特姆公园的五千五百三十名法国陆军、阿洛公园的一千九百名士兵和布莱克普尔的分遣队，用我们手上的法国舰只运往法属领土，即摩洛哥。

2. 告诉他们，因为德国占领了法国所有的大型港口，所以才将他们运往法属非洲去，法国政府会安排他们未来的行动计划。

3. 需要注意的是，任何一位军官或士兵的意愿都要得到尊重，如果他们不愿回法国管辖区而是想留在这里对德作战，可以立即说明。明天负责载运的船只就要到位。他们的部队由自己的军官指挥，只能携带自己的武器，并尽可能少带走弹药，军饷也应计划发放。为补偿我国支出，从纳尔维克开来的法国舰只上的物资和“伦巴第”号及其他船只上的弹药应由我们接收。

4. 法国的伤员应得到特别照料。征求法国政府的意见，询问他们怎样处理这些人。如果他们希望将伤员送到法国的大港口，能和德方议妥可以安全进港的安排，就尽可能地将可以被安全运输的伤员直接运过去；如果不行的话，就运往卡萨布兰卡。所有病危的伤员都应被留下来由我们照料。

5. 除了上述部队自愿留下来在这里继续作战的人员以外，一定还会有很多其他人赶来。让这些人做出选择，是回法国还是到戴高乐将军指挥下的法国部队中去。告诉戴高乐将军我们的决定，并为他接收人提供便利。由于戴高乐麾下士兵的士气败落得太快了，我已经对他向拼凑起来的部队的讲话不抱希望了。

由于我们陆军的大多数部队都在忙于在各自防区或沿海地带构筑工事，因此，我想让他们恢复冷静并再次拥有战斗力的愿望从一开始就困难重重。

首相致陆军大臣　　1940 年 6 月 25 日

我对用于修建防御工事的非战斗人员的数字表示震惊，为什么只有五万七千人？对于大量的部队都在修建防御工事这件事，我表示很担心。在现阶段，部队应每天至少保证八小时的训练量，并于每日早晨接受一次严格检阅。应设法让非战斗人员负责所有必需的劳作。防守易受攻击的薄弱环节和修建防御工事都不应该让每个旅团的战斗部队执行，他们应该列队操练，但是在我视察东安格里亚时，甚至看不到一个营在做这样的事情。不过，立即达到这样的状态是不可能的，请向我提出建议，如何尽快促其实现。

* * *

首相致新闻大臣 1940年6月26日

告知报界和广播电台，在向公众报道敌人的空袭时用冷静的态度和淡然的口吻。过分引人注目的篇幅和标题不能用于刊载这类消息。空袭地点不应被明确指出，除非在说明安德森一家的防空掩体是多么有效或有其他极其特殊情况时才应当被登出。应当让民众习惯空袭。应当知道，任何单独一次空袭影响到的都只是一小部分人，其造成的任何可怕印象都不应出现在没遭受到空袭的人的脑中。把空袭或防空警报当成是一场雷雨是每个人都应当学会的。把这些意见告诉报界的权威人士，并争取他们给予援助。虽然我可以，但是我不希望在你们遇到困难时亲自会见报界协会的人。到目前为止，在处理这些事情上，报业的做法还是值得赞扬的。

首相致陆军大臣 1940年6月27日

我已经接到了来自印度运输部队日程表的附件，这八个精锐营无疑会被用来加强你的突击部队，但是我还是迫切想知道你怎么使用它们。有人建议将它们分别编入两个师，再在其中分别编入五个本土防御部队精锐营，每师共计十八个营。是否为了加强划归到这两个师的本土防御营而再向其派遣出一定数目的正规营的军官和军士呢？这样的话，你很快就能组建六个步兵旅了。唉，我担心炮兵一定会被甩到后面了，不过我相信他们不会被落得太远。

* * *

关于和谈的谣言越来越多，在通过伯尔尼接到一封来自梵蒂冈方面的信件后，我认为应当交给外交大臣下面这份备忘录：

1940 年 6 月 28 日

我希望罗马教皇的使节能够清楚，我们所有的外交官严禁接受向希特勒询问媾和条件的建议。

但是，下面的信件记录着我们的不安。

首相致林德曼教授　　1940 年 6 月 29 日

我们和德国之间正进行着一场竞赛。我们在紧张地加强制空权的同时，他们也一定在计划着用被占领国家的工厂生产飞机和军需品攻击我们。目前，被夺取的工厂不能马上投入使用，同时我们增强了防御能力和陆军力量，尚能抵御德军的入侵。但是，如果不能炸毁德军刚刚获得的工厂，我们双方明年的产量比将会如何呢？由于用大量的军队保持与法军的接触已经不需要了，因此德国就有余力抽调空军和其他方面的力量攻击我们。这种力量是非常强大的。他们什么时候会发动攻击呢？我认为，考虑到情况紧急，估计会在今后的三个月内。还有 1941 年呢，我们又将如何应对？我想，要渡过这一难关，只能依靠美国的大量援助了。

* * *

6 月过去了，我对德国会随时进犯的感觉更深了。

首相致伊斯梅将军　　1940 年 6 月 30 日

为确定什么时候最适合由海上登陆，应对海军部的潮汐和月光表加以研究，并注意亨博河、泰晤士河口及滩头阵地的情况。向海军部征求意见。

敌人在爱尔兰登陆或空投伞兵一直是参谋长委员会非常担心的问题，

但是迫于人力和物力的极端限制，我们的军事部署无法面面俱到。

首相致伊斯梅将军 1940 年 6 月 30 日

爱尔兰是否像大陆一样适合整个师的军队及其全部的车辆作战？那里的情况还值得怀疑。因此在这样关键的时刻，将其中任何一个我们仅有的两个装备完善的师调出大不列颠都是一种冒险行为，是不合适的计划。我听说，从这里，一整个师即使在事先做好了完全准备，到达爱尔兰也需要十天的时间，这是不行的。应当计划让两三个轻装旅在接到通知后立即赶赴爱尔兰，到达时间不能超过三天。事先将备用的运输工具运往该处。向爱尔兰派遣大批的炮兵也是错误的。没有迹象表明海军会在那里登陆，伞兵又不能携带大炮被空投下去。无论在爱尔兰那里出现什么情况，并没有决定性意义。

作为我的两位老朋友，彻底反犹太、亲阿拉伯的殖民大臣劳埃德勋爵和印度事务大臣埃默里先生曾阻挠我从巴勒斯坦调回部队。我曾试图武装巴勒斯坦当地的犹太人。在印度应起到什么作用这个问题上，埃默里先生与我意见相左。我希望的是，印度部队被立即调往巴勒斯坦和中东后，印度总督和事务部自然就会倾向于依靠他们的军工厂生产的军火武装一支庞大的部队。

首相致印度事务大臣 1940 年 6 月 22 日

1. 我们在印度的大量部队还没有为战争的最终目的做出贡献，相比 1914 年至 1918 年，印度对这次战争的支援也少很多。我认为，中东很可能燃起战火，印度部队非常适合伊拉克、巴勒斯坦和埃及的气候。我的建议是，按照英国的新编制，在今年冬天把他们编成六支或者八支部队，并在每个部队中按比例配备一定数量的炮兵。一些廓尔喀旅也应被编入这些部队中。

2. 不能停止继续运送英国正规营回国的工作，我对换防的英国本土防卫队造成的无法避免的两星期延误表示抱歉。请再次告诉总督，我们正在提高速度。

首相致殖民地事务大臣　　　　　　　　　　1940 年 6 月 28 日

你的反犹太政策是错误的，因为这几年的坚持，我们必须在巴勒斯坦驻扎我们急需的大约两万人的部队：六个营的步兵、九个营的骑兵、八个营的澳大利亚步兵。

在战火严重波及埃及时，我们必须将上述部队撤离，那在殖民地的犹太人将会变得极度危险。不过，尽管这些部队中有的是我们最精锐的，并且是其他地方急需的，在我们撤出他们时，我确定你会说不。如果能够适当武装犹太人，我们自己的部队就能有其他用处了。因为我们拥有制海权，犹太人又完全依靠我们，因此不必担心犹太人攻打阿拉伯人的事情发生。为了支持部分保守党人的政策，在我们为了生存而战的时候，阻挠调动这支庞大的军队，你不认为这是可耻的吗?

我希望你能用长远的眼光看待巴勒斯坦的局势，让那里的英国驻军回国是现在最应该做的。你写给我的答复，我显然无法认同，由于我们和土耳其保持着良好的关系，使得远东和印度的阿拉伯人对我们的感情很稳固，根本不会像你描述的那样遭到破坏。

*　　*　　*

一百二十五年以来第一次有强敌出现在了狭窄的英吉利海峡对面。我们必须建立周全的防御系统，等侵略者来袭时就消灭他们，逃避是不可能的，双方都将伤亡惨重。我们必须对正规军进行重组，改编并部署人数较多但训练较差的本土防御部队。家园防卫军已被纳入总的防御系统之中了。6 月 25 日，总参谋长收到了本土部队总司令埃恩萨伊德制订的计划。这些计划已被专家和我仔细检查和审阅过了，基本是可以通过的。这些计划只是未来宏大计划的纲要，其中有三个要点：第一，为方便士兵在沿海作战，需在敌军可能登陆的沙滩上修建“覆盖式”战壕；准备机动预备队，以便在反击时快速支援。第二，为保证伦敦和大型工业中心免遭装甲部队的攻击，需建立一条贯穿英国东部中心的反坦克障碍线，由家园防卫军负责把守。第三，用于大反攻的后备军在反坦克障碍线的后面。

这一计划随着时日的迁移被修改、补充过许多次，但是其最初的构想被保留了下来。一旦敌人来袭，所有部队不仅应立即采取线形防御阵型固守，而且要在多处设防，其他部队则应迅速出击消灭无论是来自海上还是空中的敌人。一旦直接补给线被敌人切断，士兵们不应该继续停留在阵地中，而应该积极插入敌后，骚扰敌人，干扰他们的交通，损毁他们的物资。一年后，苏联人就是像这样抵御潮水般涌进来的德军，效果非常好。有许许多多的人在从事着下面的活动：在海滩上埋地雷、拉铁丝网，在狭窄的道路上布置防御装甲车的路障，在十字路口建造碉堡，闯入民居在他们的阁楼中堆放沙袋，在高尔夫球场里、在花园中、在最肥沃的土地上挖反坦克壕。这些活动一定让许多人感到困惑，但是他们能够对这些麻烦的事，甚至更麻烦的事表示理解和接受。不过有时人们也会怀疑，是不是有一个总的计划，或者是不是有个别人滥用新得到的权力，在对公民的财产进行干涉。

总计划是有的，这个缜密、协同，包罗各个方面的计划经过完善后是这样的：伦敦总司令掌握全面指挥权。整个大不列颠和北爱尔兰被划分为七个指挥部，每个指挥部都有特定的防区，下面都有军队和师团。每个防区的部队都有一定比例的机动后备队，用最少的兵力对防区进行防守。海岸后方的防御地带由师来防守，以此类推，后面还有军队负责的防御地带和指挥部负责的防御地带，这样就形成了一条纵深有一百英里或一百多英里的防御系统。这条防御系统的后面是一条由南往北的英格兰—诺丁汉郡反坦克障碍线。在最后面的也是最重要的家园防卫军作为后备队，由总司令直接指挥。让军队保持尽可能多的人数和尽可能强的机动性，这就是我们的政策。

在总的防御体系中，形式并不是单一的。我们对东部和南部的各个港口就采取了不一样的处理方式。我们正面港口的防御设施是巩固的，无论是陆地上还是海上的攻击都能防御，敌人应该不至于从那里发动进攻。之后我们还将讲到，新加坡的历任高级军官没有采取被我们的地方当局普遍接受并严格执行的海湾设防措施，这让我感到十分惊讶。为了阻止部队乘飞机登陆，英国数千平方英里的土地上都设置了障碍。自1940年夏天起，我们的飞机场、雷达站和燃料库就已达三百七十五处，守备队和飞机场的飞行员需要对这些地方加以特别守护。此外，桥梁、发电站、仓库、重要的工厂及其他类似的地方共计数千处“薄弱点”都需要昼夜防守，以免遭到破坏和突然袭击。虽然在民政给予的极大帮助下，军事部门让我们拥有了许多明智且必要的防御措施，但是我们还是制定了详细的“焦土政策”：一旦敌人夺取了上述地方，便立即销毁对他们有利的物资；在交通线失去控制前，就破坏港口设施，炸毁主干道，让汽车不能运输，让电报、电话、铁路陷入瘫痪。英国会被它的人民保卫，而不会被毁灭。

第九章　法国的苦难

致罗斯福总统的电报——访问图尔——持续恶化——伯多安先生——伟大的曼德尔——与雷诺的会谈——我拒绝解除法国在 1940 年 3 月 28 日承担的义务——赫里欧先生和让纳莱先生的坚决态度——“应运而生的人”——法国政府决定迁往波多尔——6 月 13 日罗斯福总统给雷诺先生的电报——我致总统的电报——我致雷诺的电报——“英国和法国永结同盟”——总统的回复是令人失望的——6 月 14 日、15 日，我致总统的电报——6 月 9 日，沿埃纳河大作战——法军失败——马其诺防线形同虚设——我们的微弱贡献——布鲁克将军成为新指挥——商谈在布列塔尼半岛建立桥头阵地——布鲁克宣布军事形势大势已去——我同意了——6 月 16 日、17 日，我军登船撤离——贝当政府要求停战——第二次敦刻尔克大撤退——十三万六千英国军队和两万波兰军队被运到不列颠——“兰开斯特里亚”号惨剧——6 月 16 日，我向各自治领总理致函——对于在英国上空进行空战，我寄予厚望

有一个问题可能会引起我们后辈们的注意：战时内阁的日程表中竟然没有列出关于我们是否应该继续单独战斗下去这一议题。一是因为这个问题根本就不值得去讨论，当时政府中的各党派人士都认为继续战斗下去是理所应当、无须辩论的事情；二是因为我们太忙了，不想因空谈而浪费时间。对于战争进入的新篇章，我们都充满了信心。向各自治领和罗斯福总统公开全部事实是我们接下来决定做的事情。我们还会向美国方面保证将继续支持法国，并尽最大努力给予他们援助。下面是在战时内阁授意下，我写给总统的信。

前海军人员致罗斯福总统　　1940 年 6 月 12 日

昨夜和今晨我都在法国最高统帅部，法国的形势我已从魏刚将军和乔治将军那里得知，他们在告诉我时用了最严重的口吻。布里特先生也一定向你详细讲述了全部事实。现在面临的一个很实际的问题是，魏刚将军已向他的政府提出，他提议的“协同作战”在法军前线崩溃、巴黎陷落后，将无法继续进行，那么形势会向什么方向演变？贝当元帅在 1918 年的 4 月和 7 月表现得就不够好，现在他老了，我很担心他会用自己的名望替法国媾和。不过，雷诺是主张打下去的，他手下的一位年轻将军戴高乐也这样认为。达尔朗海军上将会把法国舰队送往加拿大，他已向我做了保证。如果敌人得到了那两艘新式巨舰，后果将不堪设想。我认为，在法国或者法属殖民地，或者这两个地方都包括，愿意继续战斗下去的人一定还有很多。为了让法国继续长期有效地抵抗下去，雷诺现在需要你的大力支持，需要靠你改善局面。对于这件事，我知道你和我一样是完全了解的，请恕我还是向你冒昧地提了出来。

*　*　*

6 月 13 日，差不多是四年之后的同一天，我最后一次出访法国。迫于越来越紧张的形式，法国政府现在已经搬到图尔。爱德华·哈利法克斯、伊斯梅将军还有自愿跟来的在困难时期总是精神饱满的马克斯·比弗布鲁克勋爵与我同行。这次的天气很好，晴空万里，在一队“烈焰”式战机的簇拥保卫下，我们比上次绕了一个更大的圈向南飞去。飞临图尔飞机场上空时，可以看出这里在昨晚遭受过猛烈的轰炸。飞机场上有很多巨大的弹坑，但是这并没有妨碍我们的飞机和全部护航机安全降落。机场中没有迎接我们的人，仿佛他们并不希望我们来访。我马上感觉到事态又恶化了。我们知道法国政府的总部设在城中的市政府，因此从机场防卫司令处借来一部军用汽车，驾车前往。总部里没有一个重要人物，但是我们知道雷诺会从乡下乘车赶来，曼德尔也会在不久后赶到。

快到两点时，我提议先去吃饭。经过一阵商量后，我们开车出去了，街上到处都是多半顶上铺着床垫、车内塞着行李的难民车辆。穿过几条街，我们找到了一家已经关门的咖啡馆，说明来意后，吃了一顿饭。正当我们吃饭的时候，很有影响力的伯多安先生找到了我。他婉转含蓄地对我说，如果美国对德宣战，法国还有继续抵抗下去的可能；如果不宣战，法国继续抵抗是无望的。他问了我的想法，我没有跟他做进一步的讨论，只是说希望美国能参战，继续战斗下去是我们应该做的事。据说，他在事后曾到处散布这样的谣言：如果美国不参战，首相就同意法国投降。

当我们赶回市政府时，内务部部长曼德尔已经在那里等我们了。曼德尔曾是克列孟梭的秘书，并忠于克列孟梭致力的事业，后来继承了他的衣钵。曼德尔看起来精神非常饱满，就像一道阳光，可以说他就是精力和抗争的代名词。他还没有吃午餐，一只肥美的烤鸡摆在他面前的盘子里。他一手拿着一部电话，正不断地发布着命令和决定。曼德尔的想法一点儿都不复杂：为了掩护尽量多的人到达非洲，法国必须要战斗到最后一刻。这是他被暗杀前，我最后一次与这位英勇的法国人见面。法兰西共和国光复后，凶手被绳之以法。曼德尔的同胞及盟友们都将永远铭记他。

雷诺先生在不久后赶到了。我们与他刚见面时，看出他有些沮丧。魏刚将军已向他报告，前线已被多方攻破；全国各地的公路沿线都是拥挤不动的难民；许多部队已指挥失灵，法军的力气已经用尽了。军方的意见是这样的，法国最高统帅部认为，趁法国现在还有足够数量的军队维持秩序，应要求停战迎接和平的到来。最后的时刻到来了，美国掌握着盟国事业的命运，雷诺表示他今天还要再发一份电报向罗斯福先生说明这一情况。之后法国将面临二选一的抉择，不是停战就是议和。

雷诺深知盟国间曾立下的庄严约定，任何一方都不能单独媾和。他接着说道，这也是法国内阁的意思，英国将采取什么态度应对可能发生的最坏情况？魏刚将军和其他人的说法是，为共同事业，法国已经牺牲了一切，大大削弱我们共同敌人的任务已经完成，此刻它已无能为力了。雷诺担心和震惊的是，在法国已经没有力量的情况下，如果英国依然坚持让其继续战斗下去，那么就相当于将法国的子民拱手交给那些善于玩弄诡计，精于摆布被征服国家人民的无情敌人手中，他们将陷入堕落和邪恶的地狱之中。大不列颠是怎样看待法国所面临的苦难呢？

下面是英国官方的记录：

丘吉尔先生表示，法国已经付出的和正在付出的巨大牺牲，大不列颠是能感受到的。现在轮到英国了，我们已做好了牺牲的准备。法国在北方采取的战略是经过双方同意的，战事受挫后，英国认识到在地面作战中贡献太小。虽然英国还未经受过德国皮鞭的鞭挞，但是我们完全知道它的厉害。虽然这样，但是打赢战争，消灭希特勒主义依然是我们唯一的目标。没有任何困难能阻止英国人民忠于这一目标，我们不会心存顾虑。丘吉尔先生确信，隐忍、坚持、反击并取得最后胜利，英国人都有能力做到；因此希望巴黎以南一直到地中海地区的战斗不要停止，如果必要的话，就在北非组织抗战。要不惜一切代价为美国表态争取时间，他们会让等待之路变得有尽头和不再漫长。如果不这样的话，法国就会遭受灭顶之灾，因为希特勒是不会信守诺言的。不过，德国要想胜利，英国是他们必须要消灭的对手。如果以法兰西帝国的名义，用你们优秀的海军和仍然有力量进行大规模游击战的陆军继续战斗下去，一旦德国的空中力量被消灭，万恶的纳粹帝国就将轰然崩塌。美国如果决定立即援助，甚至只需发表一个战争宣言，那么我们离胜利就不再遥远。英国决不讲和，决不妥协的决心从未改变过。我们宁为玉碎不为瓦全。以上这些是丘吉尔先生对雷诺先生的问题做出的回答。

雷诺先生表示，他从未有过怀疑英国的决心，但是他迫切想知道的是，英国将怎样应对可能出现的突发情况。法国现在的政府或另一个政府可能会说："如果我们能看到胜利的希望，也会和你们一样继续战斗下去。可是，并没有充分的希望表明战争会早日结束，美国的援助是不能被指望的，光明不会出现在隧道的尽头。我们的人民不能被抛弃，不能让他们永受德国人的统治。除了议和，我们别无出路……"在法国的领土上，在敌人的魔掌中，真正的法国政府已无处遁形，在布列塔尼半岛建立防御基地已经来不及了……因此，他们向英国提出的问题是："为了共同事业，法国已经尽最大努力贡献出了它的青春和鲜血，现在法国已经无能为力了，再也拿不出任何东西。我们已经践行了三个月前签署的庄严协定中规定的团结一致的精神，因此法国有单独议和的权利。你们怎么认为？"

丘吉尔先生说，英国在任何情况下都不会在为难和指责上浪费时间和精力，但是这并不代表就会同意违背最近签署的协定的行为。雷诺先生首先应该做的是，将现在的真实情况写信告诉罗斯福总统，等得到回信后再让他们考虑下一个步骤。如果战争的胜者是英国，那么法国的尊严和伟大就会被恢复。

虽然我和上述记录想的一样，但是这个时候提出这样的问题本身就是非常严重的，因此我请求和我的同僚们商量之后再作答。我们走出来，在一个潮湿的但布满阳光的花园中，我和哈利法克斯勋爵、比弗布鲁克勋爵及其他随行人员讨论了半小时。回来后，我们重申了不论在何种情况下，都不同意单独媾和的立场。法国要解除自己责任的要求被否决了，因为我们认为完成共同的作战目的，即彻底击败希特勒依然是能够做到的。同意法国不再履行誓言和对于法国方面出现的任何情况我们都不责备，根本不是一回事。再次向罗斯福总统发出新的呼吁是我极力主张的，并表示会在伦敦给予支持。雷诺先生同意这样做，他说在他最后的呼吁得到答复前，法国会坚持下去。

法国关押着四百多名德国飞行员（其中大部分是被英国皇家空军击落的）。鉴于当前形势，我认为这些飞行员应该交与我们看管。临行前，我将这一特殊的要求向雷诺提了出来。他虽然爽快地答应了，但是由于不久后他失去了权力，诺言没有兑现。后来这些德国飞行员又都参加了大不列颠战役，我们只好再击落他们一次。

* * *

谈话结束后，雷诺先生将我们领到隔壁的房间内，在那里我们见到了下议院议长赫里欧先生和参议院议长让纳莱先生，这两位法国爱国者正坐在屋子里，他们都非常激动地表示了誓死抗战的决心。当我们穿过人群，从过道走向庭院的时候，我看到了戴高乐将军，当时他正面无表情地站在门口。我用法语和他打招呼，叫他“拿破仑·巴拿巴”，[①] 他不为所动。院子中的领导人物大约有一百多人，他们的表情都很惨淡。有人把克列孟梭的儿子介绍给我，我紧紧地握住了他的手。“烈焰”式飞机起飞了，由于在晚上就寝前还有好多事要处理，因此在迅速而清闲的归途中，我非常明智地选择舒舒服服地睡了一觉。

* * *

我们五点半左右离开图尔，在这之后，雷诺和他的阁员在戈热又召

① 原文为法语。——译注

开了一次会议。由于我和我的同僚们没有参加这次会议，他们对我们表示了不满。无论起飞回国的时间会被推迟到多晚，我们都会欣然出席他们的会议。但是，我们根本就不知道法国内阁会召开会议，也根本没有受到邀请。

在戈热会议中通过了将法国政府迁往波尔多的决议。雷诺向罗斯福发出了极力呼吁美国参战，至少让美国舰队参战的电报。

晚上十点十五分，在得到与我同行的两位同伴的赞同后，我将新的报告交给了内阁。在我们正坐着交谈时，肯尼迪大使带来了一封罗斯福总统的电报，内容是针对雷诺6月10日发送的电报做出的回复。

罗斯福总统致雷诺先生　　1940年6月13日

你6月10日发来的电报让我非常感动。我已经告诉过你和丘吉尔先生，为了使盟国政府得到你们迫切要求的物资，我国政府已尽了最大的努力。为了能够给予更大援助，我们正在加倍努力着。我们这样做是因为相信并支持你们的理想，是为了让盟国能继续为之战斗下去。

美国人民对英国和法国军队进行的英勇抵抗印象非常深刻。

你表示，虽然法国在逐渐撤退，但是为了捍卫民主，就算法国撤到北非和大西洋也会继续战斗下去。这句话特别让我动容。有一点至关重要，大西洋和其他大洋的控制权必须在法国和英国舰队的手中。请记住，外界会向全部部队提供让他们坚持下去的重要物资。

几天前，丘吉尔先生发表的大英帝国会继续抗战的讲话也深深鼓舞了我。这样的决心应该不会不适用于法兰西帝国。历史中的教训证明，在世界事务中，海军的力量是不能被小觑的，海军上将达尔朗深知这一点。

继总统批准将雷诺6月10日的电报内容毫无保留地公布之后，现在他又发来这么坚决的回复，我们全都认为总统已经尽了最大的努力。因此，如果法国决定承受更多的战争带来的痛苦，就可能促使美国更快地加入战争中。无论出于什么原因，总统的回复中已有了参战的迹象，有两方面可以证明：第一，许诺支援所有物资，言外之意是将积极支援；第二，发起了让法国甚至在政府被驱逐出境后也要继续抗战的号召。为了表示我们的谢意，我立即向他发送了电报，并用盛赞的口气评价了他给雷诺的答复。也许由我来强调这几点是不合适的，但是让现有的和可能得到的有利条件被充分利用，是我们必须要做的。

前海军人员致罗斯福总统　　　　1940年6月13日

肯尼迪大使已告诉你今天英国和法国会在图尔召开会议，我已经给他看过会议记录了。我可以毫不夸张地说，他们的时日已经不多了。魏刚要求停战，他认为，至少现在拥有的军队还能够让法国免于混乱。雷诺询问我们，法国能否卸下责任单独媾和，因为他们已付出的牺牲和遭受的痛苦都是巨大的。我毫不犹豫地以英国政府的名义拒绝同意法国停战或单独媾和，因为这场恶战对于我们双方来说都是不能避免的。我极力支持和主张雷诺再对美国发送一次请求支援的呼吁，并让他在得到答复后再讨论这个问题。雷诺接受了我的建议，目前他和他的部长们的心情已有所好转。

雷诺深刻感受到，他不能动员法国人民继续战斗下去的原因是，他看不到最终胜利的希望。只有美国的干预达到最大限度，这样的希望才能出现。就像他希望的那样，隧道的尽头才能出现光明。

当我们乘飞机回国时，你的这封意义重大的电报已被发送。我们刚刚抵达，肯尼迪大使就把它送了过来。英国内阁成员对你的做法表示了由衷敬意，并要求我替他们向你表示感谢。不过，总统先生，我认为必须将这份电报在明天，即6月14日公布出来，这样更有助于它在扭转世界历史的进程上扮演决定性的角色。我确信，法国人也会因此不再勉强与希特勒媾和。希特勒是想以这样的和平为跳板毁灭我们，使他向世界霸主地位迈出一大步。这封电报被发表出去是我迫切想看到的，因为所有你阐述的在战略、经济、政治和道义上有长远打算的计划能够实现都依托于法国继续战斗下去，否则就都将落空。当希特勒发现他的纳粹式和平不能用在巴黎后，我敢肯定，他就会向我们发起攻击。如果我们尽最大努力进行的抵抗让我们取得了胜利，那么希望之门就将开启。在战胜之日，未来将从门中向我们走来。

我给雷诺先生发的电报内容如下：

1940年6月13日

在我们回国后，接到了罗斯福总统回复你6月10日电报的副本。你在6月10日曾发表宣言称，法国将在巴黎城前、巴黎城后作战，在一个省，甚至有必要的话，在非洲或跨越大西洋作战。战时内阁一致认为，这一意义重大的回复绝对有利于法国按照你宣言上的内容继续战斗下去。副本中主要提到了两方面的内容：一是许诺加倍援助物资；二是鼓励法国按你所说的，即使在最艰难的时刻也要继续作战。如果法国因罗斯福总统的回复而坚定了立场，继续战斗下去，那么实际上，美国就已经在形式上是一个交战国了，他们就不得不承担起责任走这一步。虽然美国宪法规定，总统不能自己决定美国进入战争状态，但是在你接到总统的回复后，你按照里面的内容去做，这一步的实现就将变得不可避免。这份电报已被记录下来，我们还要求总统批准发表电报的内容，虽然短时间内他可能不会同意，但是并不影响你将它作为你们的行动依据。你们的决心让我和我的同僚们深表钦佩，并有可能促成经济在世界范围内跨海洋联合，这种联合对纳粹政府的打击必将是致命的，希望你们千万不要错过这样的好机会。在你说的隧道尽头，我们看到了一线光明。我们即将采取的行动，已经有了明确的纲领。

随后，我又根据内阁的意见，向法国政府发送了一份正式的电文，除了鼓励他们之外，还首次提到我们两国之间的同盟是牢不可破的。

首相致雷诺先生　　1940 年 6 月 13 日

在英法两国的最危急时刻，英王陛下的政府对法国军队为捍卫两国所共同参加的自由和民主的事业，在敌我双方差距悬殊的战斗中，所表现出的英雄气概和坚持到底的决心表示致敬和赞扬。就像法国军队历来的光荣传统一样，现在因他们的努力给敌人造成的惨重和持续的损失，依然无愧于当初。我们愿借此机会声明，大不列颠人民和法国人民及我们两个帝国之间的团结是坚如磐石的，我们会尽最大的努力向法国提供援助。我们两国的人民将要经受战争带来的苦难会有多么严重，我们无法估量，但是战火的炙烤只能够将我们两国融成一个不可战胜的整体，我对此深信不疑。在法国，在我们的岛上，在海洋，在天空，在战火蔓延到的任何地方，我们都将不惜一切代价战斗下去；在这里，再次向法兰西共和国表明我们的保证、决心和责任，我们愿倾尽全部资源，与法国共同修复战争造成的损失。直到法国的安全稳如泰山，它过去的荣光得到恢复；直到所有的国家和人民都得到解放，不再遭受奴役和压迫；直到文明从纳粹统治的噩梦中惊醒，我们才会放弃战斗。我们比以前更加确信这一天必然会到来，而且还可能比我们现在预期得要早。

13 日午夜后就寝前我起草的以上三封电报，实际上它们是于 14 日零点后的几个小时被正式完成的。

总统第二天发来电报表示，虽然他本人愿意，但是他不能发表他致雷诺的电报。肯尼迪先生说，国务院虽然也认同总统的观点，但是他们认为那样做将是极度危险的。总统感谢我向他报告了图尔会议的经过，并对英法政府鼓励他们的军队英勇作战表示赞扬，并再次保证会援助一切物资和给予支持。然后他话锋一转说道，他 13 日的电报没打算也没有权力让美国政府承担战争义务。关于这一点，他已让肯尼迪大使告知我。美国宪法规定，除国会外，任何个人都是无权做出这种性质的承诺的。他还特别多次提到法国舰队的问题。为了给法国国内的难民提供食物和衣服，国会已应总统的要求拨出了五千万美元的救助款。最后他表示，我在前面信件中所提事件的意义和重要性会引起他的重视。

这封电报让人感到沮丧。

坐在桌子旁边的所有人都深知，在接下来的竞选中，总统可能因被指责僭越宪法而落选；而我们的命运，还有更多的东西全都依赖着这次选举的结果。为了全世界的自由事业，我确信他都可以放弃自己的生命，更何况是总统的职位，但是那样做又有什么裨益呢？虽然远隔大西洋，但我还是能感觉到他的痛苦。白宫的苦恼虽然与波尔多或伦敦不同，但是个人压抑程度是别无二致的。

在我的回复中，我向总统论述了英国战败、欧洲覆灭后美国将面临的危险，以便他能将这些观点用在别人身上。这些事情已经不再是感觉了，而是生或死的事实。

前海军人员致罗斯福总统　　　　1940 年 6 月 14 日—15 日

感谢你发来的电报，我已经用尽量乐观的语言向雷诺转述了其中的关键内容。我肯定，你不同意发表一定会让他很失望。我了解舆论和国会给你造成的各种困难，但是现在的局势每况愈下，一旦事态到了无法收拾的田地，美国民众的观点又将有何作用呢？你是否考虑到了，希特勒可能向法国提出这样的条件：“只要法国舰队全部投降，那么阿尔萨斯—洛林[①]就是你们的；否则，我们就将你们的城镇夷为平地。”美国终究是要参战的，我本人对这一点深信不疑。目前法国的局势正是生死存亡之时，如果美国宣布会在必要的时候参战，那么法国很可能得到拯救。否则，再过些日子，当法国的抵抗瓦解后，就只剩下我们单独作战了。

一旦我们的抵抗也失败了，虽然我们的舰队会被我个人和现在的政府调遣到大西洋去，但是当战争到了这步田地，那么事态的演变将不再是现役的大臣们所能掌控的了，只要英国想媾和，那么变成希特勒的附庸是一件相当简单的事情。那时的必然结果是，进行和谈、成立亲德政府，那么这个遍体鳞伤、瘦骨嶙峋的民族将再也没有反抗纳粹意志的能力，从而彻底臣服于它。美国未来的命运，在之前我已经向你提到过，依赖于英国的舰队；因为德国已经拥有了庞大的工业资源，如果希特勒再得到英国和法国的舰队，又联合了日本和意大利的舰队，掌握在他手上的海上力量就将是压倒性的。不过，希特勒将怎样运用这一力量还不得而知，也许他会有所保留的使用，也许他不会保留。在美国做好万全准备前，海上力量的对比就将迅速发生巨大变化。新大陆在我们战败后，面临的将是一个纳粹统治下的，人数更多、力量更强、装备更精良的欧洲联邦。

总统先生，我非常清楚，以你的眼光，你一定早已洞察这些长远的方向，但是我还是有必要将这条重要的提醒写下来，那就是我们和法国正在进行的战斗直接关系着美国的利益。

---

① 历史上，法国和德国曾在这片地区存在争议。——原注

海军部做了一份驱逐舰实力情况对照表，我将通过肯尼迪大使转交给你以供你参阅。我们将会而且必须在东岸布置大部分的驱逐舰以防止敌人入侵，否则德意两国如果攻击我们赖以生存的食物和商品运输船只，那么我们将无法应对。在今年年底我们的新舰只下水前，我们只需要在之前我曾经要求过的三十五只驱逐舰，就可以弥补这段时间的舰只不足。这一需求可能具有决定性的意义，而且希望能够被立即采纳。我极度期望你能对我话中的含义深思熟虑。

* * *

法国前线的情况已经变得更糟了。继我们在巴黎西北采取的军事行动中失去了第五十一师之后，敌人已于6月9日深入到塞纳河和瓦兹河下游地带。法国第十和第七集团军已被敌人击溃并从中心被突破，其残部为了封堵这一缺口正在南岸匆忙组织防御。保卫巴黎的部队，即所谓的巴黎兵团也已参战。

东方，埃纳河流域的第六、第四和第二集团军由于有三个星期的时间建立防线，再加上援军已经抵达那里，因此他们的情形相对来说要好很多。这些军团在敦刻尔克战役和敌军向鲁昂推进时，并没有受到大的干扰；不过，敌军也利用这段时间向他们驻守的这条长达一百英里的战线集结了许多师的兵力，并决定给予他们最后一击，他们是没有力量做到固守防线的。尽管法军进行了顽强抵抗，尽管他们非常坚决地不让德军在埃纳河南岸的苏瓦松到勒戴尔一带建立桥头阵地，但是德军还是做到了，并且在两天后抵达了马恩河区域。6月9日，战线全线陷落了。德军的装甲师参加了河对岸的新战役，他们曾在海岸的战斗中长驱直入起到了决定性的作用，现在他们被调了过来。德军的八个装甲师向法军的防线发动了两次冲锋后，将那里变成了坦途。对于在人数、装备和技术上占绝对优势的强大敌人，人数骤减、混乱不堪的法军已经再也无能为力。到6月16日，敌军仅用了四天时间就抵达了奥尔良和卢瓦尔河。东部的德军，在一路猛攻下，穿过迪戎和贝桑松，几乎抵达瑞士边境。

巴黎的西面，第十集团军残存的不到两个师的兵力，迫于德军的压力，撤回西南方向的塞纳河向阿朗松退去。14 日，巴黎被攻陷；负责守卫那里的第七集团军和巴黎兵团溃退；一条巨大的分割带从西部微弱的英法兵力和曾经十分自豪、现在只剩残部的法国部队之间延伸开来。

法国之盾、法国的守卫者马其诺防线的情况如何呢？德军从未对那里发起过直接攻势，直到 6 月 14 日，那时防守那里的还能作战的部队都尽可能参加到中部迅速撤退的部队中去了，不过已经来不及了。当天，德军突破了萨尔布吕肯前面的马其诺防线，之后在克尔马尔附近越过莱茵河追上了撤退的法军并交了火，法军被咬住了不能脱身。德军在两天后侵占贝桑松，法军的退路被切断了，四十万逃脱无望的法军被包围。停战后，还有许多被包围的守军拒绝投降继续殊死顽抗，直到派遣法国军官过去向他们下达命令，他们才投降。6 月 30 日，最后一批防御壁垒投降了，其指挥官对此表示了抗议，因为他的防御无论是哪里都还没有被突破。

这场发生在法国的规模巨大但缺乏组织的战役结束了，在后文我会讲到英军起到的微弱作用。

* * *

我们决定让当时正在法国的布鲁克将军担任法国境内的英国军队和所有增援部队的指挥，因为他在指挥敦刻尔克撤退时曾立下卓越的战功，尤其是在指挥军队堵塞因比利时军队投降而出现的缺口时表现得非常出色。当部队的人数足够构成一支集团军时再由戈特勋爵担任总司令。14 日，布鲁克会见了魏刚将军和乔治将军。魏刚告诉他，法国部队此时已经被分割成了四部分，其中法国第十集团军在最西端，已经没有能力组织抵抗和采取部队间的协同行动了。魏刚还说，盟国政府已经批准由英法联盟军大致从南到北穿过雷恩共同布防，并命令布鲁克将他的军队也部署在穿过这个城市的防线上，以防守即将在布列塔尼半岛建立的桥头阵地。布鲁克指出，

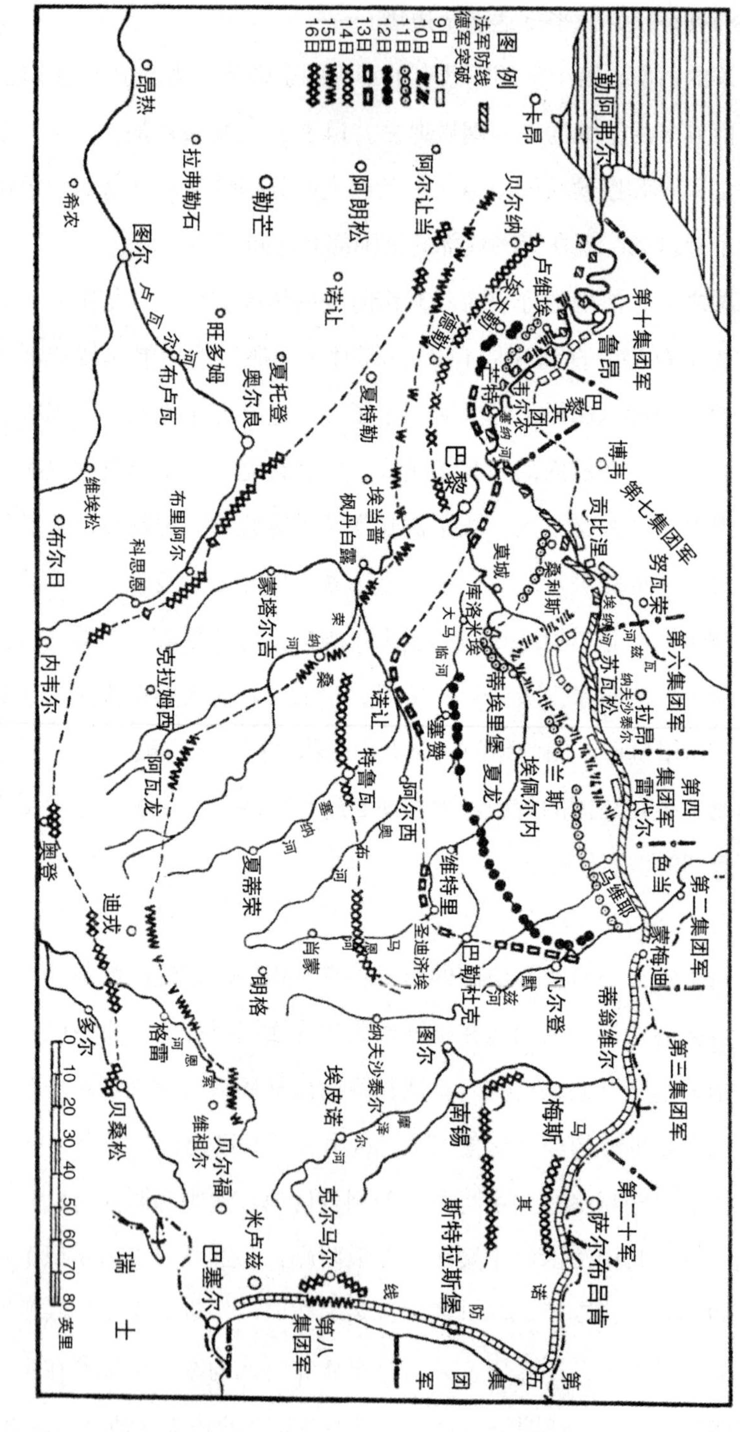

1940年6月法国军队的最终布局

至少需要十五个师的兵力才能防守这条长达一百五十英里的战线。魏刚告诉他说，他接到的所有指示都应该被当成命令。

6月11日，我和雷诺确实在布里阿尔就在布列塔尼半岛建立一条类似“托利希—弗多莱希”[①]的防线达成过共识，这个计划虽然有它的价值，但是并没有被实施，而是很快就被搁置了。这一计划的本身是正确的，因为这个桥头阵地的价值非常大，这里的抵抗，哪怕只有几个星期，也可以让法国与英国保持联系，并为他们那条已经被击垮了的辽阔的战线上的法国部队撤往非洲争取时间。但是当时的情形是，在法国主力部队被击溃或消灭后，在德军的密集火力下这里不能被长久固守，因此计划不能够得到实施。法国如果想继续战斗下去的话，那么他们的战场只能选择在布雷斯特半岛或像弗日那样森林茂密的山区，否则就只能投降。任何一个人都不能认为在布列塔尼半岛建立桥头阵地的想法是荒谬的。在艾森豪威尔（当时还是一位不知名的美军上校）指挥下的盟军，付出了很大的代价后才将那里重新夺了回来。

在兼顾了法国司令官的意见和他自己司令部的意见后，布鲁克将军对急转直下的战局做出了自己的分析，并向陆军部做了报告；他还给艾登先生打了电话，告知他现在的局势已经无法挽救，不应再向法国继续提供增援，在那里的十五万英国远征军也应该立即登船离开。他知道我很不容易被说服，于是便在6月14日夜间给我打电话，在颇费了一番周折加上运气的成份，电话打通了，他将上述意见很清楚地告诉了我，十分钟后我同意了他的观点，认为我们的军队必须离开。之后，我下达了相关命令，布鲁克脱离了法军司令部的指挥，开始将物资、装备和士兵运回国内。加拿大师的先头部队已经登陆又回到了船上；第五十二师只有第一百五十七旅参加了战斗，其他人全都退到了布雷斯特。我们所有的军队，除了在法国

---

① 1810年，英国威灵顿将军曾在与拿破仑作战时建立了这条防线。——译注

第十集团军的英国部队没有撤回来之外，其余的全部到布雷斯特、瑟堡、圣马洛和圣纳泽尔登了船。6月15日，我们的军队脱离了法国第十集团军的指挥。翌日，当他们继续南撤之时，我们的军队则向瑟堡开拔。第一百五十七旅在经过一番激烈的战斗后，已于当夜撤离，他们于6月17日和18日夜间乘卡车上了船。17日，以贝当为首的法国政府宣布停战，由于在下达让所有法国军队停止抵抗的消息前，他们没有通知我们的军队，因此我们命令布鲁克将军尽量携带更多装备和士兵归国。

敦刻尔克大撤退的一幕又重演了，这次的船只比上次的要大，规模也相当可观。我们在海边遇到了超过两万多名拒绝投降的波兰士兵，用军舰将他们运到了英国。德军向我们的军队发动了全面追击。18日早上，在瑟堡半岛港口以南十英里的地方，德军部队曾追上过我们的后卫部队。当我们的最后一艘船离开那里时，隆美尔指挥的第七坦克师离港口已不足三英里。我们几乎没有士兵被俘虏。

英军总共有十三万六千人从法国各港口撤离，外加三百一十门大炮，算上波兰的军队，撤离人数共计十五万六千人。这体现了布鲁克将军指挥下的装船人员做出的巨大努力，其中表现最突出的是英国军官德·凡布莱克将军，他鞠躬尽瘁，在这次撤退后不久就去世了。

由于有大量的人员要从布雷斯特的西部港口撤离，因此德军对那里的英国船只进行了狂轰滥炸。17日，在圣纳泽尔发生了一起灾难。两万吨巨轮“兰开斯特里亚”号正要载运五千人起航时，被炸弹击中并起火。火焰点燃了汽油，燃烧的汽油蔓延到海里包围了船体。三千多人被瞬间夺去了生命。人们冒着持续不断的空袭，努力用小船将剩下的人救了出来。下午，我获悉了这一消息，当时我正坐在安静的内阁办公室里。我认为应该晚些时候再宣布这一事件，我说道：“今天登报的坏消息已经够多了。”然而，由于后续的坏消息接二连三的传来，以至于使我忘记了解除发表这一消息的禁令，因此公众直到好多年后才了解这一骇人听闻的事件。

* * *

为了不让各自治领的总理们对于法国投降感到过分震惊，也为了告诉他们，我们将继续作战，哪怕是单独作战的决心并不是由于顽固和无望的挣扎，而是在实际上和技术上都确实拥有这样的力量，由于他们可能对这些并不知情，因此有必要给他们拍发一份电报。在6月16日那天，虽然有好多工作需要我去做，但我还是在当天下午口授了以下声明。

首相致加拿大、澳大利亚、新西兰和南非联邦诸位总理

1940年6月16日

（在分别向各位总理说了几句话后）我不认为我们的力量已经不能控制当下的形势了。没有任何迹象表明法国将放弃在非洲和海上继续作战，无论他们怎样做，我们的岛屿都是希特勒必须要征服的，否则他必然战败。我们所面临的主要威胁是，德军的空中力量配合伞兵和空运部队对我们进行集中轰炸，同时他们的陆军将试图跨越海峡向我们入侵。这样的威胁从开战之初就存在，因为希特勒随时能够向我们发起这样的进攻，因此这种危险并不因法国如何而有所改变。无疑，这样的威胁因希特勒征服了临近我们的欧洲海岸而升级，但是危机的实质与之前依然别无二致。我并不认为我们不能与之抗衡。五千或一万人发动的突然袭击可能让海军措手不及，但是八万或十万人的大军想要渡过海峡就不会那么容易，更别说那里就在我们强大的海军力量的眼皮底下。我们的空军能为海上舰队提供强大的支援，能阻止敌人从海上入侵并消灭敌军空运部队半数以上的有生力量，只要空军存在这样的支援就不会停止。

虽然在援助法国和敦刻尔克大撤退期间我们损失惨重，法国曾强烈要求我们将空军投入到那场并不是决定性战役的地面战争中，但是我们并没有草率为之，而是设法保存下了我们的空军力量。我很庆幸

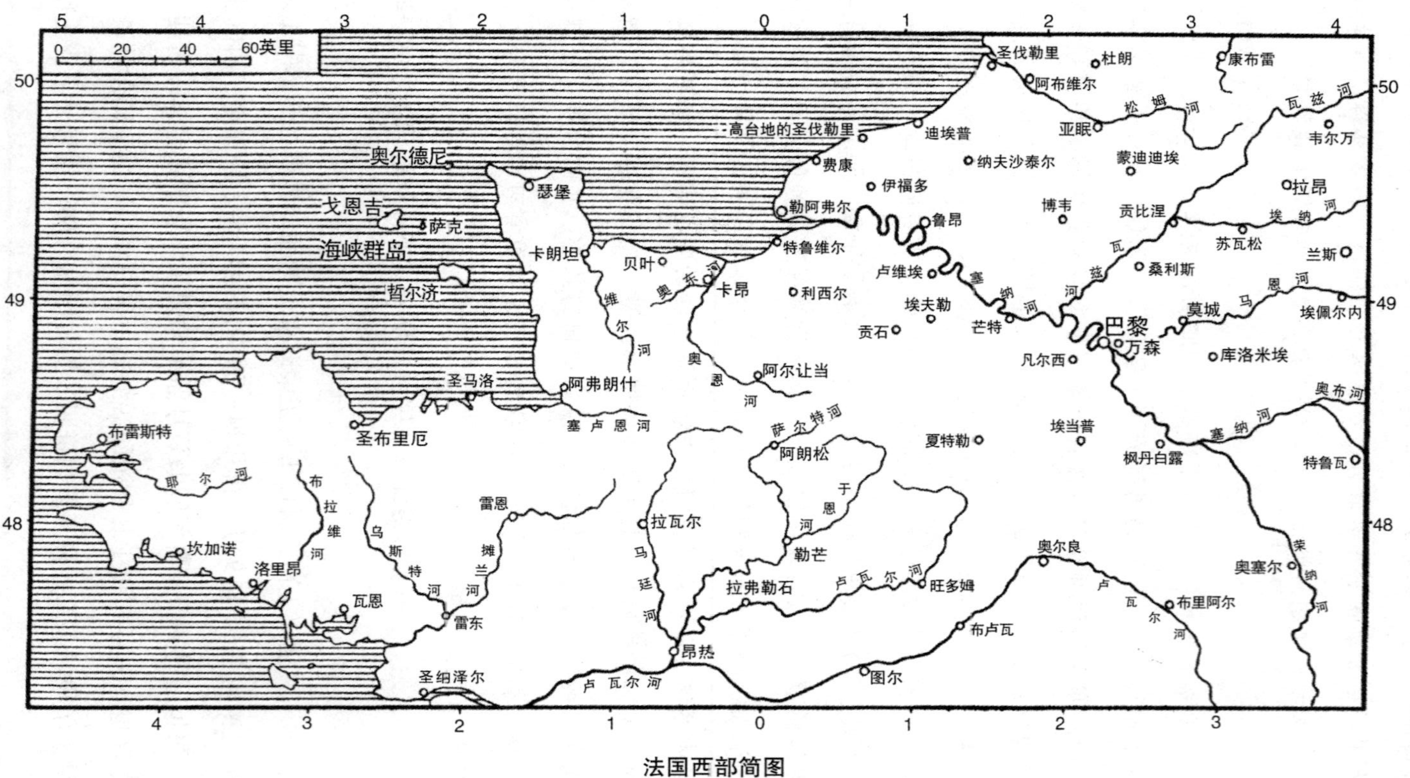

0 20 40 60英里
奥尔德尼
戈恩吉
萨克
海峡群岛
哲尔济
瑟堡
卡朗坦
贝叶
卡昂
奥东河
维尔河
奥恩河
圣马洛
阿弗朗什
塞卢恩河
布雷斯特
圣布里厄
耶尔河
坎加诺
洛里昂
布拉维河
瓦恩
乌斯特河
雷恩
摊兰河
雷东
圣纳泽尔
高台地的圣伐勒里
迪埃普
费康
伊福多
勒阿弗尔
鲁昂
特鲁维尔
卢维埃
利西尔
埃夫勒
贡石
芒特
阿尔让当
萨尔特河
阿朗松
于恩河
拉瓦尔
马廷河
勒芒
拉弗勒石
卢瓦尔河
旺多姆
昂热
圣伐勒里
阿布维尔
杜朗
康布雷
松姆河
亚眠
纳夫沙泰尔
蒙迪迪埃
瓦兹河
韦尔万
拉昂
博韦
贡比涅
埃纳河
苏瓦松
兰斯
桑利斯
塞纳河
莫城
马恩河
埃佩尔内
巴黎
万森
凡尔西
库洛米埃
奥布河
夏特勒
埃当普
枫丹白露
特鲁瓦
奥尔良
奥塞尔
荣纳河
布里阿尔
布卢瓦
图尔

法国西部简图

我们的空军还与以前一样强大，也很高兴地告诉诸位，现在我们的飞机制造速度已比以往任何时候都快，以至于现在飞行员已经成了限制性因素。在法国战场时，即便在不利的情况下作战，敌我战机的损失也仅仅是二比一或二点五比一；在敦刻尔克（现在那里已是不毛之地）大撤退期间，敌我双方的战机损失量是以三比一甚至四比一计算的，当时经常有德军整支飞机编队见到只有他们四分之一数量的我军飞机却不敢应战的情况出现。因此，对于保卫本土免遭来自海外的空袭，我们所有的空军将领都认为英国占更大的优势：首先，我们的各种设备能清楚地告知我们来犯之敌从何处而来；其次，由于我们的机场相距较近，因此便于我们集中力量攻击入侵者，并能抽调力量攻击他们的轰炸机和担当掩护作用的战斗机。敌机被击落后就彻底损失了，而我们被击落的飞机和驾驶员则还有可能再次作战。因此我认为，只要我们拼尽全力打击敌人，他们就一定会知道在白天发动攻击将会付出高昂的代价。

我们的飞机制造厂将遭到敌人的夜间空袭，这是最大的危险；不过夜间袭击没有白天准确，而且我们还有很多计划将空袭效果降为最低。敌人的飞机虽然远多于我们，但是并没有多到经过几周或几个月的战斗之后，他们依然感觉不到疲惫；待敌人筋疲力尽时，我们的轰炸机将理所当然地会对敌人的重要区域，比如炼油厂、飞机制造厂和鲁尔地区密集的军需工厂进行连续不断的轰炸。我们的这种设想是正确而又合理的。我们希望敌我双方的民众都能经受得起这样的轰炸，因为双方进行轰炸的规模将是前所未有的。我们目前掌握的所有情报都表明，德国人对于他们目前所遭受的阻挠非常不满。

还有一点需要提及，现在英国远征军已经归国，他们中的大部分已经重新获得了装备或正等待重新武装，虽然这样的程度无法进行大规模的作战，但是保卫家园是绰绰有余的。我们在上次大战和这次大战的任何时期的军事力量都远没有现在拥有的本土军事力量强大，因此我们希望的是，当敌人空降或从海上登陆后，立即将其全歼以便让随之而来的敌人知道他们也将是这样的下场。当然，敌人很可能会向我们发动奇袭，或将坦克运过海峡。这些我们已经预见到了，只要我们的眼光能够看得到的远方，我们都已做好了准备。没有人能预言或保证生死之战到底鹿死谁手，但是我们必将全身心投入其中。

以上长篇的论述是为了向你们表明，无论法国的命运如何，都不能动摇我们的决心，因为我们有确实的理由坚持到底。我个人认为，美国在看到我们岛屿上的激烈反抗和大屠杀的场面后就会宣布参战。不过，即使我们因为数量上的劣势被敌军的空中力量击败，也会像我在下院做总结发言时所讲的那样将舰队调往大西洋对面去，在那里继续作战和实施封锁，继续保卫大英帝国。我坚信，只要美国能够参与进来，希特勒终将会被击败。在随后的每个阶段我们都会通知你们如何对我们提供帮助，相信你们一定会竭力支援。至于我们，早就将生死置之度外并投入其中了。

这封电报是我在内阁办公室拟好的，之后在我的口述下被打了出来。外面通往花园的大门敞开着，温暖的阳光明媚喜人。空军参谋长尼沃尔中将当时正坐在阳台上，稿件修改完成后，我拿出去给他看是否还有需要删减或改正的地方，他明显被电报的内容打动了，并立即说对于里面的每一句话都没有意见。能将我坚定的信念写在其中也使我感到非常高兴和精神振奋，在电报发出去之前，我又读了一遍，我的信心又加深了一层。我所说的话都在后来得到了证实，所有的一切都实现了。

第十章　波尔多停战

法国政府迁往波尔多——魏刚将军的态度——魏刚和雷诺——肖当先生的阴谋——法国决定询问停战条件——英国要求保住法国舰队——6 月 16 日我致雷诺的电报——出现了新事件——英国提出与法国永久结盟的建议——戴高乐将军认为这极有可能巩固雷诺先生的地位——雷诺先生很满意——暂扣 6 月 16 日我的电报——我与工党和自由党领袖乘巡洋舰访问波尔多的计划失败——英国的建议被粗鲁回绝——雷诺内阁解散——雷诺辞职——在唐宁街同莫内先生和戴高乐将军的谈话——为寻求停战，贝当组建了一个法国政府——6 月 17 日我致贝当元帅和魏刚将军的电报——6 月 17 日我的广播——斯皮尔斯将军和戴高乐将军的逃脱计划——再次讨论在非洲作战——曼德尔的打算——海军上将达尔朗的阴谋——“马萨里亚”号的航行——曼德尔在卡萨布兰卡——达夫·库伯先生的任务——法国爱国者的命运——事后的推测——我的信心是坚定的

现在我必须停止表述法国陆军的灾难，将视线从战场转移到波尔多，来谈谈法国内阁内部的动荡和其中的要员们。

有计划地对大事件进行部署已经变得没那么容易。英国战时内阁几乎在不停地开会，决议一经做出就会被立即发送出去。由于将电报发送出去可能需要三四个小时（译成密码需要两三个小时，也许还要等一个小时才能发送），因此我们外交部的官员和我们的大使通常都使用电话传达通知和进行答复，信息重复和短路等混乱现象时有发生。由于海峡两岸的大事件发展的速度过快，这样就会导致人们对时事发起的争论和做出的结论看上去是合理和正确的。

14 日晚，雷诺从图尔赶到法国政府的新址，九点左右，他接见了英国大使罗纳德·坎贝尔爵士。大使要求他遵守 3 月 28 日与英王陛下政府商定的决议，即两国任何一方都不能同敌人进行和平谈判。大使还表示，英国政府会为法国提供所有必要船只，以便在他们的政府决定前往北非时使用。以上两点声明都是大使奉命提出的。

15 日早晨，雷诺再次接见了英国大使，并将他已下定决心将政府一分为二的消息告诉了大使。雷诺决定将政治中心移往海外，这样做的目的明显是要将法国舰队调往德国势力抵达不了的港口去。当日上午晚些时候，罗斯福总统回复雷诺 6 月 13 日呼吁的答复送达了。虽然我尽全力在我写给雷诺的电报中对这一答复进行了润色，但是我知道他还是会因此而失望。如果国会同意，美国是会提供物资上的支援的，但是现在美国没有任何参战的理由。就目前的形势来看，法国要求美国参战不会有任何希望，而且罗斯福总统本人也没有权力这样做，他也无权要求国会这样做。自从 13 日晚在靠近图尔的戈热召开过一次会议后，法国的大臣们就再也没开过会。在所有大臣都抵达波尔多之后，当天下午他们召开了一次内阁会议。

* * *

魏刚将军认为再继续抵抗下去也是于事无补，因此几天以来他一直希望强制法国政府在军队还遵守军纪和服从管理时接受停战，以便用军事力量维持接下来国内的秩序。终其一生，魏刚都对第三共和国的议会制度深恶痛绝。他是一个虔诚的天主教徒，他将他看到的家园沦丧归咎于人们因放弃了对天主教的信仰从而招致了惩罚。因此，在他的职权范围本身就很大的情况下，他又不受限制地远远超出了这一范围，使用了自己的军事管理地位的权力。因此，他以军队已无法再作战为由与总理对峙，要求在无政府状态出现前，是时候阻止这场可怕的和毫无意义的大屠杀了。

保罗·雷诺虽然已经知道法国已经战败了，不过他还是希望用法国舰队在非洲和法国本土继续战斗下去的。实际上，所有被德国占领的国家没有一个退出战争，他们的国土虽然沦陷了，但是他们的主权全都被移往了海外，政府旗帜鲜明地表明自己的国家依然存在。雷诺也想这样做，而且他有很多切实可行的方法。他想到了一个方法，即效仿荷兰在前线投降。这样做虽然不得不让军队在任何与敌人接触的地方放下武器投降，实际上陆军的军官们已经不打算再继续战斗下去了，却保留了国家主权，使得他可以利用这些权力尽可能继续战斗下去。

就这一方法，在内阁会议召开之前，总统和最高统帅之间曾爆发过一场激烈的争论。雷诺决定以政府的名义授权魏刚下达书面指示，要求军队"停火"，魏刚则愤然拒绝了这一在军事上投降的主张。魏刚表示，他决不会做让法国军队蒙羞的事情。他发自内心认为，投降这种事只能由政府或国家提出，而他指挥下的军队只会按照军人的职责来遵守。魏刚是一个无私坦率之人，但在这件事情上他的表现却与之背道而驰。他断言军人也有支配国家政府的权力，这使得整件事情都进退维谷。他就是要反对法国甚至是法兰西帝国的合法的政治首领做出的决定。

关于什么样的形式会涉及法国军队荣誉的讨论暂且不谈，还有一个很实际的问题。如果由法国政府亲自停火，那么就意味着法国不能再参加战斗。法国可以通过谈判使得一部分领土不被占领，并可以在那里自由组建军队；但是那些没有逃出法国的人，一旦海外的战斗依然在继续，就会被德国人直接俘虏和控制，上百万的法国人将以战俘的身份被押解到德国，且不受任何一项协议的保护。这一实际的问题应该由共和国政府来决定，而不是陆军总司令。魏刚认为，军队既然由他指挥就应听命于他，军队已经无力作战了，那么法兰西共和国就应该投降并下达那个他十分愿意遵守的命令。在任何文明国家的法律条文中都没有这样的规定，而且这也有悖军人的天职。总理还是有办法回应的，至少有理论支持他。他可以这样驳斥："你这是在侮辱共和国宪法。从此刻起免除你指挥官的权力，对于你的必要制裁，总统会站在我这一方。"

不幸的是，雷诺已经无法对自己的立场做出充分判断。这位自大的将军的靠山是名头甚大的贝当元帅，他是这批一心想停战的失败主义者的领军人物，被雷诺错误地招揽到了政府和内阁中。在这些人的背后还潜伏着一个邪恶的身影，这个人就是波尔多市市长莱法尔，在他的周围还有一帮心存不轨的参议员和众议员。莱法尔有一套很有效力的简洁政策，即法国不仅仅要投降，还要投诚，并和征服者组成同盟，然后再跨越海峡忠心耿耿地参加到对抗昔日盟友的战斗中去，最终以胜利者的姿态挽救法国的利益和国土。很显然，在经历了诸多磨难之后，雷诺已经力不从心，他已经没有精力再去应对也许只有像奥利弗·克伦威尔、克列孟梭、斯大林或者希特勒这样的人物才能应对的私人之间的较量了。

15日下午共和国总统也出席了会议，雷诺在会上向他的同僚们阐述了当前的局势，之后他请求贝当元帅将内阁的意见转达给魏刚将军并说服他。他选择的这个说客简直不能再坏了。贝当将军走出房间后，讨论停止了一段时间。过了一会儿，他和魏刚一起回来了，他本来就支持魏刚的意见。在这个关键时刻，内阁重要成员肖当先生插进来提出了一个表面上看来是折中的，实际上对那些动摇分子非常有吸引力的建议。他以内阁左翼成员的名义表示支持雷诺的主张，不向敌人妥协，但是做出姿态以便让法国团结一致才是明智之举，可以向德国询问停战的条件，但是法国方面依然有完全拒绝这些条件的自由。显然，一旦走上这样的斜坡，就不可能再停下来了。只要法国政府声明要向德国寻求停战的条件，仅仅是这件事情本身就将破坏法军目前仅存的一点儿士气。在投降的信号已经发出后，还怎么命令士兵们不顾生死地进行顽强的抵抗呢？由于贝当和魏刚的表现，内阁成员们是有目共睹的，因而肖当的建议对众人的内心造成了重大的影响。他们同意告知英国政府，在无论如何都不会允许法国舰队投降的情况下，询问英国对这一做法的看法。这时雷诺从桌子旁站起来宣布要辞职，共和国总统制止了他，同时表示如果雷诺下台，他也将随之而去。于是新一轮的看法不一的讨论又开始了，在是否应该让法国舰队婉言拒绝投降，还是将它们驶出法国港口以摆脱德国势力的控制这个问题上始终没有得出明确的结论。最终，就向英国政府询问是否同意法国向德国询问停战条件达成了共识，这一信息立即被发送了出去。

* * *

第二天早上，雷诺再次接见了英国大使，大使告诉他如果法国能将舰队安置在德国的势力范围之外，即直接开往英国的港口，就同意法国提出的请求。以防迟则生变，这些指示是在伦敦通过电话通知坎贝尔大使的。上午十一点，意见不一的内阁成员们又召开了一次会议，勒布伦总统也出席了会议。参议院长让纳莱先生也列席，他代表自己和他的同僚众议院长赫里欧先生表示支持总理将政府迁往北非。贝当元帅一下子站了起来，宣读了一封被认为是别人为他写的信，宣布退出内阁。他讲完话后，就准备离开会议室，共和国总统劝说他先不要辞职，并表示当天就会给他答复。这位元帅还因众人耽搁了寻求停战的时机而发了一通牢骚。雷诺解释道，如果同盟国的一方要解除其所承担的义务，按照惯例需等待另一方的回复。讨论至此结束。午饭后，大使向雷诺递交了英国政府的书面答复，其中的主要内容就是在电话中告知给他的，在早上他与雷诺的谈话中已经涉及了。

* * *

这些天中，战时内阁成员们的情绪与以往大不相同，时刻萦绕在他们脑海中的不再是我们的处境及我们将要面临的并且是单独面临的局面，而是法国的沦陷和它将来的命运。对盟友的苦难感同身受，希望竭尽全力去帮助他们是当时大家普遍的心情。当然，保住法国舰队是极其重要的。基于这样的想法，英国与法国结为“永久同盟”的构想被提了出来。

这件事并不是我提议的。我首次听闻这一明确的计划是在15日的中午，在喀尔顿俱乐部的午餐桌上，当时在座的有哈利法克斯勋爵、科尔班先生、范希塔特爵士，还有另外的一两个人。很显然，这件事在提出前曾经过了多次斟酌。14日，范希塔特和德斯蒙德·莫顿会见了法国驻伦敦经济团成员莫内先生和普利文先生，还有戴高乐将军。戴高乐将军是乘飞机过来的，他此行的目的是专为安排船只将法国政府和尽可能多的法国军队运往北非。为了达成法英联盟这一目标，这些先生们已经初步拟订出了宣言的大纲，除了论述这样做的好处外，还希望能给雷诺带来新希望，以帮助他将大部分的内阁成员迁往北非，继续战斗下去。我的第一反应是不赞成，我问了一系列关键性的问题，没有人能做出合理的答复。不过，在漫长的内阁会议即将结束的下午，这一话题又被提了出来。我非常惊讶地发现那些平日里非常冷静的、城府很深的、经验丰富的各政党的政治家们表现得非常激动，而这一重大计划的意义和后果甚至都还没有经过深思熟虑。我不仅没有制止，反而一下子被这些喷涌而出的慷慨情怀征服了，这样的情怀使得我们解决问题的方式上升到了一个更无私无畏的高尚层次。

当内阁在翌日早晨召开会议的时候，我们首先讨论了昨晚雷诺送来的关于正式解除英法协定中法国承担的义务的要求，并给出了答复。内阁授权由我负责，大家一致要求我去隔壁的房间起草，内容将在下面被列出。16日下午十二点三十五分文件被发送了出去。内容与当日早晨用电话向大使下达的指示没有区别，只是正式承认并重申了一次。

外交部致坎贝尔爵士　　　　1940年6月16日下午十二点三十五分

请将下列已被内阁授权的文件交与雷诺总理。

我们是与法兰西共和国签订的关于禁止任何一方单独进行停战和

议和的协议，不是与法国的任何一个行政部门或发言人签订的，因此这关乎法国的荣誉。不过，协定终归只是协定，英王陛下的政府完全同意法国提出的关于探询停战条件的要求，但是法国的舰队要在等待谈判期间开赴英国港口。英王陛下的政府决心继续抗战，不会插手上面提到的探询停战条件一事。

午后，第二封措辞相近的电报由外交部拍发给了罗纳德·坎贝尔爵士(6月16日下午三点十分）。

外交部致坎贝尔爵士

你需向雷诺先生转述以下内容。

我们希望一旦法国收到任何停战条件应立即与我方商量。这是必要的，因为不仅协定规定双方不得单独议和或停战，而且特别是由于英国军队和法国军队正在共同作战，任何停战行为都将对我们自己造成重大影响。你应该让法国政府了解，我们要求法国将舰队开往英国港口是为了将法国的利益与我们的利益同等看待，而且如果法国能做出将海军调离德国势力范围之外的态势，将增加法国政府在和平谈判中的筹码。关于法国的空军，我们希望他们能尽可能多地飞往北非，或者，如果法国政府愿意的话，可以飞到英国。

关于现在在法国境内的波兰、比利时和捷克的部队，我们希望法国能够在和谈前及和谈中都尽可能地将他们营救出来并送往北非。在英国，正在为迎接波兰和比利时政府做安排。

这两封电报的措辞都很严厉，体现了战时内阁上午会议中的主要目的。

* * *

当天下午三点，我们再次召开了一次会议。上次内阁会议快要结束时，曾就发表使得英法两国关系更加亲密的宣言一事进行过讨论，今天我再次提了出来。上午我曾见过戴高乐将军，他的一番话让我印象深刻。他说，为了使雷诺的政府能继续作战，就必须采取振奋人心的方式并予以支持，如果就英法两国人民的永久同盟发表宣言将再合适不过。戴高乐将军和科尔班先生都对上午战时内阁发出的电报中的尖锐辞令表示担心。我听说已经有一份新的宣言被起草出来备用，戴高乐将军已经打电话通知了雷诺先生这件事。暂缓行动的建议最终被采取了。让罗纳德·坎贝尔爵士暂缓提交电文的电报因此被发了出去。

之后，外交大臣说道，早些时候他曾邀请范希塔特爵士起草一篇能给予雷诺帮助的振奋人心的宣言，今天早上他再次会见了范希塔特爵士。在征求了戴高乐将军、莫内先生、普利文先生和莫顿少校的意见后，范希塔特已经与他们共同将宣言起草出来了。戴高乐将军督促他们尽快将宣言公之于众，并希望今晚就能将草稿带回法国。戴高乐将军还建议我明天就应当去会见雷诺先生。

宣言的草稿在人群中传阅了一遍，每个人都读得非常仔细。其中的难处是显而易见的，但是最终大家还是同意了这一联合宣言。我说，我的直觉曾让我反对这个想法，但是在现在这样危急的时刻，我们不能再被人批评连想象力都没有。显然让法国继续前行，一些振奋人心的声明是必要的。不能草率地将这一提议抛到一边，而且我发现内阁中的部分人都支持这一做法，因而我也受到了鼓舞。

下午三点三十五分我们得到消息称，法国将在下午五点召开会议，讨论再继续战斗下去是否可行；还有，雷诺曾打电话告诉戴高乐说，如果在下午五点前他能得到关于联合宣言的积极答复，那么他感觉就能够控制住局势。基于这一点，战时内阁通过了英法联合宣言的最终草稿，并由戴高乐将军交给雷诺先生。这些都立即通过电话告诉给了雷诺先生。为了商讨联合宣言草稿和相关问题，战时内阁要求我、艾德礼先生和阿齐博尔德·辛克莱爵士代表英国的三个政党尽快与雷诺先生会晤。

宣言的终稿如下：

联合宣言

在当今世界这一历史性的生死攸关时刻，联合英国政府和法兰西共和国政府为了保障双方共有的和平和自由之权利，防止国家和人类沦为机器和奴隶，现发表两国结为永久同盟之宣言。

两国政府宣布，法国和英国将不再是两个国家而是一个法英联邦。

国防、外交、财政和经济机构及政策将由联邦的宪法决定。

每一个法国公民立即获得大不列颠公民身份，每一个英国公民也立即成为法国公民。

无论两国领土上的任何地方因战争而毁灭，双方将共同承担维修责任，双方须平等如一地将资源用于这一目的。

战争期间将仅设一个战时内阁，所有的英国和法国军队，不论是陆军、海军还是空军都要服从它的指挥。内阁需设置在最适宜的地点，两国国会将正式合并。大英帝国正在组建新的军队，法国军队需让其现存的军队在陆地上、海上和空中待命。联邦将因共同事业向美国呼吁，要求其为盟国提供更多的经济资源和强力的物资援助。

无论战争发生在何处，联邦都应倾其所有与敌人战斗到底。

这样我们就会取得胜利。

这一切都将通知议会，不过到那个时候已经没有这样的必要了。

可以看到，这份宣言并不是由我而是由大家共同在会议桌上起草的，我只是对它起到了促成的作用。当我把宣言拿到隔壁房间的时候，戴高乐、范希塔特、德斯蒙德·莫顿还有科尔班都在那里等着。戴高乐将军以异乎寻常的兴奋之情阅读了宣言，然后就试着向波尔多方面打电话，电话接通后他便将这一宣言告诉了雷诺先生。他的希望和我们是一样的，即这份两个民族和帝国之间的庄严誓约和兄弟情义能给正在挣扎中的法国总理这样的信息：将政府迁往北非并带上尽可能多的军队，命令法国海军开赴德国势力范围之外的港口。

* * *

接下来我们来看看电话那头的情形。英国大使将两份关于解除法国于 3 月 28 日所承担义务的回复交给了雷诺。大使报告说，情绪沮丧的雷诺对这两份答复并不满意。他立即指出，意大利在法国把舰队撤往英国港口后会立即占领突尼斯，而且这样做还会给英国舰队带来不便。雷诺一直保持这样的看法，直到戴高乐将军将宣言的消息告诉他之后，才大为改观。“这就好像”，用大使的话说，“奎宁[①] 水般神奇。”雷诺说，有了这样的宣言他就能坚持到底。曼德尔先生和马兰先生在这个时候走了进来，显然他们两人也释然了。之后，雷诺“步伐轻盈”地离开了，他要将文件的内容读给共和国总统听。他坚信，在这一有力保证的武装下，他一定能让内阁同意他撤往非洲继续作战的政策。我的那份指示大使暂缓递交或无论如何不要采取行动的电报在雷诺刚刚离开就送达了。一个信使被派出去追赶雷诺，并告诉他之前发送的两封电报被“取消”了，或许用“搁置”这个词比较好。在这件事情上，战时内阁不会做任何改变。不过我们也觉得应该在最适宜的情况下，让宣言发挥出最好的作用。如果法国议会的大臣们能够因它重新振作起来，在权衡轻重缓急之后，他们自然会将法国舰队开往不受德国控制的港口去。如果我们的建议被否决，那么我们还能够用已生效的协议重提我们的权利。我们无法获知法国政府内部发生了什么，也不知道这是最后一次与雷诺先生合作。

当天的某个时间我就给他打了电话，并告诉他我应当立即与他见面。鉴于不了解波尔多此刻正在发生着什么或即将发生什么，因此我的战时内阁的同僚们建议我乘坐巡洋舰出访，并安排明日在布列塔尼半岛的海岸处

① 奎宁又称“金鸡纳霜”，味道苦涩难以下咽，可用于治疗疟疾；通常被加到烈酒中制成各种鸡尾酒，喝完令人精神振奋。——译注

会面。我应该飞往那里的，但即使是那样也为时已晚了。

下面是外交部拍出去的电报：

外交部致波尔多的坎贝尔爵士　　　　　6月16日下午六点四十五分

首相将在明日，即17日乘坐巡洋舰，在掌玺大臣、空军大臣和三军参谋长及部分必要人员的陪同下在坎加诺会见雷诺先生，中午十二点可到达。戴高乐将军已知晓此事，他表示会见的时间和地点都很合适。为了尽量避免引起注意，我们建议在舰内会晤。如果雷诺先生和他的随行人员愿意乘坐的话，英舰“伯克利”号将听从他们的调遣。

16日晚上八点，外交部用电话通知驻法大使：

之所以要求你暂缓提交之前的两封电报，原因如下：在与戴高乐将军商谈后，为进一步阻止法国政府要求停战，首相决定明日在布列塔尼与雷诺先生见面。为了达到上述目的，让战争得以继续，戴高乐将军建议首相立即发布一份宣言，宣布英国和法国在各领域组成最亲密之联盟，首相已首肯并要求雷诺也参与进来。我们会立即再发送一封电报，附带有英王陛下批准的宣言草稿的原文。你应将原件立即读给雷诺先生听。

戴高乐将军已经将宣言草稿的大纲通过电话告知了雷诺先生。雷诺先生回复说，法国政府的决定将因两国政府共同发表的宣言发生根本性的改变。

戴高乐将军今夜就会携带副本回国。

16日的战时内阁会议一直开到六点才结束，之后我才启程去完成我的任务。与我同行的有工党和自由党的领袖、三军参谋长及其他各位重要官员、将领。一辆专列在滑铁卢火车站待命。大概不到两个小时的时间，我们就能抵达索桑普顿，之后改乘巡洋舰，以三十海里的时速经过一夜航行，17 日午时可抵达目的地。我们都上了火车，我的夫人前来为我送行。不知为何火车没有按时开动，很可能是出了故障。这时我的私人秘书上气不接下气地从唐宁街跑了过来，原来是坎贝尔从波尔多发来了如下消息：

内阁危机已现端倪……有望在午夜获得最新消息。明日的会晤已无法实现。

听到这一消息，我只好重回唐宁街，心情很沉重。

* * *

下面是雷诺内阁最后的情形。

联合宣言让雷诺建立起来的信念瞬间消失了，这样慷慨的建议遭受如此恶劣的回应是非常少见的。总理在内阁会议上将文件读了两遍。他表态说，他本人完全赞成这一宣言，接着透露了将安排明天与我见面讨论其中细节一事。不过，不管是有名的还是无名的大臣们都由于失败的重压而变得首鼠两端，激动的人们由于意见分歧而陷于分裂状态。我们被告知，一些失败主义者已经因为窃听电话内容知道了这件事情。大多数人对于接受这一跨度巨大的计划都没有做好准备。不信任、惊讶、想全盘否定这一计划的情绪在内阁成员中占主导地位，就连平日里最友好、最坚决的人也变得困惑起来。内阁成员们是想得到英国同意解除法国在 3 月 28 日所承担义务的答复，以便向德国询问停战条件，这是此次内阁会议召开的主要目的。只要我们将正式答复早些递交给他们，那么让大多数人接受我们让舰队开往英国这一首要条件是可能，甚至是极有可能的，至少能够制定出其他适宜的方案让法国在与敌人谈判时有更多的准备空间，即如果德国提出的条件难以接受，是否撤往非洲的最终决定权依然在法国手中。不过现在却上演了一幕“秩序——反秩序——无秩序”的经典案例。

建立英法联邦这一建议给人们造成的适得其反的印象太强烈了，雷诺已无能为力。以贝当为首的失败主义者们甚至都没有经过审查就拒绝了这一建议。严厉的抨击比比皆是：“这是杯水车薪的计划。”“这是突袭。”“这一计划旨在将法国变为保护国，或者窃取它的殖民地。”用他们的话说，这是要把法国变为英国的自治领。有的人还抱怨说，英国人可以取得法国公民的身份，但法国人却不能取得大不列颠公民的身份，只能做英帝国公民，这是公民身份的不平等。这些推测都是与宣言原文相左的。

除此之外还有其他的争论。魏刚没费吹灰之力就说服了贝当，英国已经失败了。法国最高指挥部，也许只是魏刚自己认为：“不出三周，英国就会像小鸡一样被人拧断脖子。”贝当认为：“与大不列颠结盟就是与死尸为伍。”在上次大战中不屈不挠的伊巴那加勒此时也声明道：“比较而言，至少我们知道作为纳粹的一个省意味着什么。”参议员雷贝尔是魏刚的私人密友，他说这个计划莫名让人感觉法国将隶属于英国，这意味着法国将彻底灭亡。雷诺的反驳显得苍白无力：“与盟友合作总强过与敌人合作。”曼德尔的反问也无济于事：“难道作为敌人的一个省能好过做英国的一个自治领吗？”

我们确信，雷诺在阐述了我们的建议后并没有在议会上进行表决，建议自行消失了。这样的打击对于雷诺本人来说是毁灭性的，意味着这位总理在内阁中的影响力和决策地位走向了终结。接下来的讨论主要围绕停战和向德国探询条件展开，肖当先生在讨论这些问题时是冷静而坚决的。我们发送的关于舰队问题的两封电报在内阁会议上始终没有被提及，现在已经解体的雷诺内阁也始终没有考虑将舰队开往英国港口的问题。晚上八点左右，由于多日的操劳，现在已经身心俱疲的雷诺向总统递交了辞呈，并建议他召见贝当元帅。这样的建议太欠考虑了。雷诺还告诉斯皮尔斯将军，他依然希望能与我在明日会晤。斯皮尔斯回答道：“明日将成立新的政府，你不能再代表别人讲话了。”

下面是6月16日坎贝尔通过电话发来的报告：

今日下午，首相那封意义重大的电报让雷诺先生倍受鼓舞，但是后来他告诉我们说，形势依然无法应对，因为赞成探询停战条件的人太多了。他向内阁大臣们读了两遍联合宣言，并解释了它的重要性及它未来所带来的希望，这些话都没有奏效。

我们花了半个小时的时间，鼓励他将同僚中的恶势力剔除。经过与曼德尔先生短暂的商谈，我们于当日再次会见了参院议长让纳莱先生，他的意见同众院议长一样令人印象深刻，希望他能够说服总统让雷诺先生组建新政府。

我们请求他向总统明确表示，首相电报中的意思不是为了促进法国政府和敌人的和谈。

一个小时以后或更久一点儿，雷诺告诉我们他失败了并已递交了辞呈。贝当元帅和魏刚将军与我们的观念完全不同，他们设想的是能够按照古代礼仪坐在一张绿色的谈判桌上商榷停战事宜。政府中的弱势成员被他们的革命恐怖论和大量事实说服了。

* * *

6月16日下午莫内先生和戴高乐将军在内阁办公室里会见了我。戴高乐将军以国防部副部长的身份刚刚向法国“巴斯德”号轮船下达了一项命令，命令该船停止将美国的武器运往波尔多，转而运往英国港口。莫内也在为一项计划积极奔走，即如果法国单独媾和，就将法国与美国签订的全部军火合同转让给英国。他显然已对此事有所察觉，并希望尽可能地在他认为的世界大毁灭发生前抢救出更多的物资。在这件事情上，他的坚定态度对我们的帮助是极大的。随后他旧话重提，要求我们将全部的战斗机调往法国，参加那场显然已经结束了的最后一战。即使到了现在，他还在使用曾经争论过的字句“决定性的战役”“机不可失”“如果法国沦陷，将无力回天”等。对于这一请求我不能答应。莫内带头站了起来，走向门口。在他们走到门口的时候，一直没说话的戴高乐将军转回身，向我走近了两三步之后，用英语说道：“我想您是正确的。”他举止沉着，面容坚毅，我能深深地感受到他在忍受着多么巨大的痛苦。在与这位高人、冷静的男人的接触中，我一直有这样的印象：“站在这里的人不就是法国的元帅吗？”当天下午，他乘坐我为他安排的英国飞机回到了波尔多，但不久之后他又回到了英国。

* * *

为了尽快与德国停战，本着这一目的，贝当元帅开始组建政府。6月16日深夜，以贝当为首的失败主义集团已集结起来并初具规模，因此组阁过程不会过长。内阁会议的副主席由高唱“探询条件不意味着接受条件”这一论调的肖当先生担任，认为一切都已结束的魏刚将军接管了国防部，海军上将达尔朗就任海军部部长，伯多安先生出任外交部部长。

在安置莱法尔的事情上看来有些困难。起初，贝当元帅想给他个司法部部长的位子，被莱法尔鄙夷地拒绝了。他要求就任外交部部长，以便利用这个位置实现他策反英法联邦、击败英国、为纳粹建立新欧洲贡献一份绵薄之力的计划。贝当元帅对付不了这个难缠的小人，很快就屈服了。伯多安先生虽然已经就任外交部部长一职，但是他知道自己不能胜任，已准备好卸任。不过，在他将事情的真相告诉给外交部常务次长夏尔·鲁先生时，这位有魏刚作为靠山的次长顿感义愤。当魏刚将军走进屋子与炙手可热的贝当元帅谈及此事时，莱法尔变得异常愤怒，以至于连这两位军事首长都为之愕然。将军走了，元帅也妥协了。不过这位次长却很坚决，他拒绝在莱法尔手下任职。面对这种惨烈的局面，这位元帅再次妥协了，之后莱法尔就怒气冲冲地离开了。

这是至关重要的时刻。四个月以后的9月28日，那天莱法尔如愿就任了外交部部长一职，但是那时人们已经在军事上做了重新估计。英国对德国的抵抗就是其中的一个因素。很显然，这个小岛的实力是不容低估的。不管怎样，它的脖子并没有“像小鸡一样在三周内被拧断”。这是一个新的铁证，一个连所有法国人都为之欢欣的铁证。

* * *

在 16 日的电报中，我们以法国舰队必须开往英国港口为前提，同意了法国探询停战条款的请求。这封电报已正式递交贝当元帅。我建议战时内阁再发送一封电报强调这一点，内阁已批准，但是我们的话都是徒劳的。

17 日，我以私人的名义向贝当元帅和魏刚将军发送了一封电报，副本由我国的驻法大使分别交给法国总统和海军上将达尔朗：

> 我愿再次向你们表述我强烈的愿望。我们在两次对德作战中的战友——闻名遐迩的贝当元帅和声名远扬的魏刚将军不会做出将法国舰队拱手送与敌国来伤害盟友之事。这一行为招致的骂名将被镌刻青史，遗臭千年。但是这样的结局只需花费弥足珍贵的几个小时的时间，让法国的舰队载着希望和荣耀安全开赴英国或美国港口就能轻易改变。

为了使这一请求不缺乏声援，我们决定派第一海务大臣（他认为自己无论是公是私都与达尔朗关系密切）、海军大臣 A.V. 亚历山大先生（公认的法国人的朋友）和殖民地事务大臣劳埃德勋爵共赴法国。19 日，一行三人费尽周折与新内阁成员进行了全面的接触。他们都郑重承诺，不会让法国舰队落入敌手，却没有任何一支法国战舰驶离德国势力正在接近的区域。

* * *

遵照内阁指示，我于 6 月 17 日晚广播了如下声明：

法国方面的消息很糟糕，我对英勇的法国人民此刻正在遭受的不幸深感悲痛。但是，无论发生什么，都不能改变我们对于法国人民的感情，我们坚信法兰西精神必将再次崛起。法国发生的一切不会影响我们的计划，也不会改变我们的初衷。作为现在唯一的一位以武力维护世界和平的战士，为了让这一荣耀名副其实，我们必将全力以赴。我们将保住家园，然后依托大英帝国以必胜的信念扫除凶恶势力，直到希特勒从人类历史上彻底消失。我们坚信，胜利必将来临。

* * *

17日上午，我将昨晚与斯皮尔斯在电话中的一段谈话告诉了我的同僚，他认为他已经不能在波尔多的新政府中做出任何有益的表现了；他还提到了戴高乐将军的安全问题，语气中透露出不安。很显然，斯皮尔斯是在提醒我们，如果事情照这样发展下去，那么最好安排戴高乐离开法国。我毫不迟疑地同意了这一建议，并要求他们为此事做一个周密的计划。当天上午，戴高乐来到他在波尔多的办公室，以下午预约了几项会见作为掩护，然后便以为斯皮尔斯送行为由与他一起驱车赶往机场。他们握手言别，飞机刚一启动，戴高乐立即跨进机舱并关上了舱门。飞机呼啸着飞向天空，地面上的法国警察和官员只能目瞪口呆。这架小型飞机运载的不仅仅是戴高乐，还有法国的荣耀。

当天晚上，他用广播向法国人民做了一次令人印象深刻的讲演。这里只摘录一小段：

法国并非孤立无援。一个强大的帝国就站在它的身后。它可以和依托海峡并在继续抗战的英国联盟，就像英国那样，美国所有的取之不竭的工业资源也能为法国所用。

其他想继续战斗下去的法国人是不幸的。即使贝当成功组建了政府，在德国势力范围外的非洲建立一个中央政权的计划依然有可能实现。贝当内阁在6月18日开会讨论了这一问题。当晚，勒布伦总统、贝当，还有参、众两院的议长还召开了碰面会。绝大部分人认为，应该或至少派遣一支代表团前往北非。连贝当也不反对这样做。他本人打算留在法国，但是他认为，内阁副主席肖当没有留下来的理由，这一行动应该以他的名义发起。因为在当时的波尔多紧急撤离的谣言非常盛行，因此魏刚反对这一行动。他认为这样做会让法国提议的于6月17日在马德里举行的“光荣”和谈遭到破坏。莱法尔则着实被吓到了。他害怕的是自己苦心经营的计划会因法国在海外建立起有效的抗战政权而失败。魏刚和莱法尔开始对因达成共识而聚集在波尔多的参、众两院的议员们展开说服工作。

现在已经是海军部高级官员的达尔朗则有不同的看法。对他来说，将这些批评他所作所为的人用一只船打包运走是这个时候解决所有问题最便捷的方式。只要这些人上了船，就逃不出他的手心，政府也能获得充足的时间考虑下一步的计划。在获得新政府的批准后，他要求所有想去非洲的政界要员登上了全副武装的辅助巡洋舰“马萨里亚”号。20日这艘船将在吉伦特河河口起航。让纳莱和赫里欧先生还有许多想去非洲的人都怀疑这是一个阴谋，他们决定由陆路取道西班牙前往。二十四名众议员和一名参议员，还有曼德尔、坎平基及达拉第，他们都是主张前往非洲的积极拥趸者，没有走陆路，是最后一批上船的人员。21日下午，“马萨里亚”号起航了。23日，船上的无线电播放了贝当政府与德国签订停战协议的消息。坎平基立即命令舰长把船开往英国，但是这位在两天前在政治上还是舰长上级的长官遭到了冷淡地拒绝，显然这一切都是早已安排好了的。这些不幸的爱国者们直到数小时后的6月24日晚间，“马萨里亚”号在卡萨布兰卡抛锚时才不再那么焦虑。

曼德尔开始按照既定计划行事。他和达拉第一起将在北非建立一个抗战政权，由他出任总理，目前宣言的草稿已经拟好。上岸后，他首先访问了英国领事，之后便下榻埃克塞希尔旅店。他接下来打算是通过哈瓦斯的代理机构将宣言发表出去。诺盖将军对宣言的内容感到不安，他扣下了宣言不予发表，然后将内容拍发给达尔朗和贝当。这两个人已下定决心将德国势力范围之外的敌对政府扼杀在萌芽之中。曼德尔在旅店被捕并被押解到地方法院，但是法官宣布曼德尔无罪，然后将他释放了。这位法官的职位后来被维希政府罢免了。然后，在总督诺盖的命令下，曼德尔再次被捕，之后他就被软禁在“马萨里亚”号上，这艘船也在严密的监视下被扣押在港口，船上的人不允许与岸上有任何信息来往。

上面讲述的事情，我当时是不知道的，我还在为这些愿意继续战斗下去的法国人担心着。

首相致伊斯梅将军　　　　1940 年 6 月 24 日

当务之急是赶在包围圈闭合前建立一个机构，使愿意继续战斗下去的法国军官、士兵和重要技术人员能够前往各个港口。可以效仿以前黑奴的“地下铁路”[①] 建立类似的机构，还要组建一个“紫蘩蒌”[②] 式的组织。我敢肯定，决心抗战的人会源源不断地赶来。我们要集合一切人手保住法国的殖民地。海军和空军要通力合作。当然，戴高乐将军和他的委员会有行使权力的自由。

6 月 25 日深夜我们召开了一次内阁会议，讨论我们获悉的一些消息，其中一件事是一只载有众多法国优秀政治家的船只已驶过拉巴特。我们决

---

① 帮助黑奴逃跑的秘密地下系统，仿效铁路制定“线路”并设置“站点”，故名。——译注

② 英国女作家奥希茨的小说《紫蘩蒌》中主人公的假名。——译注

定立即委派戈特勋爵陪同新闻大臣达夫·库伯先生于黎明时分乘坐“桑德兰”号飞艇赶往拉巴特，与他们取得联系。清晨他们发现了那个小城。城里下了半旗，教堂的钟声不时传来，一场为法国战败而举行的庄严的致哀仪式正在进行。这些人曾尝试与曼德尔取得联系，但是都失败了。小城的副总督名叫莫里斯，他在电话里、和达夫·库伯要求的见面时都表示，他别无选择，只能服从上级的指示。他说：“如果诺盖将军下达的是让我自杀的命令，我肯定欣然赴死；可是，他向我下达的命令比这要残酷得多。”这些前法国部长和议员们实际上已经被当作了逃犯。我们的使团除了选择返回外没有任何办法。几天后（7 月 1 日），我向海军下达了尝试截获“马萨里亚”号，营救船上人员的指示，却无计可施。在卡萨布兰卡的炮台下停泊了近三周之后，船上的人员又被运回了法国，维希政府将会采取既有利于自己又能取悦他们德国主子的办法处置这些人员。等待曼德尔的将是漫长而痛苦的牢狱生活，1944 年底，德国人下令将其杀害了。至此，希望在非洲或伦敦建立一个坚强的代表法国政府的计划破灭了。

* * *

在重大事件发生时，如果当时做出了另外的决定会不会让结果有所不同，这样的设想虽然是徒劳的但很诱人，有时还能作为前车之鉴。有许多原因导致了法国的沦陷，每个原因都差一点儿改变这一结果。如果 16 日雷诺能控制住局面，那么我们有史以来最强大的全权代表英国的使团就能在 17 日中午与他见面。我们就能当面向贝当、魏刚、肖当还有其他人员直言我们的要求：“如果法国舰队不开往英国港口，那么我们就不同意法国解除 3 月 28 日所承担的义务。相反，我们要求成立英法永久联盟，你们去非洲同我们共同抗战到底。”共和国总统、法国两院议长还有所有坚决拥护并集合在雷诺、曼德尔和戴高乐身边的人肯定会支持我们。我认为，很可能仅通过商谈就能改变那些失败者们的观念，让他们重新振作起来，如果不行，就让他们成为少数甚至是逮捕他们。

让我们继续进一步进行这样的设想。法国政府成功迁往北非，希特勒面临的将是英法超级联盟或工作委员会。地中海被英国和法国港口的海军牢牢控制，军队和军需给养可以畅行无阻地穿过那里。以北非的法国机场作为基地，集合保卫大不列颠剩余的空军力量和法国剩下的空军力量，经过美国物资的武装，这将成为进攻的中坚力量。马耳他岛将取代长久以来都不安全的区域，立即成为我们最活跃的海军基地。用重型轰炸机从英国起飞轰炸意大利远没有从北非更近、更方便。这样，意大利在利比亚和的黎波里驻军的交通线就将被有效地切断。我们也不需要向埃及战场投入那么多战斗机，也不需要向地中海地区投入那么多军队，集合法国剩余的军队，我们就能把战线从地中海的东部移往中部，并在 1941 年全歼北非海岸的意大利军队。

法国将不会失去同盟国主要交战国地位，可怕的分裂局面也能够避免，它的子民将不会因此而遭受折磨，甚至现在他们还在为此而痛苦。无疑，法国的领土将被德国人控制，但是这种情形直到 1942 年 11 月英美联军发起进攻时才真正出现。

事情的整个经过已展现在我们面前，没有人可以否认，停战协定并不能使法国免于痛苦。

比较而言，要猜测希特勒下一步的行动计划要难得多。他会不顾西班牙的反对强行借道突袭直布罗陀吗？在占领了那里后，是否会向丹吉尔和摩洛哥发动进攻？这一区域是美国和罗斯福总统高度重视的地区。是取道西班牙向非洲发动大规模作战还是挑起大不列颠战役？二者不可兼顾，希特勒必须要做出选择。如果他选择增兵非洲，那么我们就能凭借制海权和掌握在手中的法国海外基地，让军事力量占优的陆军和空军赶在希特勒之前到达摩洛哥和阿尔及利亚。在 1940 年的秋季和冬季，无论是在法属西北非还是从那里展开一场激战，我们都是非常乐意的。

用事后的眼光来回顾已尘埃落定的局势，可以看出，即使法国政府退往北非，希特勒的战略意图和战争重心也不会改变，即与大不列颠开战和大举挥师东进。法国的沦陷让希特勒高兴得手舞足蹈，他接下来自然要去解决那些重中之重的问题。法国投降后，他就必须摧毁，如果可能的话征服大不列颠。不过，他还有一个也是唯一一个选择，就是进攻苏联。这两项重大的军事行动都会因借道西班牙向北非发动大规模进攻而受阻，至少也会使得他对巴尔干各国的攻击受到阻碍。我确信，如果法国政府能迁往北非，那么盟国的情形就会好转；不论希特勒到北非追击他们与否，都不会改变这一事实。

1944 年 1 月的一天，当时我正在马拉柯什疗养，乔治将军来访并与我共进了午餐。在闲谈中我无意说道，也许结果之所以这么好，可能正是因为 1940 年 6 月法国政府没有迁往北非。这句话是毫无根据的。1945 年 8 月，在贝当受审的时候，乔治将军认为我这句话应当被作为证词出示。我并非埋怨，但无论是在战时还是现在，事后的推断都不能代表经过深思熟虑后得出的结论。

第十一章　达尔朗和奥兰事件

英国会投降吗？——6月18日我的演讲——“辉煌时刻”——海军上将达尔朗——他给我的最后一封信——停战协定第八条——令人痛苦的决定——预计7月3日实施“弩炮”作战计划——我对法国舰队提出的方案——奥兰事件——7月4日我在议会的报告——法国舰队出局后全世界的看法

继法国沦陷后，英国也会投降吗？这个问题萦绕在我们所有的朋友和敌人脑际。纵观我们就各大事件向公众做出的声明，我曾以英王陛下政府的名义多次宣布，我们已下定决心单独战斗到底。在6月4日的敦刻尔克大撤退之后，我曾说：“如果有必要，我们就连年抗战；如果有必要，我们就独自力挽狂澜。”说这句话是有指向性的。第二天法国驻伦敦大使曾受命来询问这句话到底想表达什么。我回答：“这句话的意思再明显不过了。”6月18日，即波尔多崩溃的次日，我在下院发言时，他们又想起了我这句话。之后我简述了“我们继续战斗下去的决心之所以不会动摇是因为有确实的理论依据”。我有能力向议会保证，最后的胜利是属于我们的，三军参谋长们也深信这一美好的愿望是有理由达成的。我还告诉他们，所有的四个自治领的总理都已发来电报，宣布他们支持我们继续战斗下去，并表示愿意与我们同仇敌忾。“虽然局势很糟糕，但是大家都在用冷静的眼神审视着我们将要面临的危险，我看到的只有警惕和加倍努力，没有恐惧和退缩不前。”我接着说道，“在上次大战的前四年，盟国除了战败和失望之外并无作为……我们一遍又一遍扪心自问：‘胜利如何才能来临？’没有人能给出确切的答案。直到最后，敌人突然在我们的面前崩溃了，这太出人意料了，以至于我们因乐极生悲丢掉了胜利的果实。”

在这个岛上，在整个大英帝国，我们决不会因为法国或法国政府或其他的法国政府的所作所为，摒弃与法国人民共患难的情感……如果因为我们的努力赢得了战争，那么法国人民也可以分享我们的功绩——自由将回到所有人身边。对于我们所提的要求没有商量的余地，我们决不妥协……捷克、波兰、挪威、荷兰、比利时都与我们站在同一战线上，所有的一切必将复兴。

“魏刚所说的‘法兰西之战’已经结束，我认为‘大不列颠战役’就要开始。此战将决定基督文明的存亡，英国子民的生死及我们的制度和帝国能否延续。很快我们就会面临敌人的大兵压境。希特勒很清楚，如果不能在这个岛上消灭我们，他就不能赢得战争。如果我们能让他铩羽而归，那么整个欧洲就可能重获自由，全世界人民就能重新在宽广的、洒满阳光的大陆上生活。”如果我们失败了，那么包括美国在内的全世界，还有我们熟悉的和关心的一切都将堕入一个新“黑暗时代”的地狱中。甚至由于对科技的不加限制，我们可能会遭受更多和更长久的痛苦。因此我们应当义不容辞，并且毫不畏惧地承担这一责任，如果大英帝国和它的联邦能存在一千年之久，那时的人们也会说：“这才是他们最辉煌的时刻。”

虽然这些经常被引用的话目前还只停留在字面的意义上，但是在胜利来临之时就会变得更加有说服力。当遍布全世界的英国人群情激奋之时，对我们的脾气不甚了解的外国人却猜想我们只是在表面上散布烟雾，实际上是在为和谈做着积极的准备。诚然，结束西欧的战事是希特勒的当务之急。为此，他可能提出最诱人的条件。那些研究过希特勒动机的人，包括我在内都能意识到这一点：希特勒很可能向英国抛出橄榄枝，这对双方的好处是，大英帝国和其舰队不会受到侵犯。希特勒就像1937年里宾特洛甫跟我说的那样，可以毫无顾忌地在东欧展开军事行动，这正是他满心期望的局面。到目前为止，我们还没有对希特勒造成重大伤害；实际上，希特勒对法国的巨大胜利，更增加了我们的失败。看不到敌人从海峡入侵的困难和我们空军的质量，在大多数国家的精明看客们心中自然只有这样的印象：德国的力量是巨大和可怕的。并不是每一个已有累卵之危的政府，并不是每一个似乎已被众人抛弃、孤立无援的民族，都能做到在有充足的借口实现和平，并且在这种良机已经出现的情况下，对来犯之敌提出的和谈请求说不。城下之盟不可恃，但不能保证其他的政府不会出现。“战争贩子虽然能甚嚣尘上，但终究会以失败告终。”美国在冷冷围观，苏联才不会来蹚浑水。英国为什么就不能抽身事外，像日本、美国、瑞典和西班牙一样抱臂旁观，看着纳粹帝国和共产主义国家打得难解难分呢？我在上面提出的问题从未纳入过内阁会议的议程，甚至在最隐秘的私人会谈中也没有提及过。也许后人很难相信这一点，但是事实胜于雄辩，这一事实很快就会出现。

* * *

我向罗希恩勋爵发送了一份电报，以回复他应美国海军当局提出的焦急询问：是否从英国出发穿越大西洋将必需的弹药和修理器材运往英国舰队？复电如下：

1940年6月22日

目前还没有必要采取此种预防措施。

下面是向我的自治领的朋友们发送的电报：

致麦克齐·金　　　　　　　　　　　　　　　1940年6月24日

如果你重读我6月5日的电报，你就会发现目前不是讨论在祖国战败后，敦促美国参战和将我们的舰队调往大西洋对岸等问题的时候。相反，现在就讨论善后事宜，我认为是非常不明智的。我确信我们有能力保卫家园。此外，没有任何必要将英国舰队运走，我想不出这样做的理由。如果我们被打败了，美国也将我们遗弃了，我本人虽然决不会与德国进行和谈，但显然，我不能阻止未来政府像吉斯林[①]那样接受德国的霸权和其提供的保护。如果你能像我写给罗斯福总统的信件中提到的那样，提醒他留意这种危急，就是在向我们提供帮助。

我们非常高兴，加拿大的精锐师团正与英国军队并肩作战。祝一切安好。

我又给史默兹发送了一封电报：

1940年6月27日

显然，我们的首要任务是击退攻击大不列颠的所有来犯之敌，向人们证明我们的空军实力可以不断增长。考验是证明这些的唯一方式。如果我们打败了希特勒，那么他可能会避敌东进。不过，为了让他的军队有用武之所，又不用担心寒冬造成的压力，他也可能直接采取这一军事行动，而不入侵大不列颠。

我不认为严冬会起到决定性的作用，不过如果不能向众人展示一幅诱人画面，在粮食匮乏的情况下，仅依靠秘密警察和武装占领的方式就想控制整个欧洲恐非长久之计。

我们空军的力量，尤其是那些空袭没有波及的地方，正与日俱增。

① 1940年，吉斯林曾在挪威组建亲德政府，充当了德国的傀儡。——译注

我们的力量每增加一分，给希特勒造成的困难就会增加一分。无论他在欧洲或亚洲取得了怎样的战果，这些困难对于德国来说都可能是致命的。

遵照本土防御计划，我们大量的部队正在接受整编，预计在1940年和1941年会采取大规模的两栖作战行动。目前建立五十五个师的既定计划依然不变，但是由于我们的军火供应增加了，帝国可支配的资源相比以前更多了，因此可能会考虑增加师团的数量。总之，我们只需要打好防守战就行了。有众多广阔的饥荒地带需要希特勒去防守，而我们还有海洋这道天堑。因此，对于西欧的国家来讲，回旋的余地是广阔的。

我一向很重视你的看法，向你发送这些私人信件是为了与你保持更加紧密的联系。

对于这场重大考验，我们满怀必胜的信心。

首相致罗希恩勋爵（在华盛顿） 1940年6月28日

无疑，我此刻正着手发表广播演说的事情，但是我不认为演说会起到作用。不必花费大量精力去关注美国舆论的旋涡。舆论会随着事情的发展而改变。直到四月份之前，他们都一致认为没有提供援助的必要，因为胜利的一方显然将是盟国。现在他们再次认为不应当提供援助，因为我们肯定会失败。我有十足的信心，在击退敌人的入侵后，我们的空军仍具有再战能力。无论怎样，我们都要去较量一番。不要停止提醒总统和其他人，一旦英国失败，其大部分领土在经过激战后沦陷，就可能建立以和谈为目的的吉斯林式政府，英国将沦为德国的保护国。那时的英国舰队将成为和谈政府购买和平的重要筹码。现在法国怎样看待我们，那时我们就很可能怎样看待美国。直到现在，美国还没有向我们提供任何有价值的援助。步枪和野战炮是在7月底送达的，增援驱逐舰的请求再次被拒绝。总统一直在努力提供帮助，这我们是知道的，但对共和党和民主党的曲意逢迎不能起到任何作用。在三个月内希特勒能否征服大不列颠才是问题的关键。虽然我认为不能，但这件事谁也不能在开始前下结论。请让你的心情保持舒畅和平静，我们这里没有一个人心情低落。

*　*　*

在波尔多的时日所剩无多时，海军上将达尔朗成了关键人物。我与他很少接触，即使有也都是在非正式场合。在十年的时间中，他一直致力于法国海军的重建工作，经过他专业的管理，这支军队的能力超越了法国大革命之后的任何时期。他所做出的这些努力让我非常敬重。他曾于 1939 年 12 月受邀访问英国，海军部专门举行了一次正式宴会来招待他。在回应干杯祝词时，他首先提到的是在特拉法尔加战役[①] 中阵亡的他的曾祖父。借此，我判断他是憎恨英国人的法国人中的一员。在 1 月时召开的英法海军商谈会上可以看出，这位恃才傲物的海军上将对他政治上的海军长官们是多么嫉妒。他已沉迷这种心态而无法自拔，我相信他的行为多半源于这种痴迷。

我之前提到过的大多数会议，达尔朗都曾出席。当法国的抵抗接近尾声的时候，他曾多次向我保证，无论发生什么事情，德国人都不会得到法国的舰队。这位雄心勃勃的、以自我为中心的、能力卓越的海军上将终于在波尔多迎来了自己事业上的转折点。事实上，整个舰队的实际统帅权全部掌握在他的手中。只要他一声令下，舰队（有些已经起航）就会奉命开往英国、美国或法国殖民地的港口。6 月 17 日上午，雷诺内阁倒台后，他告诉乔治将军，他已经决定下达这一命令。当第二天下午，乔治将军找到他询问情况时，达尔朗却说他已经改变了主意。当被问到为什么时，他简

---

① 1805 年 10 月，英国海军曾在此地击败法西联合舰队。此役巩固了英国的海上霸主地位。——译注

单地回道：“因为我现在是海军部部长了。”这句话的意思是，他不是为了当海军部部长而改变了主意，而是因为他当了海军部部长后观点发生了改变。

人类为了自身的利益而这样算计有什么意义呢？很少有人能比用达尔朗作为范例更加贴切。达尔朗只需要乘坐他的任何一艘军舰离开法国，前往德国势力控制不到的任何一个港口，就能坐享法国所有利益。他和戴高乐将军的境遇是不同的，伴随戴高乐的只有一颗不愿妥协的心和几个有类似精神的人；伴随达尔朗前往德国势力范围之外的，是实力占世界第四位的法国海军和对他唯命是从的海军官兵。如果达尔朗这样做了，他早就因为手中的强大武装，一跃成为法国抗战的领军人物了。他的舰队将获得英国和美国所有的船坞和兵工厂提供的支持。一旦人们认同了他，他能得到的资源将会是丰富的，因为法国在美国的黄金储备将听凭他取用。整个法国将会以他为中心团结在一起，什么也不能阻止他成为解放法国的民族英雄。他热切渴望的名誉和权力也将由他任意攫取。然而他却反其道而行，在接受了那个可耻的职务后，两年间他都是在担心中度过的，最后落得一个惨死的下场。他的墓志铭上只镌刻着耻辱，他的骂名将在他曾衷心效力过的国家和法国海军中永久流传。

* * *

在这里，最后记述一件事作为这件事的终结。达尔朗在 1942 年 12 月 4 日写给我一封信，他在写完这封信后的第三周就被暗杀了，在信中他狡辩称兑现了诺言。我之所以将这封信刊载在这里，是因为里面不仅有他为自己的辩护，还因为这封信值得被记录下来。的确有一个不容反驳的事实：德国人从来没有登上过法国战舰，也从来没有在战争中用这些战舰攻击过英国。诚然，在法国舰队被德国人夺取之前，将全部战舰销毁的决心确实是他在法国海军官兵的心中建立的，但他这样做并非完全心甘情愿，因为他还像恨英国人一样恨着德国人。

亲爱的丘吉尔先生：

1940 年 6 月 12 日，在布里阿尔魏刚将军的司令部，您避开人群对我说："达尔朗，我希望你永远不要让法国舰队投降。"我回答的是："决不会让那样的事情发生，因为这有损我们海军的传统和荣誉。"1940 年 6 月 17 日，在波尔多，我对海军大臣亚历山大、第一海务大臣庞德，还有劳埃德勋爵都是这样说的。因为我知道，如果我不同意将法国舰队开往英国港口，那么将直接导致法国本土和北非被全部占领。

作为一名海军，过去一连串惨痛的事件折磨着我的内心，我承认我是因此才对英国充满了不可遏制的仇视；此外，我认为，还因为您不相信我的话。哈利法克斯勋爵曾让杜普伊[①]带话，英国人虽然相信我说的话，但他们认为我不会信守诺言。土伦的舰队在接到莱法尔政府的命令后，违背其意愿选择了自沉，就证明了我是正确的；因为这是我之前要他们贯彻执行的命令，在我不是海军统帅后，他们仍然在遵守。根据我的领袖贝当元帅下达的命令，我不得不在 1941 年 1 月到 1942 年 4 月间采取措施，防止轴心国占领和征服法国和法兰西帝国。事态的发展逼迫我们采取了和你们相反的策略。我们有什么办法呢？向你们示好只能给我的国家招致最坏的后果，而且在当时你们也没有能力帮助我们。如果不是因为我们兑现了诺言，仅用自己的军队（对于德国提供的援助我们全都拒绝了，在叙利亚也是一样）保卫家国的话，北非可能早就被轴心国占领了，我们的军队也可能早就被驱逐出境了。在突尼斯，法国军队也不可能和英国第一军团一起对德国和意大利军队作战。

当盟国军队于 11 月 8 日在北非登陆的时候，起初我执行了命令。

① 杜普伊是维希政府派驻在加拿大的大使。——译注

在后来我发现任务不可能完成时，为避免不必要的牺牲，以防交战双方的友好情谊遭到破坏，我下达了停止作战的命令。我无法获得维希政府的认同，又不想看到这样的战争继续下去，为兑现曾许下的诺言，唯一的方式就是听命于美国军方的指挥。11 月 11 日，我听说德国人背弃了停战协定，法国被占领了，贝当元帅提出了强烈抗议。这时我意识到我又恢复了自由身，出于对贝当元帅本人的忠诚，我决定踏上为法兰西帝国谋求幸福的道路，最便捷的方式是与轴心国作战。法属非洲最高当局和民众都支持我出任国家代理元首一职，我在非洲建立起最高民族委员会，并下令法国军队站在同盟国一方投入到战斗中。从这之后，法属西非便认同了我的指挥权。如果贝当元帅不支持我，如果我的政见与别人不同，我就不可能取得这样的成就。所有以自己的方式对德作战的法国人终将达成和解，这点我深信不疑，但是就目前的形势看，我认为他们应当继续单独行动下去。正如您所知道的，愤恨情绪是存在的，特别是在法属西非对我的愤恨情绪非常强烈，以至于让我处处掣肘，不能表现得更好。我坚持我的原则不向任何人还击，我希望他们能换位思考。目前的头等大事是击败轴心国，当法国人民得到解放，自然会选择他们的政治制度和领袖。

首相先生，我要感谢您和罗斯福总统共同发起的宣言，英国也像美国一样，希望法国能重建其主权，就像 1939 年那样。当我的国家恢复统一和自由后，我除了怀着复杂的情感辞去我曾效忠的职务外，别无他求。

首相阁下，请允许我向您致以最高的敬意。

法国舰队司令官　佛朗梭瓦·达尔朗

阿尔及尔，1942 年 12 月 24 日

*　*　*

身为伦敦最高当局负责人，我们对于本岛的实力和武力部署是了然于胸的，对国民的士气也有十足的把握。我们对即将到来的一切所怀有的信

心，并非像其他各国所猜想的那样，是在虚张声势或巧言令色，而是因为我们对客观事实有清醒的认识和正确的评估。我在下院的演讲都是以事实作为依据的，我和其他人都曾潜心研究过这些事实，甚至有的人已研究了许多年。下面，我就以我和我的专业顾问在这些难忘的日子中见证的事实为依据，详细分析一下入侵问题。不过需要假想一个步骤，这一步骤昭然若揭同时又糟糕透顶。

假设德国和意大利的舰队吸纳了法国的海军，加上日本在地平线上蠢蠢欲动，英国将面临致命的危机，美国的安全也将受到严重影响。根据停战协定第八条的规定，只有一部分法国舰队被允许留下来，以便保护法国殖民地的利益，余下的“应全部在指定港口集结，由德国或意大利负责退伍和缴械工作”。从中可以很清楚地看出，法国的舰队将在全副武装的情况下被控制。虽然，在同一条款中，德国政府庄严宣布，不会为了己方目的在战争中使用法国舰队；但是，参考希特勒过去的无耻行径和当时的实际情况，谁会相信他的话呢？而且，这一条款还有另外一项规定：“这些舰队在必要时可用于海岸警备和扫雷作业。”这句话的解释权归德国人所有。最后，在任何时候，只要有行为被认定破坏了协定，都可以以此为借口废除停战协议。实际上，我们毫无安全感可言。我们决不能让法国海军落入敌手，必须拼尽全力、冒尽风险、想尽一切办法阻止它，否则很可能会让我们和其他国家遭受灭顶之灾。

战时内阁当机立断，一周前还满心希望与法国建立永久同盟的大臣们此时也下定决心，同意采取一切必要措施。在此之前，我从未做出过如此违心、痛苦、令人厌恶的决定。这让我想起了1801年纳尔逊在哥本哈根港口歼灭丹麦舰队一事；与以往不同的是，法国是我们昔日的亲密盟友，而且对于法国的不幸，我们是发自内心地同情。但是，帝国的生存、民族的延续又面临着巨大的危险。这将是希腊式的悲剧。为了让英国不被摧毁，为了让因它而存在的一切不至于失去意义，没有任何行动比这次更加必要。

我想起丹东[①]在1937年曾这样说过："众国王联合起来恐吓我们，那我们就将一个国王的头丢到他们脚下，向他们宣战。"这样的信念支配着我们面对整个事件。

* * *

法国海军的分布情况如下：两艘战列舰、四艘轻巡洋舰（或反鱼雷艇）、包括大型潜艇"苏尔古夫"号在内的几艘潜艇、八艘驱逐舰，还有大约两百艘虽然小但很实用的扫雷艇和反潜艇，大多停靠在朴次茅斯和普利茅斯。这些舰只都受我们调度。一艘法国战列舰、三艘配备八英寸口径大炮的新式巡洋舰、一艘旧式巡洋舰，还有一些小型船只停靠在亚历山大港。一只强大的英国作战舰队负责保护它们。法国舰队中最好的两艘战舰——"敦刻尔克"号和"斯特拉斯堡"号，停泊在地中海西部的奥兰及其附近的密尔斯克皮军港，这两艘战舰专为超越"沙恩霍斯特"号和"戈兰斯诺"号战舰打造，因此在质量上要好得多。此外还有两艘法国战列舰、几艘轻巡洋舰、一些驱逐舰、潜水艇和其他战舰。以上舰只一旦落入德国人之手，将对我们的海上贸易造成极其严重的影响。此外，还有四艘配备八英寸口径大炮的新式巡洋舰、三艘旧式巡洋舰停泊在阿尔及尔，一艘航空母舰和两艘轻巡洋舰停泊在马提尼克。"让·巴尔"号战舰是一只影响世界海军实力评估的重要舰只，它刚从圣那泽尔开到卡萨布拉卡。这支战舰没有配备大炮，目前还未被建造完成，也不能在卡萨布兰卡完成建造任务，它也不会被准许开往其他任何地方。马上就要竣工的"黎歇留"号战舰现在停靠在达喀尔，它可以下水航行，十五英寸口径的大炮也能够使用。还有众多不那么重要的法国战船星罗棋布地停泊在其他港口。最后，在土伦停泊的那些战船是我们鞭长莫及的。"弩炮"作战计划要求，向所有我们能够接触的法国战舰，发起夺取、控制、使其失去效用或摧毁行动。

---

① 乔治·雅克·丹东，法国政治家，法国大革命领袖之一。——译注

首相致伊斯梅将军　　1940年7月1日

1.通知海军部让“纳尔逊”号和它的四艘驱逐舰留在本土水域待命。3日黎明开始实施“弩炮”作战计划。

2.从2日夜间到3日，在朴次茅斯和普利茅斯采取一切必要措施；在亚历山大，如果有必要的话，在马提尼克也同样采取“弩炮”作战计划。时刻留意达喀尔和卡萨布兰卡方面对这一计划的反应，全面警戒，以防重要舰只漏网。

由于事关重大，我又补充道：

海军部应努力让海峡地区的驱逐舰数量达到四十支，并配备巡洋舰；要尽力在两到三天内达到这一标准，并在接下来的两周内保持这一力量，接下来可见机行事。同时要兼顾西面的问题，数量的减少要在可接受的范围之内。请将朴次茅斯和泰恩河之间用于巡逻的和可供使用的船只的数量每日向我汇报。

* * *

7月3日破晓，英国夺取了朴次茅斯和普利茅斯的所有法国舰只，并加以控制。这次行动是一次出其不意的奇袭。从整个过程可以看出，如果德国人也像我们那样用压倒性的武装力量，想要在他们控制着的港口夺取任何法国舰只将是多么容易。在英国，移交都是在和平中进行的，船员们都是自愿上岸的，只有“苏尔古夫”号潜艇上的船员除外。在“苏尔古夫”号上，两名英国军官和一名海军士兵牺牲，还有一名士兵受了伤。法国方面除了有一名海军士兵被打死外，剩下的数百名官兵在经过努力劝说后，全都自愿下了船。1942年2月19日，战功累累的“苏尔古夫”号潜艇被击沉，与它一起沉没的还有法国海军全部官兵。

* * *

最严重的摩擦发生在地中海西部。海军上将萨默维尔统帅的包括战列巡洋舰“胡德”号、战列舰“勇敢”号和“坚定”号、航空母舰“皇家方舟”号，还有两艘巡洋舰和十一艘驱逐舰在内的“H舰队”在直布罗陀，于7月1日凌晨两点二十五分接到海军部下达的命令：

> 准备于7月3日执行“弩炮”计划。

在萨默维尔麾下有一位英勇杰出的上校，名叫霍兰德，这位军官近期曾在巴黎担任海军武官，对法国有很深厚的情谊，对法国的同情溢于言表，很多人受到了他的影响。7月1日午后，海军中将萨默维尔发来了以下电报：

> 在与霍兰德和其他人讨论之后，我非常赞同他们的意见，即“H舰队”无论如何都应该避免使用武力。霍兰德认为，我方采取的不愉快方式将使各地的法国人与我们疏远。

下午六点二十分，海军部针对这个问题做出如下回复：

> 英王陛下政府的态度是坚决的，如果所有方案都被拒绝，那么就将其彻底毁灭。

凌晨（7月2日一点零八分），又向萨默维尔发送了一份用于与法国舰队司令交涉的严谨电函：

> 以下电文是英王陛下政府授意我向你发送的：
>
> 在和平协议缔结之前，为避免法国舰队落入敌手，法国须提前将

舰队开往英国港口。只有在这种情况下，英王陛下政府才会同意法国与德国进行和谈的请求。6 月 18 日，内阁会议决定，法国舰队如不能在陆上投降前加入我军，则要自行凿沉。①

英王陛下政府不像法国现政府那样相信德、意两国，根据以往经验，他们很可能会背弃和平协议与所许承诺，在适当时机夺取法国战舰并将其用于与英国和其盟国的作战中。法意停战协定有一条条款是，法国舰队须返回本国港口，停战之后，法国舰队要提供海岸防卫与扫雷作业的舰只。

如今我们依然是盟友，英国不能眼看你们的优良战舰落入德国或意大利人之手而坐视不管。我们永远不会忘记法国是我们的盟友，法国的利益和我们是相通的，即使在我们决意单独抗战到底，最后正如我们预料的那样赢得了战争胜利，也不会忘记，德国才是我们共同的敌人。我们如果获得胜利，必将光复法国，重现其昔日荣光。为此，我们必须保证，法国最精良的舰队不会为敌所用，掉转头来攻击我们。为解决这一问题，英王陛下政府指示我拟定了三种方案，在密尔斯克皮和奥兰的法国舰队可以任意选择其中的一种施行：

1. 加入我们，为了胜利继续与德、意两国作战。

2. 裁减船员后，在我们的监督下开往英国港口。裁减的船员会被很快遣返。

如果你们接受以上两种方案，在战争结束后，我们会如数归还你们的战舰；如果战舰因战争受损，我们会照价赔偿。

3. 如果你们认为，协约规定法国战舰不能在德国和意大利破坏和平协议前用于攻击他们，这里还有第三种方案：运载被裁减的船员与我们一起驶往西印度群岛的港口，比如马提尼克，然后在那里按照我

① 6 月 18 日海军上将达尔朗在就任海军部部长后拒绝履行 6 月 14 日的承诺，即在某种情况下将法国舰队开往英国港。英国的要求也没有获得贝当元帅领导下的新政府给予的特别保证。英国海军部官员对这一变故并不知情，因此引起了误解。——原注

们的方式解除武装，或者将舰队委托美国保护，直至战争结束。届时再进行船员的遣返工作。

如果这些合理的建议不被接受，那么我必须怀着沉痛的心情命令你们在六小时内将战舰凿沉。

最后，如果以上建议全部被拒绝，那么我只好执行英王陛下政府下达的命令，使用任何必要手段阻止德国和意大利获得你们的战舰。

2 日晚十点五十五分，我命令海军部将下列电报发给海军中将：

没有任何一位英国海军中将执行过如此不愉快和艰难的任务，你是第一位。但我们对你有信心，请严格按照计划行事。

破晓时分，舰队出发了，九点三十分抵达奥兰外围海面。舰队司令派霍兰德上校亲自出马，乘坐一艘驱逐舰会见法国舰队司令让苏尔。霍兰德吃了闭门羹，他只好派信使将上面所说的文件原文送了过去。让苏尔也以文件形式做出答复："法国战舰不会拱手交给德国和意大利，如果你们动用武力，我们将予以还击。"

经过一整天的谈判，霍兰德上校终于在下午四点十五分登上了"敦刻尔克"号战列舰。不过，法国舰队司令的表情是冷淡的。此前，让苏尔曾向法国海军部拍发过两封电报。法国内阁于下午三点开会讨论了英国的方案。魏刚将军参与了讨论，他的传记作者记录了讨论的过程。英国提出的第三种方案，即要求法国舰队驶往西印度群岛的建议，从传记的记录中可以看出，根本没有在会上讨论。魏刚事后说："海军上将达尔朗并没有把事情的全部细节告诉我们，我不清楚是否是因为他也不知道那几种方案，还是他有意没有提起。现在看来，英国提出的第三种方案，即要求法国舰队开往西印度群岛去的建议是可以可虑的；并非像人们对我说的那样，英国的最后通牒是无法让人接受。”[①] 对于这一疏漏（如果真是疏漏的话），直到现在都没人做出解释。

从英国舰队司令和他的重要部下发来的电报中可以看出，他们在字里行间透露出来的痛苦之情。看来只有下达死命令才能迫使他们向昔日的盟友开火了。在海军部也笼罩着同样的情绪，但是战时内阁没有一丝改变原计划的意思。整个下午我都坐在战时内阁办公室中，随时与我的重要同僚们、海军大臣和第一海务大臣保持密切联系。最后一封电报是在傍晚六点二十六分发出的：

> 法国舰队只能选择服从我们的方案或自沉，否则就在天黑前击沉他们。

不过，行动已经提前开始了。下午五点五十四分，舰队司令向这艘火力强大的法国战舰发起攻击，岸上的炮台则进行了还击。下午六点，他报告说战斗非常激烈。经过约十分钟的炮击，“布列塔尼”号被摧毁，“敦刻尔克”号冲到了岸上，“斯特拉斯堡”号逃跑了，虽然“皇家方舟”号用鱼雷击伤了它，但没能阻止它像其他从阿尔及尔开来的驱逐舰那样逃到土伦。

在亚历山大，经过英国舰队司令坎宁安长时间的劝说，法国舰队司令戈德弗罗瓦最终同意排净燃油，卸掉大炮的主体部分，并裁减部分船员。7月8日，航空母舰“赫尔米兹”号在达喀尔对战列舰“黎歇留”号发起进攻，一艘摩托艇进攻最为英勇。“黎歇留”号被一枚空投鱼雷击中，受损严重。经过长时间的商谈，停靠在马提尼克港口的法国航空母舰和两艘轻巡洋舰与美国达成共识，并解除了武装。

---

① 节选自雅克·魏刚：《魏刚将军的任务》。——原注

7月4日，我向众议院详述了事情的经过。虽然当时我还没接到“斯特拉斯堡”号从奥兰逃脱及“黎歇留”号因重伤失去行动能力的报告，但是我们的行动已让德国在计算海军实力时将法国舰队去除了。那天下午，根据我得到的报告，我用了一个小时或更长的时间为这一不愉快的事件做了详细的报告。这篇报告不需再做删减就可以直接递交议会和公之于众。不过为了说明这个悲伤的插曲和我们所处困境的内在联系，我觉得在报告的结尾再引用一份文件比较合适。之前有一篇经过内阁批准的，已在政府内部高级官员间传阅过的训令，作为报告的结尾，我向众议院读了一遍：

> 无论是在入侵前夕，还是在本土作战期间，首相都希望无论是政府官员还是军队，或者民事部门都能恪尽职守，时刻警惕的同时还要信心十足。我们有足够的时间建立防线储备物资，但是我们没有足够的国土让德国的军队，还有来自空中和海上之敌登陆，那么我们就用军队和现有的装备消灭他们，俘虏他们。德国海军从未如此弱势，英国的本土军队从未像现在这样强大。首相希望为英王陛下服务的高级官员们能带头做到沉着和坚定，如果发现这些人或他们的属下中存在松懈或误导言论，应立即制止；如果发现有任何人、军官或官员故意散布失败言论，如果他们的言论造成恐慌或扰乱了人心，要毫不犹豫地上报或撤销他们的官职。只有那些无论在空中、海上，还是大陆上对来敌都敢于一战的人，才能被称为战士。

我讲话时会场异常肃静，讲完后，我从未经历过的场面出现了：所有人都站起来欢呼，并持续了很长一段时间。在此之前，保守党都是以不冷不热的态度对待我，当我走进议院或在危急时刻起立发言时，最热烈的掌声都是来自工党，不过在此刻，保守党也对我报以了雷鸣般的掌声。

英国发动了一次猛烈的袭击，让能对战局起到重要影响的法国海军淘汰出局，这对所有国家产生了深远的影响。曾猜想英国会在被大举入侵时，在战与和的问题上摇摆不定的大多数人将会借此得出结论，英国如此无情地向昔日最亲密的朋友开刀，是要借助人们公认的制海权进行最后一战了。这充分说明，英国战时内阁是无所畏惧和不可阻挡的。我们确实是这样。

* * *

7 月 1 日，贝当政府迁往维希，试图在法国的非占领区站住脚跟。在获悉奥兰的消息后，他们下令用空军对直布罗陀实施报复性攻击，从非洲基地起飞的轰炸机在港口投掷了少量炸弹。7 月 5 日，他们正式与大不列颠断交。7 月 11 日，贝当元帅接替勒布伦总统当选国家元首，投票结果是 569 票赞成、80 票反对和 17 票弃权，还有很多人缺席。

天资聪颖的法国人民是能够理解奥兰事件的意义的，他们一定能化悲痛为力量，从强加的痛苦中看到新的希望。事先我没有征求戴高乐将军的意见，但对于这件事，他表现出了高风亮节，他的行为在法国光复后得到了认可。法国“抵抗运动”的优秀成员、后来的法国国防部部长泰让先生向我提到过一件事情，在这里有必要记录下来。在土伦附近的一个村子里住着两户佃农，他们的儿子都在海军服役，都在奥兰被英军打死了。举行葬礼的时候，所有的邻居都参加了。两户人家都要求将英国国旗与法国国旗一并放在棺材上，他们的愿望得到了人们的认可与尊重。从这件事上可以看出，普通百姓的理解能力达到了多么崇高的境界。

* * *

美国政府的高官们长长地舒了一口气。大西洋的安全似乎又得到了保障，这一庞大的共和国也获得了充足的时间为其安全做必要的防备。英国将会投降的谣言至此再也没出现过。接下来的问题是，英国会被入侵和占领吗？考验我们的时刻来临了。

第十二章 反攻的利器

1940 年

敦刻尔克大撤退后我的反应——6 月 4 日致伊斯梅将军的备忘录——一件往事——我于 1917 年制订的计划——一个关于坦克登陆艇的最初设想——1944 年“桑葚”人工港的萌芽——向伊斯梅将军下达关于如何反攻的指示——“突击部队”——坦克登陆艇和伞兵部队——为了号召制造能运载六到七百辆坦克的海滩登陆艇，我在 1940 年 7 月发布的备忘录——我于 1940 年 8 月 5 日发出的关于装甲师计划的备忘录——要在海上具备一次运输两个师的能力——成立联合作战指挥部——对罗杰·凯斯爵士的任命——联合计划委员会由国防大臣直接领导——1940 年登陆艇建造工作的进展——1941 年 7 月 25 日我向罗斯福总统发送的电报——我从未反对让装甲部队在海滩登陆

继我们在敦刻尔克缔造奇迹之后，我的第一反应是借机组织一次进攻性质的反击。当有许多事不确定时，就有恢复主动的可能。6 月 4 日那天我非常忙碌，首先我准备在下院做一次重要的长篇演讲，上文已有所提及演讲的内容。这件事刚一结束，我还要立即投入到统一我们的思想和鼓舞我们的士气的工作中。

首相致伊斯梅将军 1940年6月4日

我们都很担心，而且应当有这样的担心：我们拥有的制海权和用战斗机在空中构建的强大防御体系依然无法阻止德国人在英格兰登陆。每一处海湾、每一片沙滩、每一座港口都是我们忧心之所。此外，还存在伞兵迅速占领利物浦和爱尔兰的可能。如果以上提到的事情能更加让我们严阵以待，那就太好了。不过肯定有人会存在这样的疑问："如果德国能轻易穿越海峡对我们实施入侵，我们为什么不能以其人之道还治其人之身呢？"完全采取守势导致了法国的灭亡，我们不能重复他们的做法破坏了主动性。将德国的大批军队牵制在他们占领国的沿海地带有重要作用，利用沿海地带的民众对我们的友好，应立即向那里派遣军队进行袭击。这些部队应以一千人为一个作战单位，但集结起来不要超过一万人，装备要齐全且可以独立作战。为保障奇袭效果，进攻发起前不要暴露要攻击的目标。敦刻尔克大撤退告诉我们，部队既然能够迅速撤往既定地点，就一定可以迅速前往被要求到达的区域。如果能够做到不是我们被迫在本土构建防御工事，而是德国人在担心我们将在哪里对他们进行攻击，该是多么令人兴奋的事情啊！我们必须将屈膝投降的打算从心头和精神上彻底剔除，从被动防守转为主动出击。

伊斯梅将军将上述文件下发给参谋长委员会，这些指示不仅在原则上成了他们坚决拥护的纲领，而且还多次体现在我们做出的决议中。这些指示渐渐发展成了政策。这段时间内，我们考虑的焦点是坦克问题，不仅是防守还有进攻。这就需要大量的坦克登陆艇作为支持，后来这件事成为我最关心的问题之一。我有这样的想法已经很久了，现在又想了起来，而且这件事在将来会变得至关重要，因此有必要从头讲述一遍。

*　*　*

我醉心于两栖作战问题，脑中早就有这样的想法：用特制的坦克登陆艇在敌人意想不到的海滩登陆。1917 年 7 月 17 日，在就任劳合·乔治政府的军需大臣之前，在不借助专业人士辅助的情况下，我曾独立制订了夺取弗里西安群岛中的博尔库姆和许尔特两岛的计划。这样既能为小型舰队、驱逐舰和当时可调遣的空军寻觅一个海外基地，也为我们在数量上占据优势的海军作战提供支援；同时可再次造成严密封锁，让我们的大西洋供给线不再遭受敌军潜艇的频繁骚扰，为美国军队输送到法国提供便利。这一计划得到了劳合·乔治先生的高度肯定，并被专门打印出来下发给了海军部和战时内阁。

这一计划的第 22 段从未被公开过，内容如下：

> 反鱼雷运输艇可利用装甲驳船释放气体和浓烟保护舰队，舰队则用炮火掩护部队登陆博尔库姆岛和许尔特岛。大约需要一百只船运载一个师登陆。此外还需要一定数量的，比如五十艘坦克登陆艇，每艘可运输一辆或多辆坦克登陆。用活动吊桥等工具使登陆艇前端倾斜后，坦克可以依靠自身动力登陆，为避免步兵在进攻要塞或炮台入口时受到铁丝网阻挠，坦克前端要安装铁丝网破坏装置。这一新的特色，即用炮兵快速登陆切断铁丝网，解决了登陆时的重大困难。

接下来是第 27 段：

> 当我们的意图被敌人察觉，就一直有这样的危险存在：敌人会提前抽调精锐部队增援守军，至少对博尔库姆岛会这样做，因为对于这个岛的安危，他们是非常敏感和关心的。还有，登陆艇的挡板要能够挡住机关枪的子弹，这样对登陆是有帮助的。用于登陆的坦克数量可

以多于本计划建议的数目，需要特别注意的是，要使用能快速移动的坦克，这样便于在敌人未做迎击准备的区域登陆。由于登陆艇的数量很多，因此在遭到巨大火力（重火力）攻击时，伤亡也不会太大。以上新方法可能因其重要性使人们乐于认同。

* * *

在这一文件中我还提出了另一个方案以供选择，即在赫恩礁（北部）的浅水地带建立人工岛（第30段）：

还有另一个计划值得研究：用混凝土，不要用钢铁，制造一定数量的平底船或沉箱，运往亨博河的哈利基、瓦什湾、梅德威河和泰晤士河备用。它们的构造应按照总计划，根据下沉深度进行打造；当内部的水被排净后，它们要能浮在水面上，这样便于将它们拖往人工岛的预计位置去。在到达人工岛标示的浮标处之后，打开水嘴，让它们注水下沉。当下沉到底部后，就配合挖泥船向它们内部缓慢注满泥沙。这些沉箱的规格不等。像公海的珊瑚岛那样，一个既可以防鱼雷又能挡风遮雨的海港就这样建成了，驱逐舰和潜水艇可以在其弯曲处栖身，飞机可以在其平坦处起落。

这一工程如果可行，还能在此基础上加以改良，并应用到很多地方去。也许可以将这些中空的混凝土结构用到旋转炮台的建设中去，将重型火力安在上面，当舱体注水后，炮台就能安坐于海底，地点可以任意选择，就像索楞特海峡的炮台那样。此外，这种中空的混凝土结构还能加进储藏室、储油室和生活舱，用来建造其他可沉入海底的建筑物。因为没有做过专业的勘察，因此这里只详述了零部件应如何制造和运输，以及怎样建造人工岛和在基地安置驱逐舰，剩下的都是推测。

这个计划如果再得到机械上的支持，那么袭击一个设防的岛屿将不必再使用军队，各种风险都将被避免。这个计划可以被运用到奇袭之中，尽管德国人可能会知道有这种混凝土沉箱的存在，但他们可能自然而然地认为这些东西是用来封锁河口的。当然我们确实可能将它们用于这方面。这样，在这种岛屿或防波堤系统显示出雏形之前，敌人是不可能猜到我们的计划的。

不过，这至少需要一年的准备时间。

这个计划一直在帝国国防委员会的档案架上搁置了将近二十五年的时间。虽然在《世界危机》一书中，它可以自成一章，但我并没有选择发表，原因有二：一是篇幅有限，二是这个计划从未付诸实施。这真是万幸之事，因为这一计划如果能得以在这次战争中实施，将比在以往时期实施更加意义重大。德国人肯定仔细研究过我关于战争的著作。实际上，专门派人研究像我这种地位的人的作品是很正常的事情。这个被束之高阁的计划却让我记忆尤深，在新的危机出现之时，它成了指导我们行动的纲领。1943 年由大量的坦克登陆艇组成的舰队，还有 1944 年建成的“桑葚”港[①]，让人至今难以忘怀，这都源于这个被人们忘却多时的计划。

* * *

1940 年 6 月 6 日又是一个充实的日子，我满心都是解脱后的释然，浑身充满了继续向前的力量。我命令开始进行坦克登陆艇的设计和制造工作，并拟就了一份很长的备忘录进行催促。

首相致伊斯梅将军　　1940 年 6 月 6 日

昨天（实则为 6 月 4 日），我下发了关于主动出击行动的备忘录，下面做进一步阐述：当澳大利亚的军队抵达后，是否可以将他

① “桑葚”港是在法国北部海面建立起来的一座人工港口，目的是为了登陆。——译注

们分为若干分遣队，以 250 人为一队，每队都配备手榴弹、迫击炮、手提机关枪、装甲车或类似的交通工具，使他们在我国作战的同时，还具备在敌占区的友好国家的港口登陆的能力。不要有这样的想法：敌人占领了某个国家就占领了该国的港口和各港口之间的缝隙。向丹麦、荷兰、比利时和法国海岸派遣精良的特遣队一事，你们已做出了怎样的安排？必须要有进取精神，用经过特殊训练的部队组成进攻小组，在海岸地带制造恐慌，最初阶段可以采取“扰敌”策略；再过一段时间，或者在我们踏上正轨之后，就对加来和布洛涅发动奇袭，在剿灭德国的守备队之后，固守此地直到能够包围这片区域或能进行大规模兵团作战后再离开。虽然在之前的作战中，我们很擅长被动防守，但是必须要结束这种局面。我希望参谋长委员会的成员们也能够参与进来，群策群力向我提供对德国占领的海岸线发动猛烈的、主动的和不间断的进攻方案。必须让坦克和装甲车能够乘坐平底船抵达海岸，登岸后再深入敌阵切断其重要交通线，任务完成后，留在他们身后的将是敌人的累累尸首。敌人的精锐之师正在攻击巴黎，他们极有可能只留下了普通军队守卫防线，一定要对留守之敌进行大肆骚扰。可执行以下方案：

1. 应组建攻击连队。

2. 利用我们拥有而敌人没有的制海权，应运送坦克在海滩登陆。

3. 建立合适的间谍系统，以获取整个海滩的情报。

4. 组建伞兵部队，规模以五千人为宜。

5. 在不到四个月的时间内，敌人一定会隔着海峡向我们进行炮击。为压制德军火力，应立即将我们的六门十五英寸口径的大炮安上内管，使其射程可以达到五十或六十英里，然后将它们安置在铁路炮架上或钢筋混凝土炮台上。

类似的指示都已下达到不同的行动中去了。“攻击连”的名称被“突击队”取代，其中有十队是由正规军和皇家海军组建的。在挪威战役中，这一组织的核心就已经崭露头角了。本书将在合适的章节对射程能够穿越海峡的重炮进行补述。我曾建议组建五千人的伞兵部队，后来我同意将人数降低到五百，我非常后悔做了这样的决定。

* * *

制造登陆艇的事情总是不断地出现在我的脑海中，这件事可能给我们带来不利，也可能成为将来打击敌人的一项措施。制造登陆艇的工作在战争爆发前就已经开始了，曾有几艘登陆艇被用在纳尔维克战役之中，在这一战役和敦刻尔克大撤退中损失了其中的大部分。现在我们的军队运输舰只和远洋舰只都很匮乏，前者可以将小艇吊起到战舰上，后者可以将坦克和大炮运往海滩并就地卸载。

首相致军需大臣　　　　1940 年 7 月 7 日

为了让英国能穿越海峡，对敌国发起进攻而设计和建造坦克登陆艇一事，现在取得了什么样的进展？这件事可以交给前海军造船官霍普金斯先生负责，他现在一定很清闲，因为他之前建造的“耕种者六号”[①]已经退出历史舞台了。这种登陆艇需具备在一次航行中运载六到七百辆坦克的能力，还能让坦克在沙滩登陆和将它们从沙滩运走；当然，还能让坦克在码头登陆。如果可能的话，最好兼具以上两种能力。

首相致伊斯梅将军　　　　1940 年 8 月 5 日

我想知道预计在 1941 年就可建成的装甲师的发展状况，即到 1941 年 3 月组建五个装甲师，以后每月增加一个，直到 1941 年 8 月

① 一种掘壕机，可用于破坏敌人的防御工事。——原注

底建成十个装甲师；同时还要给每个师都配备装甲车和相似的交通工具。请择日向我进行汇报。

陆军部的进展如何？他们下令建造的坦克数目能否达到计划的要求？请让陆军部向我汇报。

制造越洋运输工具的项目进展如何？这些工具要具备一次可以运载两个师的能力。哪个部门在负责这件事，海军部还是军需部？请递交一份报告给我。我的建议是让霍普金斯先生负责，因为他可能有时间处理此事。

首相致伊斯梅将军　　1940年8月9日

用于在海滩登陆的装甲车登陆艇是怎样设计的，研发情况如何？请给我一份报告。

7月，我在参谋长委员会下属设立了一个独立的联合作战指挥部，由海军元帅罗杰·凯斯爵士全权负责，旨在研究和演习这一战术。罗杰元帅与我私交甚密，他还在国防部服务过，因此任何部门都没有对这一特殊任命表示反对。

首相致伊斯梅将军和爱德华·布瑞奇斯爵士　　1940年7月17日

我已任命海军元帅罗杰·凯斯爵士为联合作战指挥部部长。鲍恩将军的职务和其所支配的物资都应由他接管。请通知鲍恩将军，由于现在要扩大军事行动的范围，因此让官阶更高的长官负责是非常有必要的，这一调动丝毫不会影响到他和他的属下。当然，他会而且必须要积极配合。这位军官在皇家海军陆战队担任军务署署长一职，他优异的表现让我印象颇深，请无论如何让皇家海军陆战队在联合作战指挥部中担当重要角色。

在做出进一步安排之前，罗杰·凯斯爵士可以通过代理国防大臣伊斯梅将军与各服务机构保持联系。

*　　*　　*

成立国防大臣办公厅并让它获得实权十分顺利，我在前面已经提到过。截至到8月底，联合作战委员会一直是参谋长委员会的直属下级，并在其领导下进行工作。我决定将这个很重要的，但目前为止效率一直不高的机构归到我的控制之下。因此我采取了唯一的也是我认为最必要的步骤，要求战时内阁批准这一明确变动，由我从我们的作战系统中接管此机构。我的同僚们都表示赞同，因此我下发了如下声明：

首相致伊斯梅将军和爱德华·布瑞奇斯爵士　　　　1940年8月24日

1. 从下周一起，联合作战委员会应直接听命于国防大臣，并将成为国防大臣办公厅，即前帝国委员会秘书处的一部分。办公处将设于奇曼台街。他们在三军服务部的地位将会被保留，并会与其保持联系。他们的工作是为国防部长制订计划的细节，也可以自己制订计划，不过要在征求过伊斯梅将军的意见之后。当然，他们还将继续为参谋长委员会服务，对送过来的事项做进一步的完善。

2. 参谋长委员会拥有对联合作战委员会制订计划的审核权，包括无论是自己制订的计划还是根据上述各机构的指示制订的计划。

3. 今后，对于存疑的、有分歧的、事关重大的计划都应该交由战时内阁国防委员会审核；委员会由首相、掌玺大臣、比弗布鲁克勋爵和三军大臣组成，三军参谋长和伊斯梅将军有列席权。

4. 首相的职责是向战时内阁汇报当前一切工作的状况，参谋长委员会与战时内阁的关系维持不变。

参谋长委员会虽然对这一调动表示质疑，但并不强烈，他们最终还是接受了。不过，约翰·蒂尔爵士还是给陆军大臣送去了一份备忘录，因此我写了一封信以便打消他们的疑虑。

首相致陆军大臣　　1940 年 8 月 31 日

联合作战委员会向我“提出军事上的建议”并不存在问题。他们的工作仅限于根据我的指示制订计划。参谋长委员会依然像现在这样保有是否采纳这些计划的权利，是否对计划做出变动也仍由参谋长委员会决定。我说的很明确，参谋长委员会依然负责对战时内阁、首相还有国防大臣提出建议。他们的地位受到宪法的保护，从来没有人想过做出变更。而且我希望能像从前那样与他们共事，并借此开展工作。

我之所以觉得必须由我直接控制联合作战委员会，是因为在战争爆发一年后，我想不起任何一项计划是由现存的机构发起的。效率低下或者懒惰延迟已经让我们在各个领域都被敌人远远甩在了后面，我相信你和另外两位军务大臣能帮助制止这种风气，并帮助我为指导战争制定出更有力和积极的指示。

当然，随时为联合作战委员会招纳人才是很有必要的。

这一新程序实际上是在轻松和愉悦的氛围中步入正轨的，我想不起有过任何困难。

* * *

为了对各种类型的登陆艇进行改善，我们加大了力度，并专门设立了一个部门主管这件事。1940 年 10 月，我们对第一艘坦克登陆艇进行了测试。一开始只制造了三十艘，因为我们觉得它们太小了。经过改善后便开始了大批量生产，为了方便走海运输送到中东，我们制造的都是零部件，

1941年夏开始向那里运输。一切努力都是值得的，因为我们的经验更多了，设计能力提高了，这些奇特的登陆艇的性能必然会稳步提高。令海军部非常担心的是，造船业的资源很可能因制造这些新式的特殊产品而被大大消耗。幸运的是，这些坦克登陆艇不必非让造船厂来制造，其他的建筑工程公司也能胜任这个工作，因此大型造船厂的工作和计划就不会被打乱了。这样就有可能实现我们预期的大规模生产计划，不过登陆艇的大小将会受到限制。

这种坦克登陆艇适合穿越海峡执行闪击战，或者延伸到地中海地区执行作战任务，但在大海上进行长途航行是它的弱项。因此，满足了在海上运输坦克和其他交通工具的要求之后，我们现在需要的是，同样能让坦克和其他车辆在海滩登陆的、更大的更适合在海上航行的舰只。我下达了建造这种舰只的指示，最初将这种舰只命名为“大西洋坦克登陆舰”，后来更名为“坦克登陆艇”。为了建造这种舰艇，造船厂的资源不可避免地要被占用了。海军部设计了一个样本，并将其命名为“温奈特”，按照这个样本只建造了三艘，剩下的都是根据后来设计的样本在美国和加拿大制造的。出于相同的目的，我们还改装了三艘吃水浅的油船用来运载坦克，这些船在后来都提供了相当好的服务。

到了1940年底，我们对于两栖作战有了很成熟的了解。伴随着这些特制登陆艇的不断生产和各种部件的不断堆积，有一个新的问题摆在我们面前，那就是应该训练一支可以使用这些装备的军队了。训练军队一事由联合作战委员会负责，为了达成这一目的，专门在我国和中东设置了特别训练中心。当这些想法被证明可行，并形成一定规模之后，就会告诉我们的美国朋友。经过几年的努力，这些想法带来的成效越来越明显，显然它们在我们伟大的计划和行动中起到了不可替代的作用，在最合适的时机变成了反攻的利器。由于最初几年我们在这方面的努力对未来战局产生了深远的影响，因此为了让读者了解我们后来的工作内容，我必须提前列举几个事件以说明我们取得的重大进展。

1941年夏，参谋长委员会指出，我们最终的目的是在大陆作战，这种只适合小规模作战的登陆艇并不能满足我们的要求，因此我们需要做出更多努力，而当时的我们是力所不能及的。那时，海军部已经设计出了坦克登陆舰的新样本，在把样本送交给美国后，又共同在细节方面做了深加工。1942年2月，这种舰艇开始在美国进行大规模生产。这就是后来的坦克登陆舰（2型）。在接下来的战争中，这种登陆舰都表现出了卓越的性能，它对于解决重型车辆在海滩登陆的问题所做出的贡献也可能是绝无仅有的。这种型号的登陆舰最终建造了一千多艘。

为了满足进攻大陆的需求，与此同时在大西洋两岸，许多小型登陆艇的制造工作也在稳步进行。所有这些小艇都不能独自前往战场，都需要运送进攻部队的舰只辅助。为了让英国和美国的运输舰能够运载这些小舰艇和其他特殊装备，我们又推出了一项巨大的改装计划。这就是后来的“步兵登陆舰”。这些登陆舰有些被编入皇家海军中，其余的则仍被存放在商船中，在我们后来的攻势行动中，无论是船长还是水手都能很好地驾驶它们抵达目的地。军队运输舰队之所以能源源不断地向中东和其他地方运送增援部队，这些小舰艇们功不可没，不过牺牲是不可避免的。当时也已投入生产的还有供攻击部队使用的各类辅助舰。不过，1940年和1941年我们正致力于潜艇战，因此限制了登陆舰的生产。用于生产登陆舰的人数截至1940年底不超过七千人，第二年这一数字也没有显著增加；不过到了1944年，仅英国就有不下七万人在从事这项了不起的工作，在美国从事这项工作的人数就更多了。

* * *

由于未来战局的走向与我们目前所做的工作息息相关，因此我认为有必要将我于1941年发给罗斯福总统的一封电报发表出来：

1941 年 7 月 25 日

关于作战计划，我们已做了周密的部署，不仅是 1942 年的战斗，还有 1943 年的。在确保主要基地安全之后，接下来应计划发动大规模反击来夺取胜利，这需要大量的兵力。总的纲领是，我们首先应该将着力点放在封锁和宣传上，然后再对德国和意大利进行不断的、越来越猛烈的轰炸。虽然这些行动可能会使敌人内部发生动荡甚至崩溃，但是还应制订如下计划：应命令军队随时准备登陆，以便在合适的时机解救占领区的人民并解放他们。为达成这一目的，就需要大量的坦克和具备坦克输送及卸载能力的舰只。从美国正在建造的大量商用交通工具中抽出一部分进行改装，使它们成为坦克登陆艇，这对于你来说应该不是难事。

不久之后的另一封电报：

首相致第一海务大臣　　1941 年 9 月 8 日

我的意思不是让总统于目前的计划之外重新生产“温奈特”舰艇或类似的舰艇，而是让他从美国目前正在为 1942 年建造的大批商船中抽出一部分，装上前挡板或安装侧舱门，以便它们能将坦克运往海滩登陆，或让它们能够将坦克卸载到登陆艇上，然后再用这些登陆艇运载坦克抵达海滩登陆。

请帮我向总统进行解释，并告诉他怎样对美国在造的商船进行改装。

我从未反对实施类似于 1944 年诺曼底登陆那样的大规模登陆作战，但是鉴于许多人硬说我反对，并且这样的言论还在不断增加且成倍增长，因此在最开始就告诉人们，是我赋予相关部门关于制造这种用于登陆的巨大战舰最大的权力就显得很有必要了。现在人们已经普遍意识到，如果不是因为这些舰艇将军队运往海滩，那么所有的大型登陆行动都不可能实现。在本书中，我会以我当时写的文件为依据继续逐步阐释此事，届时人们就会知道，我一贯的主张不仅没有与后来的事实相冲突，反而与之存在着千丝万缕的联系。

第十三章　海岸防御

1940 年 7 月

英国能挺过去吗？——美国的担忧——英国上下态度坚决——因事态简化而轻松——7 月 19 日，希特勒抛来橄榄枝——我们的反应——拒绝德国的外交接触——给瑞典国王的回复——我视察受威胁的海岸——蒙哥马利将军和驻在布赖顿的第三师——布鲁克将军接替埃恩萨伊德指挥家园防卫军——我和布鲁克将军的友谊——7 月间发出的部分指示和备忘录——伦敦的防御——受威胁的沿海地带的状况——对军队新增的人员和装备进行统计——林德曼的统计表——取消将第二加拿大师调往冰岛的计划——应防止敌人的船只集结在英吉利海峡——美国的步枪运达——专程护运——法国的“七五”炮——德国在英吉利海峡北岸增设炮台——我们的应对措施——我在多佛尔见到了海军上将拉姆齐——劝导和催促改进我们的炮台——浅水炮舰“埃里伯斯”号——肯特海角的防御——9 月，英国的重炮被集中到一起——我们的力量不断增长——恐怖的局面没有发生

1940 年夏法国沦陷之后，我们被彻底孤立了。英国的自治领还有印度和各殖民地都不能及时支援我们，我们也不能随时取用他们的物资。德国的胜利之师正在为最后一战大量集结，他们缴获了大量的武器，还占领了许多兵工厂，因此并不缺乏装备。意大利已经向我们宣战，并热切希望在地中海和埃及用他们强大的军队将我们击溃。远东的日本已不怀好意地封锁了缅甸公路，以防物资被运往中国，他们的眼神中充满了敌意。苏联受到苏德条约的限制，有向德国输送重要原材料的义务。西班牙已出兵占领了丹吉尔国际共管区，[①] 随时都可能与我们为敌。他们还可能攻取或让德国人帮助他们攻取直布罗陀，或者在直布罗陀设置大炮封锁海峡通道。刚刚从波尔多迁往维希的，以贝当为首的法国政府随时有可能被迫对我们宣战。在土伦的法国舰队看来不会选择从德国的魔掌中逃脱出去了。显然，我们并不缺敌人。

其他所有国家在奥兰事件之后就不再怀疑，英国政府是真的决定孤身抗战到底了。虽然英国不存在士气低落的弱点，但是这些令人喘不过气来的、客观存在的困难，要怎样才能克服呢？众所周知，我们本土的陆军除了步枪什么装备也没有。实际上，我们举国上下各类型的野战炮只有不到五百门，中型和重型坦克还不到两百辆。我们在敦刻尔克损失的装备需要好几个月的时间才能由兵工厂制造出来。因此，全世界大部分国家都认为我们是在劫难逃也就不奇怪了。

整个美国都被极度不安的情绪笼罩着，实际上，所有身处事外的自由国家都是如此。美国表情阴郁地自忖着，为图慷慨之虚名，向行将就木的英国支援自己国家本来就欠缺的资源，是否值得？他们同样没有提早备战，吝啬和珍视每一件武器不正是他们应该做的吗？要想无视以上事实孤注一掷地支援我们，他们就需要非常精准的判断。英国很感激罗斯福总统和他的重要官员及高级顾问，因为即使在第三次总统大选如此重要的时刻来临

① 丹吉尔在二战前由英、法、西、意四国共同管理；二战时，西班牙派兵占领了此地并废除了“国际共管”协议，直到摩洛哥独立后，丹吉尔才恢复了主权。——译注

之际，他们也从未对我们的将来失去信心。

一直被英国人引以为荣的，乐观沉着的民族性格很可能帮助我们挽回局势。就是这样一群人，他们在战前耽于和平，极度缺乏忧患意识；他们醉心于政治角逐，却毫无远见；他们散漫地混迹于欧洲事务中心，却疏于战备；如今他们必须要直面以往的自命不凡和玩忽职守，算一笔总账了。他们没有一丝沮丧，只有对那些欧洲征服者的蔑视。他们宁可血染英伦三岛以称心愿，也不会屈辱投降委曲求全。历史会为他们书写浓墨重彩的一笔。历史上从来不缺这样的故事。斯巴达曾占领过雅典，迦太基人曾只身对抗过罗马，这样的事情在过去是屡见不鲜的。所有的国家，不管是英勇的、繁荣的还是安逸的都可能没落，甚至连整个民族都会永远消失，传世的只有他们的名字，有的甚至连名字都没有被记录下来。

只有很少的英国人和寥寥无几的外国人了解，我们岛屿的位置造就了特殊的战术优势。海峡的重要性和后来被保留下来的空中防御力量的重要性，在战前那些摇摆不定的日子里也是不被人们了解的。英国人差不多有一千年没有看到敌人的营火在英国的土地上燃起了。即使在不列颠防御战的白热化阶段，所有人也依然沉着，因为他们已经将生死置之度外，随时准备着抛头颅洒热血。全世界，无论是敌人还是朋友，都普遍感受到了我们这种心情。我们这样的心情是以什么为基础呢？答案是，对以战止战的自信。

*　　*　　*

还有另一个层面的危机，其中最大的一个是：6 月，我们将最后的后备队派往法国参加防御战，最终不仅无功而返，而且还损失颇重。因调遣飞机参加大陆战争，我们的空军力量也消耗了不少。如果希特勒智慧过人的话，在盟军敦刻尔克大撤退后，他应该做的是减缓攻击法军前线的速度，在塞纳河休整三到四个星期，同时为侵略英国积蓄力量。这样，希特勒的选择范围是极其广泛的。而我们将会面临一个两难的抉择：是应该无视法国的痛苦抛弃他们，还是应该为将来的生存权拼尽最后的资源？我们对法国承担的支援义务会随着鼓励他们打下去的程度而增多，也就越难为英国做好充分的防卫准备，尤其是那二十五个与英国存亡息息相关的战斗机中队将更加难以保留下来。我们在这个问题上是决不会做出让步的，因此我们的拒绝必然会惹怒正在死亡线上挣扎的盟友，从而大大损害两国之间的关系。在谈及这一被简化的新问题时，甚至能从我们的一些高级司令官的口吻中听出如释重负的情绪。在伦敦的一个军人俱乐部里，一个侍者对一位心情低落的会员说的一句话就很好地概括了这一情绪，他说："先生，不管怎么讲，我们挺进了决赛，而且还是主场呢！"

* * *

德国最高统帅部从来不敢小觑我们的实力，即使是在当前的情形也是如此。1940 年 7 月 7 日，齐亚诺在前往柏林会见希特勒时，曾与冯·凯特尔将军有过一次长谈。他讲述了会见的过程，并说凯特尔也像希特勒那样跟他谈到了进攻英国的问题。他一再表示，就目前的情况看，他们并没有必胜的把握。他认为虽然登陆是有可能的，但还是强调这一军事行动将会"极其困难"，因为他们"对这个岛国的军事和沿海防御工事的部署情况知之甚少，而且并不准确，因此需要谨慎从事"。[①] 相对比较容易的且必要的军事行动，是对大不列颠的飞机场、工厂和交通要道进行大规模空袭，不过英国强大的空中力量是不能被忽略的。据凯特尔估算，英国大约准备了一千五百架飞机用于防御和反攻。他承认，最近英国空军的攻击欲望已经比以往大大增加了。只有精准度得到保障，才值得发动空袭，而且一次空袭至少需要出动八十架飞机。英国方面的劣势是飞行员不足，那些正在执行轰炸德国城市任务的飞行员不能被未经训练的新飞行员换下。凯特尔非常赞同攻击直布罗陀，这样做的好处是，能够打乱英国的部署。凯特尔

---

① 摘自齐亚诺：《外交文件》第 378 页。——原注

和希特勒都没有提到过战争会持续多久，只有希姆莱在不经意间说过战争可能在十月初结束。

以上是齐亚诺报告的主要内容。他还向希特勒报告，墨索里尼“出于至诚”，愿意援助十个师的陆军和三十个空军中队加入侵略行动中。陆军的要求被婉言谢绝了，只有几个空军中队被派了过去，表现得很糟糕，在必要的时候我将详细讲述。

* * *

7 月 19 日，希特勒在国会发表了一次演说，在其中他颇为得意地预言我不久就会逃往加拿大避难，并提出了他所谓的“和平建议”。下面摘取了一些代表性的语句：

> 在这样的时刻，在我感到内疚前，我认为有责任再一次向英国和其他各国发出呼吁，请回归理智并尊重事实。我并非战败的一方在向你们摇尾乞怜，而是战胜的一方在用理智讲话，因此我认为我的地位很适合发出这样的呼吁。还有让战争继续下去的理由吗？我认为没有了。我因那些不得不为战争捐躯的人们沉痛不已……也许当丘吉尔阁下将我的声明扔到一旁时会说，我是因为对最后的胜利心存恐惧和怀疑才这样做。如果真是这样的话，那么我就不会因未来发生的事情而备受良心的谴责了。

在接下来的几天，德国同瑞典、美国和梵蒂冈开展外交活动期间，一直是这副姿态。当欧洲已经臣服于他后，希特勒最想看到的自然是英国也听命于他，从而为战争画上句号。那个建议的主旨根本不是和平，而是让英国放弃抵抗欣然束手就擒。当德国的驻华盛顿办事处试图接触我们的驻美大使时，我发出了如下电报：

1940年7月20日

今天哈利法克斯勋爵是否在华盛顿？如果不在，请通知罗希恩勋爵，绝对不要对德国办事处发来的信函做出任何回复。

不过，我最初的想法是在上、下两院进行一次严肃、正式的辩论。为此，我专门写了一张便条，并同时交到张伯伦先生和艾德礼先生手中。

1940年7月20日

关于希特勒的演讲，我觉得应由上、下两院共同裁决。两院议员才是决议的出台者。但是，如果召开会议就会为我们增加负担。你们怎么认为？

对于这件事，我的同僚们都认为我太过小心了，我们的心思是一致的。最终决定，改由外交大臣用广播的形式拒绝希特勒的外交姿态。22日晚，外交大臣将希特勒的"单方面劝降声明"扔到了一旁。在对比了希特勒统治下的欧洲的前景和我们为之战斗的欧洲的前景后，他宣布："只要自由还没有来临，我们就会战斗不止。"实际上，希特勒的演讲刚刚通过收音机传到公众的耳中，英国的报业和广播公司在没有得到英王陛下政府授意的情况下，就对任何可能的和谈想法进行了抵制。

7月20日，齐亚诺在与希特勒的另一次会谈中说：

德国和英国没有达成和解的可能，这一点从英国报纸对昨日演讲的态度中就能清晰地看出来。因此，希特勒准备用军事打击让英国屈服。他强调说，大不列颠在军事地位、势力范围还有经济实力上都远远比不上德国，这就相当于大大削弱了它的抵抗能力，因此只需一次进攻就能彻底击垮大英帝国。几天前，空袭计划就已开始实施，并且力度还在不断增强。英国的空中防御和战斗机的出击并没有给空袭行动造成重大阻力。目前已经做好了万全的准备，正在研究如何发动决定性的进攻。①

在齐亚诺的日记中曾有这样的记录："19 日晚，在德国人中弥漫着一种无法掩饰的失落情绪，因为他们听说了英国对于演讲的冷淡反应。"希特勒"知道与英国的战争将是艰苦的，伤亡会很惨重，他希望与大不列颠达成和解，因为他还知道各地的人民都已经厌烦了流血和牺牲"。不过，墨索里尼的态度却与希特勒不同，他"非常担心英国人会寻找借口进行和谈，因为希特勒的演讲实在是太圆滑了"。齐亚诺说："墨索里尼比以往任何时候都渴望战争，如果真是那样，他将非常失望。"② 他根本无须担心，因为他渴求的战争终将到来。

德国在幕后的外交行为无疑不会中止。8 月 3 日，瑞典国王认为与我们商谈这件事情的时机已经成熟，我以官方的回复为基础拟了一份复文，并通过外交大臣转达给他：

英王陛下的政府对德国的和平建议经过慎重考虑，于 1939 年 10 月 12 日向议会做出报告阐明了自己的立场之后，德国便对其周边的几个小国家犯下了一系列的、十恶不赦的新罪行。挪威已经沦陷，目前正被德国的侵略军占领着。丹麦惨遭蹂躏和掠夺。比利时和荷兰两国想尽办法全力安抚希特勒，德国政府也曾许诺会尊重他们的中立地位，但是这两个国家还是没有避免被侵占和被奴役的命运。特别是从发生在荷兰鹿特丹的大屠杀中可以看出，德国早就在谋划着背叛自己的诺言，而这种背叛行为因大屠杀的出现已经到达无以

① 节选自齐亚诺：《外交文件》第 381 页。——原注

② 节选自《齐亚诺日记》第 277 和 278 页。——原注

复加的地步。在那里，成千上万的荷兰人惨遭杀害，重要的城市设施也被夷为平地。

这些可怕的事件玷污了欧洲的历史，这些污点永远都无法被洗刷干净。英王陛下政府意识到，他们不仅不能对 1939 年 10 月坚持的原则和方法做出任何让步；相反，还要更加坚定地与德国人作战到底，直到希特勒主义被彻底粉碎，全世界获得解放为止。实际上正是这个暴徒的所作所为让他们的决心更加坚决：宁愿与敌人同归于尽，也不会放弃职责承认失败。他们坚信，他们的对敌策略将层出不穷。这样的过程也许是漫长的，但是迟早有那么一天，德国很有可能会像 1918 年那样要求停战或公开提出议和。但是我们不会接受德国的空头支票，在这样的要求或建议被接纳之前，他们必须用实际行动保证捷克斯洛伐克、波兰、挪威、丹麦、荷兰、比利时，尤其是法国能够重新获得自由和独立；同时在绝对和平情况下，保障大不列颠和大英帝国的安全。

我补充道：

外交部备忘录中的一些想法给我的感觉是显得过于精明了，应当有如下改进：政策不要显得过于程式化和呆板，为适应时代的要求，也为更加方便地解决问题，应当显得感情真挚同时肃穆庄重。因为我们现在毫无建树，很可能一开口就会招致误解。只有坚定地答复，比如我制定的那些纲领，才是驳斥德国那些并非全是无稽之谈的建议的唯一方法。

同一天，我向新闻界发表了如下声明：

1940年8月3日

作为首相，我希望大家能够明白，德国无论如何都不会放弃入侵的打算。德国人说他们不打算进攻了，这显然是在散布谣言，鉴于他们以前的表现，如今我们应该对他们的话表示加倍的怀疑才行。我们的力量在逐步增强，准备也越来越充分，但是我们依然不能有丝毫松懈，心情不能有片刻放松。

* * *

伊斯梅将军建议我应当去面临威胁的东部和南部沿海地区视察一番。6月底，参谋长委员会通过了这一建议。由于大家都一致同意我这样做，因此我每周都会抽出一两天的时间从事这项工作。我的专列上办公设施一应俱全，完全不妨碍我进行日常工作，与白厅的联络也很方便，并且在必要的时候我还能睡在专列上。我视察了泰恩河、恒河，还有许多潜在的登陆地点。加拿大师很快会吸纳调往冰岛的一个师后变为一个军，他们在肯特为我进行了一次演习。我还对哈利基和多佛尔的防御工事进行了视察。在我最早的几次视察中，有一次在我夫人的陪同下我去了第三师，这个师曾为了救援法国而被优先装备，后来军队还未出发，法国就结束了抵抗，他们便在布赖顿附近驻扎下来。第三师的指挥官是蒙哥马利将军，是我以前从未见过的一位军官。蒙哥马利将军的指挥部设在斯特灵附近，在离那里不远的地方，他为我举行了一次小小的军事演习，主要目的是展示轻机枪车如何进行侧翼运动，这种轻机枪车目前仅有不到九辆。演习结束后，我们一起驱车沿海岸前往著名的并且承载着我许多儿时回忆的布赖顿防线，沿途经过了肖朗和赫弗。皇家阿尔宾饭店正好坐落在码头尽头的对面，我们在那里共进了午餐。饭店里没有一个人，因为几乎所有人都已经搬走了，不过在海边和操场上还是能看到一些走动的人影。在码头的一个亭子里，近卫兵第一团的一队士兵正在用沙袋堆筑机关枪据点，我看到这些觉得很有趣，因为我在儿时看要把戏表演时经常会看到这样的场景。那一天的天气非常好，我与这位将军很谈得来，我很享受那次出行。

（即日行动）首相致陆军大臣　　　　　　　　　1940年7月3日

我想象的是，第三师已经作为后备部队被集中起来，以便时刻准备在危急时刻打击敌人的前锋部队。可是我发现他们被部署在三十英里长的沿海地带，这让我很担心。让我更加惊讶的是，这个师最机动灵活的兵种——步兵，没有配备运载他们前往任务区域的必要车辆。①这种随时待命，近在身边的车辆对所有机械化部队来说都是非常重要的，它们的作用对于分布在海岸线的第三师来说就更为重要了。

我还听说，朴次茅斯的军队对于目前还未得到可供使用的运输工具而颇有怨言。这样的缺点是可以立即弥补的，因为我们的国家并不缺乏交通工具，无论是公共汽车还是卡车都非常多，而且还有大量的司机伴随英国远征军一起回到了国内。不管怎样，我希望今天就通知第三师的师长，如果他愿意的话，当日就可征用在布赖顿海滨沿岸来来往往的大量公交车。

7月中旬，陆军大臣建议让布鲁克将军接替埃恩萨伊德将军指挥家园防卫军。7月19日，在我继续视察那些可能被侵略的地区期间，我参观了南方指挥部。在那里，他们动用了至少十二辆坦克为我进行了一次某种战术类的军事演习。整个下午我都是坐在车中巡视，这条防线的指挥官、功绩卓著的布鲁克将军一直和我在一起。这位将军的部队在我们撤往敦刻尔克期间，负责在伊普尔河进行侧翼防护，他在那里进行的战斗有着决定性意义。在6月的前三个星期，在将新部队运往法国期间，这位将

① 1914年9月，我在伦敦征集了五十辆公共汽车供英国海军陆战队在法国登陆时使用。现在仍在沿用这个老办法。

军在面对极其困难和混乱的局势时，凭借自己的坚毅与机智非常得当地处理了需要执行的任务。阿兰·布鲁克有两位勇敢的兄弟，[①] 他们都是我在早年的军旅生涯中认识的朋友，通过他们我得以与布鲁克建立了私人的联系。

私交和以往的印象不是我在重大人选取舍问题上的决定性因素，但是这些关系却是我与阿兰·布鲁克个人友谊的基础，在战争岁月里，我们之间的关系从未中断过。1940 年 7 月 19 日下午，我们一起在车中共度了四个小时的时光，对于本土防御的策略他与我的看法几乎是一致的。在与其他人进行了必要的商讨后，我接受了陆军大臣的意见，同意布鲁克接替埃恩萨伊德担任本土防御部队的总指挥。服从命令是军人的天职，也是埃恩萨伊德的特点，他接受了命令。

有一年半的时间我们都处在入侵的威胁中，在此期间，本土军队的

---

① 我在第四轻骑兵团服役期间认识了他的兄弟维克多，当时他为第九枪骑兵团效力，我们之间的深厚友谊是在 1895 年—1896 年间建立的。维克多在一次骑马时，因马前蹄跃起，他从马上摔了下来，摔碎了骨盆；虽然他还能骑马征战，但是这件事使得他的余生都是在痛苦中度过的。1914 年，我们从蒙斯撤退时，维克多时任我们与法国骑兵师之间的联络官，在任职期间，他因劳累过度而光荣牺牲了。

布鲁克将军的另一位兄弟叫隆尼，维克多比他小几岁，我则比他小好几岁。隆尼在上参谋学校时就已经显露出了出众的才华。1895 年—1898 年，他因多次立下战功而被认为是英军的后起之秀。南北战争期间，他曾以副官的身份在南非的轻骑兵团（该团有六个骑兵营）中效力过；援助莱迪史密斯期间，我曾担任过助理副官一职，供职数月而已。我同他一起作战的地方有斯宾克普、瓦尔克兰茨和图吉尔河一带，从他那里我学到了很多战术。莱迪史密斯被解放的当天晚上，我们曾共同骑马进入该城。1903 年索马里战役期间，我当时虽然只是一名年轻的议会议员，但是我已经具备了协助他指挥这次战役的能力，这次战役又为他赢得了非常高的声誉。第一次世界大战期间，他因早年间的严重关节炎未能到前线作战，只能在国内担任一个后备旅的指挥官。1925 年他便去世了，他生前，我和他的关系一直很好。

组织和指挥工作都是由布鲁克负责的，后来他被任命为帝国总参谋长，我们又在一起共事了三年半直到战争结束。接下来我还会讲到，他是如何在1942年8月让我对于埃及和中东的策略发生了决定性的改变，这种改变让我们受益良多，以及我在1944年下令执行的穿越海峡进攻大陆的“霸王”行动让他多么大失所望。在战争的大部分时间里，不仅是英国而且还有盟国，都因为布鲁克长期担任帝国参谋长委员会主席或帝国总参谋长的职务而获益良多。在本书中我会穿插一些我们之间的分歧，还有许多彼此一致的见解，这些都将见证我对这份友谊是多么珍惜。

* * *

对于随时可能到来的入侵，我们一直严阵以待，细节方面也做得越来越好。下面是我发出的一系列指示，它们很好地说明了这一过程。

（今日就落实）首相致空军大臣及空军参谋长　　1940年7月3日

我已听说，各有关方面都一致认为你们的工作重点是向所有德国所辖港口的舰只和驳船投掷炸弹。

首相致伊斯梅将军　　1940年7月3日

议员韦奇伍德先生发给我一封关于伦敦防御的信，内容很有吸引力而且见解很独到，我希望你能看看。伦敦现在的形势怎么样了？我有一个很清晰的感觉，那里的每一寸土地都会发生战斗，我们要凭借地理的优势将大量来犯之敌鲸吞于此。

首相致韦奇伍德先生　　1940年7月5日

对于你的来信，我不胜感激。我仍然希望能够尽快得到更多的步枪，以便加速武装家园防卫军（地方防御志愿军）的进程。我向你保证，伦敦的每一条街道和所有的郊区都将出现我们奋战的身影。如果侵略部队敢深入伦敦境内，我们就会让他们有来无回。不过，我们最希望的是他们的主力能够全部淹死在大海中。

德国的入侵计划是由他们陆军总司令制订的，一开始他们也使用“鲸吞”这个词来表示肯定能拿下伦敦，但是奇怪的是，他们后来又决定避免使用这个词了。

首相致伊斯梅将军 1940年7月4日

那些在受威胁的港口地区居住的人能否在入侵中幸免于难？是否已经鼓励或援助他们建造好合适的防御工事？应该积极采取措施进行这样的工作。一定要想办法让那些不听从我们的建议非要留下来的人们尽量搬到地下室里，并对上面的建筑物进行加固，让军官或当地代表出面告知他们这样做的必要性。如果他们来寻求建议或打听消息，就给予他们这方面的帮助。还应检查他们的防毒面具是否可以使用。应从即日起积极落实以上工作内容。这样做的好处是既能促使他们自愿撤离，也能为留下来的人提前做好防护。

首相致伊斯梅将军 1940年7月5日

对于受威胁的海岸地区的留守居民问题，现在应向有关部门下达如下明确指示：1.让留下来的居民感觉到撤离命令不能违抗的同时，地方长官或团体还应在当地（并非全国）进行宣传，尽一切可能让他们自愿撤离。2.应对那些愿意留下来的或孑然一身的人做如下声明：如果在沿海地带的村镇与侵略者发生交火，他们又恰好住在那里，那么再想逃出生天就要等到战斗结束之后。因此一定要鼓励他们搬到地下室中居住，或帮助他们找到可以居住的地下室，以保障他们的人身安全。我听说现在有一种新型的安德森式家庭防空掩体，应将这种掩体和其他一切可供使用的掩体提供给他们。3. 要对留下的居民进行盘查，只有可以信赖的人员才能留下来，可疑分子必须强制其离开。

请依照以上指示制定出可行方案，并交由我审批。

首相致林德曼教授　　1940 年 7 月 7 日

（副本送伊斯梅将军）

我想让统计局为三十个师绘制一张表格，以直观表现军队目前的装备进度。每一个独立的方格代表一个师，每个方格需对以下内容进行描述：军官和士兵的人数，步枪、轻机枪、轻机枪车、反坦克枪、野战炮、中型野战炮（如果有的话）的数量，以及具有同时运送三个旅的运输工具的数量，还有其他。当这些小方格所代表的项目完成后，就可以将它们描红。我希望每周都能对该表格进行一次核对。这样的表格也可用于家园防卫军，但是只需对步枪和军服的情况进行说明就可以了。

首相致陆军大臣　　1940 年 7 月 7 日

昨天麦克诺顿将军发来报告说，第二加拿大师将全部被调往冰岛，我像你一样感到吃惊。显然，将如此精锐的部队派到遥远的战场是一个极大的错误。据悉，前三个营已经开拔了。这件事应该是秘密进行的。我认为应该将两个加拿大师混编为一个军，此事越快办妥越好。

我已悉数了解关于训练问题的所有争论，但是没有一个论点让我满意。我们应该就这一问题再进行一次彻底梳理。显然，可以派遣二线的本土防御部队前往冰岛，在那里的关键位置构建防御工事；然后再增派一个“戈比斯”式的精锐营辅助他们，以便打击任何登陆之敌。我非常希望你能出面处理此事。

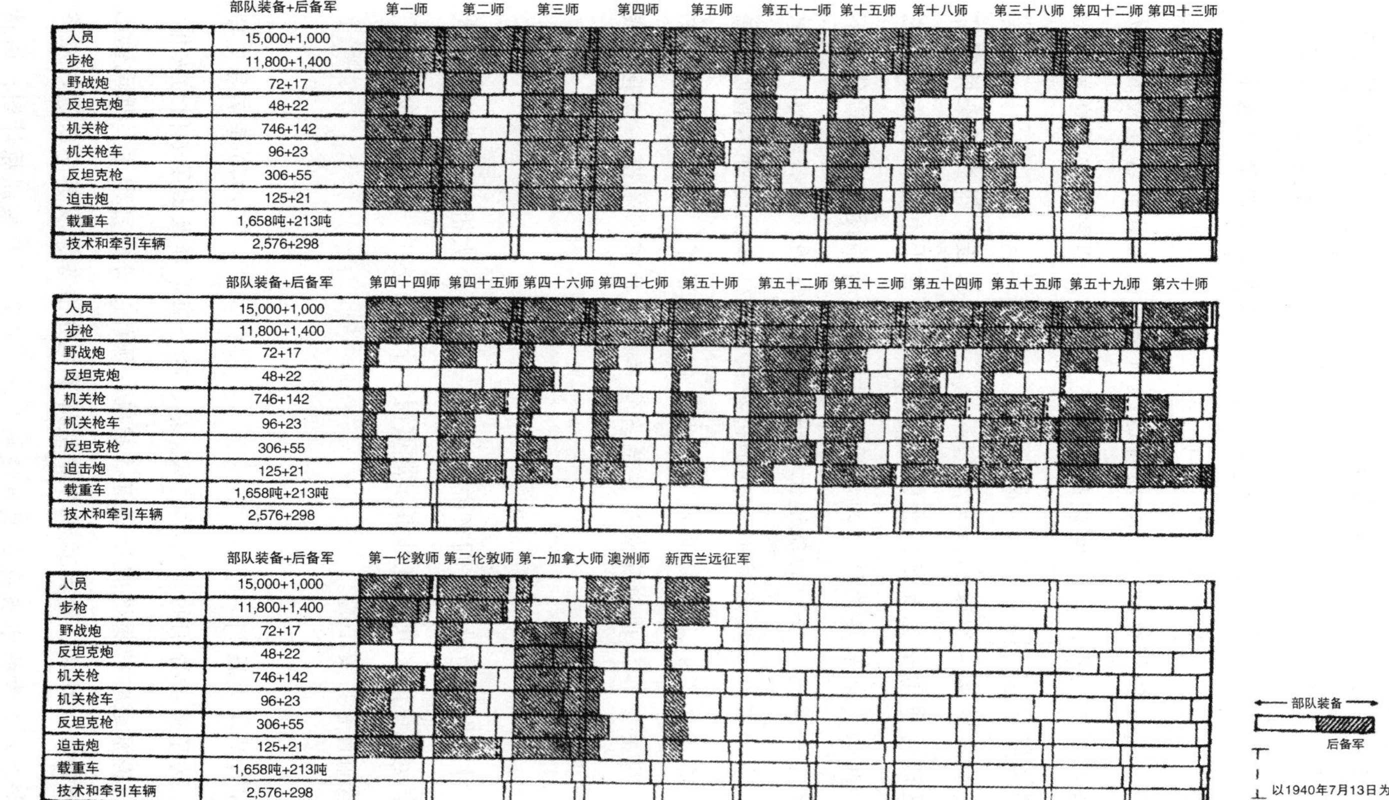

1940 年 7 月 13 日，各师的装备情况

首相致海军大臣及第一海务大臣　　1940 年 7 月 7 日

1. 我无法理解你们为什么无视敌军的舰只在法国海岸任意航行而不予以攻击。难道我们真的希望看到德国在我们的眼皮底下的海峡之中组建一支强大的舰队，他们的战舰可以自由穿梭于多佛尔海峡而不采取任何行动吗？必须将这种新出现的而且非常危险的威胁扼杀在萌芽之中，仅靠空袭恐难以完成任务，还需在空军掩护下出动驱逐舰。

2. 请根据上面提到的要点向我提交一份报告，报告还要说明那片区域的布雷情况及改进方法。据说水雷会在十个月之后失效，果真如此吗？如果真是这样的话，那么就再重新铺设几排。为什么不尝试趁着黑夜在法国的航道上铺设一个水雷区呢？这样就可以在敌人派出扫雷艇清理海峡时对他们进行伏击了。我们绝对不能因为德国占领了法国的港口就再也不使用我们的海军了。如果德军向我们进行炮击，那么我们就应该在适当空军的掩护下，派遣一只巨型战舰予以还击。

*　　*　　*

7 月，我认为对于我们来说发生了一件大事，大批美国武器通过大西洋安全运抵英国。我对这件事非常重视，于是下达了一系列命令让他们接收和运输时务必要小心。

首相致陆军大臣　　1940 年 7 月 7 日

为了保护你们的步枪护航队，我已命令海军部做出了专门的安排。他们将派遣四艘驱逐舰兼程前往护航，预计 9 日就可到达。听说你已经为卸载、接收、分配这批步枪做好了充分准备，我甚感欣慰。应将至少十万支步枪于当夜或翌日凌晨分送到部队。应按照原计划，由精通这项业务的高级军官前往港口，负责卸载与接收这些武器与军火，并按时用专车将它们分配出去。我认为你可能会优先考虑向家园防卫军分发这批武器，以保障危险的沿海地带的安全。你将做出什么样的决定，请提前通知我。

首相致伊斯梅将军 1940 年 7 月 8 日

有没有采取什么办法，用比上次速度更快的船只从美国承运下一批弹药、步枪和大炮？最近装箱的武器是用什么船只运输的，它们的速度如何？你可否帮我向海军部查明此事。

首相致海军大臣 1940 年 7 月 27 日

大量的枪炮和弹药正在源源不断地通过海运向我们国家输送，这样的效率已经达到一个全新的水平，除了那次我们通过海上运输加拿大师之外，任何海运都无法与之相比。需要注意的是，我们需要二十万人才能消化这二十万支枪。7 月 31 日接收的船只就能抵达，这实在是太好了，要尽全力保证他们能安全到达。人们正在热切期盼着这些枪支和野炮的到来。如果损失了这些军火，对我们来说无疑是一场灾难。

在那些珍贵的武器从美国通过海运还未抵达我们的海岸之前，负责运载的专列就已经在各个港口等候多时了。各郡县、村镇的家园防卫军为了接收这些武器已经好几夜都未曾合眼了。运来的武器需要装配后才能使用，男人们和女人们又为此工作了好几个昼夜。到了 7 月底，我们整个国家都已经装备起来了，接下来需要考虑敌人的伞兵和空降部队的问题了。我们现在俨然成了敌人的“众矢之的”。我不想打仗，但是如果非打不可的话，至少我们国家中的大部分男人和部分女人的手中都已经有了武器。这次为家园防卫军运来的五十万支零点三英寸口径的步枪虽然每支配备了五十发子弹，但是我们只敢给他们配发十发子弹，因为我们的工厂还没有开始生产这种型号的子弹。满足了家园保卫军的装备需求后，我们就能将三十万支英式零点三零三英寸口径的步枪拨给规模正在日益扩大的正规军了。

一部分挑剔的专家对那些“七五”炮感到不屑一顾，他们认为每门大炮只配发了一千发炮弹太少了，而且我们还没有大炮牵引车，也没有获取更多炮弹的方法。虽然这些大炮口径不一，会给操作带来诸多麻烦，但是我并不这么想。在整个 1940 年和 1941 年间，实际上正是这九百门“七五”炮大大增加了家园防卫军的战斗力。办法总是有的，比如可以让几个人通过木板将大炮推上卡车，让卡车牵引它们运动。虽然法国这种“七五”炮跟后来英国的“二五”炮和德国的榴弹炮相比已经过时了，但当你要为生存而战的时候，不管什么样的大炮都比没有好，况且这种大炮依然是一种非常好的武器。

* * *

还有一件事让我们不敢掉以轻心，那就是八九月份时德国在英吉利海峡架设了重炮。从炮台的架设位置来看，加来和灰鼻角附近尤为密集，其目的很显然是不仅要阻止我们的军舰进入海峡，而且还要将两地间的最短航线牢牢掌握在他们的手中。专为这一区域架设的大炮到 9 月中旬已经可供使用，下面是我们现在得知的情况：

1. 四门三十八厘米口径的大炮设在灰鼻角南面的“吉戈菲”炮台。

2. 三门三十点五厘米口径的大炮设在博戈尼北部的“腓特烈—奥古斯特”炮台。

3. 四门二十八厘米口径的大炮设在灰鼻角的“大选王”炮台。

4. 两门二十八厘米口径的大炮设在加来和灰鼻角之间的“亨利公

爵”炮台。

5. 两门二十四厘米口径的大炮设在加来东边的“奥登伯格”炮台。

6. 在灰鼻角—加来地区，十四门十七厘米口径的大炮分设在M.1、M.2、M.3、M.4炮台之上。

除了上面这些，在8月底，德国还沿法国海岸线设置了至少三十五门陆军中型和重型大炮用于防御，此外还用缴获的炮台架设了七门大炮。

6月，我曾下令将射程可达海峡对面的大炮架设在多佛尔的海岸，现在已有进展，但规模没有预期那样大。我本人非常关注这件事，在今年夏天这几个令人不安的几个月中，我曾多次视察多佛尔。在城堡的要塞里有掏空白垩层挖成的巨大走廊和地下室，还有能在晴朗的天气里看到法国海岸的宽阔阳台，不过那里的海岸现在已经是敌人的占领区了。海军上将拉姆齐是我的朋友，他当时是这里的指挥官。他的父亲曾是第四骑兵团的一名上校，我年轻时曾为这位上校效力过。那时拉姆齐还是个孩子，我经常在奥尔得夏特的兵营广场看到他。战前他是本土舰队司令的参谋长，三年前他因为与长官意见相左而辞去了这一职务，他还曾因这件事向我寻求过建议。在视察期间我和他进行了一次长谈，之后在多佛尔要塞司令的陪同下，我们一起视察了正在迅速改进的防御工事。

无论在多佛尔还是伦敦，我都密切关注着德国炮台的发展情况，几乎每天我都会对相关报告进行仔细的研究。我很想在对方不能还击之前打他们一个措手不及，从多佛尔炮击对岸摧毁一部分他们的重炮阵地。从我在8月发出的一系列备忘录中可以看出这一想法。由于我们拥有至少三门射程可达海峡对岸的重型大炮，因此我坚信这样的目标是能在8月完成的。不过后来，德军的力量强大到了我们无法匹敌的程度。

首相致伊斯梅将军　　　　　　　　　　　　1940 年 8 月 3 日

1. 为了对付德军新设的炮台，应尽快按照我的命令在多佛尔架设十四英寸口径的大炮。在所有大炮架设完毕前禁止开炮，不过炮击计划应现在就着手制订；另外，我想知道你们是怎么安排落弹观测机的，应用战斗机为其提供强力掩护，在大炮点火之前它们就应当准备完毕。还有，届时让架设在铁路上的那两门十三点五英寸口径的大炮也随时待命，无论它们能否攻击到目标都应做好准备。还应在其他的地点设法模拟出合适的闪光、烟雾和尘土以便制造炮击的假象。请告诉我你们将怎样安排。将十三点五英寸口径的大炮架设在铁路上的工作想必已经在进行中了，请就此事向我报告。

2. 前不久，本土舰队总司令曾请求用重型军舰作为掩护，让部队穿越狭窄的海峡发动一次进攻，现在德国的舰队已南移到基尔运河区域，这一行为让他设想的局面发生了微妙的变化。让海军部询问总司令是否还有进一步的计划要提出，同时提醒他敌人已改变了部署。

首相致海军大臣　　　　　　　　　　　　1940 年 8 月 8 日

在多佛尔为十四英寸口径大炮准备的炮台已经就位，而且大炮也已经安置在底座上了，这样的速度和效率让我倍感惊讶。我非常感激为这一任务做出杰出贡献的人，请将我的谢意转达给所有人。

8 月 22 日，敌人为攻击我们的运输舰队，首次动用了大炮的火力，无果后转而开始炮击多佛尔。我们的十四英寸口径的大炮只有一门能够使用，便用那门大炮进行了还击。从这之后，双方便会时不时地进行火炮对射。9 月，多佛尔一共遭到了六次炮击，其中最猛烈的一次发生在 9 月 9 日，那次德军发射的炮弹数超过了一百五十发，运输舰队只是轻微受损。

首相致海军大臣及第一海务大臣　　1940 年 8 月 25 日

我非常希望你们能提议用“埃里伯斯”号[①] 攻击灰鼻角的德军炮台。在听到你们认为这一建议可行时，我感到非常高兴。这是当前最可取的计划。没有必要等到大炮被安在铁路上之后，因为那门十四英寸口径的大炮一经安置完毕自然会在黎明时加入炮击当中。我们必须要摧毁那些炮台。甚至不必等待下个月才能抵达的“埃里伯斯”号，我希望能够马上行动，如果你们能告诉我什么时间最合适，我将非常高兴。

首相致伊斯梅将军及参谋长委员会　　1940 年 8 月 27 日

敌人要想为入侵英国铺平道路，显然首先要控制住多佛尔和海峡的最狭窄处。敌人的意图很明显，他们想以多打少，耗尽我们的空军力量。这样一来，我们的军舰就将全部被驱逐出海峡基地，因此空战势必会持续下去。我们估计，法国沿岸还将出现更多的德军炮队。该如何用重炮对多佛尔海角进行防御？十周以前我曾要求在那里架设重炮，已经有一门可以使用了，在铁路上架设的那两门也已指日可待。报告称，装药过多会导致大炮精准度不够，可以这样改进：加厚重炮内径，使其口径缩小，使大炮的射程至少达到五十英里，这样就能比较精准地射中二十五或三十英里以内的目标了。让我很费解的是，为什么直到现在还没有人就此事向我提出改进方案？应让多佛尔地区的炮兵在无论遭受何种攻击，或其阵地多么易于遭受攻击的情况下，都要保持优势地位。我们必须要为保卫海峡和摧毁敌人的炮台而奋战，

① “埃里伯斯”号是一艘浅水炮舰，配有两门十五英寸口径的大炮，它曾在第一次世界大战期间服役过。经过改装后的“埃里伯斯”号在斯科帕湾进行演习时被发现存在缺陷，加之气象不佳，直到 1940 年 9 月份才抵达多佛尔，后于 9 月 29 日夜至 30 日凌晨对加来进行了炮击。

同时还要扩大和加强我们的防御工事。

我在之前的一份文件中曾要求，用能够防御空军的装甲炮舰“埃里伯斯”号奇袭灰鼻角，以求摧毁那里的炮台。这件事安排得怎么样了？什么时候能发动进攻？当然要让空军协同作战，我方应在这次行动中采用攻势。我们还应在白天出动落弹观测机，执行这项任务的最佳人选非配备着“麦林”20型机枪的“旋风”式战斗机第一中队莫属。我空军应该全力护卫“埃里伯斯”号炮舰，在它遭到敌军空袭时，应立即出击歼灭敌方空军。

请制订计划并向我报告。

首相致伊斯梅将军及参谋长委员会　　1940年8月30日

防卫肯特海角一事在我之前的备忘录中也有提及，德军将很快在法国海岸布置大量重型炮台，这一点必须要引起我们的重视。很显然，他们是想用大炮来控制海峡。我们已经有一门十四英寸口径的大炮可以使用，两门十三点五口径的大炮也已经在铁路上架设完成，因此就目前来看，我们是占优势的。不过，还应继续加强多佛尔的防御，尽快将最新式的六英寸和八英寸口径的大炮运往驻防在该地的海军上将处。“纽卡斯尔”号和“格拉斯哥”号需要大修，我知道海军部正在打这两艘舰艇上的大炮的主意，应该用前无古人的速度建造一两座回旋炮台以便安置这些大炮。请以书面的形式向我报告此事和竣工日期。陆军用于演习的一门九点二英寸口径的大炮正在架设中，此外在铁路上还有一些十二英寸口径的大炮也在架设中。如果敌人想阻止我们的船只不能在海峡上活动，那么我们的射程达不到法国海岸的大炮就有了用武之地了，它们在阻止敌人利用海峡方面将会起到很好的作用。

按照帝国总参谋长所说的，还应将我们的一些重炮用于阻止敌人攻陷港口和登陆，在敌人登陆后用于阻止他们建立桥头阵地，在我们发动反击时对我方部队实施增援，可以将那门十八英寸口径的榴弹炮和部分九点二英寸口径的重炮用在这些方面。这些重炮中的大部分都是在上次大战中遗留下来的，至今没有被使用过，已经对它们进行了整整一年的调试。

如何进行反攻，如何拖住从泰晤士河南岸和北岸登陆的敌人？有没有两者都能兼顾的良策？请向我进行报告。在我们的北边，一些质量上乘的重炮已经遥遥在望了。

我很想知道，多佛尔与伦敦之间，以及哈利基与伦敦之间真正的、实际的布防情况。加强这一带的防线是有理由的：沿海防御工事已告罄，增强那里与进行强力反攻不存在原则上的冲突。

不过，目前最需要解决的问题，是如何让一门或两门最新式的六英寸口径重炮射击三万五千码以内的区域，以便对德国所有舰只进行炮击。美国有一种十六英寸口径的海岸炮，射程可达四万五千码，在不需装入大量炸药的情况下就能发射一点二五吨重的炮弹，因此这种大炮的准确性应该是有保障的。我正在竭力与他们交涉，希望能获得至少两门这样的大炮。美国陆军的斯特朗将军曾向我提到过这种大炮，并向我许诺会提供支援。他认为只要美国陆军从复合炮台上卸下几门大炮和炮台就能办妥这件事，无须惊动政府。

请告诉我关于这些大炮的一切细节。在三个月之内建好混凝土底座应该没有问题，我猜测，将这些大炮运到此地也要花费同样长的时间。没有多少船只适合运送这种大炮。

首相致伊斯梅将军及第一海务大臣　　1940 年 8 月 31 日

对法国海岸的炮台进行攻击已成当务之急。昨天的照片显示那些大炮已经被起吊，也就是说实际上它们已经就位了；明智的做法是，趁着他们还不能还击，我们应先行开火。敌人已经有足够多的大炮就

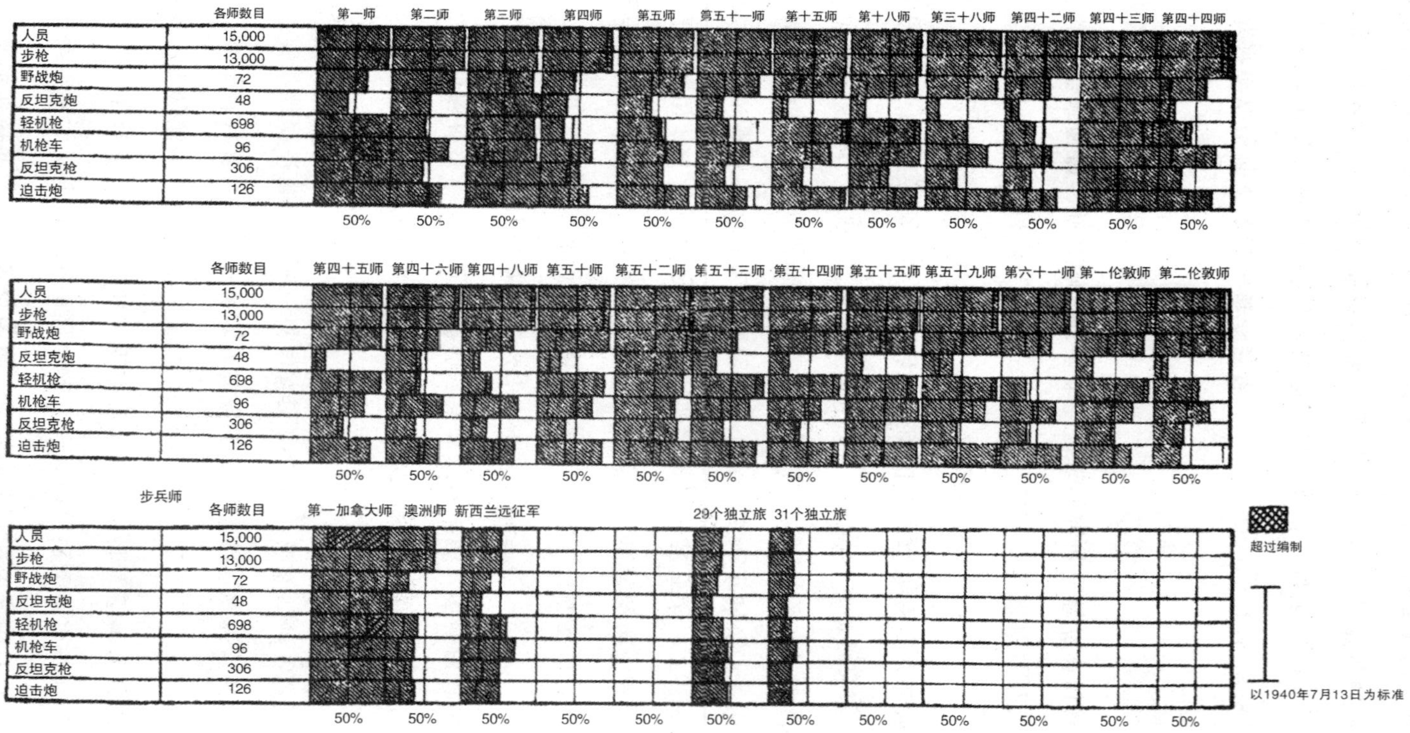

	各师数目	第一师	第二师	第三师	第四师	第五师	第五十一师	第十五师	第十八师	第三十八师	第四十二师	第四十三师	第四十四师
人员	15,000												
步枪	13,000												
野战炮	72												
反坦克炮	48												
轻机枪	698												
机枪车	96												
反坦克枪	306												
迫击炮	126												
		50%	50%	50%	50%	50%	50%	50%	50%	50%	50%	50%	50%

	各师数目	第四十五师	第四十六师	第四十八师	第五十师	第五十二师	第五十三师	第五十四师	第五十五师	第五十九师	第六十一师	第一伦敦师	第二伦敦师
人员	15,000												
步枪	13,000												
野战炮	72												
反坦克炮	48												
轻机枪	698												
机枪车	96												
反坦克枪	306												
迫击炮	126												
		50%	50%	50%	50%	50%	50%	50%	50%	50%	50%	50%	50%

步兵师

	各师数目	第一加拿大师	澳洲师	新西兰远征军			29个独立旅	31个独立旅					
人员	15,000												
步枪	13,000												
野战炮	72												
反坦克炮	48												
轻机枪	698												
机枪车	96												
反坦克枪	306												
迫击炮	126												
		50%	50%	50%	50%	50%	50%	50%	50%	50%	50%	50%	50%

超过编制

以1940年7月13日为标准

1940年9月17日（人员1940年8月31日）

各步兵师的装备及人员（后备军除外）

位，如果“埃里伯斯”号再耽搁下去，那么随着时日增长，我们的任务将愈加难以完成。

由于我们已远远落后于对方，因此只有破坏敌人的炮台才能延迟他们安置大炮的进度。

9月初，我们的海防重炮分布情况如下：

战前的海岸防御力量：

两门九点二英寸口径大炮

六门六英寸口径大炮

最近的增加量：

一门十四英寸口径大炮（海军）

两门九点二英寸口径大炮（铁路炮架）

两门六英寸口径大炮（海军）

两门四英寸口径大炮（海军）

此外，还有两门十三点五英寸口径大炮很快会从旧战舰“埃恩公爵”号上卸下，它们将被安装在铁路炮架上；四门五点五英寸口径大炮将会从“胡德”号卸下。海军和海军陆战队将负责操控这些被卸下的大炮中的大部分。

虽然我们这样做依然不能在大炮数量上与敌人相提并论，但是我们的大炮很集中，因此可以获得强大的火力。

此外，我们在一战中保存下来的那门十八英寸口径的榴弹炮和十二门十二英寸口径的榴弹炮也已架设完毕，随时准备对登陆之敌迎头痛击。所有的大炮都是机动的，因此无论敌人在哪里登陆都将遭到猛烈炮击。

* * *

7月和8月没有发生任何可怕事件，因此我们的心平静了下来，我们一定可以长久地、顽强地抗战下去的信心又增加了不少。我们的力量每天都在增强。全国人民经过一天或一夜的辛苦劳作后，精疲力竭地就寝之时，他们的感觉这一切都是值得的，我们有的是时间，我们必将取得胜利。所有的海滩都已被各式各样的防御工事覆盖，全国被划分为几大防区，工厂源源不断地生产着军火。8 月底，我们的新式坦克超过了二百五十辆。美国的义举已结下丰硕的果实。无论是受过正规训练的英国陆军，还是本土防御部队都从早到晚操练不休，都渴望着能上阵杀敌。家园防卫军的人数已经突破百万，没有步枪的人就用霰弹枪、猎枪或手枪，没有枪械的人则纷纷拿起了木棒和长矛。大不列颠不存在第五纵队，[①] 即使有少量的间谍但都已被严密监视并进行了盘查。每个人都已经倾尽了所有。

9 月，里宾特洛甫在访问罗马时对齐亚诺说："英国是一个不设防的国家，德国只需派一个师就能征服它。"他说这句话只能表明他的无知。不过，如果德国的二十万冲锋队真的登陆并站住了脚跟，那么情况将会是什么样呢？我想，双方肯定不会心慈手软与宽大为怀。敌军必然要展开残酷的大屠杀，他们一定会制造无人区，我们要有打持久战的准备。如果出现这种情形，我打算用这样的标语应对："我们至少能以一换一。"我甚至考虑到了美国的感受，这种恐怖局面一定会让他们的态度有所转变。不过，我的这些猜想没有一个成为现实。在北方灰蒙蒙的海面上和海峡中，有我们忠诚勇敢的舰队，他们彻夜巡逻，双眼时刻注视着敌人的一举一动。在空中，我们的战斗机飞行员驾驶着战机呼啸而过；在地面，他们严阵以待，只要一声令下就将驾驶着优秀的战机直上云霄。这是一个壮烈牺牲好过苟且存活的时代。

---

① 1936 西班牙爆发内战，叛军勾结德国、意大利意欲攻击马德里。叛军将领拉诺在一次广播中扬言："我们有四个纵队正在攻击马德里，还有一个'第五纵队'在市内负责接应。"后来，国际上便将内奸或叛徒称为"第五纵队"。——译注

第十四章　入侵问题

过去如何应对入侵——空军作为新的力量出现了——6 月 18 日我在议会的报告——第一次出现谣言——6 月 28 日我的备忘录——7 月 10 日我关于“入侵”问题的看法——机动后备队的重要性——两千英里的英国海岸线——第一海务大臣的估计——敌人可能攻击的地点——为了安全起见，我将他的预估加倍——1940 年 8 月 5 日我的备忘录——我要求重新对军队进行部署——参谋长委员会与我达成共识——我们很重视东海岸——德军要进攻南海岸——我们转移战线——8 月和 9 月我军部署的改变情况——敌人从北面海域发起进攻的可能性依然存在——7 月和 8 月的紧张局势

敦刻尔克大撤退之后，正如我们看到的那样，所有英国人都在考虑这个问题：希特勒是否能入侵和征服我们？三个星期后，法国政府的投降加剧了我们对这个问题的重视。我已经不是第一次遇到这样的问题了。第一次世界大战期间，有三年的时间，我以海军大臣的身份参加了帝国委员会对于这种问题的所有讨论。我代表海军部坚持认为，应从远征军的六个师中至少保留下两个师保卫本土，他们在我们的本土防御部队和其他部队具备战斗力前不能被派遣出去。有“先锋”之称的海军元帅威尔逊也认为：“海军不可能在没有守门员的情况下，加入这场国际足球赛的角逐中。”不过，当第一次世界大战爆发时，我们发现只要英国舰队的主力留守本土，远离敌人巢穴的话，就能让我们免于遭到突然袭击、背叛和突发事件，我们自信海军一定会比我们纸上谈兵的设想做得好。1914 年 8 月 5 日，阿斯奎斯先生在内阁会议室召开了一次特别会议，大臣和军事上的高级统帅都参加了。会上，在取得第一海务大臣（巴吞贝格的路易亲王）的完全同意后，我正式宣布：由海军全权负责本土防御、抵抗入侵和应对突发事件等工作；所有其他的正规军则应该立即赶赴法国，参加即将到来的大战。也就是说，我们当时已做出决定，允许所有陆军被调走。战争开始的前六个星期，所有的六个师全部调离了本土。

如果海军的真谛被参透并被善加利用，那么它们将是一股强大的力量。在对方的舰队占据绝对优势的情况下，想通过大海将陆军运送到对面简直是天方夜谭。有了蒸汽机的英国海军有如猛虎长出了翅膀，将利于保卫大不列颠的安全。在拿破仑的时代，同样一阵风既可以把他的平底船从布洛涅带到英吉利海峡，也可以将我们用于封锁的船只队形吹乱。从那之后，发生的一切海战都能证明，占绝对优势的海军是有能力将侵略者的运输船完全歼灭的。新式装备让军队日趋多元化的同时，也给他们的海上运输和登陆后的后勤工作带来了更多的困难与危险。在上次大战中，我们的本土安全也曾受到严重威胁，但优势明显的海军让我们转危为安。敌人没有能力与我们在海上进行决战，他们根本就不是我们巡洋舰队的对手。我们的小型舰队和轻型舰只的数量是敌人的十倍。除了以上这些，无法预料的天气因素是不能被忽略的，特别是雾。即使是在天气条件对我们不利的情况下，敌人在某一处或多处登陆，他们依然无法保持交通线的畅通和解决如何对占领据点进行供给的问题。这就是我们在第一次世界大战中的地位。

不过，二战中出现了空军。入侵方式会因这一新事物的出现而产生什么样的变化呢？显然，多佛尔海峡两岸之间的狭窄海面关系着我们小型舰队的安危，甚至是存亡，敌人一定会想办法用占优势的空军控制住那里。如果德军的轰炸机成功地控制住了那片区域，那么除非遭遇最紧急的情况，否则我们绝对不希望巨型战舰和大型巡洋舰驶入那里。事实上，我们没有将主力舰队停泊在福斯湾以南或普利茅斯以东地区；在哈利基、纳奥萨州、多佛尔、朴次茅斯和波特兰这些地方，只有我们的轻型巡洋舰在日夜不断地执行着巡逻任务，且舰只数量还在稳步增加。截至 9 月，这些轻型巡逻舰只已达到八百余艘，敌人需要出动空军才能消灭它们，且消灭的数量还要看敌军出动的飞机的数量。

但是，哪一方拥有制空权呢？在法兰西之战中我们的空军曾与德国的空军有过交锋，并在以一敌二或以一敌三的情况下给他们造成了同等比例的损失。在敦刻尔克，由于我们的空军还肩负着巡逻和掩护陆军撤退的任务，因此是以一比四或一比五的比例与敌军作战的，但是我们仍然不落下风且完成了任务。空军司令道丁认为，在我们的领海和毫无遮盖的领土上空，我们的空军以一敌七或以一敌八都是占优势的。德国的空军力量，如果只考虑整体而忽略某些特别密集的区域的话，据我们所知，或者说据我们掌握的确切情报来看，大约是我们的三倍。因此我们的结论是，虽然与勇敢强大的德军作战将极度危险，但是在我们的领空、领土与领海上，德国的空军是能够被击败的。如果这一结论变为现实，那么我们的海军就能继续牢牢掌握制海权，并在海上消灭一切来犯之敌。

当然，一向以心思细腻、目光深远著称的德国人是否还准备了第三种登陆方案呢？他们是否准备了一支巨大的无须借助港口、码头就能让坦克、大炮和摩托车登陆的特种登陆舰队呢？他们是否也已经解决了对登陆部队提供后勤给养的问题呢？早在 1917 年我就有了这样的想法，在我的指导下这些想法已经变为了现实，在前面我已做过阐述。虽然没有任何证据表明德国也存在这样的装备，但是在考虑问题时，我们还是做出了最坏的估计。我们曾花四年的时间，抓紧研发和生产能够用于像诺曼底登陆那种规模的登陆装备，其间美国也曾在物资上给了我们大量援助。现在，德国只需花费很少的人力和物力就能在这方面赶上我们，但是他们只有很少量的

“瑟比尔渡轮”。[1]

因此，德国只有在空军和海军都存在优势，并且还拥有大量的特制登陆艇的情况下，才有能力在 1940 年夏季或秋季对英国发动入侵。但是，海军占优的一方是我们，拥有制空权的一方也是我们；而且我们对于他们的特制登陆艇也了如指掌，他们还没有设计或生产这样的船只。以上这些都是我关于 1940 年入侵问题的思想基础，基于这一基础，我下达了一系列的命令和指示。

6 月 18 日，我在议会上清楚地阐释了总的方针路线：

> 如果五千或一万敌军分成几队在黑夜或清晨大雾的掩护下，越过海峡，同时向海岸的多处发动突然袭击并登陆，那么我们的海军并不敢保证能够对他们进行阻止。不过，渡海作战的威力尤其是在现代条件下是与入侵部队的规模成正比的。以我们目前的军事实力来看，只有大量的渡海作战军队才会对我们构成威胁。如果敌人大量来袭，那么他们就逃不过我们海军的视线，我们就能出击并咬住他们。以五个师为例，尽管他们轻装上阵，也至少需要二百到二百五十只船来运载，拥有现代侦察技术和拍照技术的侦察机将会很快发现他们并拍下每一艘船，因此他们要想漂洋过海就必须安排一只强大的海军进行护卫。他们要想登陆，还将面临更加巨大的困难：在经过长久航行眼看要抵达海岸之时，他们很可能会遭到截击，届时所有人都将葬身大海，甚至更加严重的是，在他们试图登陆时，伴随他们的装备一起被打成碎片。以上这些是我们必须要铭记于心的。

* * *

早在 6 月底，诸多报告都显示敌人的作战计划还囊括了英吉利海峡，

---

① “瑟比尔渡轮”是由德国飞机设计师弗里茨·西贝尔领导开发的一种渡轮，在二战期间曾被大量制造，用于入侵英伦三岛。——译注

我立即要求对此事展开调查。

首相致伊斯梅将军　　1940 年 6 月 27 日

敌人的大规模运输队似乎很难避开我们的视线抵达海峡各港口，我们的扫雷艇能够探测出任何制式的水雷，因此他们似乎也不可能用这种方法阻止我们的海军半路截击他们的运输舰队。不过，谨慎起见，请让参谋长委员会对这些传言加以注意。

以当时的情况看，敌人穿越海峡发动入侵的可能性是微乎其微的，不过这件事还是引起了我们足够的重视。对于当前的军事部署，我并不是完全满意。军队首先要了解的是，委派给他们任务真正的意义是什么。尤其不能将兵力分散而固定地部署在遭受着威胁的海岸上，这样就相当于浪费了部队的战斗力；也不能没有计划地在所有海岸都布置兵力，这样就相当于浪费了国家的资源。为此我写道：

首相致伊斯梅将军　　1940 年 6 月 28 日

首相致参谋长委员会的备忘录

1. 详见三军副参谋长的报告和后来参谋长委员会的报告。

2. 用修建防御工事的形式对海滩或类似区域进行封锁方为明智之举，另外还应保障东海岸所有码头及港口的安全。敌人可能不会大举进攻南海岸，因为那里没有港口和码头等设施，因此直接威胁相对较小。没有人指出，当我们的海军失败后，敌人会从东海岸的哪个地方发起进攻。如果某些地方被敌人占领，这条海岸线就会变成以前的马其诺战线，战线上的所有驻军能起到的作用也将大打折扣。虽然在海滩上打阵地战对防守一方有利，但是这种优势并不适用于防守所有海滩。一定要有选择地进行设防，不过如果时间充足的话，应扩大防区并进行优化。

3. 应尽最大努力在所有需要设防的区域都部署军队，让最近参加过战斗的经验丰富的军官作为部队长官，然后让这支军队专门负责该地区防务。国家的安全有赖于我们是否拥有大量的能够迅速（四小时以内）前往被占领地点的“豹子”旅团，我们现在只有九个这样的旅团，但很快就将增加到十五个。就算入侵部队抵达了沙滩，他们想登陆也是非常困难的。在我们海陆空部队的三方夹击下，他们想向占领地点运送给养将会难上加难。因此，成败的关键在于，我们岸上的军队能否对从海战中溜进来的敌人进行快速而有效的歼灭。我们还是有办法应对这一情况的。一定不要让我们的陆上部队在海滩防御工事间疲于奔命，保持他们的高机动性，做好掩护，随时准备出击。

4. 如果我们的某一个港口不幸被敌人占领，那么就必须用较大规模的部队配合炮兵来处理。虽然这样的不幸事件很难发生，但还是应该预留出四到五个师作为总后备队，以备不时之需。预计能够成功登陆的敌人不会超过一万人，三处同时登陆的话大概会有三万人。空运部队在遭受攻击后，至多在两到三个地点登陆，预计人数不会超过一万五。敌人没有能力经常进行空降。还不确定空降部队是否会选择夜间登陆，不过他们若是选择白天空降，就很容易被我们的空军消灭。

5. 对付坦克的方法会稍有不同，比较可取的方法是，用大炮和障碍物来缩小它们的登陆范围。我们要弄清楚运载坦克的驳船或平底船的大小、特点和速度，以及这些船只是本身就具有动力还是靠其他船只牵引。这件事将会交由海军部去办。由于这些船的时速不足七英里，即使在夏天有雾甚至有大雾的天气下出动，无线电测向站也能在它们登陆前数小时之内发现并报警。届时它们就将成为隐藏在港口中的驱逐舰的盘中餐。各海岸防区驻扎的部队应成立防坦克小分队积极修建障碍物。显然，我们的坦克后备队应驻扎在能够快速出击的地区，如铁路沿线，以便对敌人残存的坦克进行攻击。

6. 家园防卫军的任务是在特种兵分队的配合下，应付敌人的伞兵、“第五纵队”和摩托化部队的渗入。一定要提防敌人穿上英国军装在某些意想不到的地方出现的诡计。

7. 我大体认可总司令的计划，不过我认为应该尽可能地从海岸防御部队中抽调出一部分来，成立“豹子”旅团或其他能马上行动的机动化部队。我们还应对后备队提起足够的重视。海滩不是战争成败的关键，机动部队和后备队才是胜利的保障。如果我们的空军因长时间作战而损失殆尽，飞机供应也陷于瘫痪，海军的力量依然是我们在入侵中陷于危难时的决定性因素。

8. 以上各项建议只适用于夏季这几个月。在秋季来临前我们的装备一定会变得更好，从而变得更加强大。

7 月，越来越多的人开始谈论起这个问题，无论是英国政府内部还是一般民众，全都被它搅得人心惶惶。我们不断地派出飞机对波罗的海、莱茵河、凯尔特河各港口进行侦察并拍照，但是没有任何证据表明这些地方存在大量船舶集结的现象。在多佛尔到英吉利海峡的通道上，我们也没有发现任何运输舰只和机动驳船的影子。不过，抵御入侵是摆在我们面前的首要任务，我们必须做好充分准备，因此对于这个问题，军方人员和本土司令部的长官们都非常重视。

首相致本土总司令、帝国总参谋长及伊斯梅将军　　1940 年 7 月 10 日

关于入侵问题

首相的论点

1. 敌人用小型登陆艇甚至是小型舰艇运输部队对整个海岸发动入

侵的设想，我认为是很难实现的事情。目前没有任何迹象表明敌人的这类舰只正在大量集结。而且，我们在海上有大量的武装舰队来回巡逻，敌人除非通过最狭窄的海峡采取行动，要不然就无疑是在进行一次豪赌，甚至是在赶羊入虎口。海军部拥有一千多艘武装巡洋舰，其中有两三百艘舰只长期用于海面巡逻，舰上的船员全部具有丰富的巡逻经验，敌人试图穿越海峡发动奇袭的计划是不可能实现的。想通过北部宽阔海面入侵的敌军将会被轻易猎杀，因为他们无法在一夜之间穿过北海，白天又很容易暴露行踪。跟随在巡逻舰后面的是我们的驱逐舰队，其中四十艘正在亨博河和朴次茅斯之间待命，它们中的大部分都已部署在最狭窄的海域。这些驱逐舰大部分都是晚上出航白天休息。因此，它们很可能在晚间与敌人的运输部队相遇，不过它们抵达任何一个或多个敌军登陆地点的时间都不会超过三个小时的时间。敌军的登陆部队无论如何轻装上阵，都需要将舰艇中武器和装备搬卸到海滩上来，趁这段时间，我们就能立即将敌人的登陆舰击沉，对他们的登陆部队进行拦截，对已经登陆的部队进行攻击。虽然如此，我们还是应派遣战斗机中队在黎明以后对正在截击敌人的舰队进行增援。天亮之后，让战斗机掩护驱逐舰对敌人的登陆部队进行猛烈阻击是非常重要的。

2. 你们应该查阅一下，内阁对本土舰队总司令提出的问题，以及他给出的回复。如果敌人用重型战舰对入侵通道进行掩护又将如何应对？他是这么回复的：根据我们目前掌握的情报，敌人几乎所有的巨型战舰都在大修之中；停泊在特隆赫姆港的军舰[①]虽然不需要修缮，但是正处于我们占绝对优势的舰队的密切监视中。过不了多久（13 日到 16 日），“纳尔逊”号和“巴勒姆”号就能整修完毕，届时英国就能

① 实际上，停泊在此处的“沙恩霍斯特”号和“歌奈森诺”号因被鱼雷击中已不能行动。——原注

轻松组建两支巨型舰队，每支舰队的战斗力都将是不容小觑的。有了这两支舰队，不仅能在北面海域爆发战争时控制住局面，同时还能在特隆赫姆港的敌舰向南出击时迅速对他们进行攻击。此外，我们在泰晤士河和恒河流域的战斗力也是十分可观的，不管敌人想用何种轻型巡洋舰掩护部队登陆，只要将我们的巡洋舰和该地大小舰队联合起来，就能对他们实施有效的阻击。综上所述，无论敌人是想用装备齐全的军队在英国东海岸进行大规模登陆，还是在穿越海峡后分成几股在海滩登陆，都将是异常困难的。用大型舰只运送军队从北面发动攻势，对于敌人来说，难度会更大。如果将目光放长远一点儿的话，除了波罗的海各港口可能会对我们造成威胁外，没有任何迹象表明敌人的舰只和登陆艇正在集结，即使有，也没有达到让我们不安的程度。用侦察机和潜水艇不间断巡逻应该能及时发现敌情并发出警报，而且我们水里的雷区也能给敌人造成一定的麻烦。

3. 敌人攻击南海岸的可能性更小。我们很清楚，法国各港口只停泊着一些小型舰只而且数量也不多，那里没有大型舰只并且也没有迹象表明这种舰只会向那里大量集结。多佛尔的火力覆盖网正在被扩大，并将最终延伸至法国海岸。因这一举措关系重大，已敦促海军部应长期而迅速地落实该工作内容。他们表示，目前为止还没有重要舰只、战舰和运输舰队从多佛尔海峡经过。据此，我不认为南面海峡此时正处于危险状态。当然，敌人可能会从布雷斯特突袭爱尔兰，不过进攻规模不会过大，而且突袭部队暴露在海面上时会非常危险。

4. 多佛尔到瓦什之间的海岸面临的主要威胁是荷兰和德国的港口。受威胁的地区随着黑夜变长还会逐渐向北部延伸，不过对我们有利的是，敌人的“渔船进攻”计划会随着天气的变化趋于恶劣而更加困难；加之空中云量增加，双方在进行战斗时，敌军的空中增援会大打折扣。

5. 因此，我希望你们能将以上论点拿到海军部进行核实，无误后借此对海岸驻防部队进行重新部署，抽调出其中的大部分师编入支援部队或后备队，然后训练他们，以饱满的精力参加到将来的攻势行动和反击之中。鉴于海岸一带的防御工事已修建完善，他们的守备任务可由正规师以外的部队和家园防卫军逐步取代。我相信你们会大体同意这一方针，换防速度可能会成为唯一的问题。对于这一点，我希望我们能以速度最快为原则达成共识。

6. 在这些推论中没有涉及空军，但这并不影响最后的结论。

* * *

还需进行一个推断，在7月到8月间，东海岸受到攻击的可能性要大于南海岸，对于这一点我和我的顾问团都是这样认为的。事实上，这两个海岸都没有在这两个月内遭受攻击。下文马上就会提到，德国从未想过和打算从波罗的海和北海各港口用大型运输舰运送部队进行入侵，他们的计划是用四千或五千吨位的中型战舰和小型登陆艇穿过英吉利海峡进行登陆。德国制订从比斯开湾各港口发动侵略计划的可能性更是微乎其微。这并不意味他们选择南海岸作为目标就是对的，也不能说明我们的考虑出现了漏洞。如果敌人制订出了入侵东海岸的计划，那么对我们来说那将是极端棘手的问题。德国要想从南面海岸发动入侵，就要等待必要舰只在法国沿岸各港口集结完毕，集结时，舰只需通过以上各港口北面的多佛尔海峡。7月，没有迹象表明德军在进行这样的行动。

不过，我们必须要做好充分准备以防敌情有变，同时还要避免机动部队的力量被分散，并扩充后备队。如果不能将每周的消息和事件综合到一起分析，就无法解决这一细致且困难的问题。除去爱尔兰后，大不列颠仍有两千多英里参差不齐的海岸线，其间还遍布着数不尽的海湾。要想对如此幅员辽阔的海岸线进行防守，唯一的方法是在海岸线和前线上建立哨所和防线，以便敌人对其中的一处或多处进行持续攻击时拖住他们；同时，建立起庞大的后备军，并保障部队训练有素和机动灵活，要能让他们在最短的时间内赶往被攻击的地点，对敌军发动猛烈的反攻。在战争的最后阶段，盟军包围德国时，希特勒也曾面临过类似的难题，正如我们后来看到的那样，他在处理这个问题时犯了极其严重的错误，这个错误直接将他送进了坟墓。他建立了一个蜘蛛网式的交通系统，但他却忘记了蜘蛛。我们至今还记得，法国由于部署不当而遭受的沉重打击，为了不重蹈他们的覆辙，我们从未忘记“大规模运动战”的重要性，在我们日益增长的资源所允许的范围之内，我不断地推行着这一政策。

海军部的看法与我在 7 月 10 日文件中的论点大体相符，海军参谋处根据这份文件和海军上将庞德共同制订了一份完整缜密的计划书，两天后，这份计划书由庞德上将递交到我处。计划书无法回避我们必须要面对的危险，这是很自然也很恰当的。

但是，结尾时庞德上将这样写道：“很可能有十万左右的敌军未遭到海军截击就抵达我国海岸……但是，德军要想维持供给线就必须同时击溃我们的空军和海军，否则绝无可能……如果敌人完成登陆行动，那么他们接下来的动作很可能是急行军攻击伦敦，沿途靠劫掠村镇补给，并迫使英国政府投降。”第一海务大臣按照敌军从港口出动的人数和可能用于进攻我们海岸的人数，将这最多十万人的部队分为若干部分并制作了一个表格：

从比斯开湾港口攻击南海岸的人数	20，000
从海峡港口攻击南海岸的人数	5，000
从荷兰和比利时港口攻击东海岸的人数	12，000
从德国港口攻击东海岸的人数	50，000
从挪威港口攻击谢特兰群岛、冰岛和苏格兰海岸的人数	10，000
合计	97，000

我对他的预估表示满意。由于敌人不能携带重武器，且补给线很容易被切断，因此如果敌人在7月实施入侵，我们日益强大的陆军是可以应付的。

以下是我向参谋长委员会和本土部队司令部提交文件：

首相的备忘录

参谋长委员会和本土防御司令部应仔细研究该文件。虽然我个人相信，海军部的表现会比他们许诺的要更好，敌人的入侵规模也会因运输部队的损失而进一步缩小，但是为确保万无一失，地面部队还需继续做好准备工作，工作部署应当以第一海务大臣的备忘录作为基础。为应对地面攻势，我们应当准备双倍兵力也就是说二十万人，如何部署部队可参照第一海务大臣给出的比例。我们的本土防御部队已具备应对这种入侵的实力，且这种实力还在增强。

如果你们能以此为基础重新梳理下我们的应敌计划，并将其中修改的地方上报内阁，我将非常感激。虽然敌人很可能会对北方发动最猛烈的攻击，但是由于南部的海面狭窄且首都伦敦在这片区域，因此要在南部启用最高形式的防御机制，这一点必须要铭记于心。

以上观点得到了大家的一致赞同，并指导了我们接下来几周的工作。根据这些观点，在我完全同意下，我们还向狭窄海域的主力舰队下达了明确的命令。7月20日，海军部与海军总司令福布斯海军上将经过慎重商讨，做出了如下决定：

1. 在未接到敌重型舰队开往南海岸的报告之前，海军部不会派遣重型舰只前往歼灭登陆之敌。

2. 如果敌人愿冒风险，派重型舰队援助北海南部的登陆部队接近海岸，则我重型舰队也将接受风险前往南部进行迎击。

为了不至于过度分散兵力，且能对敌人将采取何种方式及规模对我绵亘的海岸线展开攻势得出更精确的结论，我于8月初再次向参谋长委员会送去了一份备忘录。

1940年8月5日

关于入侵问题的防御

首相兼国防大臣的备忘录

鉴于对整个大不列颠的全部海岸设防将浪费大量战略资源又没有什么好处，且一味防御只能招致更多危险，我希望你们能对以下几点加以考虑：

1. 敌人的港口始终是我们抵御入侵的第一道防线。一经通过空中侦察、潜艇监视或其他方法获得敌舰正在集结的信息，应立即调用最合适的部队予以严厉打击。

2. 用严密的海上巡逻构建我们的第二道防线，一旦发现入侵部队应立即进行截击，并消灭他们的运输部队。

3. 我们的第三道防线是防守反击，当敌人将要登陆，特别是他们正在登陆占脚未稳之时，是我们的最佳攻击时机。当敌人尚在海上之时，攻击的准备工作就应妥当；海军和空军都应不断支援反击行动，使敌人无法对登陆地点进行补给。

4. 地面防御工事和本土防御部队的作用是迫使敌人组成密集队形，就像上面提到的那样，为海军和空军提供合适的攻击目标，同时便于在空中或以其他形式侦察出敌人的部署和接下来的动作。

5. 一旦敌军在多处成功登陆，则该处的驻军应在海军和空军的配合下尽可能地牵制住敌人。过不了多久，敌人就会因弹药用尽而不得不龟缩防御。各海岸兵力的多少并不是能否成功防御该处的关键，要用多少小时才能将机动部队调往登陆地点并展开强有力的反击才是决定性的因素。应用最快的速度，拼尽全力在敌人最虚弱的时候对其进行攻击；敌人最弱的时候，并非像有些人认为的那样是他们离船之时，应当是他们已经上岸、补给线被切断、供给困难之时。一旦某一地点失控，敌人在该地站住脚跟，就要在六小时内集结一万装备完整的士兵，十二小时内集结两万这样的士兵予以应对。本土司令部需要着重考虑的一个难题是，在不知道敌人的进攻重心之时，如何对后备军进行合理部署。

6. 必须要承认，瓦什到多佛尔一带的狭窄海面给空军和海军抵御入侵造成了很大的困难。同时，敌人最主要的攻击目标伦敦，距离这片扇形区域也是最近的。因为海军和空军能确保不让大批舰只和任何一支增援战舰通过多佛尔前往法国港口，所以从多佛尔到赖茨恩德角一带遭受攻击的可能性将大幅度减小。据海军部估计，敌人用于攻击这片辽阔海域的人数不会超过五千。[①] 为了保障安全，我们已把兵力加倍，这样在实施快速反攻之时我们就能调集更多人员，因此在人数上就会更加具有优势，同时还能够节省出大量兵员用于南面扇形区域的防御，并在满足海岸部队最小限额的同时最大化地组建机动后备队。这些机动后备队必须随时待命，要求在接到命令后能立即赶往东南海域。当然，随着时日更迭情况可能会有变化。

7. 大不列颠西海岸的情形与以上大不相同，因为它的对面是辽阔的大海，因此要采取新的防御原则。因为敌人无法绕过大海发动进攻，这就为我们赢得了大量时间，一旦发现敌人正在接近，应立即派遣巡洋舰和舰队迎击。海军应利用这一地理因素进行部署。截至目前，敌人还没有用于保护他们军队的战舰。举例来说，我们会在没有护航

---

① 因比斯开湾距离较远，因此我没有将那里的两万人计算在内；不过，这一潜在的（实际上是不存在的）危险，正如下文马上会提到的那样，能够被我建议的军队部署轻易化解。——原注

的情况下，派遣一支商船运载一万两千人前往挪威海岸或斯卡格拉克海峡和斯特加特海峡吗？在对方的海军和空军都占有绝对优势的情况下，除非疯子才会那样做。

8. 不过，为了确保做到三重保险，海军部仍需继续执行布雷计划。要在康沃尔到爱尔兰一线设置密雷区，以确保敌人不能从南面对布里斯托海峡和爱尔兰海实施入侵。我们部署在西南方向的巡逻舰为保护绕道北方的商船已被大量调走，使得那里的防御愈加空虚，因此更需要在西南方向多设雷区以提供防卫。

9. 这片雷区将延伸至康沃尔地区，因此可简化和缓解接触点以北地区的全部防御问题。我们必须考虑到，敌人最不可能从康沃尔到坎泰尔海岬这片区域进行入侵。因此，那里的主要港口只需用少量大炮和陆上水雷发射管，以及适量兵力防御即可。不必将我们有限的资源大量地浪费在这片区域。

10. 我们主力舰队的攻击范围可以辐射到坎泰尔海岬北部的斯科帕湾、谢特兰群岛和法罗群岛。因此，敌人想从挪威海岸发动进攻将会极其危险，即使他们进入科洛姆提河口的任意区域，也不能立即发挥至关重要的作用。敌人刚刚集结完毕，就会被我们分隔开来。敌人将在我们国家人迹罕至的地方艰难行军。一旦我们调去足够的军队，并切断他们的海上补给线，敌军就会腹背受敌。届时，敌人距任何一个攻击目标都是长路漫漫，只有借助交通工具才能到达，因此他们的处境会难上加难。我们不可能防守住这片区域的所有登陆地点，如果强求的话，必然事倍功半。这里与伦敦对面的东南沿海不同，让我们用于反攻的时间会非常充裕。

11. 重要性仅次于从瓦什到多佛尔地区的是从科洛姆提河口到瓦什这片扇形区域。不过，我们的海军和后方能为这一区域所有的港湾提供保护，并且在二十四小时以内，集结优势兵力进行防守反击。敌人的入侵部队可能会对泰恩河地区发动大规模奇袭，并在短时间内对该区域造成严重破坏（对提兹河的破坏将会相对较轻），因此这里必须被看作除伦敦外，敌人的第二个重要攻击目标。这里的海上和空中条件相对南面来说比较占优。

12. 联合参谋部应尽快按照以上各地区的弱点及防御工事的规模，制定出为满足当地海滩和港口的防务所需人数的图表，以及各地参加大反攻中所需时间的图表。根据攻防，我制定了一个图表以供参考：

从科洛姆提河口到瓦什（含瓦什）	3
从瓦什到多佛尔海角	5
从多佛尔海角到赖茨恩德角，再到水雷区	1.5
从水雷区到坎泰尔海岬	0.25
从坎泰尔海岬到科洛姆提河口	0.5

参谋长委员会根据我们目前获悉的一切情报对我的备忘录进行了答复，并由该委员会的秘书霍利斯上校写成了一份报告。

参谋长委员会致首相　　1940 年 8 月 13 日

关于入侵问题的防御

1. 关于首相 8 月 5 日的备忘录，参谋长委员会在与本土部队总司令共同研究后，对其中第 1 到 5 段的内容表示一致赞同。

2. 总司令告诉我们，一旦敌人在海滩上建立了临时落脚点就立即向他们发动反攻的重要性，全体官兵都已铭记于心。他为进攻作战制定的方针是：等到各师达到训练标准并且装备齐全后就立即将他们编入后备部队中去。

3. 你根据对来自海上攻击的预估和沿岸各区域的弱点制定的表格

是合理的，参谋长委员会表示认可。实际上，你在第 12 段给出的数字与本土防御部队的布防情况十分相似近。

4. 你认为的理论防御部署比例是：

从科洛姆提河口到瓦什（含瓦什）	3
从瓦什到多佛尔海角	5
从多佛尔海角到北康沃尔	1.5
从北康沃尔到坎泰尔海岬	0.25
从坎泰尔海岬到科洛姆提河口	0.5
共计	10.25

5. 如果将十个师的兵力按照上述比例进行分配的话，那么就应在福斯—瓦什扇形区部署三个师，瓦什—多佛尔扇形区部署五个师。因为我们拥有二十六个师的本土防御部队，因此要在你所给比例的基础上乘以 2.6，这样就得出了这二十六个师的实际分布情况：

扇形地区	根据首相所给比例做出的分配	实际的师数
科洛姆提河口—瓦什	7.5	8.5
瓦什—多佛尔海角	12.5	7~10
多佛尔海角—北康沃尔	4.25	5~8
北康沃尔—坎泰尔海岬	0.5	2
坎泰尔海岬—科洛姆提河口	4.25	0.5

6. 由于后备队能在很快的时间内抵达伦敦的北面和西北面，因此瓦什—多佛尔和多佛尔—朴次茅斯这两片扇形区域的“可用”师数是变动的。这就使得这两地的分配数字比直观上更加接近。这片联合扇形区域总共可以使用的师数为十五个，根据你的比例应该为十六点七五个。

7. 你给出的比例是基于海上入侵的规模，参谋长委员会在实际分配的时候将来自空中的入侵也考虑了进来。由于在南海岸，我军不得不在敌军的战斗机“网”下进行作战，同时还要应对敌人穿过狭窄的海峡发动的袭击，因此那里的防御就目前来看似乎并不是很保险。

* * *

正当我们对这些文件斟酌再三并准备将其打印出来时，因为一件事情的出现，让我们的境况发生了巨大改变。据我们出色的情报部门报告，希特勒已下定决心执行“海狮计划”，并在为此积极准备。看来，他是要打算试一试了。更重要的是，敌人不会从东海岸发起进攻，甚至都不会去攻击那里；一直以来参谋长委员会、海军部和我都认为那里将会是前线，现在看来哪里会是前线依然是摆在我们面前的主要难题。

继上一个问题之后，一个更直接的问题出现了。夜间，多佛尔海峡开始出现大批能够自我推进的驳船和摩托艇，它们沿着法国海岸朝加来—布雷斯特一带的法国港口大量集结。我们每日都在进行的空中侦察拍到的照片证实这些行动是存在的。在法国海岸附近设置雷区已经是不可能的事情了。我们立即用小型舰队对敌人的运输舰队展开攻击，并对新出现的一些可能对我们发动入侵的港口进行了集中轰炸。除了这些，根据我们掌握的大量情报来看，德军的一个或几个师正在沿着他们控制下的海岸运动并集结，为入侵我们积蓄兵力；敌人还利用铁路运输在加来和诺曼底集结了大量的兵力。之后我们得到情报称，德军有两个配备着骡子的山地师出现在布洛涅附近，他们很显然是想攀越福克斯通悬崖。法国海峡沿岸的大量威力强大的远程大炮此时也已经建设完毕。

为了应对新危机，我们不得不将工作的重心转移，为了将我们日益壮大的机动后备队运往南方，我们必须要对所有的设施进行全面改进。现任本土部队总司令布鲁克将军于8月的第一个周末指出，南部海域遭受入侵的威胁也同东海一样。不过我军的人数、效率、机动性和装备也无时无刻不在稳步增长。

下面是在8月和9月之间对我军的部署做出的调整：

	8月	9月
瓦什—泰晤士河	七个师	四个师和一个装甲旅
南部海域	五个师	九个师和两个装甲旅
可在任一扇形区域作战的后备队	三个师	三个师加两个装甲师和一个（相当于一个）伦敦地区师
南部海域可调用的部队	八个师	十三个师和三个装甲旅

截至9月下旬，我们在南部沿海前线包括多佛尔地区可投入的精锐部队的数量为十六个师，其中有三个装甲旅的规模已相当于三个装甲师，所有这些部队除了能兼顾当地海岸的防务外，还能在入侵时迅速前往任何一处敌军的登陆地点展开战斗。这样我们就能给敌人一次或多次重击，布鲁克将军已经为此安排妥当并严阵以待，关于这件事没有人能够做到比他更得心应手。

*　　*　　*

在此期间，在加来到特斯赫林和赫尔戈兰的海湾和河口，以及荷兰和德国沿海的大量岛屿地区（即上次大战的“沙地之谜”），敌军是否还隐藏着大量中小型战舰，这些情况我们是无法确知的。环肯特海角，从哈利基右侧到朴次茅斯、波特兰，甚至包括普利茅斯等地似乎很快就会遭到攻击。敌人似乎不会从波罗的海穿越斯卡格拉克海峡用大型船只发起第三次入侵，以配合其他的攻击行为，但是我们的证据并不足以保证以上推论的正确性。因为除此之外德军没有其他方式对已登陆的部队进行重型武器的补给，或在东部海滩建立起大型供应站，以便将大量物资运送给该处的船只或其附近。这一点对于德国能否取得成功是至关重要的。

现在我们进入了一个如履薄冰的时期，每一步都需要非常谨慎。当然，我们必须确保从瓦什北部到科洛姆提河口一直要有重兵驻扎，以便敌人决意从南方发动入侵时，可以从此地抽调兵力进行应对。由于我们岛上的铁路交通线四通八达，制空权依然没有落入敌手，因此如果有必要的话，在第四天、第五天或第六天，敌人的兵力已经全部暴露出来并成为强弩之末后，我们仍然有能力增援四个或五个师赶往南部前线。

我们还仔细研究了月亮和潮汐的规律。我们曾推断，而此时我们已确知，德国陆军统帅部很倾向于在夜间渡海，并在黎明前登陆。我们还推断，他们为了保持秩序并准确登陆，会选择在一个月光朦胧的夜晚出发。海军部经过精确地考量，认为 9 月 15 日到 30 日之间会出现最适合敌人登陆的天气状况。现在我们已知道，敌我双方关于这一点达成了共识。我们有能力歼灭多佛尔地区、多佛尔到朴次茅斯这段扇形区域，甚至波特兰地区的任何一支登陆部队，对于这一点我们坚信不疑。当所有最高层领导对于所有细节的看法都趋于一致的时候，每个人都忍不住希望看到那个越来越清晰的画面立刻展现在我们的面前。这很可能是让强大的敌人遭遇滑铁卢，让我们声震寰宇的大好机会。当然，希特勒企图向我们发起大举进攻的氛围和种种迹象会让人不由得从内心深处感到担忧；不过，也确实有人想看到他的这一行动，他们纯粹是想从技术层面分析，他的跨海远征计划被彻底摧毁后将对整个战局造成什么样的影响。

7 月和 8 月，我们对大不列颠的空中防御进行了加强，特别加强了伦敦东南部的防空力量。在伦敦和多佛尔之间，离两地最近的地方驻扎着斗志昂扬的加拿大师，此时他们的刺刀已经磨得锋利无比，随时准备出击。能为了大不列颠和自由而给予敌人致命一击，会让他们感到自豪。相似的情感在所有人的胸中燃烧着。所有的区域都遍布着防御据点、反坦克障碍物、碉堡、掩护设施及相似工事，它们共同构成了一个规模庞大的防御系统。海岸线上密布防御工事和炮台。由于我们缩减了大西洋上的护航舰队，这让我们在海上损失大幅缩小的同时，还使得小型舰队在吸纳了新军舰之后无论在数量上还是质量上都大大提升。我们将“复仇”号、旧靶舰兼演习舰“百夫长”号和一艘巡洋舰调到了普利茅斯。我们的主力舰队因火力强大，因此即使到亨博河甚至是瓦什湾去执行任务也不会承担很大的风险。总之，我们在所有方面都已经准备就绪。

10月经常刮起的暴风马上就要光顾我们这个岛屿了。如果，希特勒真的敢于发动入侵的话，9月无疑是他最佳的选择，因为这个月中旬的潮汐规律和月光情况都是最适宜的。

* * *

危机过去后，在议会中还是会有人不时谈起“入侵的可怕”。当然，人们了解得越是深入就越不会感到害怕。我们除了能够控制住领空和领海外，还有一支斗志昂扬的生力军，他们跟四年后德国集结在诺曼底用于阻止我们返回大陆的军队数量相当，只是装备并不充分。在诺曼底登陆时，我们仅在第一个月就登陆了一百万人，并将大量武器运上了岸，但是在一切条件都对我们有利的情况下，我们还是进行了三个月旷日持久的、艰苦卓绝的战斗才将滩头阵地扩大开来，并最终进入开阔区域。不过，这些行动的意义如果不经过测试的话，是无法预知的。

* * *

现在是时候谈谈敌对阵营的情况了，接下来我将根据我们现在所知道的情况，叙述下敌人的准备和计划。

第十五章 “海狮”计划

德国海军部的计划——德国征服法国和低地国家后获得的条件——7月21日三军统帅与元首会晤——希特勒知难而进——德国海军和陆军之间的争辩——德雷尔和哈尔德的意见不合——折中方案被接受——德国海军部的新顾虑——德国海军和陆军将硬骨头推给戈林和空军——戈林欣然接受——希特勒一再推迟入侵日期——英国的反击——9月7日，英国下达“克伦威尔”密令——密令让战斗人员精神为之一振——德国对两栖作战毫无了解——德国三军内部不和——德国把赌注压在空战上

我们从缴获到的德国的档案中了解到，德国海军参谋部早在1939年9月3日战争爆发后不久就已经在研究入侵大不列颠的问题了。与我们不同的是，德国人认为强渡狭窄的英吉利海峡是发动入侵的唯一方式，他们对此深信不疑。如果我们能够早些知道这一情况，就不用像现在这样担心了。英吉利海峡自古以来就是我们抵御法国的前沿阵地，那里的港口都已设防且最为坚固，我们主力舰队的基地全部在这一区域；为了防守伦敦，我们后来还在这里修建了大量飞机场和防空站。在这里我们能够比本岛其他任何地方更为迅速地投入战斗，三军的兵力也比其他任何地方都更为集中和庞大。对于入侵英国，德国海军上将雷德尔有诸多担忧，其中一条是他深恐在展开行动时德国海军力量不足，为此他要求在行动之前首先应该完全占领法国、比利时和荷兰的海岸、港湾和河口，还提出了更多要求。由于战局的不明朗，这个计划没有被提上日程。

在继敦刻尔克大撤退和法国投降之后，这些限制性的因素都出人意料地消失了，雷德尔本人也一定对这样的转机心存疑虑，不过他还是非常高兴地带着一份计划去面见了元首。他分别在5月21日和6月20日两次面见希特勒，讨论如何入侵英国这一问题，他的建议是不能盲目行动，一定要制订一份详细的计划。希特勒表示，他“对于这一行动的困难，是完全了解的”，可见他本人也不敢贸然出击；他同样抱有这样的期望，英国能够在将来答应和谈。直到6月的最后一个星期，德国最高统帅部都还没有放弃希望改变观点，将大不列颠作为入侵目标的第一道命令是在7月2日才发布的。“元首认为，只要具备了必要的条件（其中最重要的是空中优势），就一定能够在英国登陆。”7月16日，希特勒发出了如下指示：“鉴于英国已在军事上孤立无援，又不肯接受和谈，因此我认为应该制订一份登陆计划，以便在必要时对英国实施打击。8月中旬所有工作都应按照计划准备就绪。”按照指示，德军开始积极备战。

* * *

我在6月时就已经对德国海军部的计划有了大致的了解，他们主要的方针是以机械化作战为主。他们想用重炮从灰鼻角炮击多佛尔，然后在法国海岸密集炮火的掩护下，在海峡的最短区域两边铺设水雷，然后在周边布置潜艇加以保护，试图用这种方法在英吉利海峡处开辟出一条最短的通道。通过这条通道，陆军就能漂洋过海，大量物资也能够源源不断地补给过去。德国海军的任务至此结束，剩下的问题将交由陆军将领们去解决。

不过，这一计划从一开始就没有成功的希望。我们的海军优势是压倒性的，小型战舰在优势空军的配合下轻易就能摧毁他们的雷区和负责防卫任务的十几艘甚至二十几艘潜艇。不过，在法国沦陷后，任何人都能看出，只有英国投降才能避免战争无休止地进行下去，从而避免战争导致的一切后果。德国的海军正如我们了解到的那样，在对挪威作战的时候就已经受到重创，他们在羽翼不全的情况下是无法对陆军进行有效的支援的。虽然如此，依然没有人能断言幸运的天平不会偏向德国一方，因为他们毕竟有自己的计划。

最开始，德国陆军统帅部对英国发动入侵的态度是犹豫不决的。由于几个星期以来的战斗，德国都是连连告捷，使得他们变得自信起来，以至于忘记了对于入侵一事从未制订过计划，也没有做过相关准备，更没有经过针对性训练。陆军的主要任务是登陆之后取得战争的胜利，至于能否安全渡海并不是他们需要关心的问题。实际上，海军上将雷德尔早在 8 月就曾指出，德军在穿越海峡的时候一定要非常谨慎，否则就会有全军覆没的危险。海军部自接到明确命令，由他们负责运送陆军渡海之后，就一直显得非常悲观。

7 月 21 日，三军统帅会见了希特勒。他告诉他们，英国还在苦苦寻找命运的转折点，不过战争的最后阶段已经来临；德国和苏联的政治关系很可能让美国对英国的援助行为发生改变。他说，必须将“海狮”计划看成结束战争最快最有效的方式，并加以贯彻实施。在与海军上将雷德尔经过一番长谈后，希特勒才了解到，潮汐、洋流还有全部的海洋未解之谜将对穿越海峡造成何种影响。因此，希特勒将“海狮”计划描述为“一件无比果敢的事业”。“这不像渡过一条河那样简单，虽然航程非常短，但是毕竟是通过敌人控制的海域。不能效仿进攻挪威那样对英国发动突然袭击，因为这是不可能的。我们面对的敌人不仅准备充分，而且态度坚决，并且我们必须要通过的海域还在他们的控制之下。我们需要四十个陆军师加入作战中去，这将给我们带来一个最大的难题，那就是如何进行物资的补给和储备，因为我们不可能在英国的本土得到任何物资上的供给。”完全压制敌人的空中力量是最先应解决的问题，然后利用威力强大的炮火炮击多佛尔海峡掩护渡海，同时在海峡两侧设置雷区进行保护。他继续说道：“考虑到北部海域和英吉利海峡的天气将在 9 月下旬变得非常恶劣，10 月中旬就会有大雾弥漫，因此时间的选择也是一个重要的因素。必须在 9 月 15 日这一天完成主要的登陆行动，因为在这之后就不能再奢求空军和重型武器的支援了。鉴于成败的关键在于空军的协作，因此必须将这一点当作计划的最主要因素。”

德国参谋部人员就登陆海岸的宽度和攻击目标的数量进行了一次激烈而粗鲁的争论。陆军部倾向于在英国的南海岸，即从多佛尔到波特兰以西的莱姆·里基斯等地登陆；同时在多佛尔以北的拉姆斯格特登陆，以辅助南海岸的登陆计划。而德国海军参谋部并不同意这样的观点，他们认为北福兰角和威特岛西端之间的区域是安全渡过英吉利海峡最合适的地区。针对这一观点，陆军部曾拟订过计划，即先让十万人在多佛尔往西到莱姆湾之间的各个地点登陆，再让十六万人紧随其后进行登陆。德国陆军统帅哈尔德认为，应至少让四个师在布赖顿地区登陆，并至少让十三个师在迪尔与拉姆斯格特之间登陆。他要求，各个地点的登陆部队应尽可能同时登陆。除此之外，德国空军要求应准备足够运送五十二个高射炮中队的船舶，以便随从第一批次的部队同时登陆。

但是海军部参谋长明确表示，他们没有能力让登陆部队通过前面提到过的宽阔海域，因此诸如此类大规模的或迅速的军事行动是不可能实现的。他认为陆军部应该在海军的能力范围内重新挑选最佳的登陆地点。他认为，即使在空军力量占优的情况下，海军也不可能一次同时运送多支部队渡海，因此通过多佛尔海峡最狭窄的区域运送部队应为困难最少的选择。在一次航行中，要把第二批次的十六万人连同装备一起运过海峡需要两百万吨级别的船舶。即使一切条件都满足，港口要想容纳如此大量的登陆船舶也是非常困难的。唯一的办法是，先将这些师的第一梯队运过海峡，让他们在登陆地点建立起狭窄的桥头阵地，然后再将第二梯队运过海峡登陆，这都至少需要两天的时间，更别提要将第二批次的六个师全部运送过去会花费多少时间了。他进一步指出，涨潮时间在辽阔的海岸线上会有三到五个小时的差别，这就意味着要么放弃同时登陆的想法，要么接受不利的潮汐条件依然在选定的地点进行登陆。他的这些观点是很难被驳倒的。

大量宝贵的时间就这样在各种备忘录的彼此交流中被浪费了。直到8月7日，哈德尔将军才和海军参谋长进行了首次当面商讨。在这次会晤中，哈德尔表示“绝对不能接受海军部的建议”。他认为：“从陆军的角度看，那样的行为无异于是在自杀。我宁愿将登陆部队直接绞成肉馅也不会那样做。”海军部则认为，在辽阔海域进行登陆作战会使军队在运输途中遭到重创，因此他们同样给出了拒绝的答复。希特勒提出了一个让陆军和海军都不甚满意的折中办法后，讨论结束了。8月27日，德国最高统帅部发文规定“陆军在采取行动时必须要考虑如下因素：可供船舶停靠的空间和渡海后登陆时的安全”。德国全盘否定了从迪尔到拉姆斯格特之间的区域进行登陆的计划，不过他们决定将前线从福克斯通延伸到博格诺尔。这一决议直到8月底才彻底达成。当然，他们能否在空战中取得胜利是一切的关键，目前空战已经进行了六个星期了。

基于后来确定的登陆地点，制订出了最终的计划。这次军事行动的指挥官由龙德施泰特担任，由于船舶数量不足，因此将他指挥的部队数量缩减为十三个师，后备队为十二个师。第十六集团军将从鹿特丹和布洛涅之间的港口出发，目标是在海斯、莱伊、黑斯廷斯和伊斯特本附近登陆；第九集团军则从布洛涅与勒阿弗尔之间的各港口出发，目的是对布来顿与沃信之间的海岸进行攻击。在登陆并夺取多佛尔之后，两军再在坎特博雷—埃斯福德—麦菲尔德—艾伦得尔一线的掩护下共同进军。在第一波攻势中，总计会有十一个师登陆。据德军乐观估计，在军队登陆一星期之后，他们最远能够抵达格雷夫森德、赖吉特、彼得斯菲尔德和朴次茅斯。第六集团军作为后备队的任务是跟随各师随时待命增援，在必要的情况下，对海岸进行攻击并把前线延伸到韦默思。只要能够建立起桥头阵地，那么就很容易对以上三个集团军进行补给，因为哈尔德将军认为，“德国的军事实力在陆地上已经所向无敌了”。德军的部队确实英勇善战、装备精良，但是他们的船舶不足无法保证海上的安全运输。

海军部承担着这个任务中最重的一副担子。德国有载重量约一百二十万吨的远洋船，这足以满足他们的一切要求。不过载运入侵部队就会用去一半以上的船舶，这将对德国的经济造成巨大的不良影响。以下是关于海军部在9月初所征用船舶数量的报告：

运输舰	168艘（载重量700，000吨）
驳船	1，910艘
拖船及拖网船	419艘
摩托艇	1，600艘

这些船舶在配备了船员后就会从海上和河上向各个港口集结。我们从7月初就对停泊于威廉港、基尔运河、库克斯哈芬、不来梅和艾姆登的船舶进行了持续不断的攻击，并在此期间奇袭过停泊于法国港口和在比利时运河内航行的小型舰只和驳船。9月1日，英国皇家空军监测到大批准备入侵的船只开始南移时，他们及时报告了这一情况，并在安特卫普和勒阿弗尔之间的全部海域对其展开了猛烈的攻击。德国海军部报告称：“敌人在其沿海区域不断进行的防御行为，以及他们集中轰炸供我军‘海狮’出发的港口还有其频繁的海岸侦察说明，他们已对我军即将进行的登陆计划做好了充足的准备。”

报告还称：“英国的轰炸机和大不列颠空中布雷中队……还依然具有充足的战斗力。还应承认，虽然英军的行动并未给我方的运输造成致命阻碍，但无疑是成功的。”

德国海军虽然一再遭到阻碍并不断遭受损失，但是他们还是成功完成了第一阶段的任务。为了防止突发事件和应对必要的损失，德军给自己留出了百分之十的余量，不过在这一阶段就已经全部用尽。接下来，他们用于以防万一的余量不会比第一阶段的最小值多。

此刻，海军和陆军肩上的重担要由德国的空军来承担了。德国空军需要在海峡上空和登陆地点上空击溃英国空军，他们能否在英吉利海峡和英格兰东南海域掌握绝对的制空权，是他们能否在面对占据绝对优势的英国舰队和小型战舰时，在开辟的通道两侧空投水雷，对走廊地带进行掩护的关键。陆军和空军这两个老牌军种都将这块硬骨头推给了戈林将军。

戈林将军对德国空军在数量上的优势信心十足，他坚信只需同英国空军鏖战几个星期就能击穿英国的空防，摧毁英国建在肯特和苏塞克斯的机场，完全压制英吉利海峡，因此他欣然接受了这一任务。除此之外，他认为英国人的性格是贪图享乐且热衷和平的，因此他深信，只要对英国，尤其是对伦敦进行轰炸就能促使英国人提出和谈，特别是当入侵的威胁在英国的地平线上越来越严峻时，就更加能够迫使英国妥协。德国海军部却不这样想，他们对“海狮”计划顾虑重重，认为这个计划不到万不得已的时候不应被付诸实施。海军部在 7 月时建议，要想使敌人“同意元首提出的条件，进行和平磋商”，应该采取不间断空袭和潜艇战的方式，否则就应该将入侵行动推迟到 1941 年的春天。不过，德国空军最高统帅部的信心却颇让凯特尔元帅和约得尔将军感到高兴。

这段日子对于纳粹德国来说，过得真是舒心极了。在迫使法国于贡比涅签订停战协定，[①] 屈辱求和之前，希特勒就已经高兴地几乎要跳起来了。德国陆军曾以胜利者的姿态从凯旋门一直游行到爱丽舍田园大街。还有什么事情是他们做不到的呢？他们还有什么理由瞻前顾后止步不前呢？这就导致了德国在准备“海狮”计划时，三军都只站在各自的立场研究了对自己有利的因素，而将不利的因素留给了他们的伙伴。

随着时间的流逝，越来越多的疑虑出现了，行动的日期也因此不断地被推迟着。希特勒曾在 7 月 16 日发出命令，要求在 8 月中旬完成入侵英

① 贡比涅停战协定是福煦将军于 1918 年 11 月 11 日早上五点在当地密林中的一节火车车厢上与德国的军事代表签订的一份停战协议。——译注

国的一切准备工作，但是三军一致认为这样的任务是无法完成的，因此希特勒只好在7月底同意将入侵的最早日期推迟到9月15日，同时保留如下决定，即在按计划加强空战力度有了结果之后，就要采取行动。

德国海军部于8月30日报告，称由于英国的应对措施，因此9月15日无法如期完成入侵的准备工作。他们要求在9月21日采取行动，同时要求提前十天，即在9月11日向他们发出预备入侵的命令。海军部于9月10日再次报告，称由于天气一直很糟糕和英国的反轰炸，给他们造成了各种各样的麻烦，虽然到21日海军部能够按期完成必要的准备工作，但是无法按照规定在英吉利海峡上空取得绝对制空权。为此，希特勒在11日又将最早进攻日期推迟到24日，并将发布预备命令的时间也往后推迟了三天，不过入侵的日期在14日又被他往后推迟了。

* * *

14日，雷德尔海军上将提出了如下建议：

> 1. 空中的情况目前并不适合采取行动，因为风险太大。
>
> 2. 如果“海狮”计划失败，那么英国将会名声大噪，我们的攻势所造成的影响就会顷刻被化解。
>
> 3. 应该持续不断地对英国，尤其是伦敦进行空袭。如果天气良好，可暂时不进行“海狮”计划，应加大空中袭击的力度。空袭一定可以对结果产生决定性的影响。
>
> 4. 不过，为了让英国人一直处于焦虑之中，“海狮”计划一定不能取消，因为当取消这一计划的消息被外界获知后，就会让英国人感到轻松许多。

行动的日期从17日之后就被无限期地推迟下去了，至于其中的主要缘由，敌我双方的看法是一致的。雷德尔在报告中继续写道：

1. 敌人已经悉数获知我方为穿越海峡和为登陆做的准备工作，并在不断采取应对措施。比如，我方用于军事行动的港口不断遭到敌机的攻击和侦察；英国南部沿海、多佛尔海峡和法、比沿岸海面不断有敌驱逐舰出现；法国北部海面附近常有舰艇巡逻；丘吉尔最近的一次演说等。

2. 虽然敌人在西部基地集结了其大部分的本土舰队，但是用于应对我军登陆的主力舰只已经做好了准备。

3. 敌人在南方和东南方的港口处集结了三十艘以上的驱逐舰，这一消息已被我空中侦察机证实。

4. 所有情报都表明，敌军海军已为应对这次战斗做好了充分准备。

* * *

8月，有大约四十具德国士兵的尸体被冲到威特岛和康沃尔沿岸各处。在法国沿海，德国人曾经用驳船演习登船。有些驳船在遭到英军飞机轰炸时被炸沉，有些为了避免轰炸不得不逃往深海，却因天气条件恶劣而沉没了。德军企图入侵英国的谣言就是起源于上面这些事件，据说有不计其数的德军士兵因溺水或海上汽油着火而不幸身亡。这些谣言在沦陷的国家中被广泛且自由地传播着，而且越来越夸张，我们没有出面辟谣，因为这些传闻对被压迫的人民产生了极大的鼓舞作用。比如在布鲁塞尔的一家商店中，在男子泳衣区的标签上就写着这样的话："英吉利海峡游泳专用泳衣。"

由于德国用于集结船只的港口正在遭受着英军猛烈的空袭，因此就我们9月7日得到的消息来看，德军正在西进和南进的驳船和小型船只很难在他们实施入侵计划之前快速抵达奥斯坦德和勒阿弗尔之间的港口。由于德军向挪威增援了一百六十架轰炸机，因此他们在阿姆斯特丹和布雷斯特之间的空军攻击力得到了加强，在加来海峡的前线飞机场附近还出现了德

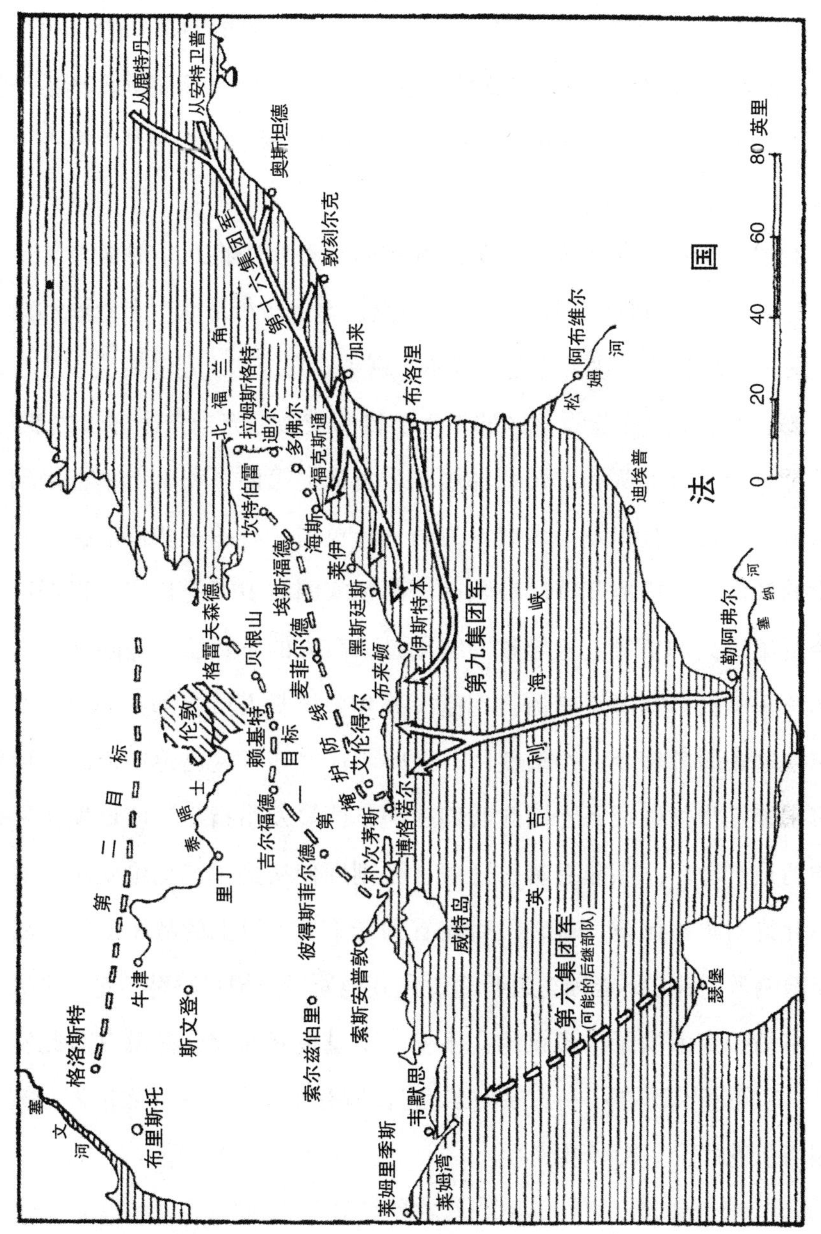

从鹿特丹
从安特卫普
奥斯坦德
敦刻尔克
第十六集团军
加来
布洛涅
阿布维尔
松姆河
迪埃普
法国
勒阿弗尔
塞纳河
第九集团军
英吉利海峡
第六集团军
(可能的后继部队)
瑟堡
威特岛
北福兰角
拉姆斯格特
迪尔
多佛尔
福克斯通
坎特伯雷
海斯
莱伊
埃斯福德
格雷夫森德
贝根山
黑斯廷斯
伊斯特本
麦菲尔德
布来顿
文伦得尔
赖基特
伦敦
第一目标
第一掩护防线
吉尔福德
泰晤士
第二目标
里丁
牛津
斯文登
格洛斯特
布里斯托
塞文河
索尔兹伯里
索斯安普敦
彼得斯菲尔德
朴次茅斯
博格诺尔
韦默思
莱姆里季斯
莱姆湾
0 20 40 60 80 英里

德军入侵计划简图

军短程俯冲式轰炸机的身影。我们前些天在东南沿海的一个划艇上俘获了四个德国人，他们承认是间谍，他们供认此行的目的是在未来的两周内刺探英国后备队在伊普斯维奇—伦敦—里丁—牛津一带的动态，并随时报告。9 月 8 日至 10 日之间的月光和潮汐情况，非常有利于敌人对我西南沿海发起进攻。对此，参谋长委员会认为，防御部队应该随时做好战斗准备，因为入侵很可能会随时出现。

不过在当时，本土防御部队的首脑们没有办法将八小时戒严转变为“随时戒严”，为此，9 月 7 日晚上八点，本土防御部队对东海岸和南海岸这两个管制区域下达了“克伦威尔”密令，意为“入侵随时会发生”；实际上这项密令是在告诉该区的本土防御师应做好充当先锋部队的准备。伦敦防区的所有部队和总司令部用于后备队的第四军和第七军也接到了这条密令。密令被拍发了多次，为的是让英国所有的军队都能接收到。教堂的钟声在国内的部分区域响起，那是家园防卫军的长官们根据以上密令召集民兵的信号。这导致的结果是，敌人的伞兵已经登陆和敌人的快速鱼雷艇已抵达海岸的谣言四起。我和参谋长委员会都不知道“克伦威尔”这条紧急密令已经被使用，此时不应宣布入侵已迫在眉睫，以便在将来能逐步加强戒备，因此我们在翌日清晨发出指示，应该发布一条折中的戒严命令。除非有特殊任务，否则即使接到了“克伦威尔”密令也不允许召集家园防卫军，民兵在看到二十五人以上的敌军伞兵登陆时才能敲响教堂钟，不能因为道听途说和其他原因而擅自鸣钟示警。可见，这件事情一定引发了许多议论和不安，不过报界和议会都没有对此发表意见。这件事导致的另一个结果是，它让所有相关人员都为之精神一振，并相当于进行了一次军事演习。

* * *

德国人从早期对入侵的胜券在握，到后来的疑虑不前，直至最后完全失去自信的心情，从我们逐步应对他们的准备工作直到最高潮的过程中可以清晰地看出来。虽然他们在1941年曾重新启动这一计划，但是德国的领袖们再也没有像法国沦陷后的日子那样，展开过幸福的想象，实际上他们在1940年就已经对这一计划失去了信心。7月和8月是具有决定意义的两个月。在这两个月中，海军总司令雷德尔曾就两栖作战将遇到的困难极力向他的陆军和空军同僚做了说明，目的是尽最大可能否决哈尔德提出的用大规模部队从辽阔海域登陆的作战计划，因为他非常了解德国海军的弱点，而且他们用于准备这一计划的时间也非常少。同时，在德国系统地削弱我防御区域的海军和空军力量的联合作战计划中，戈林却不甘心只充当一个配角，他野心勃勃地打算仅用空军就要取得令人震惊的胜利。

德国统帅部显然不是一个协作机构，这点从前面的记录中就能看出来，他们对彼此的能力和限制条件都不甚了解，也没有一个共同的目标。每一方的想法都是能在战争中技压群雄，独占鳌头。可以很显然地看出，哈尔德只要还能够将责任推卸到雷德尔身上，就一定不会修改他的计划使之有可能付诸实施，因此他们之间的摩擦从一开始就已经产生了。元首必定会提出自己的意见，但是对于改善三军关系方面这些意见不会起到太大的作用。陆军在德国的威望是最高的，其将领都是将他们的海军同僚当作下属对待。因此，在重大的军事行动中，德国陆军肯定是不愿意受海军支配的。战后，当约得尔将军回答人们对于这一计划的询问时，他很不耐烦地说道："尤里乌斯·恺撒是怎么部署军队的，我们就是怎么部署的。"从这句话中可以看出，传统的德国陆军军人对于渡海登陆将会遇到的问题完全不了解，对于部署大量兵力在布防的海岸登陆会遇到什么样的风险也没有清晰的概念，总之，德国陆军对于海上作战的态度从这句话中可见一斑。

不论我们在其他方面的缺点多么显著，英国人对于海战是了然于胸的。几个世纪以来，海战已经成为我们的传统，不仅仅海军士兵深谙其中的道理，甚至整个民族都深受它的影响。对于敌人的入侵威胁，我们之所以能够沉着应对，其最重要的原因就是这一点。三军参谋长之间的协作、互助、合作精神在此期间达到了前所未有的高度，他们竭诚配合国防大臣指挥军事行动，可以称得上是制度上的典范。当我们在海上对敌人发动进攻的时机到来前，我们的工作重心是为发动如此大规模的军事行动做好一切必要的准备工作，对于完成这一任务在技术上会遇到的种种难题，我们有着相当清楚的认识。面对我们的空军和海军，即使德国在 1940 年拥有了受过良好训练的两栖作战部队和各种用于两栖化作战的装备，他们的愿望也不能实现。实际上，他们是既缺乏装备又疏于训练。

* * *

读者可以很清楚地看到，我们是如何从知道敌人的入侵计划时起逐步打消担心、消除疑虑、建立起坚定的自信心的。而德国的最高统帅部的大部分官员和德国元首的信心，却与我们正好相反，对于这个冒险计划他们是越研究越觉得不满。虽然我们双方都无法猜出对方的心情，但是从 7 月中旬到 9 月中旬，每过一个星期，德国海军部和英国海军部、德国最高统帅部和英国参谋长委员会、德国元首和英国首相对于这一计划的看法就愈加趋于一致。如果在其他事情上，我们也能够像对待这件事情一样意见一致，那么战争就可以避免了。我们双方还存在着这样的一个共识：空战才是这场战争的决定性因素。双方的战斗人员会展开怎样的对决呢？对于这个问题，德国人无法给出确切的答案。令他们同样无法确定的，还有英国民众能否经受住空袭。这些天德国一直在努力将空袭的效果极力夸大，这样做能不能让英国国王妥协并迫使其政府投降呢？戈林将军对此深信不疑，我们则一点儿也不害怕。

附　录

首相的私人备忘录和电报

1940年5—12月

5月

首相致伊斯梅及相关人士　　1940年5月18日

迄今为止，近炸引信和火箭发射器一直被认为是保护船只的重要武器，我们还需要更多这样的武器用于保护其他更加迫切需要保护的地方，比如飞机制造厂和某些特别重要的设施。为此将采取什么样的措施？请在明日拟订计划，以便能够进行必要的生产。是否应该对火箭发射器的设计进行修改？海军军械司司长应该在不忽略对海岸易受攻击的地点进行补给的同时，继续将重心放在船舶事务方面。我希望在明晚能得到进行生产所需机构和方法的报告。

首相致殖民地大臣　　1940年5月23日

我完全同意你对韦奇伍德[1]所提问题的答复，我同样不愿意在巴勒斯坦以外的地区招募犹太裔的军队进行作战。将目前留守在巴勒

① 即下院议员约西亚·韦奇伍德先生。——原注

斯坦地区的十一个精锐正规营抽调回国是眼下最主要的，可以说是当务之急的目标。因此就要在当地尽快组建起一支地方武装力量，可以对那里的犹太人进行适当武装，以便他们能够进行自我保护。为了避免他们和阿拉伯人正面冲突，可以用海军将他们与外界隔离开来，实际上我们的海军已经在这样做了，或者采取其他友好的措施。当我们的军队撤离时，且撤离速度要越快越好，在此之前，我们要帮犹太人做好准备。

首相致飞机制造大臣　　1940 年 5 月 24 日

为商定近日和将来需要生产的飞机数量，我希望能与林德曼进行当面磋商。我长久以来都觉得，空军部没有将生产的飞机尽可能地物尽其用；为了查明他们都是怎样使用这些飞机的，林德曼正在为我向空军部索取全部飞机的使用统计表。

要让所有储备的飞机都能得到使用，并且将它们连同驾驶员一起编成中队，这一点是极为重要的。战争现在已近在眼前，因此飞机的数量必须要多多益善，以便让它们装载上炸弹对荷、比、法等沿岸的敌军飞机场进行轰炸，甚至如你所说的，教练机和民航机也要上阵。新出厂的飞机和正在使用的飞机数量都必须向我汇报，请按周向我报告最新情况。

首相致林德曼教授　　1940 年 5 月 24 日

请向我递交一张单页的关于坦克情况的报表。陆军现在已经拥有多少辆坦克？每种坦克的月产量如何？有多少辆还未出厂？预计会有多大的制造量？重型坦克的制造计划有何进展？

“耕耘者”号看来不再需要进行大批量生产，因为以现代战争的方式来看，坦克能够很好地摧毁防御工事的事实已被广泛认可。

首相致爱德华·布瑞奇斯爵士　　1940年5月24日

由于各位大臣需要不断出席各种各样的委员会，且又不能讨论出什么结果，因此我认为应该对这些委员会进行裁汰或合并，以便减少其数量。还有，应尽量避免与内阁之间进行频繁的报表交流，且这种交流应控制在尽可能小的范围之内。希望内阁办公厅人员能够为简化报表交流提出行之有效的意见。

首相致空军大臣　　1940年5月27日

在今天的公报中，你有几处将敌机区分为“不能作战的”和“被摧毁的”。这两者之间是确有区别还是仅为了避免文字重复？如果是后者的话，那么这并不是英文的最佳语法。不能因为辞令而牺牲了句子本身的意义。

你认为在天气晴朗的条件下还是多云的条件下适合在比利时海岸采取行动，请于今天向我提交一份报告。

首相致伊斯梅将军及帝国总参谋长　　1940年5月29日

“耕耘者六号”虽然还能在某些攻防战中起到一定的作用，但是由于战争形式的改变，它的作用已大大降低，再也不能被当作是突破要塞的关键性利器了。我的建议是，今天就让军需大臣将计划的产量缩减为之前的一半。也许再过几天会将产量缩减为之前的四分之一。这样就可以将节省下来的资源用在制造坦克方面了。如果德国人能用九个月的时间制造出坦克，我们照样可以。敌人很可能在1941年对他们的坦克进行改进，我们那批优先制造的能够与敌人一较高下的额外的一千辆坦克进展如何？请向我提交一份总的计划方针。

应建立起反坦克委员会，以便设计和研究各种反坦克器械，用于攻击德国的最新式坦克。如果这样的委员会还不存在的话，就应该着手组建一个。请向我提交一份会员名单。

6月

首相致爱德华·布瑞奇斯爵士　　1940年6月3日

将两万羁押人员运往纽芬兰或圣赫勒拿岛一事进行得怎么样了？如果这件事是枢密院长着手处理的事件之一，那么你能否就这件事向他询问一下。我希望能尽快送走他们，我猜测接收地也已经做好了安排。所有事情是否都在按部就班地进行？

首相致空军大臣　　1940年6月3日

你在对内阁的报告中提到，战斗机驾驶员已经成为限制性因素。对于这些人员的缺乏，我们感到非常担心。

空军部出现这样让人意想不到的失误还是第一次，他们已经承认了这一点。我们正在为飞行员全心全意地生产飞机，其数量之大远超德国人既定的份额，这一点是有所共知的。空军部在几个月以前曾称，有好几千人因为没有飞机可以驾驶需要“重新部署”，这些驾驶员每个人的飞行时长都比我们多次俘获的德国驾驶员多，其数量有七千之众。现在却说驾驶员匮乏，这又做何解释呢？

比弗布鲁克爵士已经大大改善了飞机制造厂之前混乱不堪的局面，其以往的陋习也基本被消除，使得飞机的制造和维修效率显著提高；在驾驶员的问题上，我同样希望你也能做到这种程度，否则飞机有余而驾驶员不足将会是一件非常可悲的事情。

首相致林德曼教授　　1940年6月3日

我希望你能每隔几天或一周向我递交一份关于军需用品生产增减

情况的报告，但是你并没有做到这一点。我只有在看到你的报告之后才能对这件事有一个清晰的认识。

首相致林德曼教授　　1940年6月3日

请查阅附件（参谋长委员会关于生产计划的备忘录），不过其中似乎有很多考虑不周的地方。很明显，我们要“竭力去办”今后五个月中凡是能够办到的事情，虽然这样会使得未来的产量有所下降，但是我认为，既然已经批准了其后三年的作战计划就没有必要再做更改。实际上，如果法国沦陷的话，我们就会更加需要这些计划。

请把你的意见告知我。

首相致林德曼教授　　1940年6月7日

（密件）

据了解近炸引信的制造被再度推迟，我听到这一消息后极为担心。

我曾多次下达指示尽可能推动这一项目，由于这件事情极其重要，因此确实应该让两三家公司同时研制，这样可以确保一家失败后，其他家仍有成功的可能。

这件事的进展情况如何，请向我报告。

在研制近炸引信之前，我们为其定制的火箭和为普通引信定制的火箭的生产情况，你至今还未向我做出详细的汇报。

我们必须摧毁敌方的飞机工厂，否则我们的飞机工厂就会被敌军摧毁，因此你应意识到继续进行稳定投弹瞄准器的制造工作是极端重要的。你可否将所有对近炸引信感兴趣的和不感兴趣的人召集起来，并分为甲乙两方，我希望在下星期能够听取他们的意见，并促使此事能够继续进行。

首相致飞机制造大臣　　1940年6月11日

关于立即为两千六百枚“马克Ⅱ”型空投炸弹装上高空稳定型投弹瞄准器一事，已经在12月22日的投弹瞄准器的设计会议上做出决定，当时设计绘图工作进度已经完成了百分之九十。请将随后工作的详细情况向我报告。为何只有一个投弹瞄准器被装了上去？请你查阅一下相关案卷并为我找出是谁在阻挠此事。

首相致空军大臣及空军参谋长　　1940年6月11日

我希望你能根据那份出色的报告[①]做出安排，就按照你昨日的提议行事，用那支空军中队去空袭那几段河流，据了解，该处的船只活动甚为频繁。无须为此事征求法国方面的同意，但是继续在河道内投放水雷一事要得到他们的首肯。我正在为此事奔忙。在此期间，你们应尽快在下游区域采取行动。请将你们的计划报告给我。

首相致殖民地事务大臣　　1940年6月16日

我曾考虑在西印度群岛组建一个团，该团可划分为三个营，多用英国军官指挥，这样可以为大多数的岛屿起到一个表率的作用。该团隶属于帝国军队，这样做既可以给当地民众一个效忠的机会，也能为这些贫穷的岛屿送去资金。你认为这件事是否可行？

虽然目前我们武器匮乏，但是这件事应当能够施行。

首相致海军大臣　　1940年6月17日

我非常满意你建议在西地中海施行的重型战舰部署，即用“击退”号和“威慑”号封锁斯科帕湾，用“罗德尼”号、“纳尔逊”号和“勇

① 即《晦暗不明的战争》中提到的关于“皇家海军”作战计划的报告。——原注

敢”号保护罗赛斯岛，让“胡德”号和“皇家方舟”号与“坚定”号在直布罗陀会合以便监视法国舰队的行动。

为避免意大利攻击埃及，亚历山大港的舰队应继续在该处停留以便对这一地区进行保护，不能让我们在东方的地位过早失去，这是极其重要的。这支舰队部署得非常到位，它不仅能够确保我们在土耳其的利益不被破坏，而且还能对埃及和苏伊士运河进行保护；如果局势有变，它还能向西攻击或经由苏伊士运河回防本土，或者绕道好望角保卫我们的贸易航线。

东方舰队的部署需要随时关注。当法国舰队的去从有了结果，以及确定西班牙是否会宣战之后，可考虑重新对该舰队进行部署。

即使西班牙宣战，也并不意味着我们就应该放弃地中海东部。加那利群岛是控制地中海西部入口的一个非常好的基地，如果我们必须要放弃直布罗陀海峡，那么应立即攻占该群岛。

首相致国内安全大臣　　　　1940年6月20日

上周六已做出决定，让你的部门负责在工厂及类似地点投放烟雾以便对这些地方进行保护，关于这一决议我表示理解。我认为这件事情是非常重要的，因此我希望知道你会派谁去完成这一任务，现在已取得了怎样的进展。

首相致海军部　　　　1940年6月23日

由于直布罗陀海峡随时会遭到岸上炮火的袭击，因此我认为让“胡德”号和“皇家方舟”号停留在那里却无所作为是非常不好的。

显然，他们应该在加满油之后就出航，只要偶尔回航巡视一番即可。

对此已做了何种安排？

首相致伊斯梅将军　　　　1940 年 6 月 24 日

关于会将在法国俘获的德国飞行员转交给我国一事，雷诺先生已做出庄重保证，你们是否收到了相关消息？

首相致外交大臣　　　　1940 年 6 月 24 日

看起来，今日和明日都无须再为驱逐舰一事致电总统了。很显然，他要看到法国舰队何去何从之后才会做出决定，对于他们的舰队，我是满怀希望的。当此所有人都应为崇高的事业振奋精神，拼死一搏的时刻，我很难做出决定是否现在就召开参谋会议，因为美国方面倾向于认为英国的舰队应该转移到大西洋彼岸的基地去，议题几乎会完全集中到这个问题上去，我们的信心必然会因讨论这一问题而受打击。我很快会再次亲自向总统拍发电报，询问驱逐舰及飞艇等事宜。

首相致殖民地事务大臣　　　　1940 年 6 月 25 日

我们本来不需要在巴勒斯坦驻守部队，但是由于前任殖民地事务大臣因当地的犹太人武装自己而对他们进行了残酷的惩罚，因此我们不得不在那里派驻部队进行防卫。请将犹太人的自卫武器和组织详细地向我进行汇报。

首相致军需大臣　　　　1940 年 6 月 25 日

你 6 月 22 日来信建议我增加从美国购买钢材的数量，对此我深表谢意。我们目前每月钢材的进口量约为六十万吨，据我了解，由于法国的合同已经转给了我们，下个月的购买量将会增加一倍以上。这是很令人满意的，而且我们应该趁着还能购买的时候，尽可能多地从美国那里购入钢材。

首相致外交大臣　　　　　　　　　　　　　　　　1940年6月26日

在战争结束后提议“磋商”直布罗陀海峡问题，我认为对我们没有任何好处可言。如果我们战胜了，磋商将不会有任何结果；如果我们战败了，那就没有磋商的必要。西班牙不会不知道这一点。我认为，诸如此类言辞是不会对西班牙的决策起到任何影响的。

首相致伊斯梅将军　　　　　　　　　　　　　　　1940年6月28日

虽然我们对法国海军的政策是不言而喻的，但是我还是想听听，如果法国对我们持敌对态度，且我们未能从德国和意大利手中将法国另一部分的海军争取过来，海军部会对后果做出怎样的预估。希望于下周日向我做出汇报。

首相致伊斯梅将军　　　　　　　　　　　　　　　1940年6月28日

对于这一劳工数字[①]我感到非常不满意。在前几天的内阁会议上，有人说大概需要十万人，当我提到目前只有五千到七千人的时候，他们说这些人只是实际使用量的一小部分，还有很多人会在周末以前赶来。而现在我们只有四万人，请为我详细解释下此事的缘由。

由于疏忽致使劳工数量不足就让部队不参加训练去顶替他们，这是非常不明智的。

在星期一的内阁会议上，必须对这一问题进行讨论。

---

① 指修筑防御工事的劳工人数。见第八章我于1940年6月25日发出的备忘录。——原注

首相致内政大臣　　1940 年 6 月 28 日

请将你逮捕的达官显贵的名单汇报给我。

首相致林德曼教授　　1940 年 6 月 29 日

如果我们有足够多的，无论在白天还是黑夜都能通过雷达精确制导的多管发射器和火箭；如果我们的近炸引信不仅能在白天使用，而且在黑夜或星光下效率也不会大打折扣的话，这些武器将会对抵御空袭起到关键性的作用。我们应将研制这种综合性武器作为当前最重要的目标。从各个方面来看，我们几乎已经完成这一目标了，但似乎又遭遇了瓶颈。请将你的想法和实际情况汇总起来报告给我，以便我能为推动此事予以其最高的优先权。

首相致林德曼教授　　1940 年 6 月 29 日

依我看来，封锁现已经形同虚设。当此之时，对德国进行大规模空袭应为目前唯一手段。

在不久的将来，如果我们能够不必在法国驻军，不必再将牛肉和煤等给养输送到法国去，那么对我们来说算得上是再次如释重负。[①] 请就此事向我做出报告。

牛肉供给问题受到了怎样的影响？我们已解除了向法国供应牛肉的义务。为何重型军需用品生产工的牛肉配给量要远远低于国内军队的配给量？这太让人无法理解了。这件事也一定对冻肉和鲜肉的供给量造成了影响，由于情况复杂，因此我并不清楚到底哪里出了问题。

---

① 作者认为第一次如释重负是敦刻尔克大撤退后，德军未做休整直接攻陷了法国，使得英国不用在敌人和盟友两难的抉择中做出艰难选择。见本书第十三章。——译注

7月

首相致伊斯梅将军　　1940年7月2日

如果在新泽西岛和恩济岛真的有几百名德军士兵乘军舰登陆了，那么就应当研究计划在夜间秘密突袭这两个岛屿，击毙或俘虏那里的侵略者。正好可以派遣突击部队完成这一任务。从当地居民和撤出人员那里获取所有必要的情报应当没有什么困难。如果战争打响，派航空母舰进行增援应为敌人唯一可行的办法，那么对于空军的战斗机来说这将是一个很好的机会。请一定要拟定出计划。

首相致外交大臣　　1940年7月3日

在我国和驻我国的法国人员当中，有大批依附贝当政府的颇具影响力的人士，他们正大肆诋毁我们公开推行的并积极实施的关于援助戴高乐将军的全部政策，这是我不能容忍的。我打算在摩洛哥成立一个法国政府，以便取得“让·巴尔”号及其他舰艇的控制权，并依靠大西洋上的一个基地对摩洛哥采取攻势，在我看来以上两点都是至关重要的。以上建议得到内阁原则上的强烈拥护，如果在技术细节上不存在困难的话，我是不会放弃进行这样的尝试，转而采取消极防御态势的，因为消极防御早就被证明对我们的利益是有害的。

（即日行动）首相致海军副参谋长及海军助理参谋长　1940年7月5日

由于法国海岸已全部被德军占领，你们已对海峡护航船队进行了怎样的安排部署，请以书面文件的形式告知与我。敌人昨日用飞机和快速鱼雷艇袭击了我护航舰队，并对其造成了很严重的创伤。我希望你们能在今晨对我做出如下保证：形势已尽在掌握中，空军的协同作战已发挥作用。

首相致三军大臣（由爱德华·布瑞奇斯爵士实施） 1940年7月5日

据悉，由于不能得到更多军事方面的情报，致使战时内阁之外的一些高级同僚感到不快。如果负责军事的大臣们能够轮流召开座谈会，回答这些人的问题，并就总的形势对他们做出解释，我想这是非常有益处的。以每周座谈一次为例，三周内三军的每位大臣就都能与他们见上一面了。我想，这一负担应当不至于让你们感到过于沉重。关于未来的作战计划，为确保只有少数人知晓，请不要对任何人谈及。不过，在解释过去的事和阐述现在的状态的时候可以多说一些。我猜想你们应当会同意上述观点，因此我便通过爱德华·布瑞奇斯爵士发出了指示。

首相致雅各布上校 1940年7月6日

请详细向我汇报关于敌军空袭准备和登陆计划的一切新的动向，可向联合情报处索取相关情报，并于今晚递交给我。

首相致飞机制造大臣 1940年7月8日

当前战争形势严峻，在粉碎敌人的攻势之前，我们都不能缺少战斗机，因此必须将生产战斗机视作当务之急。我们如何才能获胜？对于这个问题我曾做过深入思考，最终我得出了唯一的结论。我们的陆军不是德国军队的对手；封锁已经被打破，希特勒可以从亚洲甚至非洲获得给养。如果他入侵英国的计划被粉碎，或者他放弃入侵英国，我们根本没有能力阻止他出兵东进。让他回头并将他击败的唯一方法是，英国用轰炸机对纳粹老巢发动大规模的、绝对破坏性的和摧毁性的空袭。除此之外，我想不到任何其他的办法去击败他们，我们必须要为使用这个办法创造条件。如果有任何削弱我们空中优势的计划，都不应该接受。我们什么时候才能拥有这样的优势呢?

首相致空军大臣　　1940年7月11日

轰炸不来梅的飞机只有一架飞了回来，这让我感到非常忧虑，一般说来，损失不应该有这么严重才对。我们当前有两件事需要花费大力气：1. 对德国港口及德国控制的河港情况进行侦察；2. 一经发现驳船和舰只正在集结，要立即实施轰炸。除此之外，还应在尽量少使用飞机和驾驶员的同时，向德国不断地发动远程空袭。目前我们的轰炸机中队数量还是很少，建立更多的轰炸机中队是工作的重中之重。

首相致内政大臣　　1940年7月11日

对于任何在此次战争期间未经国务大臣允许而擅离职守达六个月以上的议员，应撤销其议员职位。我想你应就此建议准备一项提案。

首相致伊斯梅将军　　1940年7月12日

我于上周视察兰利机场时首次看到的那种小型圆柱状掩体的仿造和安装工作进行得怎么样了？这种掩体可用压缩空气瓶抬升到两三英尺高，可将它们设置在飞机场的中心，充当控制机场的塔楼。这种掩体可以很好地防御敌人的伞兵，应该大力推广。希望能为此拟订一个计划，并递交给我。

首相致陆军大臣　　1940年7月12日

现在是将各团和各作战单位钟爱的小徽章和勋章颁发给他们的时候了，这件事就由你来推广执行吧。我曾视察驻扎在伦敦的爱尔兰军团，看到他们都佩戴着绿色夹杂孔雀蓝色的流苏。制作这些铜徽章的费用我们还是支付得起的，所用的金属量也无关痛痒。应向所有军团鼓励推行这一形式。法军官兵还佩戴着另外一种非官方的部队勋章，他们还别出心裁地将这些勋章发放给民众佩戴。我很喜欢这个主意，我相信这一定能振奋那些长期浴血奋战的将士们。你对军乐队做出的整改，我同样甚感欣慰，不过我们什么时候才能在街头观看他们的演出呢？在城市中，特别是在像利物浦和格拉斯哥这样的城市中，进行小规模的阅兵游行是非常有好处的；实际上，无论哪里有军队驻扎，只要他们有闲暇时间都应当进行这类军事表演。

首相致伊斯梅将军，并转参谋长委员会　　1940 年 7 月 12 日

1. 在与意大利交手后，我认为可以对意大利本土发动一次更加猛烈的海空协同攻击。马耳他岛看起来很有希望能被我们的舰队自由使用。请制订计划，合理部署各式高射炮及飞机，尽量加强马耳他岛的空防。可让“投弹部队”在该岛处布置雷区，必然能起到非常大的作用。还有，在白天效果显著的光电引信[①] 将在 8 月底研制成功。敌人可能会因愤怒而向我们实施报复性攻击，如果我们在该岛的空军力量能够再强大一些，那么他们将无能为力。

2. 应以最快的速度加强马耳他岛的空中防御力量，请拟订相关计划，并将大概的完成时间告诉我，我希望能在三日内得到回复。请在大炮运出前，提前告知马耳他岛准备好炮位。

首相致伊斯梅将军　　1940 年 7 月 12 日

请将以下安排转达给参谋长委员会。

为了鼓舞法国剩余部队的士气，使他们的陆军、海军和空军自愿

① 即利用光电触发引信的雷管。——译注

加入我们，继续战斗下去，英王陛下政府已做出决议，妥善照顾他们，期望唤起他们对法国国旗炙热的感情，应将那些还在继续战斗的法国人作为代表。参谋长委员会有责任积极推行这一政策。

在对待驻在我国的波兰、荷兰、捷克和比利时军队，以及反纳粹的德国外籍兵团时，同样要以此政策为原则。应向全国推行这一方针，不能因管理不便等理由阻碍其实施。让这场战争具有更广泛的国际性是非常有必要的，由于我们目前正在独立抗战，这样做能使我们的力量大大增加，也能让我们变得更加令人敬佩。

我期望这项政策能够被贯彻到底。显然有人在阻挠法国士兵自愿参战，我发现奥林匹亚的一些军官就在这样做。7月14日[①]法国人会举行祭奠仪式，届时他们会向福煦的雕像敬献花环，我认为应当借此机会帮助他们让仪式取得圆满成功。

首相致伊斯梅将军　　1940年7月13日

请告知海军部，这些舰只十分重要，尤其是“西方王子”号。它的速度如何？如果这五万支来复枪被弄丢了，那么对于我们来说无异于是一场灾难。于7月8日至7月12日之间由纽约启程的运输舰只同样非常重要，请一并提醒海军部加以注意。请将各运输舰队在何时抵达危险区域，它们何时能够抵达目的地，以及为此做出的安排一并向我汇报。

首相致爱德华·布瑞奇斯爵士　　1940年7月13日

很多人都建议再次举行一次祈祷活动。

对于此事大主教有什么看法？你可否私下探询一番？

---

① 法国国庆日。——译注

首相致伊斯梅将军　　1940 年 7 月 14 日

想必很多防毒面具都需要检查，因为希特勒很可能会向我们投掷毒气弹，我认为每个人都应该立即检查一下自己的防毒面具，这件事非常重要。如何执行这份必要的检查工作，你是否有所安排？请立即采取行动。

首相致伊斯梅将军，并转空军副参谋长　　1940 年 7 月 15 日

对于你提出的趁着现在是月盈期实施轰炸的计划，我表示完全赞同。不过，对于我们仍未控制基尔运河这件事，我表示很不理解。由于该处是我方阻止敌军从波罗的海出动驳船和舰只对我们进行入侵的咽喉之地，因此控制住这里应为当前最首要的任务。我听说对这一区域，你已发动过几次空袭，但是效果并不显著。请把你以往的方法告知于我，包括空袭的次数、投弹量及炸弹的型号，还有请向我解释下为何现在运河依然畅通无阻？如果要在将来取得更好的效果，你能否制订出更好的计划？这件事的重要性显然应为最高级，尤其在当前的情况下，更是关系重大。

首相致伊斯梅将军　　1940 年 7 月 15 日

为避免那些十四英寸口径的大炮遭到轰炸，应在其上面加设防护设备，这一点必须要切实执行。可与架设在沿海地区的六英寸口径大炮的防护设施一样，架设钢架并覆上沙袋，还要全部做好伪装。大炮在发射了一百二十发炮弹之后就应更换，到时自然会有人告诉你这件事。更换大炮时要先拆下钢架，待更换完毕后再重建钢架。关于此事应当没有什么困难。

首相致伊斯梅将军　　1940年7月18日

应督促陆军部要不断地发展外籍兵团，无论是通过建立工兵营还是其他办法，都应该这样做。请就此事每周向我汇报。

首相致内政大臣　　1940年7月19日

我从未打算派我的任何一个子女送信给麦肯齐·金先生，如果我派人给他送信的话，其内容将是："在这个时候我完全反对撤离本土。"①

（即日行动）首相致内务大臣　　1940年7月19日

我注意到，全国各地的地方长官和法院依据最新法规宣判了很多泄密案件。国王陛下政府授意内政部要重新审理这些案件，对于那些无心之举或没有对国家造成严重危害的个人，应予以赦免。你可公开重审几个在当时众所周知的案件，并当众宣布减刑或无罪。这样能够为地方法官起到必要的指导作用，也能使他们对议会的用意和目的有更透彻的理解。

首相致海军大臣及第一海务大臣　　1940年7月20日

为避免"胡德"号突然遭受重榴弹炮袭击，不应该让它一直停泊在直布罗陀港，对于此事我之前已经提醒过你们一次了。应该让它和"皇家方舟"号均离港开到大海上去，至于"勇敢"号和"坚定"号是否应一并出航，则可视情况而定。它们可于西班牙局势不再进一步恶化后，返回驻地添加燃料或执行其他任务。你们对此事有什么样的看法？请向我汇报。

① 这封信回应的是政府号召，将儿童撤往加拿大和美国的计划。不过这个计划在1940年9月17日"贝拿勒斯城"号被舰艇击沉后就取消了。——原注

首相致外交大臣　　1940年7月20日

你认为我们对于中日之间进行的和谈，在各个方面的应对措施都显得操之过急吗？这次和谈并非出自蒋先生的本意，也没有任何一位亲华人士赞成它；但是，这些事实对于我们解决滇缅公路这一问题并无任何裨益，反而使得情况更加棘手。如果让日本从他们纠缠不清的问题中抽出身来，我敢肯定地表示，这对我们来说不是什么好兆头。姑且将这件事搁置一个月或更久的时间，静观其变，岂不是一个很好的办法吗？

首相致陆军大臣　　1940年7月20日

韦奇伍德上校关于"伦敦防务"的信件，你应该好好研究一番。对于政府中心的防御规模，依我看来，只需够抵御五百伞兵或"第五纵队"就可以了。现在的计划是什么？什么样的规模才能确保无虞？

你能给乔斯帮帮忙吗？他是一个心肠很好的人。

首相致国务大臣　　1940年7月20日

我们对本国的木材资源的采伐是否得当？据我了解到的情况，我想应该是否定的。

当然，这是军需大臣应该负责的事情；据我所知，他已经在最近告知有关部门针对这一问题进行了些许调整。

首相致伊斯梅将军　　1940年7月21日

请把保卫白厅和中央政府的计划报告给我。预计敌人袭击的规模会有多大？我们准备如何防御？这件事由谁来负责？是谁下令在圣詹姆斯公园内部修建反坦克障碍物的？为何下达这样的命令？命令又是何时被取消的？

首相致伊斯梅将军　　1940年7月23日

有人告诉我，如果飞机场上能够停放更多油车的话，那么就能更加迅速地为战斗机补充燃料。由于战斗机在空战中能早一分钟重新升空是非常重要的，因此我希望能够针对这一问题立即采取措施，成倍地或更大量地增设加油设备。

首相致陆军大臣　　1940年7月23日

让加拿大第二师驻扎在冰岛有什么意义？他们的装备、给养及一切岂不是都被白白浪费掉了？好像到目前，你还没有就这一问题对我做出答复。

首相致陆军大臣　　1940年7月23日

1. 要想尽办法秘密取得德军在被占领国中最翔实的驻军数量，同时还要与各占领国的当地民众建立密切的联系，并安插间谍。我们显然要进行这样的工作，而且必须立即就着手进行。我希望那个专门为抓住机遇而设立的、隶属于经济作战指挥部的新部门正在最大限度地进行着这一工作。此工作具备军事行动性质。

2. 我们过去用于骚扰布洛涅和恩济岛的方法是愚蠢且不恰当的，再用同样的方法对这些被占领国家的海岸进行骚扰是很不明智的。一切可能促使沿海居民反对我们的小型攻击行为和令人反感的布告，都应该被禁止。

3. 罗杰·凯斯爵士正在研究一套完整的计划，即出动五千到一万人的军队，发动一次中等规模的袭击。预计在今年冬季能够对法国海岸采取两到三次此种类型的攻击。待入侵的威胁稍减或消失后，我们将在罗杰·凯斯的计划完成后共同对该计划进行讨论，并命令参谋人员据此进行充分准备。有人认为派遣小股部队骚扰法国海岸是不妥当的，如果进行中等规模的袭击得以顺利实行，就不会有人再提出反对了。

4. 必须要考虑到，敌人很可能在1941年的春夏时分用装甲部队进行大规模入侵。由于我们在物资方面远远落后于敌人，因此只需在宏观上对其可能性分析一下就可以了，直到8月结束都无须就此事向参谋部下达任何指示。

首相致伊斯梅将军，并转参谋长委员会　　　　1940年7月24日

应当向所有的外籍军团，除去反纳粹的德国人之外，发放步枪和弹药，可先让反纳粹的德国人充当工兵。我想你们一定已经考虑过用何种武器武装外籍兵团了；[①] 是用被美国步枪替换下来的英军步枪，还是直接用美国的步枪？我比较赞成前者。由于在不久的将来我们可能需要波兰人和法国人到国外去作战，因此应最先考虑对他们进行重新武装。仅就分配步枪的优先权而言，外籍兵团应先于家园防卫军而后于英国正规军。应当给他们配备一小部分轻机关枪等武器，即使这样做的代价是我们本土部队的装备会不够用。向他们供给大炮的事情进行得怎么样了？显然，只需提供几门“七五”炮就够了。波兰军团要尽可能地做到训练有素。请每周都向我汇报一次人员和武器的变动情况。

---

① 法国军团2000人，波兰军团14000人，荷兰军团1000人，捷克军团4000人，挪威军团1000人，比利时军团500人，反纳粹的德国军团3000人，共计25500人。——原注

（即日行动）首相致海军大臣、第一海务大臣和海军副参谋长

1940 年 7 月 25 日

三周前我曾提议在敌人的入侵部队登陆后，在他们的后面布设雷区，海军参谋部认为这样做具有重大意义，现在我愈发认为这件事的意义比海军部所认识到的重大得多。我已抽空发去便函，以便他们能做出更进一步的考虑。

敌人可能选择的登陆时间为夜晚或黎明，白昼时分他们将遭受我方小型舰队从背后发起的攻击，敌人则势必对我军舰艇进行猛烈的空袭，因此双方必然展开空战。不过，只要我们在敌人登陆后，切断了他们的补给线——只需趁着黑夜，在靠近海岸处布置一片或一道水雷即可做到这一点。水雷一旦入水，我们的舰队就无须在翌日白天赶来增援了，就不必再为空袭而担心，这样我们在应对敌人空袭时的损失就将被避免。总之，我认为如果不在舰艇出击和布设水雷这两者中选择一个的话，便是缺乏远见。如果敌人在多处登陆的话，以上两种方式便可同时采用。上面的方法还有着更广阔的用武之地，那就是当敌人不是选择在海滩而是在港口登陆的时候。

请对此事给予长远关注。还有，有哪些船只可以用来完成这一任务，需要多久的准备时间？什么时候可供使用？

首相致海军副参谋长　　1940 年 7 月 25 日

用水雷或障碍物封锁德国、荷兰和比利时港口一事进行得怎么样了？请向我报告。

首相致外交大臣　　1940 年 7 月 26 日

昨日，我应郭先生[1]之请会见了他，并向他坦言了我们对滇缅公路的立场。我曾通过外交部向蒋先生发送了一封信件，并将内容亲口告诉了郭先生。他此行的目的是，急切想探明我们在三个月[2]界限期满后有什么样的打算。我表示未来是难以预估的，一切要视情况而定。我向他保证说，我们决不会向蒋先生施加压力，迫使他违背自己的意愿和政策接受条件或进行和谈。郭先生尽管还是有些担心，但是看上去却很满意。

首相致财政大臣　　1940 年 7 月 28 日

既然罗马尼亚政府正在动用英国的资产自助，那么我们为何不能向罗马尼亚政府表明态度，将动用他们的已被冻结的资金弥补我国人民的损失呢？据我所知，罗马尼亚在伦敦的资金已被你在大约六周前查封了。我国人民对于他们的做法是非常憎恶的。

8 月

（即日行动）首相致海军大臣及第一海务大臣　　1940 年 8 月 1 日

应探明“俾斯麦”号和“提尔皮茨”号的动向，这点非常重要，因为日本的态度颇具威胁性。请把最新的情报送过来。在未来的几个月中，这几艘舰只会极其危险，我认为应让空军想尽办法使它们失去战斗力。

我认为一旦日本向我们宣战，或迫使我们与他们作战，就应当将

① 指当时国民政府的驻英大使郭泰祺。——译注

② 1940 年 7 月 18 日，英、日在伦敦签订了《英日关于封锁滇缅公路协定》，协议规定：“从即日起，需在三个月内禁止通过滇缅公路输送武器、弹药、汽油、卡车及铁路器材……”——译注

“胡德”号、三艘配备八英寸口径大炮的巡洋舰、两艘“拉米伊”级战舰和十二艘远程巡洋舰调往新加坡。

请将已经建造完成的日本巡洋舰的框架结构详图送交于我。

（即日行动）首相致海军大臣及第一海务大臣　　1940年8月2日

我虽然完全同意海军部为应对紧急局势而提出的主张，但是也决不能如此广泛地部署我们的舰队。我思虑再三后，认为“威慑”号的震慑力要大于“胡德”号。请向我报告空袭“俾斯麦”号和“提尔皮茨”号有多大胜算。我认为这是我们最应采取的步骤之一。目前无须为应对日本正在进行的军事冒险行为做出任何新部署。

我非常关心我国的三艘油轮在托利岛附近海域被击沉一事。应从东海岸派遣几艘驱逐舰赶往那里。这件事最好在8月的月亏之时再办理。

在此期间，应将美国的大炮和步枪分发给部队。

（即日行动）首相致伊斯梅将军　　1940年8月2日

1. 我必须要对新增的飞行员及他们的训练情况进行一番审查，这件事将是我下周的主要工作之一。请提前询问比弗布鲁克爵士的意见。

2. 计划在秋季为部队安排课程讲授作战技巧，请向我报告此事已进行得怎么样了。

3. 为收集各种废品已做出了什么样的安排？今年会取得什么样的进展？请向我报告。

4. 四个月前，我在船舶打捞修理处召开了一次会议。当我在海军部任职的时候，便对那里的工作产生了特别的兴趣。当时主持那里工作的是海军军官迪尤上校。请向我报告，自那日起，该处都有什么事情发生。

5. 防空大队及警察在我们遭受入侵时将起到什么样的作用？我希望本周可给出决议。最初这件事是由掌玺大臣负责的。同时，我们应该考虑将防空大队编入家园防卫军，以便他们随时都能参加到战斗中。是否已停发了防空大队的工资？或已限制到了何种程度？应继续限制他们的工资。

6. 请向我报告建立坦克师的进展情况和将来的计划。应在 1941 年 3 月 31 日建立五个装甲师，到五月应拥有七个装甲师。请告诉我，以我们的人力和物力需要多久才能达到这样的目标。对于如何整编和管理装甲兵团最近又有了什么样的建议？请一并向我报告。请在一张纸上罗列出所有事项，并标明主次之分，然后送交我处。

首相致伊斯梅将军　　1940 年 8 月 2 日

让家园防卫军穿上制服是非常重要的一件事情，预计何时能将制服送达，请向我报告。

（即日行动）首相致海军大臣　　1940 年 8 月 2 日

一看到舰只[①]就想把它击沉，或者在击沉舰只的时候从不考虑船员的生死，这是我非常反对的。如果因为空袭或其他军事原因，不能将俘获的舰只开回港口为我所用，然后再将其击沉那便另当别论了。很显然，击沉舰只是没有什么好处的，因为这会对宝贵的吨位造成损失。为什么海军部不能形成这样的习惯？即派遣一批船员登船，然后将舰只开回来。他们在二十次军事行动中，有十九次都不会这样做，我真

① 这些舰只指法国投降后，还未决定去向的法国舰只。——译注

想不通这是为什么。我赞成对“荷尔弥恩”号[①]的处理方法，这并不与上述总原则相违背。

首相致爱德华·布瑞奇斯爵士　　1940年8月2日

应尽早提醒内阁考虑放假及缩短工时等相关问题。危机消弭的时刻还远未到来。现在就让工人们认为敌军已疲惫是非常错误的，不过偶尔放松一下也是可以的。内阁进行商讨时需参考贝文先生、比弗布鲁克勋爵和军需大臣的意见，所以请事先与他们取得联系。对文职人员、各位大臣及高级军官的假期是怎么安排的，请向我告知。对于这件事我们必须要做出一些安排，但是不要因乐不思蜀而让敌人有机可乘，一定要对这点多加注意。

首相致掌玺大臣及内政大臣　　1940年8月3日

关于警察在入侵发生时将担负怎样的责任，默第斯通勋爵在他的备忘录中提出了一个相当棘手的问题，我们必须立即解决这一问题。我们当然不会在被入侵的地区组织警察制止人民的抵抗行为，更不会让他们解除人民的武装，成为敌人的阶下囚。对于备忘录中所提出的问题，坦白地说，我也没有想到什么切实可行的办法。不过，一般说来，当一个地区被敌人彻底占领后，警察应随同英王陛下的最后一批部队一起撤离。防空大队和消防员也应如此。他们可以到其他地方继续工作。不过，在入侵开始时，警察、防空大队和消防员也可以被征召入伍。

① “荷尔弥恩”号是一只小型货轮，隶属于希腊。1940年7月28日，该船负责向意大利运输军事物资，被我方巡洋舰在半路拦截了下来。其后，我军遭到空袭，因此我方舰队才将其击沉。——原注

首相致伊斯梅将军　　1940年8月3日

请将关于法国或其他被占领国家的谍报交给莫顿少校，再由他负责向我报告。请坚决执行这一指示。

首相致陆军大臣　　1940年8月3日

在不久的将来，我们很可能会使用一部分戴高乐将军的兵力。应立即全副武装他的那三个营、坦克连及司令部，这是当前最重要的事情。我十分清楚，你们已经在这样做了，但还是希望能够再加快些速度。昨日你已看过了莫顿少校的备忘录，自那日后情况是否有改观，请向我汇报。

首相致爱德华·布瑞奇斯爵士及相关人员　　1940年8月3日

1. 不论生产委员会是否同意，都应将关于工厂工作和全体人员假期的通令由劳工大臣送交内阁，我认为在星期二务必送达。员工必须要有假期，但也不能让人们过于松懈。因此，宣布“正尽力安排局部进行轮休”或类似的话似乎比较合适。

2. 我已批准了霍勒斯·威尔逊爵士致各部门的信函。这些信函是依据我的指示精神写的。

3. 我非常希望你能对各个大臣的假期进行调整，同时也给驻政治中心的三军高级将领也放一个假。

首相致爱德华·布瑞奇斯爵士　　1940年8月4日

我们将首次在多佛尔使用带铁丝网的非旋转投弹器，关于这份报告的内容我的同僚们都已经知晓了。这种武器能在地对空防御中，特别是在保护易受俯冲式轰炸机袭击的船只和港口方面，有着非常重要的作用。

首相致林德曼教授　　　　1940 年 8 月 4 日

在未来十二个月的战斗中，你对于粮食、船运和农业方针等问题将做何打算？我认为，为运输粮食我们应准备一千八百万吨位的船舶，并再开拓出一百五十万亩田地用于耕种，并敦促粮食部制订出计划，以便做好粮食配给和贮存工作。基于上述内容，这些应不难做到。

首相致空军大臣及空军参谋长　　　　1940 年 8 月 4 日

击毁德国主力舰队的任务因日本采取的敌对行为而变得愈加重要。我知道空军是在等到月明星稀之时，便会立即猛烈攻击敌军舰队。最为重要的几个目标是：基尔运河上的“沙恩霍斯特”号和“歌奈森诺”号、汉堡港的“俾斯麦”号、威廉港的“提尔皮斯”号。如果在几个月之内还不对“俾斯麦”号采取行动，那么就将严重影响海上力量的平衡。我很乐意听到你们的意见。

首相致伊斯梅将军　　　　1940 年 8 月 5 日

无论在质量上还是数量上，对于来自法国非占领地区的情报我都不满意。这些情报给人的感觉，好像我们同它们的隔绝情况似乎与德国的隔绝情况相同。经过情报机关挑选并做成报告摘要的情报，我是不愿意看的。请把所有的情报先发给莫顿上校，他会为我做出筛选，并把他认为最重要的情报原件递交给我。

还有，我希望有人能为从法国方面获取更多的情报而提出建议，我们如何才能继续保持与法国谍报人员进行频繁的接触？如果有必要的话，海军方面可以在这些问题上提供一些帮助。我们到目前为止还对维希政府知之甚少，这可不是一件光彩的事情。美国、瑞典还有西班牙的谍报人员都做出了哪些贡献？

首相致伊斯梅将军　　1940 年 8 月 5 日

二十支一组、十支一组、五支一组的多管非旋转发射器和单管发射器现有多少订单？普通火箭、可空投的水雷、光电引信和无线电引信还有多少？在今后的六个月中，以上各项的生产量大概有多少？

为了替代空中布雷，需要尽快将英军军舰上的多管发射器改装成光电引信。为便于在时机成熟时，能够毫不拖沓地将在英舰的炮架上安装新发射管，海军部应尽早进行研究安排。

用军舰上的大炮发射短程空投水雷的计划已取得怎样的进展，请让海军部向我报告。

在我离开海军部之前这一计划就已启动，现在我想重新了解下。

首相致矿产大臣　　1940 年 8 月 6 日

据报告称，你在夏季就已储备好了大批供冬季使用的煤炭。我想知道这一提前准备的明智之举现在进行得怎么样了。我希望你能尽早做好准备，以免重蹈我们去年因 1 月时缺乏煤炭而焦虑不已的覆辙。

首相致陆军大臣　　1940 年 8 月 7 日

黏性炸弹现已在大量生产，请向我报告你们是怎么训练士兵使用它们的。

首相致伊斯梅将军　　1940 年 8 月 9 日

关于应进口什么请向林德曼教授征求意见。请向军需大臣索要一份载有进口项目的计划报告，并送交给我。

你还没有将第二年的作战计划报给我，为使内容清晰，请列出条目后再递交。

首相致陆军大臣及帝国总参谋长　　1940年8月9日

我对将拥有高比例武器装备的第一师（其中还包括家园防卫军的一个旅）沿海滩部署，而不是将他们用作反攻时的后备队一事表示很担心。现在未上前线的师还有多少个？为何要让拥有高比例大炮和武器的师团驻守沙滩？理由何在？

首相致比弗布鲁克勋爵　　1940年8月9日

如果非要在放缓飞机生产和坦克生产之间做出选择，那么我愿选择放缓后者；不过我想，由于两者之间互相牵制的地方并不多，经过调节，应不至于出现上面的情况。我想你会同军需大臣共同协调此事。

首相致新闻大臣　　1940年8月9日

不断地通过无线电台用法语播放戴高乐将军的讲话，并想尽一切办法让非洲也能听到这样的广播是非常重要的。据报告称，刚果的比利时人可以在这方面给予我们帮助。

有没有办法将我们和戴高乐将军之间达成的协议发往西非的电台？

首相致伊斯梅将军　　1940年8月10日

我们每周会向部队分发多少门美国“七五”式火炮？在给家园防卫军配备了“李梅特福”式步枪之后，还会每周给他们分发多少支零点三英寸口径的来复枪？请立即统计，并按周向我汇报。

首相致伊斯梅将军，并转参谋长委员会　　1940年8月10日

我想知道海滩各部队和后备队使用的小型武器的弹药情况，请参谋长委员会在向本土防御部队总司令进行询问后，向我汇报。

首相致矿产大臣　　1940年8月11日

趁着出口市场停滞之时，应在全国范围内增加我们的储备，我确定你会这么做。我希望在能源储备方面，特别是煤气、水和电能的储备方面，你能加紧进行。据悉，煤气和电能的供应已大约有百分之二十的增长，我们迟早会用到这些广泛分布的能源，在积累与储备时切不可处置失当。

为提醒运输大臣对铁路的情况多加注意，我会向他发送便条过去。

你的计划因法国战败和我们失去了四分之三的出口市场而被打乱，这一定给你的部门造成了巨大的压力。继你做出最大努力提高生产之后，很难对突然遭受的不景气进行解释，我确定人们是能够理解的。将你告诉过我的肯特郡矿工的坚毅品格告知给全国劳动者，确实能够对他们的精神进行鼓舞。

首相致新闻大臣　　1940年8月11日

由于我们正在积极为戴高乐将军提供援助，因此尽可能通过广播让北非和西非知道法国的新闻，这应当是我们目前最重要的任务之一。请要求B.B.C公司[①]提供帮助，并为此事制定出稳妥的方案，我希望能在星期一收到报告。

你的权力足以让B.B.C公司服从你的命令，这点我就无须再强调了。

（即日行动）首相致运输大臣　　1940年8月11日

由于敌机的轰炸和我们对港口实施的封锁可能会带来各种困难，

① B.B.C（British Broadcasting Corporation），英国广播公司。——译注

你们部门采取了哪些办法应对这些困难，请详细向我汇报。

一般情况下，通过伦敦港进口的物资占我们进口总量的四分之一，通过默尔西河进口的物资占五分之一，通过索斯安普敦、布里斯托海峡和亨博河进口的物资各占十分之一。我们必须要提前想到，如果这些口岸被全部或部分封锁起来，或者逐步被封锁，或一次被封锁多处之后，我们将怎么办？不过，我想你一定已经制订出了相关计划来应对突发情况，对于这一点我是毫不怀疑的。

鉴于船舶的大量生产，我们的船舶吨位不足问题已有所改善。不过，港口设施和公路设施的不足很可能成为阻碍我们工作的又一个瓶颈。因此，为应对各种突发事件而提前做出必要准备，也许会起到至关重要的作用。

首相致爱德华·布瑞奇斯爵士　　1940 年 8 月 12 日

是否应于现阶段在军需处下设木材管理局？

当前木材的供应量如何？正在实行什么政策？请据此向军需部索取一份简明报告。

首相致掌玺大臣及玛杰森上尉　　1940 年 8 月 12 日

我认为，在下院开会之前，由我大致将战争的第一年和新政府成立后三个月的情况概述一番比较好。大家也希望我这样做，我认为最合适的日子应为 20 日，也就是星期二。当然，最好是在开会时进行公开讲述。你们对此有什么意见？请在这周挑选一个最佳日期发出通告。

我希望届时能够对讲话进行录音，这样做不仅可以避免给我带来诸多麻烦，还能将全篇或大家都感兴趣的几个部分在晚上通过广播进行播放。可以在未获得批准的情况下进行这样的安排吗？如果不能的话，那么本周能否获得关于此事的批准？我认为，下院应该能同意。

首相致内政大臣　　　　1940 年 8 月 12 日

一旦敌人入侵应对警察下达何种指示的草案，与我的看法及内阁的决议不相符。我们在原则上不鼓励也不禁止非武装人员参战。应将警察，如果有可能的话还应将防空大队，划分为战斗人员和非战斗人员、武装人员和非武装人员。武装人员的任务是，当其附近的家园防卫军和正规军处于战争状态时，他们要积极提供帮助，必要时可同军队一起撤离；非武装人员的任务是，积极配合政策方针，让民众们不要“轻举妄动”。如果敌人确已占领了某个地区，则该地区的非武装人员可以与民众一起投降，但是这些人员不能以任何形式帮助敌人维持当地秩序，也不能在其他方面给予敌人帮助。他们应尽最大努力为居民提供帮助。

首相致运输大臣　　　　1940 年 8 月 13 日

铁路局已储存了多少煤炭？其储存量同平时相比如何？请向我报告。由于我们停止了对欧洲的煤炭出口，我想其余量应该是非常大的。我想你肯定不会错过这个将所有可用煤场堆满煤炭的机会。这样，即使当我们采煤作业被打断，或是遭遇另一个严冬，我们也能有足够的储备煤炭供铁路使用。不要因为价格原因而中断储备。不过，为保证煤价合理，可以采取方法进行必要的仲裁。

首相致陆军大臣　　　　1940 年 8 月 13 日

如果因装备和其他设备匮乏，而必须对家园防卫军的数量加以限制的话，可否先招募一支不配备武器和制服，只发放臂章的家园防卫后备军？可分地区对他们进行管理，并让他们学会使用“莫洛托夫鸡尾酒”① 之类的简单武器，然后就让他们处于待命状态，当敌人发动入

① 一种用于攻击坦克的燃烧瓶手榴弹。——译注

侵时再让他们入伍。你觉得如何?

成立家园防卫军的主要目的之一是给全体人民一个保家卫国的机会，如果不采取上面的措施，我猜想那些被拒绝参军的人一定会感到困惑和失望。因家园防卫军终止招募新兵而让许多人感到失落和不快是我非常不愿意看到的场面。

请把你对于这个建议的看法告诉我。

首相致伊斯梅将军　　1940年8月19日

坎宁安海军上将说，如果因为遭遇风暴而错过在9月12日这唯一合适的日期实施“恫吓”（达喀尔）作战计划，那么就只能等到潮汐和月光条件都适宜时再发动，也就是要等到27日和28日，是这样吗?坎宁安将军的这番话中存在着一个非常严重的问题，即计划不应等到潮汐和月光条件都适宜时再实施。只要条件许可，就应立即实施计划，不应等待条件最理想时再行动。无论在什么样的天气条件下，无论遇到何种情况，都应投入到战争中去。如果再耽搁八天的时间，那么必将给我们造成巨大不幸。请就此事今日即向我进行报告。

首相致伊斯梅将军　　1940年8月21日

你们对于火箭发射器的论断并不能使我认同。这个问题是随着战争形势的改变而变化的。敌人入侵的可能性正与日俱减。即使这种装置已经明显从狭路中移除，敌人在发动入侵时也不大可能会选择从这种地方行军。设立原油作战处除了让我们的机构重叠外，没有其他的必要。我一直都坚信，只要能够抓住机会，任何方法都将非常有效；但是，机会会出现吗?即使机会出现，就一定是我们希望它出现的地点吗?如果不先派小股兵力扫清道路，并确保道路两侧已被安全防守，军队是不会贸然在大道上行军的。

首相致海军大臣　　1940 年 8 月 22 日

我已向内阁提议重新实施建立主力舰队的计划，内阁也已批准了，现在我正等待你将关于这一计划的方案报告给我。当然，在实施这一计划时必然会用到钢铁和工人，不过从大局着眼，我是赞成重启这一计划的。

我们对“君主”号战舰及类似级别的舰只一直置之不理是非常不幸的，我希望能趁此机会给这些战舰加装上适当装甲和厚甲板，使它们成为能够防御空袭的军舰。我们需要这些战舰应对明年意大利发起的进攻。当然，应优先对这些战舰进行改造，之后再重启战舰建造计划。

首相致伊斯梅将军　　1940 年 8 月 24 日

是谁任用的杰弗里斯少校？他听命于何人？请就此事向我进行报告。我认为这位军官的能力和魄力足以胜任中校一职，应对其进行升职以使他有更高的权利。

首相致空军参谋长及空军副参谋长　　1940 年 8 月 24 日

无论是增加飞机中队的数目，还是增加能立即投入到战斗中去的飞机和飞行员的数目，都非常重要。战争进行一年后，我们可供使用的飞机数量只有区区一千七百五十架，其中能够立即投入到战争中去的飞机数量只有总量的四分之三。请不要就此满足和松懈，因为这个数字比我们战前预估得要少。

首相致运输大臣　　1940 年 8 月 25 日

你为清理港口而提交的报告我已阅读，并颇感兴趣。

不过，对于我国能否通过西部港口获得你所预期的那种规模，海运大臣表示怀疑。对此你是怎么认为的？我很期望你能提出意见来。

人们是否会质疑铁路系统还没有做好应对突发事件的准备？因为去年冬天的寒流就曾造成了相当广泛的紊乱。

且不谈粮食和军需用品的供应计划，我们显然要做好对原油进行进口的安排。在和平时期，我国五分之二的原油进口是通过伦敦和索斯安普敦港。虽然我们的储存量很大，但是如果为减缓铁路运输的压力，而更多地使用公路运输的话，我们的原油储量就必然会下降。

为了在遇到不可控制的意外时，能够立即实行其他计划，你应该就进口问题与粮食大臣和军需大臣进行商谈，我猜你应该已经这样做了。

首相致陆军大臣 1940 年 8 月 25 日

我对家园防卫军新成立的那支人称“辅助队”的突击部队很感兴趣，我一直在关注着这支部队的成长和发展。

我从多方面得知这支部队不仅纪律严明，而且在管理上还颇具想象力。我认为，这支部队在敌人入侵时，能为正规军提供非常有用的援助。

希望能随时向我报告这支部队的发展情况。

首相致海军大臣及第一海务大臣 1940 年 8 月 25 日

传来的附件表明，仅仅一日我们便蒙受了四万吨物资的损失。我认为战时内阁应当对此予以特别重视，因为这件事非同小可。请准备一份报告，罗列出最近损失的数字及原因，为应对这一危险海军部已采取了哪些策略，还有哪些措施有必要采取但还未施行，海军部需要战时内阁在哪些方面予以帮助。

希望报告能在下周四提交给内阁。

（即日行动）首相致伊斯梅将军 1940年8月25日

请把从劳斯发来的情报立即告知陆军部，提示他们让车辆大量集结在一起是非常危险的，应做好车辆的疏散和隐蔽工作。命令陆军部立即制订计划对库存车辆进行疏散，速度越快越好。要确保车库中已无车辆积压或剩余。如果仅因一次空袭就让一千辆宝贵的车辆全部被炸毁，就太让人惋惜了。

首相致空军大臣 1940年8月25日

大家谈论的那个炮手，我于上周四在视察肯利（机场）时看到了，他为我试发了一支火箭弹。对于这种遇险信号火箭弹我非常熟悉，因为使用这种信号弹的提议是由我于今年年初，在主持海军部委员会会议时提出的。我知道空军部已不止一次利用其优先权，提出多种要求，令许多不太重要的生产项目被搁置。但是，对于这种可以很好防御低空袭击的P.A.C.火箭[①]，我认为必须将其纳入总生产计划中。虽然我认为每月有五千枚的产量就够了，但是我还是希望每月能制造六千枚，即每周要制造一千五百枚。你提到的铁丝回收计划是否已取得进一步发展？如果是的话，在发现能够有效节约铁丝后，可以适当增加产量。

（即日行动）首相致陆军大臣 1940年8月25日

战时内阁已授意陆军部来负责处理延时炸弹的问题。投掷延时炸

① P.A.C.火箭是非旋转投弹器的一种，“P”指“Parachute”意为伞兵，“C”指“Cable”意为铁丝；关于对这种投弹器的说明请参见1940年1月13日我的一份备忘录。（见原版第一卷第二版第674页。——译注。）——原注

弹可能成为敌人对我方进攻的新手法。昨夜，敌人投下的这种炸弹已使伦敦市的交通遭受阻碍。甚至白厅都有可能遭到这种炸弹的袭击！为应对这种新的攻击方式，我认为应该设法在各大城市准备大量的拆弹部队。为使人力和物力不至于被浪费，应让这些拆弹部队具备高度机动性。为了让他们能够迅速从一处赶往另一处，应为他们配备机动车辆。我想本土防御司令部应该已经成立了炸弹清理处，并在全国各地建立了分处。我猜测，你们应该也已经研究出了一套严谨的方案，用来发现未爆炸的炸弹和预判其降落时间，请立即将这些方案送到这些部门。拆弹工作因其极度危险性，应被看作是一项特别光荣的任务，任务一经完成应立即进行嘉奖。

我非常想看到一份关于新成立的延时炸弹清理部队的简要报告，内容要涉及采取的计划和部队的人数，以及截至目前完成的任务和采取的方法。我想你应该已经和科学界所有相关的权威人士取得了联系。

与此同时，我们还应用延时炸弹对敌人进行报复，关于这一情况我还在等待空军部有关部门向我汇报。

（请送交伊斯梅将军一阅）

首相致空军大臣　　　　1940 年 8 月 25 日

鉴于当前的战斗如此激烈，我认为，你仍然让空运部队保持目前的规模不太合适。增加我们战斗机中队的后备力量和战斗力量，以及解决教练机问题很显然应该是当下唯一的任务。必须将增加“战斗力”作为主导思想。行政方面的便利和地方上的既定权益都必须为此目的让路和转移。如果我是你的话，我就会反复梳理。亨顿机场中有大量飞机，我看到这一情况后感到非常吃惊，我绝对不会以政府人员要坐这些飞机进行视察为理由，将这些空中力量置于战争之外，我宁愿将这些安排全部取消。

我想应该将亨顿机场的飞机拨给飞行员们，这样至少能编成两个隶属于后备部队的优秀战斗机中队或轰炸机中队。找机会让这些队员进行训练，待紧急情况出现，就把他们立即投入到战斗中去。

你是否每日都会关注关于空军非军事方面的种种问题？各基地的指挥官，包括海军的统帅在内，当然都想让自己手里掌握更多的力量。因此，即使是你已经反复梳理过了，如果过几周之后你再去盘查一遍的话，还是会有很多的收获。

对于你这个老朋友给出的建议，我希望你能仔细考虑一下。

首相致海军大臣和第一海务大臣　　1940 年 8 月 27 日

请向地中海舰队总司令海军上将坎宁安转达下面的文件。

“首相兼国防大臣的指示：

保卫亚历山大港是本文件的主旨。你们只需将少量部队驻扎在马特鲁港，届时中东驻军总司令会通知你们。要尽全力守住这一地区，如果因受到威胁或情况有变，使得这一阵地和其中间区域的某些阵地不能确保，则需扼守住亚历山大南面的三角洲耕种区。从一百二十英里外对亚历山大港进行的空袭规模不见得比从二十英里外要小，因为飞机往往具有足够的续航能力，往往能在一小时之内飞行三百英里。让飞机远离前线是人们普遍的共识。战线向前推进并不意味着机场也应该跟随。一旦亚历山大港失守，将造成整个舰队被迫撤离地中海的严重后果，这是我们这里尽人皆知的事情。如果有人能就如何更有效地防御马特鲁港和其他阵地向我提出好建议，我将不胜感激。”

首相致伊斯梅将军，并转联合计划委员会　　1940 年 8 月 28 日

鉴于黑夜将愈来愈长，白昼将逐日缩短，因此需重新研究下灯火管制的问题。我不建议夜间将灯全部熄灭，应留下部分光源。因此，

必须拟订计划建立起一套全面的街头辅助照明灯系统。首先应该在整个市区都在使用煤气灯照明的伦敦市中心施行。此外，还要研究出在其他各大城市施行的最佳方案，还要对其他地区采取的方案加以审核。要达到这样的效果：灯光的明灭需能被自由控制，空袭警报响起时灯光能全部被熄灭。应让这种灯光尽量昏暗些。要将去年圣诞节采取的灯光管制作为长久方针，并据此进行研究，如何能够减弱商店橱窗所使用的灯光。不必对特许在夜间能够开灯的工厂进行管制，可让他们在工厂周围亮起昏暗灯光，确保目标不致过于明显且能够继续开工。可在空防薄弱城市外围适当区域设置火光和照明的灯光，以达到迷惑敌人的目的。

首相致空军大臣、空军参谋长及伊斯梅将军　　1940 年 8 月 29 日

自上次麦斯顿机场遭受空袭后已过了整整四天，我昨日视察了这里，发现机场跑道上的大部分弹坑还没有填平，机场几乎不能使用，对于这种情形我感到十分担心。当你记起德国人为迅速填平斯泰文捷机场上的弹坑都做了些什么之时，我就必须对我们这种效率低下的维修方法提出严重抗议。算上空军部提供的人在内，总共有一百五十人在那里工作。他们全部在竭心尽力地工作，但是由于没有称手的工具，使得在保卫这一战略要地方面，他们使用的所有方法看上去都没有意义。

最迟应在二十四小时内将所有弹坑填平，超过二十四小时后，如果仍有弹坑未被填平，应立即向上级报告。应组建部分填坑连，以保证更有效地进行这项工作。我建议先在所受轰炸较强烈的英格兰南部组建两个连队，每连有二百五十人即可。为使这些填坑连能在数小时内赶到被炸出弹坑的地方，应使他们具备高机动性。为使他们能够高效率地进行工作，应为他们配备一切必要的工具。同时，告知正在遭

受空袭区域的所有当地的机场承包商，让他们做好各种砾石和其他相关材料的储备工作，储备量要能够在无须补给的情况下，至少能填平一百个弹坑，还应向其他地方推广这种方法。如此，当机动填坑连抵达目的地时就能立即就地取材了。

不久前我得到情报称，德国人是用将石子装进木框中的方法来填补弹坑的。海军副参谋长曾于挪威战役中提醒我对此加以注意，你是否愿意参阅他当时拍给我的那份电报？

空军部的哪个部门正负责此事？

应设法对填平的弹坑进行伪装，使得它们看上去像未被填平一样，当然，这些只是假象而已。

首相致伊斯梅将军　　1940 年 8 月 30 日

（转所有相关部门，包括军事部门、国安部门、飞机制造部门和供应部门）

能预想到，许多玻璃都会在空袭时破碎。如果因缺少玻璃而不能及时安上新的，那么建筑物在冬天到来时就可能会严重受损。

因此，在使用玻璃时要力求节约。如果有可能的话，在玻璃破碎后先只安上一两块新的，其他的地方用木板遮挡即可。我们没有能力为大尺寸的窗户安装玻璃。如果有闲置的温室，那么就应该把上面的玻璃摘下贮存起来。麦斯顿有一座很大的温室，我看到上面安着很多玻璃，但是大多都已碎了，我认为应该将剩余的仔细储存起来。

玻璃的供给情况如何？看来应该向供应商施加些压力了。

政府大楼都应装上应急窗框，这种窗框只能安装一两块玻璃，当窗框被震坏后能够立即更换。请就这件事情向我递交一份完善的报告。

首相致伊斯梅将军　　1940年8月31日

如果法属印度[1]想进行贸易,那么他们就给出愿意协助戴高乐将军的信号。否则，便没有贸易可言！这件事是马虎不得的。请将此事通知印度事务大臣。

目前，凡是与法属地区有联系的事情都非常重要。

首相致伊斯梅将军　　1940年8月31日

我已向中东拨发了部分巡逻战车，除此之外，没有我的允许不许再拨发任何一辆巡逻战车。虽然拨发的巡逻战车的数量在原则上应该满足装备一个装甲师的需求，不过应该视我国本土兵力的情况决定是否继续拨发。不经过我的允许，便不准做出重要决定，我必须就此事与内阁进行磋商。

首相致军需大臣　　1940年8月31日

我非常高兴收到我国生化武器的储存量已经多了起来的消息。总量有多少？请向我汇报。容器的制造量应该和供应量相匹配。如果容器不足，请及时催促。

9月

首相致伊斯梅将军，并转参谋长委员会　　1940年9月1日

用滑翔机代替降落伞一事是否已经经过深思熟虑？当然，如果前者比后者好的话，就应该使用前者。放弃已通过的政策，而采取不确定的、尚在实验阶段的、可能存在假象的计划是否会让我们置身危险之中？请向我详细报告已在使用滑翔机方面做了何种安排。

---

① 指卡里卡尔、本地治里、亚纳姆和马赫。这几个属地位于印度马德拉斯境内，二战后于1950年通过公决归还给了印度。——译注

首相致海军大臣及第一海务大臣　　1940年9月1日

你们发来信息说，只有在16日之后才能对德国的那些远距离炮台进行攻击，对此我非常担心。这样一来，随着敌人的大炮日益集中，我军舰只将更加难以进入多佛尔海峡，无形之中是在为敌人进攻那里创造条件。你们打算如何应对此事？请向我报告。

显然当敌人按照部署将大炮架好后，发现我们无力还击时，他们必然会发起进攻。我非常担心多佛尔自身的防御，那里的重炮火力明显不足。我们绝对不能坐以待毙，置日益加深的危险于不顾。“埃里伯斯”号和其他舰只不得不在下周和16日面对双倍火力的袭击。

在上次大战中，我记得，我们经常使用固定浮标和测音设备标记科诺库和比利时海岸的德军炮台，并在夜间予以精准打击。请据此在本周制定出作战方案。请参考所附照片。

首相致伊斯梅将军，并转参谋长委员会　　1940年9月1日

“恫吓”作战计划如果能在不流血或少流血的情况下完成，将是什么样的局面？我猜你们一定在考虑这个问题。戴高乐将军似乎能很快在那里和该处稍微偏北的地方站稳脚跟，我们可以用军舰和部队配合他再进行一次“恫吓”计划，以便他能在摩洛哥找到根据地；如果再次成功，就立即在更重要的地区实施“恫吓”计划，在其他地区实施的该种计划可称之为“威慑”计划。

首相致陆军大臣　　1940年9月1日

谁在负责于本年冬季安排对部队进行教育，以及组织文娱活动这项重要工作？应该如何安排？请详细向我报告。

首相致印度事务大臣　　1940 年 9 月 1 日

1. 我认为，印度并不急需飞机和高射炮去保卫，在此我很抱歉地告诉你，我不可能在本土防御战进行得正激烈之时，抽调这些资源去印度，也不可能将美国提供的资源运往印度去建飞机制造厂。很多人都在怀疑，当我们在本土的防御战渐渐停止后，我们冒着诸多危险援助中东的装备能否及时运回，我们的物资是否会长期滞留在中东战场。

2. 印度现在应该帮助我们，而不是成为我们的累赘，这是非常重要的。如果你意识到，开战一年以来，被牵制在印度的英军部队和炮兵部队的数量，及印度军队增援本土战场的数量，你就能知道到底孰亏孰赢了。看到你正在加倍努力为 1941 年准备在中东开展的大规模战役组建印度师，我非常高兴。

首相致海军大臣、第一海务大臣及海军部军需署长

1940 年 9 月 5 日

我一直都非常急切地想让“英王乔治五世”号开往北部去。如果这艘战舰在“俾斯麦”号竣工后遭遇什么不测，那对于我们来说将是非常严重的不幸。当然，这艘战舰在开往北部时可携带电机工人等人员随行，并最终抵达斯科帕湾。当这艘战舰经过长期令人心焦的维修刚刚竣工，恰好要派上用场时，我们失去了它，那将是令人非常心痛的。相对于斯科帕湾来说，泰恩河的防御能力要差很多。

（即日行动）首相致外交大臣　　1940 年 9 月 5 日

请向罗希恩勋爵致电，转告他，战时内阁同意他处理全部驱逐舰的方式，并向他致谢。

还有，关于我们接收二十艘摩托鱼雷艇、五架 P.B.Y. 型飞艇、

一百五十架到两百架飞机、二十万支来复枪，以及其他武器的事情进展如何了？他们曾向我们许诺过很多，包括上述物资。我认为立即向他们提出此问题，记住要“刻不容缓”。

（即日行动）首相致陆军大臣及帝国总参谋长　　1940 年 9 月 8 日

我非常高兴能接到这封关于巴勒斯坦骑兵师的报告。我非常伤心地看到，这一精锐部队被整整闲置了一年的时间。把他们整编为机枪营，然后为摩托化部队，最后整编为装甲部队的时间越快越好。请不要在任何方面阻碍这件事情的实行。目前，苏格兰第二骑兵团和近卫骑兵团还只能在马上作战，这对他们来说是一种侮辱。如果仅为保护巴基斯坦崎岖的山路，出动几个营的步兵和骑着矮马的骑兵尚且说得过去，但是在这场大战中，有必要让这支古老的传统正规部队绽放出应有的光芒。我希望在采取行动前，能收到你同意这一建议的电报。

首相致海军大臣　　1940 年 9 月 9 日

关于你的新作战计划我已看过了。在你阅读了我于 3 月提交给内阁的一份计划书之后，我想你会对你的计划进行重新拟定。我认为，除了那些能在 1942 年年底之前竣工的战舰之外，应优先于其他战舰建造“君主”号，对于拒绝重建“君主”[①]级战舰的建议，我感到非常不快。这并不意味着你们要中止建造“壕”号战舰，待到明年海军部提交预算之后，可再考虑建造其他五艘主力舰只的问题。为何要停止建造“刚毅”号航空母舰？为何将八艘巡洋舰的建造工作暂时搁置？我看不到任何需要这样做的理由。有些战舰因被改装成反

---

① 参见《单独作战》第七章，我 1940 年 9 月 7 日（应为 1940 年 7 月 15 日。——译注）的备忘录，以及我 1940 年 9 月 15 日和 1940 年 12 月 26 日的备忘录。——原注

潜艇舰，使得战舰数量不足，是否对这些舰只进行补充，取决于新舰艇的竣工日期，如果这些新舰艇最迟需要十五个月才能建成的话，那么我当然会批准对上述缺乏舰只进行补充。对于那些特大型驱逐舰，如果竣工日期也会超出了上述期限，同样应该将它们的建造计划列于紧急计划之外。

请拟定出最终方案，以便我们可以开会进行讨论。

首相致伊斯梅将军　　1940 年 9 月 10 日

1. 舰队是保护新加坡的主要防御力量。无论舰队是否停驻在这一地区，都能在很大程度上起到保卫作用。比如，一旦接到命令，我们刚刚被大力加强过的中东舰队就能立即赶赴新加坡。由于我们的舰队能够在中途的要塞添加燃料、补给军火及得到修理，因此如果有必要的话，在驶抵新加坡之前就能投入战争之中。即使日本已在马来西亚登陆，并对新加坡形成合围之势，这支驰援之师也不会因此而无用武之地。反而，包围者的处境将更加困难，因为他们不仅会陷入沼泽和丛林中而不能自拔，而且还失去了与本土的联系。

2. 因此，当地的强力驻军和海军的内在潜力必须作为防御新加坡的基础。马来西亚地域辽阔，长达四百英里，最宽处有两百英里，因此试图保全马来半岛和整个马来西亚的想法是行不通的。派遣一个师过去执行这样的任务，不论该师的通信设备或其他方面多么精良，都是起不到任何作用的。一个师怎么保护得了面积几乎和英格兰一样大的地方？

3. 同日本决裂的危险与之前相比并未升级。从日本的角度来看，他们进攻新加坡的概率是非常小的，因为如果这样做的话，就意味着他们要将很大一部分的舰队部署在远离黄海的海域，没有比这样做更愚蠢的行为了。荷属东印度群岛对他们的吸引力才更大。日本的心头大患是美国舰队出现在太平洋海域。他们应该不会冒险这样做。日本人向来谨慎，因此他们现在会更加谨慎。

4.关于让澳大利亚旅前往印度还是马来西亚，我倾向于前者。不过，这样做只是想让他们在印度接受训练，之后更便于前往中东。我很高兴听到他们也能在中东接受训练的消息。

5.出于政治局势方面的考量，我认为，澳大利亚第七师现在的驻地无论是在战略上还是行政上都是最合适不过的，不应命他们撤离。请据此给澳大利亚政府草拟一份电报。

首相致巴勒斯坦特拉维夫市市长　　1940年9月15日

我非常同情特拉维夫市在最近空袭中遭受的损失。这种野蛮行径除了更加坚定我们之间的共同决心之外，没有任何其他的意义。

首相致海军大臣　　1940年9月15日

1.由于海军情报处总是倾向夸大日本的实力和办事的效率，因此对于你在新计划中提到的日军人数我表示很怀疑。不过，对于重启战舰修建计划我并不反对，这样战局需要且能迎合战争的迫切需求，就可实施。大多数的战舰和工人都不能被用于别处。建造这些战舰每年需要多少资金、钢材和工人？请向我报告。对于建造"壕"号战舰请倾力而为。

2.如果我们的两艘"皇家"级战舰能够在我们被入侵时竣工，且"英王乔治五世"号战舰也能参加到战斗中，那么我将感到甚为满意。与此同时，要做好资源储备和绸缪工作。这些舰只，从现在算起，再过十八个月就能建造完成，即1942年夏季可竣工。

3.到明年年初之前，只需催促"刚毅"号的建造工作，无须考虑另外一艘航母的建造事宜，但制图工作要提前完成。

4.建造"贝尔法斯特"型战舰的时间将超过三年，我想这些你应该是知道的。我希望你不要再在今年的计划中加入这四艘舰只的建造任务，因为在建的巡洋舰已经非常多了。

5. 只要驱逐舰能在十五个月内建造完成，不管它们的大小和续航能力如何，我都非常赞成建造。时间是唯一的限制性因素，其他的条件都应做出让步。之前我们在生产驱逐舰时，人们总是自以为聪明地提出一条又一条的改进措施，使得建造时间需要三年。驱逐舰是怎么设计的？我需要同军需署署长和海军建设局局长讨论一下。这些驱逐舰是为这场战争量身打造的，因此为其装上精良的防空袭设备是必须的。最高时速并不是最重要的。正如你所说，潜艇正在向西部海域继续深入，不过我们的驱潜快艇，即捕鲸船，无论在速度方面还是射程方面都能应付得了。

6. 战争对其他方面的需求因潜艇建造计划的规模过于庞大而受到了影响。除了财政部批准的那二十四艘之外，我想你应该重新思量一番另外的那十四艘有无建造的必要。

7. 要花大力气建造登陆艇，且速度越快越好。目前的建造数量是否能使联合计划委员会满意？

8. 为什么只要求建造五十艘快速反鱼雷艇？我对此感到很奇怪。我觉得建造一百艘更为合适。不过，你没有能力建造这么多的话，那就另当别论了。

9. 就目前的形势来讲，船只建造速度和船舶提前出厂的时间应该是造船厂的最高道德标准。否则，即使订单被排得满满的，却都不能如期完成又有什么用呢？我想你应该就这项计划已经同詹姆斯·里斯戈爵士讨论过了，我猜他应该也已经告诉你，关于这项计划对商船制造业和已减少的钢材产量所造成的影响。过分占用其他部门所需物资，在战争年代是非常错误的行为。

10. 我让海军建设局局长为装甲鱼雷艇设计撞角，这件事已经进行得怎么样了？

首相致雅各布上校　　　　　　　　　　　　　　1940 年 9 月 15 日

1. 早在一年前，我们普遍认为在不久的将来就能让雷达覆盖整个内陆。不过，直到现在我们还是在完全依靠侦察部队。虽然他们多次出色完成任务，但是在天气条件不佳时，比如昨天和今天的天气状况，他们要想得到准确的侦察信息就会比较困难。雷达能够为我们在空中侦察到敌机带来巨大便利，如果我们的内陆有哪怕五到六处雷达站，我认为也是非常有好处的。这一好处在威特海角的西尔纳斯岛上空体现得尤为明显，因为那里很可能成为敌人空袭伦敦的主要路线。据报告，为了保险起见，这一带海域有些雷达站拥有两套设备；我认为，可以对这些设备进行重新分配，以便能使它们物尽其用，使得其他地方也能建立起雷达站。我认为这件事应为当务之急。

2. 空军中将朱伯特·德·拉·菲尔德将召集所有相关领域的科学家于明天，即下周一，讨论如下事宜并将于当日向我做出报告。

（1）建立雷达站的必要性。

（2）雷达站的实用性如何，以及要花费多长时间才能让一小部分雷达站运作起来。

为了使六座或十二座雷达站尽快运作起来，以及建设备用雷达站，他还需制订出相关的计划。

3. 如果制订的计划切实可行，我将亲自把计划交给飞机制造大臣。

首相致西科尔斯基将军　　　　　　　　　　　　1940 年 9 月 18 日

英王及王后在德国最近对白金汉宫进行的轰炸中幸免于难，我非常感谢你于 9 月 14 日发来电报告诉我，波兰政府、波兰武装部队和波兰人民在听到这个消息后全都感到松了一口气。这些空袭，正如两位陛下所说的那样，只能体现敌人的卑鄙和怯懦，增加我们坚持战斗下去、直到取得最后胜利的决心。

首相致内政大臣　　1940 年 9 月 18 日

趁着冬天即将来临，敌人试图采用磁雷和其他方式尽可能多地炸毁我们的窗户。看来，我们必须要在白天采取比较原始的方式进行采光了。应对国内所有现存的玻璃进行管制，同时设法增加供应量。应鼓励每个人都将窗户上现存的玻璃数至少减到之前的四分之一，并将卸下来的玻璃保存起来备用，以便在窗户上的玻璃破碎时用来替换，没有玻璃的地方可根据情况用胶合板或其他纤维板封好，如果鼓励不奏效的话可采取强制手段。在遭受空袭相对频繁的地区，越快办妥这件事情越好。为了能在最广泛的范围内强制采取这一行动，应立即召集有关部门开会讨论并做出决议。必要时，我会出面为你们扫清障碍。

首相致内政大臣　　1940 年 9 月 19 日

关于这一问题我昨晚已经向你发去过便条，我想你应该也在替我考虑这件事。

能否估算出截至目前一共损毁了多少玻璃？当然，如果玻璃的损毁量小于玻璃的月产量，那就无须再担心了。

请尽量准确估算后，再向我报告。

首相致邮政大臣　　1940 年 9 月 19 日

有很多人抱怨，空袭期间邮局的工作做得很不好。你正在忙些什么？请向我报告。

首相致帝国总参谋长　　1940年9月21日

据悉，印度旅的一般且理想的建制是包括一个英国营和三个印度营。不过这份报告似乎是在暗示，印度旅中只有印度的部队。如果真是这样的话，那么就非常有必要执行中东总司令所提议的改革计划了。

首相致第一海务大臣及军需署长　　1940年9月21日

在中东、北海和英吉利海峡，海军的弹药消耗量如何？如果在供应时任何一个环节出错，请立即向我报告。弹药的困难你们是否已经克服了？请用便条向我回复。

首相致空军大臣　　1940年9月21日

今早的晨报上登载了空军部的一篇公报，你应该去看一下，其中有这样一段话：

"我方战斗机已锁定敌空军战队，不过，多云天气增加了空战的困难。敌方战机已被击落四架，我方战机损失七架，其中三架战机的飞行员安全逃生，以上是截至目前收到的消息。"

让德国人获悉我方损失了七架战机而他们只损失了四架，从而让他们判断出新战术获得了成功，这是非常不明智的。

我们当然不能在战争中占据优势时自揭其短，因此确实没必要将某一次战斗中的损失公之于众。

首相致伊斯梅将军　　1940年9月22日

为了用最快的速度将这批来复枪从美国运来，应全方面做好准备，至少应用四只快船运载这些枪支。剩下的那部分可否用定期货轮运输？海军部是怎么打算的？请向我报告。美国斯特朗将军担心因重新装箱可能会耽误时间，希望采购委员会在这方面能提前注意。

前海军人员致罗斯福总统　　1940 年 9 月 22 日

我们还有哪些迫切需求，我已经让罗希恩勋爵向你转达了。我们现在有二十五万名经受过训练的现役士兵，他们迫切希望能得到那二十五万支来复枪。我非常希望你能为此办理相关的拨付手续。为了以最快速度运来这些枪支，我们将在各方面做好安排。如果得到这些枪支，我们就能将那二十五万支零点三零三英寸口径步枪从家园防卫军手中划归给正规军，然后用那八十万支美国来复枪武装家园防卫军。我们已经储存了部分这种来复枪的子弹，因此即使弹药不能运来，这些来复枪也不是没有用处的。

首相致戴高乐将军　　1940 年 9 月 22 日

我已用你的名义派遣喀特鲁将军赶赴叙利亚，因为各个方面都提出了这种要求。当然，他只听命于你，这是众所周知的事情，我会就这一点再次向他澄清。有时候，因为当事人远离，而情况又十分危急，其他人不得不替他做出决定。如果你想阻止他前往的话，现在还来得及；不过，如果你真这样做的话我认为是非常不合理的。

祝你明天的计划一切顺利。

首相致军需大臣　　1940 年 9 月 23 日

我认为应该竭尽全力加紧生产 G.L. 装置[①]，这是极其重要的。我知道寻找精通这一技术的工人是当前最困难的事情，但我还是希望你们能竭尽全力解决这一问题，速度一定要快。

① 一种雷达装置，可用来控制高射炮。——原注

（即日行动）首相致陆军大臣及帝国总参谋长　　　　1940年9月23日

你们提到的那份报告中的情形，苏丹也是那个样子，几乎什么都没有。我们将军队和大炮全部集结到了肯尼亚，而苏丹恰好正迫切需要这些军队和物资。

对于你们在肯尼亚作战计划中提到的幅员辽阔的战略前线，我认为应该将战线向后收缩，据守蒙巴萨到湖边的那条铁路，这样会好得多，因为这里不仅可以成为我们的一条侧面交通线，而且我们的军队还能更快地到达这里；而且，我们还能将优势兵力突然运往敌人准备展开进攻的地点。虽然我们根本无法获知敌人将从哪里发起进攻，但是我相信，只要我们部署得当，就可以从肯尼亚最大程度地节约出军队来增援苏丹。不过，应该特批十辆巡逻战车给肯尼亚。如果能用适当的铁路车辆运输这些巡逻战车，就能出其不意地给予意军以致命的打击。如果仅仅将大炮和军队集结起来而不使用，那就太令人心痛了。

我考虑中止从亚丁调遣山炮队赶往肯尼亚，将这支炮队或其他炮队调往苏丹，以解决这一问题。肯尼亚驻军的给养、枪械、机枪和炮兵的情况如何？请向我报告。

首相致“丘吉尔”号驱逐舰舰长　　　　1940年9月25日

我非常高兴伟大的马尔巴罗公爵愿意用他的名字命名你的舰队，我已送去他写的一封亲笔信给你，你可以将它悬挂在军官室内，希望这封信能给你带来好运。你的来信我已收到，在这里向你表示诚挚的谢意。

首相致外交大臣　　　　1940年9月25日

我已同意和批准了罗希恩勋爵的电文，他想乘飞机回国做一次访问。这件事由你进行安排，你可便利从事。

首相致伊斯梅将军，转参谋长委员会　　　　　　1940 年 9 月 26 日

据悉，敌人在轰炸时会使用盲波束引导，如果这个消息属实，那么对我们来说，其威胁是致命的和无以复加的。我希望参谋长委员会根据敌人使用的方法，想尽办法于明晚向我递交一份报告，阐明其究竟有多大的威胁，应该怎么防御。

请让参谋长委员会放心，他们在人力、物力及其他一切方面享有最高优先权，也就是说他们可以建议采取任何办法。

首相致内政大臣　　　　　　1940 年 9 月 26 日

为尽量减免人们在空袭时受到碎片的伤害，贝文先生提议研制一种用混合材料制成的防空帽，我认为这件事情非常重要。如果这种帽子能起作用的话，就一定要进行批量生产，然后尽可能发放出去。

请于今日向我报告研发情况，并在同军需大臣协商后，将产量评估向我报告。

首相致劳工大臣　　　　　　1940 年 9 月 26 日

你送来的帽子我非常满意，没有钢制的帽子，就应该大量生产这种帽子，以便发放出去。据我了解，今天部分时报将这种帽子戏称为“布帽”。我觉得不应这样称呼它，应该有更好的名称，希望你能想出一个更好的名字来。

我已嘱托内政大臣为此事制订一份详细的计划。

首相致空军大臣及空军参谋长　　　　　　1940 年 9 月 26 日

比弗布鲁克勋爵能否成功提供飞机，是我们一切转机的根本，考虑到这一问题，我迫切希望你们能在备用物资方面给予他援助。因为他在布里斯托、索斯安普敦等其他地方遭受了严重打击。

首相致农业大臣　　　　　　　　　　　　　　　　1940年9月26日

有人建议，在八月中旬左右将生猪的供应量减少三分之二，我非常不同意这样的观点。内阁当然也没有做出这样的决议。不能进口更多的饲料吗？如果可以的话，那我们再研究减少其他可以被减少的物资的进口量，以便增大饲料的输入。还有，由于生猪的屠宰量巨大，不得不让剩余腌肉流入市场，对于这些腌肉的保鲜工作都做出了怎样安排？鼓励民众养猪能使生猪的产量增加多少？你是否进行过统计？

首相致军需大臣　　　　　　　　　　　　　　　　1940年9月28日

我们的某些特别重要的弹药，特别是德·王尔德工厂生产的弹药，都是在一个厂区集中生产，如果敌人有一次空袭成功了，那么弹药的产量必然大量减少，最近的空袭就是例子。各个生产重要弹药的厂区是如何分布的？请向我汇报。我可以据此对产量锐减后的危险程度进行评估，并可以考虑如何让工厂尽可能广泛地分布，以避免风险。

首相致伊斯梅将军，并转参谋长委员会　　　　　　1940年9月28日

1. 据我了解，兰德尔（工厂）在几乎一年前，即1939年10月13日就已根据战时内阁的命令，在不断地、竭尽全力地生产供化学战使用的物资。看到这两份文件让我非常担忧。究竟因何未能将命令贯彻下去？谁应该对这件事情负责？

2. 为了便于空投和用大炮发射各种毒气弹，需要特制投弹器或容器，不过，看来根本就没有制订过相关的计划。如果从现在开始制订计划的话，显然我们就要等好几个月才能知道结果。请立即就此事向我报告，应给予这件事情最高优先权。对于此事的危险性，我认为也

是最高级别的。

3. 如何对德国平民进行报复性袭击是我们必须要研究的，袭击的范围要尽可能广泛。我们决不首先使用武力，但是必须要具备予以还击的能力。速度对这件事是至关重要的。

4. 为使得兰德尔工厂能够恢复生产，应立即采取必要措施，将现有存货分散储存是必须要加以注意的。

5. 究竟有多少存量?

首相致伊斯梅将军 1940 年 9 月 29 日

对于战争第一年高射炮发射炮弹的数量让我非常振奋。请你无论如何都要通知派尔将军把 9 月的统计表送过来。

我迫切地想知道 9 月中每二十四小时平均发射了多少发炮弹，请尽快为我送一份统计数据来。

（即日行动）首相致军需大臣及贸易大臣 1940 年 9 月 30 日

我确定，当我们从美国买进了更多的钢材后，就能节省矿石的使用量。如果能再进口几百万吨各种不同成色的钢材，则修造安德森式家庭防空掩体的计划就能得以恢复，并能解决其他方面对于钢材的迫切需求。我会在必要的时候向总统发送电报。

10月

首相致外交大臣 1940 年 10 月 4 日

这表明，对于美国参战所带来的后果，这位大使的观点是极其错误的。不论美国对德国、意大利还是日本宣战，都绝对是对英国有利的，一定要将这一点告诉这位大使。仅就物资方面来说，没有什么比美、英结为盟友更加重要的了。如果日本宣布与我们保持中立而对美国发起攻击，我们应立即对日宣战，站在美国一边。

肯尼迪[①]表示，如果美国不同我们共同作战而是保持中立，那么将对英国更有好处。我很惊讶，这种误导言论为何传播得这么广泛。应该向相关各国的我方大使发出明确指示。

首相致陆军大臣　　1940 年 10 月 9 日

……中东战场需要飞机，这是众所周知的事情。我不敢保证能否让他们共享英国的飞机。我们的空军，无论在战斗机还是轰炸机的数量方面，都远远少于德国空军；而且，我们的飞机制造业也遭受了重大损失。以上这些问题都是必须要考虑到的。请询问空军参谋长和空军大臣，以便得到明确的答复。

首相致戴高乐将军　　1940 年 10 月 10 日

接到你的电报后，我非常高兴。在这里，我向你和所有愿意与我们共同对敌的法国人致以最诚挚的祝福。在你我共同克服一切困难、共享胜利果实之前，我们都会矢志不渝地与你站在一起。

首相致伊斯梅将军，并转参谋长委员会　　1940 年 10 月 12 日

德国海岸的远程大炮在配合雷达方面取得的进展让人非常担心。我们很早之前就在研究这种装置了，在数周前我还提醒在这方面要提起注意。当时有人向我报告说，由于有更紧急的事情要做，还不是在人力和物力上给予这件事以优先权的时候。看来现在是时候给予这件事情优先权了。因为，如果敌人趁黑夜从海上向我们进行轰击的话，这种装置很显然能够将黑夜变成白天。

① 肯尼迪时任美国驻英大使。——原注

有没有办法在不影响无线电装置生产计划的同时，对以上问题进行考虑。有什么好的建议？

首相致帝国总参谋长　　1940年10月13日

鉴于局势已发生改变，不应再在西非海岸驻扎过多的英国部队。请在运输舰队返航时，考虑用空船将一个西非旅从肯尼亚运回国内。对于这种负担，船队当可应付。

首相致詹姆斯·格里格爵士　　1940年10月13日

本土防卫辅助队的队员们正在进行如下热烈的讨论：辅助队的队员在结婚后能否主动申请离队？几乎所有人都投了赞成票。反对看起来是徒劳的，如果他们都愿意这样做，似乎并没有什么依据能对他们进行处罚。因此，只有荣辱心最强的人才会选择留下。对于这个问题你表示赞成还是反对？请向我递交一份单页报告。

首相致伊斯梅将军　　1940年10月14日

各沦陷国家的军火工业，尤其是飞机工业有多大可能会被德国人发展起来？这些邪恶的力量大概会经过多久才会显现出作用？请列两份表格向我汇报。

首相致海军大臣　　1940年10月15日

1. 我刚刚审阅了海军参谋部于10月13日发来的报告，[①]虽然这份报告中充满了悲观和胆小的言论，但是如果你愿意的话，我并不反对你将其送给各个大臣传阅。不过，从海军部得到这样一份报告使我感到非

① 报告中的内容主要是，对于维希政府，我们的海军应当采取什么样的政策。——原注

常沮丧。这份报告中有许多夸张的描述，比如在第三节中有这样的说法：我们必须“在所有海域享有普遍的控制权”，因为在许多方面，通航能力都是我们最为需要的。他们在第五节中说：“从现在，即10月15日，估算德国的实力，必须要算上‘提尔皮茨’号和‘俾斯麦’号。”据我所知，“俾斯麦”号同“英王乔治五世”号一样都未竣工，而且两者可能同时完工，或者后者稍早于前者。“俾斯麦”号竣工三个月之后，“提尔皮茨”号才能建造完成，我收到的所有报告都表明了这一点。我们的“威尔士亲王”号和“伊丽莎白女王”号到那时也已经竣工了。如果这份报告是上交到内阁的，那么我将强行向他们提出批评。

2. 我们必须服从维希政府的意愿，因为他们能够用轰炸的方式将我们赶出直布罗陀海峡，这是我与这份报告的主要分歧所在。让直布罗陀海峡遭受干扰是我和海军参谋部都不愿意看到的，但是封锁了直布罗陀海峡后法国人就真的会进行轰炸吗？真的会向我们宣战吗？我不这么认为。我不相信维希政府有同我们开战的能力，因为已有越来越多的法国人加入到了我们的战线中。关于这一点，我之前在论述总的方针政策时曾谈到过，并以备忘录的形式交给大家进行了传阅。在此，我将相关摘要一并随函附上。

3. 建议告知维希政府，如果他们敢轰炸直布罗陀，我们必将进行报复，这是这份报告的唯一可取之处。报告中建议我们不要轰炸卡萨布兰卡，而是直接轰炸维希。对此，我需要补充一点，我们还要轰炸其他被维希政府占领的地方。即使我们对维希政府百依百顺，也不一定使它拒绝其德国主人发出的向我们宣战的命令；如果我们态度强硬，反而可能使它投靠到我们这边来。这点是一定要记在心上的。

由于我们未能成功截获“普瑞莫格”号[①]，因此这些问题并不紧迫。

① 法国的一艘商船。——原注

首相致空军参谋长　　　　　　　　　　　　　　1940年10月18日

为飞机安装盲降设备都进行了怎样的安排？多少飞机适合安装这样的设备？要做到大战前那架民航机从雾中安全迫降一样，确保野战机能够被引导着安全降落。请将详细情况报告给我。昨晚的事故令人心痛。

首相致帝国总参谋长　　　　　　　　　　　　1940年10月19日

我非常高兴你于上周告诉我，想让霍巴特少将[①]指挥一个装甲师。我虽然在某些方面对这位将军存在偏见，但是这并不影响我对他的器重。人们往往容易对那些性格坚毅、特立独行的人产生这样的偏见。用在霍巴特少将身上，也同样如此。战前，总参谋部连坦克的适当模型都没有设计出来，而敌人却先我们一步设计出了坦克，取得了辉煌的战果，并造成了极其可怕的局面。从这件事中，我们就当知道这位将军不仅体察入微，而且颇有远见。

我希望你能在当日，即星期二，建议我对他进行任命，最迟不要超过一周，这件事我在之前给你的便条中已经说过了。请注意，越早任命越好。

自从我于上星期写就那份文件后，我便仔细阅读了你评价霍巴特将军的来信和意见摘要。难道只有那些在整个军旅生涯中只会说“是”的军官才值得任命吗？我们现在在打仗，在为我们的生存而战，不应该在任命陆军军官时因某人曾提出过反对意见而被弃用。英国历史上许多伟大的司令官几乎都具备霍巴特将军身上的各种优缺点。士兵们非常爱戴马尔巴罗，他可算得上是一位完美军官。但是，你在来信中列举出来的缺点，克伦威尔、沃尔夫、科莱弗、艾登，以及八面玲珑

① 霍巴特少将时任家园防卫军一个师的师长，后被任命为一个装甲师的师长。从就任到战争结束，他一直恪尽职守，成绩斐然。1945年，我们首次打过莱茵河那天，我同他进行了亲切交谈。蒙哥马利将军曾盛赞过他的工作能力。——原注

的劳伦斯，没有一个人不具备的。同时，他们还具有非常优秀的品质。我确信，霍巴特将军也一样。现在是考验一个人的魄力和远见的最佳时期，我们应该不拘一格降人才才对。

不过，我认为你对此事的直觉是合理与正确的，请不要为你一周前提出的建议所困扰。

首相致帝国总参谋长　　　　1940 年 10 月 19 日

难道没有更年轻的人来就任家园防卫军总监这一繁重的行政职位吗？重新启用已退休的军官就任这一职务招致了许多指责，军界内外很多人都对这一任命不满意。为什么不能找一名中年军官让他来暂时代理呢？

首相致伊斯梅将军，并转参谋长委员会　　　　1940 年 10 月 19 日

鉴于 10 月我们的工厂开工后，轻型武器的弹药产量将会大幅提升，预计在 1941 年 3 月 31 日之前，产量还可以大幅度增加；再考虑到，敌人除非发动入侵，否则不会再对除中东之外的任何地方采取行动，即使在中东有所动作，规模也不会很大。因此，我认为现在应多发一些弹药给本土防卫军总司令，以便组织演习。据我所知，供本土防卫军演习用的子弹每周只有两百万发，这使得他们的训练效果大打折扣。我建议，能否从 11 月 1 日起，为本土防卫军多提供一倍的弹药以供他们演习时使用，虽然这样做可能会让陆军部面临本就很少的库存被发空的风险，但是我依然希望能够每周为本土防卫部队拨发四百万发子弹。如果你能立即同参谋长委员会就此事进行磋商，[①] 我将非常高兴。

① 磋商的结果是，根据本土防御部队人数的增加量进行弹药供应。——原注

首相致伊斯梅将军　　　　1940年10月20日

1. 几位三军总司令最后一次共同出席会议是什么时候？碰头会有没有起到作用？都有谁参加了这样的会议？我想于下周或某个适宜的时间亲自召开一次这样的会议。

2. 如何才能将我们的战争策略更透彻地讲给这些军事将领，请为我拟订一份计划。

首相致空军大臣及空军参谋长　　　　1940年10月20日

如果按照我们现在实行的政策，长此以往，到明年4月或5月，我们轰炸机中队的力量不仅不会增长反而会减弱，对此我甚为担心。当前，显然应尽量想办法增加投弹量。不过，妨碍我们的轰炸机攻击敌人军事目标的唯一困难是，敌人可被轰炸的目标太多，而我们的战机太少了，虽然我们制订的计划在月盈期间能起到很好的效果。因此，我们绝对不能将数量有限的轰炸机用于其他地方，只应使用它们准确轰炸德国内陆深处的军事目标。在离我们最近的德国占领区有大片的建筑群，其中有许多军事设施，我们能否趁着月光暗淡的时候，组织一支二线轰炸中队，从安全的高空对这些地方发动空袭？显然，我所指的是鲁尔。行动时要选择既短又安全的航线，主要目的是找出那些易于辨识的目标。

在冬季的这几个月中将如何编组这类二线轰炸机中队或辅助轰炸队？能否让航校的学员来执行这项任务？考虑东岸这种轰炸任务比较简单，敌军除了入侵外，不会有其他军事行动，陆军现在没有什么仗可打，因此可否让“莱桑德”式飞机或侦察机的驾驶员来执行这一任务。在这次行动中，我不要求我提议组建的二线轰炸机中队投弹有多么精准，但是他们必须要尽最大努力向德国投掷大量炸弹。这一计划是否可行？请向我提出最佳建议，以供研究。

为什么我们装有盲降设备的轰炸机那么少？我从飞机制造大臣那里获悉，我们已经生产了许多罗兰兹传感器[①]。不能让上周那天的悲剧再次重演。盲降装置在民航机上已应用多年，现在这种设备正在日益增加，因此不仅要为轰炸机配上该设备，而且如果战斗机需要在夜间执行任务的话，也应为它们安装这种装置。你们的意见是什么？请向我报告。

首相致空军大臣及空军参谋长　　1940年10月20日

目前正在为夜战草拟一份新的计划，不仅要用专门的截击机，而且还要使用装有八挺机关枪的战斗机中队。因此，就要令高射炮停止炮击我方战斗机进行空战的区域，不过，可否考虑让高射炮对该区域放空炮。仅就战事而言，这些地面炮火的闪光会迷惑敌人，使得他们不会对我方即将进行的袭击有所戒备；另外，我方战斗机在逼近敌人时，空炮的轰鸣声还能掩盖他们的行踪。考虑到民众的话，炮击声打破沉寂时，会使他们感觉到我们正在还击而受到鼓舞。人们不会出于军事目的而反对放空炮，如果仅因上述第二个原因便这样做是不合理的。

首相致帝国总参谋长　　1940年10月20日

波兰军队的作战能力已被证明是非常强的，但是他们的装备水平却非常落后，这让我感到很担心。我希望这个星期三能去视察一下他们。

对于装备这支部队有什么好的方法，请于星期一告之。我最担心的是他们的一腔热血会被冷落。

① 即压力传感器。——译注

（即日行动）首相致陆军大臣　　　　　　　　　　1940 年 10 月 20 日

将“政府机关中家园防卫军”的钢盔收回是不可能的。有四名卫兵就于周四晚上在唐宁街附近被炸死了。白厅与全国其他地方一样，也遭受了同等程度的猛烈空袭。将钢盔发放给他们，就很难再从他们手中收回。陆军部竟然预订了三百万顶钢盔，这使我非常吃惊。我怎么不知道我们竟然有三百万陆军！请详细统计下正规军手中的钢盔数量，分门别类地标出，如野战部队、训练机构、牵制营等部门各有多少钢盔及库存情况，然后向我报告。

首相致帝国总参谋长及詹姆斯·格里格爵士　　　　1940 年 10 月 21 日

欧文将军[①]在这份长长的报告中讲述了他如何被派往弗里敦并回来的经过，在报告中，他着重描述了在这次任务中所遇到的全部困难。他早就预料到了这次任务有什么样的缺点，及执行任务期间会遇到的全部困难。这次军事行动是非常危险的，之所以非要委派他去完成，我想他一定非常清楚，并非是出于军事上的考虑，而是政治上的原因。关于这次军事行动的缺点和危险他了如指掌，他也非常清楚，因为海军未能阻止法国的巡洋舰和援军抵达达喀尔，使得这一军事行动的缺点更加明显，危险性也大大增加；然而让人大为惊讶的是，他却执意要指挥这次军事行动，甚至置战时内阁和参谋长委员会经过深思熟虑的意见于不顾——虽然这些意见因为当时的情况发生了改变而无法实施。不过，我们应该宽容对待那些在与敌作战时出现失误的人，以及那些发自内心想上阵杀敌的人。我认为没有理由不让这位军官恢复原职，因为他在受命统帅那支远征军出征之前，曾经

① 详见《单独作战》第九章。——原注

是一名出色的师长。不过，这位将军也会出错。比如，他认为不应当盲目采取军事行动，一定要在行动前做好充分准备，可是喀麦隆人驻守的杜阿拉曾被二十五个法国人攻陷，这是我们有目共睹的事实；舰只无论在何种情况下与炮台作战都不会取胜，他对此的看法也是错误的。如果达喀尔地区突降大雾，那么他的观点也许会是正确的。不过，如果炮台的射程够不到舰只，而舰只却能攻击炮台；或者进攻的一方让炮台的炮手闻风丧胆，束手无策；再或者，炮台上的人对进攻的一方态度友好，那么他的观点就不一定正确了。

首相致殖民地事务大臣（劳埃德勋爵）　　　　1940 年 10 月 21 日

你关于非洲大陆和它在当前战争中战略和政治上的危机的来信，我花了很长时间进行了研究。我不同意成立特别委员会。就像澳大利亚因为兔子太多而束手无策，我们也会因委员会太多而甚是苦恼。维希法国或者西班牙是否会对我们宣战，南非的局势是否会进一步恶化，还都尚不确定，因此我认为没必要提前进行假设。以你的军事经验和政治嗅觉，你亲自挑选出一些殖民地官员为你所用，我相信这应该不是难事，并且需要向国防委员会和战时内阁递交的一切必要报告，我认为你也会准备好的。如果你认为必须成立一个委员会来协助你的话，我建议让中东事务委员会在完成他们手头的工作后，来帮你完成你所要求的事宜。

附言：我打算从肯尼亚调一个西非旅到西海岸。

（即日行动）首相致新闻大臣及亚历山大·卡多根爵士

1940 年 10 月 24 日

英国总工会将派遣枢密院顾问瓦尔特·西特宁爵士前往美国出席工会会议，他不久就要启程。瓦尔特爵士具有非常优秀的品格且有着很大的影响力。我认为，为了方便他工作，我们应当给予他外交官的身份。我建议，由英国总工会来承担纯属工会事务方面的一切开销，由信息部来支付有关国家利益工作方面的全部开销。请新闻大臣研究下此事，并做出安排。对于瓦尔特爵士的忠心和谨慎，我有着非常大的把握，因此无论发生什么样的事情，我们都应该尊重他的意见并对他充满信心。

11月

首相致空军参谋长　　1940年11月1日

我们有五百二十名飞行员可以去执行轰炸任务，而可使用的飞机数量却大约只有五百零七架。飞机储存库中有大量待用的飞机，为什么不能拿来使用呢?

首相致空军大臣　　1940年11月1日

请对从7月1日以来被俘虏的德国飞行员进行分析，分析内容包括人数、年龄、训练情况等，然后做成一份不超过两页的报告交给我，报告中要对轰炸机和战斗机的飞行员加以区分。如果能发现其他情报，欢迎上报。

首相致第一海务大臣　　1940年11月6日

不管那艘袖珍战舰是否开往洛里昂了，空军都应当尽早在那里做好攻击它的准备，请现在就通知空军。由于出入洛里昂的航线只有一条，因此如果它真的选择开往那里，那么在途中就有被你俘获的可能，当它抵达该处就将面临轰炸。如果它出港的话，你将再次获得俘虏它的机会。如果它开往基尔，那么路线就多了，它可以走赫尔戈兰湾或斯卡格拉克海峡，再或者从挪威偷渡过去，前往特隆赫姆。我非常不想看到它逃往南方，或在大西洋的航线上出没，或回到冰岛，或者去往其他地方，我宁愿它前往洛里昂。

如果你不能制止它继续危害贸易的话，那么就应想办法向它开火。

关于是否允许将我们的两艘重型舰只停留在北方一事，我经过进一步考虑后，认为最好如此。

以上意见仅供参考。

首相致帝国总参谋长　　　　　　　　　　　　　　1940 年 11 月 6 日

你曾向我提起要为家园防卫军物色一位一流的统帅，并向我强调这样做的重要性；于是便任命前任驻法派遣军参谋长博纳尔将军来担任这一职位，家园防卫军对于这一任命也感到非常满意。但是，几星期之后，他又被派遣到美国接替帕克南沃尔什将军的职务，我对此表示非常不解。为了制止这一调动，我花费了很大的心思。可是，过了不久，博纳尔又接到了前往爱尔兰的命令。我认为，博纳尔将军已经熟悉了他的职务，并且官兵们也已开始信赖他了，他是能够为家园防卫军做出贡献的；不过，他既然在这个时候被调走去从事其他工作，那么他的职位也只好由伊斯特伍德将军来接管。如果我没记错的话，这件事才刚刚过去一个月。我想，家园防卫军的重要官员们一定和我一样，也在各自的职权范围之内尽量和伊斯特伍德将军成为朋友。我对他还不到五十岁的年纪甚为满意，对于他本人我也有不错的印象。我认为，在这一个月中，他一直在努力工作，并且为了胜任这个关系重大的职务从未间断过学习，现在他已可以用专业术语来讨论他的工作了。可是，你现在又建议我调走他，以便任命第三个新统帅。以上这些仅仅是四个月之内发生的事情。

频繁地更换将领对部队是非常不利的，而且这样做将招致最严厉的批评。对于解除伊斯特伍德将军的家园防卫军统帅职务一事，我将投反对票。如果你认为应当成立家园防卫军总监处的话，那么我的底线是，让他来负责这个部门。如果不出什么意外的话，陆军大臣将在两天内赶回，届时我会将本备忘录的副本交给他。期待你的答复。

首相致空军参谋长　　1940 年 11 月 6 日

我们至少又有七架飞机于昨晚降落时失事或失踪了。我对轰炸机中队的力量发展缓慢一事非常焦急，这你是知道的。如果在这样恶劣的天气条件下，让我们的飞行员去执行轰炸任务，那么他们就必须要面临不必要的危险，承受不必要的损失。因此，为了使我们能一边积蓄力量，同时还能对那么多的目标进行不间断轰炸，我认为在执行轰炸任务时不妨适当减少出动飞机的架次。

首相致爱德华·布瑞奇斯爵士　　1940 年 11 月 8 日

许多政府部门自然都建立了隶属于自己的统计机构，并且还对这些机构进行了完善。而且，内阁生产委员会似乎还有一个专属的统计处，军需部的统计机构涉及的范围显然是非常广泛的。我也有一个由林德曼教授负责的统计处。

为了确保得出相同的数字，应设法对这些机构进行统一，否则可能会引起很大的混乱，因为人们会根据不同的统计数据进行争辩。我希望，由我即首相和国防大臣的统计机构来对所有的数字进行统计，并负责发布最终的权威统计数据。这不会对各个部门的统计机构造成影响，它们仍可一切如常地办公，只是它们的工作要与中央统计局看齐。

如何才能最快速且有效地达成我的期望，请研究后向我报告。

首相致运输大臣　　1940年11月8日

在解决堵车问题和使车辆畅通方面取得了怎样的进展？请向我报告。由于强制熄灯时间被提前了，一定有很多人会感到非常不方便。

首相致第一海务大臣　　1940年11月9日

自去年起就在研究潜艇探测器和听潜器技术，现在进展如何？请向我报告。

首相致运输大臣　　1940年11月9日

据初步调查显示，最近数月，船舶进出港花费的时间似乎比之前有所增加，原因可能是船舶全部都集中在西部少数几个港口。不过，造成延误的真正原因到底什么？是港口的设施不全，还是在清理码头的货物时存在困难？对于这些特殊的运输困难，如果铁路方面的确无能为力的话，可否对我们公路运输的巨大潜力加以充分利用。你有没有做出相关计划？

首相致空军参谋长　　1940年11月10日

乐观估计，在中东我们共有一千架飞机和一万七千名空军士兵，可以编成三十点五个空军中队，其中共有三百九十五架飞机能够得到初步装备，这些飞机中大概有三百架飞机可以随时起飞作战。可惜的是，在六十五架“旋风”式战斗机中，除了马耳他岛之外，只有两个这样的中队可供我们使用。我们这支庞大的空军部队，除去“伯明翰Ⅳ”式战斗机，“旋风”式战斗机是我们唯一的新式飞机，剩下的飞机不是已经过时就是性能低下。因此，我们应该加紧用新式飞机替换陈旧飞机的步伐，当然这些新式的飞机应当首先交给那些经验丰富的驾驶员和地勤人员使用。中东的空军在“重组”时，在原则上就没有必要要求更多的人员了，除非那里的新式飞机过于复杂。不过，我们除了已向那里派去了四个“威灵顿”式飞机中队和四个“旋风”式飞机中队作为增援之外，还是多派过去了三千多名人员。

由于飞机的数量有限而空军人员的数量巨大，且国内和该处都不能断了战争物资的供给，致使皇家空军的资源遭到浪费。有六百架飞机不包括在初步装备的三十个空军中队之内，那么它们的用途是什么？当然，教练、联络和运输都需要飞机。但是，为什么在七百三十二架作战用飞机中，可用来参战的飞机却只有三百九十五架？

为了让这支规模庞大的部队的人员、物资和经费都能充分发挥作用，我希望你们能切实在以下几点上做出努力：第一，对部队进行重组；第二，用余下的、未编入空军中队的大量飞机整编出更多的飞机中队；第三，对各地的作战训练单位和其他训练设施进行升级。

首相致卫生大臣　　1940 年 11 月 10 日

你关于流浪人员的报告我已看过了，根据你的统计，流浪人员在本周减少了一千五百名，总数已降至一万。请告诉我这些人中有多少是新来的，又有多少以前的人员已离去。如果下周的人数仍没有增加的话，只有区区一万人，你应该是应付得了的。

流浪人员在收容所中逗留的平均时长是多少？

首相致空军大臣　　1940 年 11 月 10 日

契克斯边上有一道屏障，[①] 可以很好地防御侧面轰炸。如何防御房舍还需考虑。也许你应该对防空设施进行一番检查。

---

① 为加强契克斯的防御，空军部已开始拟订计划，要在那里安装自动式双管高射炮。——原注

门口的车道上正在铺设草皮。

我不同意将战略位置的自动式双管高射炮移下来。能否先试着使用那些尚处于实验阶段的火箭炮？

我正试着在月明之际稍微改变下我的行动。非常感谢你和你的同僚都在为我的安全担心，你们真是太好了。

首相致陆军大臣　　1940年11月10日

我希望你能亲自出面负责此事。在制造黏性炸弹的过程中，我们曾遇到诸多困难，很显然，如果我没有亲临实验现场参观的话，他们便不会公平地对待黏性炸弹的实验。希腊人现在似乎很需要这种黏性炸弹，此时正好可以让他们来进行这种实验。

为什么说在装载和运输这种炸弹的时候有危险？只要不安装雷管，在运送的时候炸弹是不会爆炸的。

首相致中东空军总司令　　1940年11月12日

我每日都在催促尽快将“旋风”式战斗机及其他物资运往你的司令部。接下来的三个星期，这些物资是至关重要的。你实际已收到多少架飞机？你有多少架飞机能参加战斗？请每日都向我报告。

据悉，你在中东（不包括肯尼亚在内）共有约一千架飞机、一千名驾驶员，还有一万六千名空军人员，我知道这一消息后感到很吃惊。我也非常想让你的部队尽快被新式飞机武装起来，不过你是否已经真正做好了充分准备？因为在飞机到达后，你将利用所有设施和大批新式飞机进行战斗。你将如何从你掌握的巨大资源中获取更大的战斗力？为此你会采取什么样的措施，请通过空军部向我报告。

我非常担心在这危急关头，你的计划会被打乱，因为希腊的局势对于中东有着至关重要的影响，而我们必须要被迫应对希腊局势提出的种种要求。祝你一切如意。

首相致爱德华·布瑞奇斯爵士及伊斯梅将军　　1940 年 11 月 12 日

我发现，在正式的公文中，私人秘书和其他人员之间用教名互相称呼已成习惯，我认为应该对这种现象加以制止。各部之间信函的往复，除了便条和私人信件之外，都不应该再使用教名。

这会给按照姓氏找人带来很大的困难。

首相致内政大臣　　1940 年 11 月 12 日

对于在冬季提高家庭防空掩体的舒适度问题，比如为其安装地板、排水设施或其他类似方面，你都做了怎样的安排？将掩体设置在室内一事做得怎样了？我认为非常有必要在掩体内安装留声机和收音机。这件事有什么进展？伦敦市长基金岂不是正好可用在这方面？照明系统经过改善之后，自然要让已被断电数周的民众享受到光明。我希望以后能提前做好这方面的准备工作。

首相致外交大臣　　1940 年 11 月 12 日

我们必须想尽办法在今后的数月中控制住叙利亚。虽然，如果能够发动一个魏刚或戴高乐来行动会是最好的方法，但我们不能奢望这样做，而且我们的部队还需用来解决驻利比亚的意军，没有能力抽出力量去北部冒险。不过，我们也决不能坐视意大利军队或卑鄙的维希势力在叙利亚常驻下去而不管。

首相致比弗布鲁克勋爵　　1940 年 11 月 15 日

我个人觉得，在未得到空军部，尤其是参谋长委员会的批准之前，不应该将这些确切数字[①]公之于众。一个博物学家只需一根鱼龙的尾骨就能塑造出整个鱼龙的形象，你这样做会向敌人透露太多信息。我越想越觉得你不应该这样做。

首相致空军大臣及空军参谋长　　1940 年 11 月 15 日

这相当于我们在一夜之间损失了十一架轰炸机。不要在天气异常恶劣的情况下强行出击，这件事在数日前我已经在备忘录中提起过了。我们是承受不起这样的损失的，因为我们在补充新飞机方面的速度异常缓慢。如果你不对这种事加以制止，那么我们的轰炸机力量就将被削弱，直至我们没有能力去应对突发的严重事件。如果这些损失是值得的，或者能够被抵偿也就罢了，但是我们并未取得这样的战果。我们现共有一百三十九架轰炸机，损失的那十一架占了总数的百分之八。我认为，这是截至目前，在我们轰炸机发展阶段中出现的最惨痛的一次事件。

11 月上旬我们共损失了多少架飞机？请向我报告。

首相致空军参谋长　　1940 年 11 月 17 日

1. 这些数字每天都揪着我的心。我手中的图表显示，这个星期我们非但没有保持在水平线以上，反而还有所下降，轰炸机中队方面表现得特别明显。敌机轰炸考文垂之后，我们不能用同等程度的轰炸予以还击，这真是太令人难过了。不过，我认为轰炸机中队目前不应该轻举妄动，还是先稍事休整比较好。其间我们可以这样做：（1）派遣少量轰炸机去袭击我们要攻击的目标；（2）遇到敌人高射炮的密集炮火，可以飞上高空，即使投弹的准确度下降也没有关系；

① 指空军实力的数字，比弗布鲁克勋爵想在一次广播演讲中将其公布。——原注

（3）为保证完成轰炸任务，可以选取一些空防薄弱，组织不力的地方进行攻击。德国一定有一些次要军事目标存在于某些城镇，他们因未料到我们会对这些地方进行轰炸而疏于防范。在轰炸机中队休整期间，我们可以对这些城镇发动空袭。

2. 我的看法是随着轰炸机数量的增加而改变的，如果其数量能超过五百架，且能继续增长，我的观点自然会有所不同。但是，由于战争的不稳定性，我们必须十分谨慎，不要让我们在连续轰炸和保持高标准的同时超出了物资的承受能力。当然，以上观点并不适用于意大利，对于这个国家，冒再大的风险我也是愿意的。“李特利奥”号已经受伤，可成为我们一个很好的攻击目标。

（即日行动）首相致海军大臣及第一海务大臣　　1940 年 11 月 18 日

有人告诉我，西北航道上可供使用的驱逐舰的数量在 11 月 15 日已达到六十四艘。这样，我们装有潜艇探测器的舰只截至到 11 月 16 日已有六十艘。不过，令人尴尬的是，我们拥有的一百五十一艘驱逐舰中，可供使用的舰只数量只有八十四艘；六十艘停驻在西北航道上的舰只也只有三十三艘可以使用。在一个月前召开会议时，我们获悉西北航道舰队总司令能够使用的驱逐舰只数量为二十四艘；现在在原有的基础上，舰只数量只增加了九艘，这就是我们在过去的一个月中取得的所有成绩。而且在此期间，美国支援的驱逐舰正在被陆续编入现役，同时我还得到过你的保证，我们自己的船厂也在稳步、持续地产出舰只。但是，为何这样令人沮丧的决定会获得大家的一致同意？即以种种缘由将如此大批量的驱逐舰搁置起来而不加以使用，对于此事我实在是难以理解。是维修方面落后了吗？那美国驱逐舰方面又出了什么事？难道维修工作和新建工作都失败了吗？

我想在海军部作战室召开一次特别会议，时间定于周四上午十点。

首相致伊斯梅将军，并转参谋长委员会　　1940 年 11 月 18 日

德国第一百作战小分队素以装备特殊著称，该小队装备着一种可以发射奇妙射束用来导航飞机的仪器，德国人想依靠这种装备在夜间进行精确空袭。有消息称，一架这样的飞机曾于 11 月 6 日夜至 7 日凌晨在布勒德港附近海域坠落。但是，由于陆军部宣称这一区域是他们的辖区，他们不打算进行打捞，也拒绝海军去打捞，因此从海上打捞这架坠机及其装备的最佳时机可能已经被我们错过了。

为了在将来能够第一时间获取入侵我国或接近我国海岸的德国坠机的全部情况及装备状况，请提前做好计划以便能立即采取措施，不可再因部门之间意见不统一而错失这样难得一遇的良机。

首相致新西兰总理　　1940 年 11 月 8 日

有关部门正在处理你的电报。有少数议员和某些报社的撰稿人正不断地对我们进行着非议。我们对评论感到非常恼火，任何一个处于我们这种压力下的国家对这种事都是无法忍受的。不过，这种批判可以让任何一个政府都能时刻保持警惕，并及时发现缺点加以改正，从这个角度来看的话，这些批判也是好事。我们并没有在任何方面都做到尽善尽美，不过我们正在倾尽全力为战争做着巨大努力，我们的士气是高昂的。祝你一切如意。

首相致加拿大总理　　1940 年 11 月 20 日

1. 很高兴接到你的电报，为进一步发展联合空军训练计划，你慷慨地为我们援助了许多设备，对此我不胜感激。我确信，我们必然能

让这个计划起到相当出色的作用。

2. 继最近的一次升级之后，对空军训练所需的必要设备进行检修已被提上日程；对于这种进一步的措施已被证明是有必要的，对于这件事，战时内阁已获悉，加拿大政府会全心全意地提供帮助。战时内阁认为，加拿大政府对于我们的共同事业有着极为重大的意义，你们所做出的贡献是非常卓越的。

3. 检修结束后，我会立即把我们共同努力的最佳方向告诉你，以供你参考。

4. 正如你在电报中所提到的那样，所有关于联合训练计划的措施都应由相关政府共同讨论，并要达成共识。你是否同意，由我来将你的电报和我的答复转送给澳大利亚和新西兰总理？还是你想要自己去送？

5. 如果你同意的话，我们将向空军少将布勒德纳发出诚挚邀请，让他来我们国家做一次短期访问。他此行对于商讨训练计划方面的问题有着非常重要的价值，他还能借此了解到我们未来空军发展计划的最新细节。

首相致自治领事务大臣　　　　　　　　　1940 年 11 月 22 日

对于德·瓦雷拉我们可以暂时放任不管，最好的办法就是让他自作自受。《经济学家》的评论是善意和公平的。按照德·瓦雷拉当前的论调，我们在他们面前所做的挣扎都是没有意义的，只能毫无怨言地忍受命运的安排。

在英格兰和苏格兰已燃起了一股怒潮，应该让约翰·马菲爵士对这件事注意，特别是对商船上的水手们要多加留意。不要让他觉得自己只要抚慰德·瓦萨拉就行了，他还需要在很多方面，比如如何避免我们被毁灭，如何息事宁人等事情上做出努力。除了这些，在这么紧要的关头，我们还是越少和德·瓦萨拉对话越好。当然，我们也没有必要向他做出任何保证。

议会方面的问题送达后，请送交我处。

首相致殖民地事务大臣　　1940 年 11 月 22 日

既然已经宣布了要采取行动，那么就应该执行。但是考虑到毛里求斯的情况，一定不能将长期处于战争之外的当地民众牵扯进来。内阁同样会要求你们做到这一点。请将你的建议告诉我。

（注：建议将非法偷渡到巴勒斯坦的犹太难民用船运往毛里求斯。）

首相致海军大臣及第一海务大臣　　1940 年 11 月 22 日

（请送伊斯梅将军一阅）

1. 从战略方面来看，史塔克海军上将提出的“D 计划”[①] 是正确的，也非常符合我们的需求，因此我同意他的意见。我认为，我们当前应该做的是，不应再发表言论来抨击这个计划，而是想办法怎么让这个计划更加有力度。

2. 如果日本作为我们的敌人介入战争，而美国成为我们的盟友的话，那么在太平洋上，我们就可以充分利用强大的海军力量，远距离地控制日本的海军。只要我们在新加坡或檀香山驻扎一支优势的海军主力舰队，那么日本海军就很可能不敢轻易远离他们的本土基地。日

① “D 计划”，即将可被调用的海军和陆军力量全部用来支援欧洲战场，不再对其他战场提出的要求进行支援；不论出现什么结果，都只在太平洋采取严格的戒严态势，同时放弃对远东大量增兵的计划。这样一来，由于欧洲战场集结了全部兵力，德国就更加可能会被击败；如果在将来需要援助美国而向日本开战，则届时可以再做打算。——原注

本也不敢试图围攻新加坡，因为在太平洋上有占优势的美国舰队在虎视眈眈。在太平洋上，除了日本的近海海域之外，美国只要部署必要的舰队就足够了，因为再加上我们的海军，就能在大洋上的几乎全部海域享有很大程度上的制海权。我们在远东方面的策略是严格采取守势，并愿意承担其带来的一切后果。如果德国战败，那么我们的联合舰队就能轻易打败日本。

3. 美国海军的看法让我备受鼓舞。

首相致内政大臣　　1940 年 11 月 23 日

在对犯有偷窃罪的辅助消防员量刑时，差异似乎过于悬殊了。对于这种恶劣行为，我不知道现行的量刑标准是什么。但是，为了饮用而偷盗威士忌要被判五年徒刑，偷盗贵重物品却只判处三到六个月徒刑，两者相较而言，似乎比例过于悬殊。为了告诉人们私吞就是盗窃而设置惩戒性的处罚是必要的，不过我希望你们能重新审视下这种案件的量刑准则，并制定一个统一的标准。

首相致帝国总参谋长　　1940 年 11 月 24 日

加勒斯特和索菲亚发给外交部的两份电报，我于今天已转发给你，两份电报得出了同样的估计，即德国目前在罗马尼亚境内的驻军不超过三万人，也就是相当于一整个师的兵力。你的情报处报告说，德军在罗马尼亚境内驻有五个师的兵力，而且不出四天即可全部集结到保加利亚至希腊的国境线上。根据上述两份电文，你的情报处提供的消息看来需要重新核实一下了。我个人认为，你们在对敌人的行动速度和准备程度进行估计时显得过于悲观，很可能有许多预估都是与事实不符的。你能否再对整个问题重新进行一番梳理？这次请务必仔细。如果要让希腊前线出现危机，我个人认为至少需要两个星期的时间，甚至是一个月。不管结果如何，重要的是要得到翔实信息。

首相致伊斯梅将军及相关人员　　1940 年 11 月 24 日

关于巡逻坦克的制造工作我们已经完全失败了，且不要指望按照我们当前的措施，在明年能够弥补这种坦克在数量上的不足。虽然前途一片黯淡，但是我们更应尽力想出最佳方案来武装我们的装甲部队。于这一时期，在坦克生产方面，没有什么比数量更重要的了。只要坦克能用，有任何一种坦克都比没有要好。提高坦克的质量和性能可以以后再办，现在应先把装甲师编好，并进行训练。“Ⅰ型”坦克的速度虽然很慢，但是在缺乏巡逻坦克的情况下，我们必须将这种坦克作为主要武器，而不应该去轻视它。同时，必须竭尽所能提高巡逻坦克和 A22 型新型坦克的产量。

首相致伊斯梅将军　　1940 年 11 月 24 日

即刻根据订单向美国方面索取那三万五千辆汽车，请不要再做任何耽搁。同时，继续询问海军部所需物资的数量。

首相致外交大臣　　1940 年 11 月 27 日

我是这次会议的发起者，但是希腊方面的情况似乎很复杂也很严重。如果德国推迟通过保加利亚进攻希腊的计划，或者中止了这一计划，那么对于我们来说将是一个非常好的消息。我不想给希腊民众这种感觉，即我们充其量只算是冒险进行了一次游行，可他们却要被迫采取行动，从而让德国有了以向希腊进军的借口。我们现在应该做的是，推迟会议召开的时间，等待东欧混乱的局面稍稍明朗后再作打算。

我认为，应将我们正在等待希腊局势进一步明朗一事通知各自治领，并告诉他们等待时间不会超过两周。没有必要向盟国政府进行解释，我认为只需向他们做出这种等待时间不会过长的保证即可。

首相致伊斯梅将军　　1940 年 11 月 28 日

将这些已经过期五天的报告发给我是毫无意义的。小型舰队每日的动向海军大臣都了如指掌，使我大为不解的是，为什么这件事还要走战时内阁或国防部的程序？海军部每星期都应将他们小型舰队的情报直接向我报告，请把这一指示传达给他们。

我非常担心西航道的安危，因为在那里我们至多只有三十艘具备战斗力的舰只在巡逻。请于明天将之前数星期以内的小型舰队的航行图交我一阅。

首相致劳工大臣　　1940 年 11 月 28 日

当前有多少人处在失业状态？请尽量将这些人详细分类后向我报告，并对以下两方面做下比较：

1. 战争爆发时的失业数字；

2. 新政府成立后的失业数字。

首相致第一海务大臣　　1940 年 11 月 30 日

既然已经将那五十艘美国驱逐舰编入现役了，为何可用于作战的舰只总数在 11 月 23 日之前还不能达到七十七艘以上？而在 10 月 16 日，我们舰只的总数量就已经达到一百零六艘了，对于上述内容我表示大为不解。是何原因使得可用于作战的驱逐舰的数量在 10 月 16 日至 10 月 26 日之间减少了二十八艘？而且，在 11 月 16 日到 11 月 23 日之间，我们已将另外的那十几艘美国驱逐舰编入现役了，为何驱逐舰的数量又从八十四艘减少到了七十七艘?

首相致本土防御部队总司令　　　　　　　　　1940 年 11 月 30 日

鉴于遭受入侵的威胁程度已经大大降低，我已批准教堂在圣诞节那天可以鸣钟。但是，在那天我们要用什么别的方法来发布警报？又将采取何种措施保障在我们未遭到入侵的情况下，教堂在敲响召唤人们做礼拜的钟声时，人们不会因误解而恐慌？如果你有什么好的建议请告诉给我。当然，我们绝对不能够掉以轻心。

12 月

首相致自治领事务大臣　　　　　　　　　1940 年 12 月 1 日

（送交伊斯梅将军阅览后转交参谋长委员会）

之前决定把大西洋作战计划称作“榴霰弹”计划，现在这些对大西洋岛屿的谈论都是与这一决定相违背的，而且也是相当危险的。我认为，没有必要为向各部门和全世界宣扬而去发布这些冗长而不着边际的电报，如果凡事都要这样做，那么还怎么进行军事行动。

今后，如果有电报未经过我的审阅，请务必向我保证，在事件没有堆积甚多之前，不会再用电报的形式对其进行评论。

之前曾给哪些官员或部门发送过这样的电报，请列出一个清单来并送交给我。

（即日行动）首相致地中海舰队总司令　　　　　　　　　1940 年 12 月 3 日

（绝密，亲启）

1. 关于你的第 270 号电文，我们已于今晨会同联合作战部指挥官罗杰·凯斯爵士就其全部事项商讨过了，他将全权负责这一行动，并指挥与该计划相关的全部军队，目前他正在制订最终的计划。他只负责这次联合作战行动，将不再服从海军的调遣。如果有必要的话，他的海军军衔也是可以放弃的。考虑到这个岛屿的面积、参差的地形、鳞次栉比的房屋和相比于防御部队而言只有少数进攻部队驻扎着的堡垒，而且这些堡垒的分布也并不集中，因此敌空军的反攻应当不会造成多么严重的后果。敌人很难判明某处据点到底是由何方在把守，即使在战斗结束后，在一些不易察觉的地方还可能有意大利的旗帜在飘扬。

2. 攻占“车间”[①] 的危险性是不言而喻的，但是我们可以将解决泽布莱赫问题[②] 作为借鉴，即如不冒险便永远不会成功。为了执行这一任务，已精心组建了一支志愿兵突击队，并且对他们进行了高强度的训练。当然，这次行动可能会受到天气状况和运输船队既定日期的限制，如果行动不能按时进行，那么可先将全部兵力调往马耳他岛或苏达湾，以便从事其他任务。不过，如条件适宜，则应全力执行这一行动。

3. 因东地中海的高射炮被调出，让你感到不安，不过敌人还有很多高射炮，我认为我们可以用缴获的方式来补充我们的不足。我认为，即使我们在该地留下的驻军不多，但是敌人似乎已无重新攻取该地的打算。该岛在被正规军接管后，突击部队即可离岛去执行其他任务。

4. 在将“车间”作战行动同你提及的另一个作战行动，即将来的“咬

---

① “车间”指攀泰莱尼亚。——原注

② 泽布莱赫是比利时的一座港口，位于布鲁日北部，两者之间靠运河沟通。第一次世界大战期间，德国在攻占该地后，曾用铁路将潜艇运往布鲁日，并驾驶潜艇沿运河驶往泽布莱赫，又从该地出海对协约国和中立国的舰队进行攻击。为了阻止德国使用运河，英国曾派遣一支突击队强袭泽布莱赫，并用三艘满载水泥的旧驱逐舰驶往该处，自行凿沉了其中两艘后，达到了暂时封锁运河的目的。——译注

合”[①]（重复“咬合”）作战行动做比较时，请仔细考虑下述问题。

如果不进攻“咬合”地区的两座大型岛屿的话，这个计划需要一万到一万两千人，如果进攻这两个岛的话需要我们做的事情就太多了。如果进攻你所提及的那些小岛，那么势必会牵一发而动全身，我们要想有所斩获就只能选择进攻到底。当前我们最不希望看到的事情是激起希腊人和土耳其人的强烈反抗，而我们在夺取“咬合”地区时，却有可能造成这种局面。如果我们晚些时候再行动，也许就可以以较少的代价夺取这一区域，因为有报告表明，“咬合”地区正在逐渐陷于饥荒。此外，除非我们的舰只和登陆艇全部损失殆尽（这是有可能的），否则不会取消“咬合”作战行动，先试着执行“车间”作战计划并不意味着“咬合”计划要被取消。也许，我们采取行动攻击敌人在北非沿岸的陆上交通线的话，能为当前计划创造出机会。

5.“车间”作战计划的战略意义是，敌军和利比亚军队之间的交通线将被我空军很好地控制住，致使他们之间不能再进行频繁的交流；同时，我们的护航队和运输舰只在通过所谓的狭长地带[②]时，空军能够为其更好地提供掩护。在这个时候，联合参谋部认为，打通我们东西方之间的通道，有巨大的意义。除了上述所有内容之外，我们还要表现出不仅具有进行两栖作战的能力，而且还能发动非常猛烈的攻势。因此，如果零点到来时，且条件适宜的话，我命令你要尽最大努力取得胜利。

首相致飞机制造大臣　　1940 年 12 月 3 日

英王陛下今天问我，飞机上是否缺乏仪器。

---

① 即攻取多德卡尼斯群岛的作战计划。——原注

② 指达达尼尔海峡。——原注

首相致伊斯梅将军　　1940年12月4日

1. 苏达湾只有两盏探照灯似乎远远不够，有什么办法能够增加几盏？

2. 有没有必要在船舶停靠的水域附近架设水道铁丝网？因为“格拉斯哥”号战舰就曾在停泊期间被一架水上飞机用鱼雷袭击过。意大利人在塔兰托曾使用这种方法保护停泊的舰只，当需要发动进攻的时候再将铁丝网拿掉。请就此问题向我递交一份报告。

首相致陆军大臣　　1940年12月9日

关于部队的编制：

1. 报纸上说，你最近打算再次进行一次大规模募兵，数量大概是一百万人左右。对于这一做法我是理解的。这样一来，对你所掌握的兵员分配情况我就不得不进行一次核查。根据你的报告，你将二十七个英国师，每师三万五千人的兵力分配给了远征军和中东。这些师中有负责掩护的部队、陆军和保卫交通线的部队等，另外你还用七万名士兵来负责中东的安保。

2. 目前，建立一个有一万五千五百人的英国师是被认可的。一个师有九个营，每个营有八百五十名士兵，这样算来，一个师应该是有七千五百人。而且，我想每个营的战斗力量，即步枪和机枪兵力应该不会超过七百五十人，因为在各营的编制中还有相当多的一部分勤务兵。因此，一个英国步兵师实际上只有六千七百五十人会加入到战斗中。照这样的算法，按笼统意义上的说法，将拼刺刀的和拿步枪的兵力都算在内，二十七个步兵师的人数应该不超过十八万两千二百五十人。在过去，所有兵种都是为步兵服务的，因为那时步兵是“军队的中坚力量”。虽然这种情形会随着形势的改变而改变，但是即使在当今新的形势下，这种说法依然是有道理的。九个营的步兵作为一个师的中心，然后每个营再配上一个炮兵连，按比例配上一部分通信兵和工兵，再加上各营、旅、师的运输兵及其他人员，一个完整的、独立的作战单位就这样整合而成了，共计一万五千五百人。

3. 每个正规师的编制为一万五千五百人，而这些师已经可以被看作是一个独立的作战单位了，而现在要建立二十七个师却需要至少一百零一万五千人。这使得本身只需要一万五千五百人就能成为一个独立作战单位的师，却变为需要三万五千人才能成为一个作战单位。因此，按照正规编制建立起远征军或中东各师后，实际上每个师还几乎多出了近两万人。

这样一来，那五十四万名官兵就解释得通了。可以这样对我们说：部队、陆军、保卫交通线的部队等，还有中东安保部队的那七万人都需要英国的成年人啊！

4. 有人可能会这样想，如果我们照办了，他们总不会再有别的要求了吧。恰恰相反，这仅仅是个开始。附件的图表显示，还需要两百万人。本土野战军有七个师的兵力，每个师有一万五千五百人，任何人不会对这样的编制提出异议，但是如果把每个师的人数都增加至两万四千人的话，有人就会感到不解了。这将需要十七万人。

5. 由于大不列颠防空部队至今还没有找到好的方法对付夜间的空袭，英国的空军优势也还没有进一步增长，因此他们要求的那五十万人应暂时被批准。

6. 由于我们已经给予那些永久在编人员和牵制部队，以及那些因在训练中而“不能参加战斗”的人留了很大的余地，现在还说需要二十万人，真是太令人不快了。在配齐那二十七个师和七个本土师之后，还需要准备十五万人用作参谋人员、勤务人员和卫兵等。国家除了要为那二十七个师和七个本土师准备出所有的必需品之外，还要把多达三十五万穿着卡其布军装的参谋人员和勤务人员当作英雄供养着。

7. 除了中东，我们在海外驻扎的官兵数量只有七万五千名，与上述情形相比较，似乎并不是很多，在印度和缅甸我们一共才驻扎着三万五千名官兵，这似乎显得太少了。

8. 除了英国各师之外，应如何将十五万人补给到各兵团、陆军和保卫交通线的部队中去？请向我详细阐明。澳大利亚和新西兰部队的后方供给都是自给自足的，这个我能够理解。我现在最想知道的是，应该如何精确地将这十五万人分配到各师的后方去服务。

9. 理论上还需要三十三万人，不过正好可以用前面提及的长期在编人员、勤务人员和不能作战的人员填补。

10. 鉴于在 1942 年 3 月以前不会用到那三十三万名人员，因此现在可暂且将这些人员扣除，我们还会再向中东、印度和缅甸派遣十一万名海外驻军，这样一来，我们用于整编上述二十七个师和七个本土师的人数就将达到二百五十万零五千人，平均到每个师将有七万四千人。即使需要将其中的五十万人划分给大不列颠的防空部队，还能剩下两百多万人为那三十四个师使用，即每师能分配到近六万人。

让我请求内阁批准再次征兵是可以的，但是在这之前，必须要彻底弄明白这样一个道理，那就是在我们的战斗部队背后所征的这至少一百万名士兵必须要加以筛选，以达到更好为战争服务的目的。如果征来了如此众多的兵员，而不能让他们在战争中发挥应有的巨大作用，我们就是在劳民伤财，就是失职。

首相致伊斯梅将军　　　　1940 年 12 月 9 日

海军部的船舶修理处最近都做了些什么工作？进展如何？当前，对船舶修缮工作的需求正日益增加，为了能迅速满足此需求，他们是否有扩充的打算；如果有，那么将如何扩充？请就上述问题向我汇报。

首相致伊斯梅将军　　1940 年 12 月 11 日

请把罗德岛和拉洛斯的沙盘制作出来，并告诉我它们什么时候能做好。

（即日行动）首相致空军大臣　　1940 年 12 月 14 日

空军部和飞机制造部之间的激烈辩论有一点对公众利益是有好处的，那就是我从中了解到了问题的根结所在及双方所坚持的立场。比弗布鲁克勋爵曾在一封信中进行过多种阐述，我已将该信随此文件一同送达，你可否仔细读一读？特别是那条关于你使得一千余架教练机在 9 月 1 日不能使用的阐述。由于空军后勤部在新内阁刚成立时，普遍存在着工作效率低下的问题，使得我们当时可供使用的飞机只有四十五架；而现在，我们的飞机数量是一千两百架左右。因此，我有理由怀疑，现在之所以有大批飞机处于不可用状态，很可能是由于这种现象在训练单位和空军部门中又有所抬头所致。你部下的一位高级军官曾说过一句让我印象特别深刻的话，他说，空军训练部在规划工作时，是以不可使用的飞机数量占总数的百分之五十为原则的。那么，飞机的修理和训练这两项责任应由谁来负呢？换作我的话，我会让飞机制造部全权负责维修工作，这样的话，我就能对他们工作中的种种不足进行批评了。

还有，请对调整过后修缮已毕的飞机和引擎的数量加以注意，以便掌握数量增长的情况。

昨天，你把致飞机制造部的信交给我时，我和你说的那个问题，我现在需要重提一下。空军部认为德国用于一线作战的飞机数量不足六千架，我们用于作战的飞机数量大约为两千架；德国的飞机月产量为一千八百架，而我们的飞机月产量为一千四百架；德国用于训练的飞机数量与我们相同，都是四百架。既然德国训练用的飞机数量与我们相同，那么他们用于一线作战飞机的数量怎么只可能是我们的三倍？除非我有其他的目的，否则，很显然我不会接受你所提供的数字。即使是根据你的数字，德国在与我们的训练用飞机数量相同的情况下，显然他们的力量将大于我们三倍以上。你一定会说，你将来还会扩充，但是德国也会扩充，而且他们的力量也会一直是我们的三倍以上。

我在满怀期望地等待着，你们在经过辩论之后会使情况有所改观。

首相致比弗布鲁克勋爵　　1940年12月15日

面对敌人猛烈的轰炸，你能够做出这样的成绩[①]已经非常出色了。抛开新生产的飞机不说，仅就因你而被修好的飞机而言已堪称创举。我们空军后勤部队的飞机数量已达到一千二百架，这是一件非常令人欣慰的事情。为了避免我们的工厂被敌人集中轰炸，只好将它们分散开来，这必然会给你带来诸多不便，但是我们却不得不这样做。

另外，请不要盲目追求数量，也应在质量方面做出努力。

之所以会有这些对你的批评，当然是因为空军部和飞机制造部正在争辩的事情，以及你第一段中的内容[②]。他们俨然已把你看成了一个无情的批评家，甚至是敌人。他们一定非常愤慨，我确信他们得到机会就会抱怨一番，因为飞机制造部现在负责的工作曾是他们的。不过，出于公众利益方面的考虑，两部门之间能进行激烈的批评和反批评总好过互相讨好。在战争时期，这种既催人上进而又良言逆耳的情形，

① 指比弗布鲁克勋爵送来的飞机实际产量与计划产量的统计表。——原注

② 1940年12月14日比弗布鲁克勋爵在备忘录的第一段中大致这样写道：“有人认为，即使在1940年12月14日不另设飞机制造部，空军部也能像现在这样生产出同样多的飞机。”——原注

人们必须学着去适应。

首相致自治领事务大臣　　　　　　　　　　　　1940年12月15日

我并不认为远东的局势有急剧恶化的危险，这一点从我致孟席斯先生的电报中你应当能够看出来。利比亚之战的胜利不仅仅是加强了我的观点，甚至可以说它已直接证明了我的观点是正确的。我不赞成向马来半岛和新加坡紧急增兵。与此相反，我认为，我们驻在中东的海陆空三军部队只须应对当前希腊的战事及将来色雷斯的战事，以及确保在日本态度发生改变后，能够对新加坡进行增援即可。因此只需在保证该处部队规模适宜的同时，确保其机动性就可以了。我不能说服自己将你所要求的那一大批飞机，特别是P.B.Y.型（飞艇）交给你，因为我们的西北航道此时正面临着严重危险。我认为，我的这份已被红笔批改过的电报非常适合当前情形，因此我不能认可你的电报。

首相致空军参谋长　　　　　　　　　　　　1940年12月15日

为了方便新式轰炸机和战斗机在希腊起降，需要在那里兴建大批机场，这件事你办得怎么样了？此外，关于骨干人员和零配件调动方面的工作进行得如何了？

依我看，这项工作在不久的将来必能起到至关重要的作用，我们必须要做好应对奇袭的准备，不能让敌人打乱了阵脚。

请每隔两周向我汇报一次。

首相致帝国总参谋长　　　　　　　　　　　　1940年12月20日

希将以下信息告之：1. 第二装甲师能在苏伊士登陆的最快日期；2. 该师最快需要多久才能在西非沙漠上作战。

首相致空军参谋长　　　　　　　　　　　　　　　1940年12月20日

我希望你能想办法给自己放几天假，不要错过任何能够早些上床睡觉的机会。这场战争不会那么早就结束，你的责任可谓任重道远。对于我所召开的会议，你完全可以派人代表你来参加。

因为有好多人对我说你对工作过于尽心竭力，因此我才这样提醒你，如有不到之处，请原谅。

在新的一年里，德军可能会改用毒气弹入侵我们，届时我们很可能也会用毒气弹反击。这虽然让我有些为难，好在我们已提前在这方面进行了准备。

首相致军需大臣　　　　　　　　　　　　　　　　1940年12月21日

想必你还有印象，内阁曾于1938年10月下令储备两千吨芥子气，但是为何直到1940年10月任务还未完成。

你部门在最近的一份报告中称，芥子气的存量在12月9日已达到一千四百八十五吨，并保证说，在上星期另一批重约六百五十吨的芥子气即可到位，还表示这种气体的产量也在按计划提升中。不知承诺是否已经兑现?

同时，据我所知，那种新式的二十五磅底座喷射毒气弹终于已经投产了，而且这种类型的毒气弹产量截至到12月9日已达到七千八百一十二发。陆军部总共要求储备多少发这种类型的毒气弹?当前的数字与要求的数字相比还差多少？什么时候才能完成要求的储量？请告知我。

陆军部要求储备多少发新式的六英寸底座喷射毒气弹？据称，这种毒气弹我们现在一发也没有，需要多久才能完成要求的储备量?

我已将本文件副本送交陆军大臣。

首相致军需大臣　　1940 年 12 月 22 日

为了知晓缺乏何种必需物资，中央物资统筹分配局曾专门进行了一次调查。

调查结果显示，最缺乏的是可用来制造飞机、坦克、大炮和汽车的落锻钢。我们于 1941 年对这种钢材的需求量大概为四十四万一千吨。目前，我国这种钢材的年产量为二十万零八千吨。有人告诉我，目前我们已向美国订购了七千吨这种钢材，截至到 1941 年年底，我们的订货量或将增至每年两万五千吨。虽然我们有可能高估了对这种钢材的需求，但是我们依然极度缺乏这种资源。

虽然我们国内的生产量预计会有所提升，但是只有将产量增加一倍才能满足我们的需求。报告称，落锻钢制造业当前共有工人一万四千名，自 8 月以来，该行业的员工数量只增加了三百人。据称，每季度招聘员工的数量不能超过一千人是这个行业的行规，且这个行业本来就很难招聘到员工。请将以上情况全部调查一番。

看来，大量从美国买进落锻钢是当前唯一可行的办法了，如果有必要，可向美国派驻一位这方面的专家过去。

首相致工程与建筑大臣　　1940 年 12 月 22 日

为了安置流离失所之人和配合遣散计划的要求，我知道你们已发送了多种福利，我也理解在这些福利中，住房是最为短缺的。我知道，你和卫生大臣都在为找房子而奔忙着。

我希望你们能尽最大努力尽快处理此事。

在已被征用的房屋中，除了那些有战略意义的房屋之外，有哪些可能适于上述方面的需求？请向我报告。

首相致查特菲尔德勋爵　　1940 年 12 月 22 日

只颁发了这么少的“乔治勋章”令我很失望，我本来期望的数量是这些的十倍以上。我认为你应该亲自前往遭到严重轰击的地方，与地方当局取得联系，然后把这些建议告诉他们以供筛选，并敦促他们对这件事予以重视。你能在这一指示的基础上做出更多的努力吗？到现在为止你应该掌握很多典型事例了，将这些告诉给地方当局或有关部门，并要求他们按照经验来进行匹配。

如果需要我帮忙，请告诉我。

首相致第一海务大臣　　1940 年 12 月 22 日

波罗的海很快就要结冰了。对此，你们在将来有什么打算？请告诉我。

今年夏季向瑞典输入矿石的情况如何？有必要让海军参谋部查询一下。

我们都有什么货物是通过走挪威的水路来运输的？

在过去的八个月中，都采取过什么重要手段来影响对德国的矿石供应？虽然我们不能在挪威水路铺设常规水雷，但是是什么原因导致我们也不能在那里铺设磁性水雷的？关于这件事我们似乎已经全然忘记了。

此事有无施行的可能？请向我递交一份备忘录过来。

首相致伊斯梅将军　　1940 年 12 月 22 日

联合计划委员会的工作可自然被划分为两部分：

1. 所有他们正在为参谋长委员会做的工作。

2. 制订长远计划。这项工作他们已经在做了。

对于后面这项工作，我认为最好能任命一位领导，以便他能对这些特殊计划进行指导和协调，并主持联合计划委员会人员召开一切会议，还可以与我，即国防大臣保持直接的联系。可以用未来计划总监或其他合适的头衔来命名这一职务。前陆军大臣奥利弗·史丹利少校在外交和内阁事务方面经验丰富，我认为，只要我对从事该工作的人员稍加敦促，他就一定有能力使其积极运行下去。应暂时提升一下他的军阶，以便赋予他更高的权力。

请据此向我提出更好的建议。

首相致飞机制造大臣 1940 年 12 月 22 日

军需大臣给我送来了一份报告，从上面的数据可以看出，皇家空军从军需部得到的炸弹和毒气弹的数量在过去的一个月中呈明显下降趋势，这让我感到非常担心。下面的数据是从 11 月 11 日起至 12 月 9 日止这四个星期中，军需部交付的总量：

30 磅炸弹	无
250 磅炸弹	18 枚
250 磅容器	无
500 磅容器	25 枚
1000 磅容器	9 枚

工厂被炸及部分部件在供给上出了问题使得交付量有所下降，这我是能够理解的。

虽然如此，为方便立即回击敌人，我们还是应该全力供应能为飞机使用的毒气弹，这件事非常重要。为了改进毒气弹的供应状况都采取了什么措施？预计今后三个月的供应量将会如何？请就此向我报告。

（为了国家安全的需要而严重侵犯个人权益和自由，对此我深以为忧。虽然议会一再表示同意，但是由于我曾经学习过《人权法案》《人身保障法》和陪审审判的相关概念，因此我总认为自己是这些侵犯行为的罪魁祸首，并总深以自责。在6、7、8、9这几个月是我们国家的危急存亡之秋，由于那时情形过于紧迫，因此不能对国家行为进行任何限制。现在，压在我们心中的石头已经落了地，对于那些拘留案件，我们是时候也有义务重新进行一番细致的审理了。在我们国家处于危难之时，我们制定了相当严格的审理制度，这一时期过去后，负责这方面工作的内政大臣已经下令释放了很多在当时被拘捕起来的人。）

首相致内政大臣　　1940年12月22日

这些政治犯并不是因为触犯了任何法律条文而被指控，要记住，他们并不是在等待审讯的或在押人员。之所以把他们羁押起来是因为他们可能对公共安全存在威胁，以及迫于战争形势不得不如此，但是并没有证据证明他们犯下了为法律所不容许的罪行。英国是一个建立在自由、人权等类似权利上的国度，采取这些与之完全背道而驰的行动，我难辞其咎，自然也非常不安。因考虑到公共安全，才不得不采取这些行动，但是现在危险已经开始减少了。

左翼分子对于莫斯利① 和其妻子存在很深的成见；右翼分子对派迪特·尼赫鲁的成见很大。对于后者采取的严格监禁，我曾专门要求应该取消。对于这样的人，在国外一般都是把他们关押在城堡里，只要这个国度还存在文明，他们一般都会这样做。

以上这些使我想起了关于监禁莫斯利和其他类似人员的诸多细节。允许他们每周洗一次澡是否指的是热水澡？难道允许他们每天都能洗澡就大错特错了吗？有什么设施可供他们经常进行户外活动和娱乐活动？因为在第八条中有此类规定。为什么要限制他们每周只能写

① 莫斯利是英国黑衫党的头目，黑衫党即意大利国家法西斯政党。莫斯利于1940年5月被英国政府拘捕。——译注

两封信？既然他们的信件会被检查，而且必须被检查，那么就没有任何必要进行限制。他们都被准许看些什么书？是只能看监狱图书馆的书吗？能否看报？关于写作和研究学术问题所需的纸笔有什么样的规章制度？他们是否被允许持有无线电收音机？是怎样安排夫妻见面的？莫斯利的妻子在被抓之前还有一个未断奶的孩子，如果她想见孩子一面，将作如何安排？

关于以上问题，你有什么看法？请告诉我。

首相致澳大利亚总理　　　　　　　　　　1940 年 12 月 23 日

1. 非常感谢你承诺会向新加坡增援部队、装备和弹药，希望你能按照所提项目进行供应。如果你兑现了诺言，那么在 5 月，我会从印度调约一个师的兵力过去替换你们的部队。

2. 6 月法国刚刚垮台的时候，日本有很大可能与我们开战，现在这种可能性，据我看来，肯定会比那时小得多。从那时起，德国用空军向我们发起进攻，并被我们击退了。我们地面部队的力量日益强大，以至于吓得敌人不敢进行入侵。在利比亚战役中，我们取得了决定性的胜利。从那时起，意大利的海、陆、空三军的无能被一次又一次地证明，除非德国能够取道土耳其、叙利亚和巴勒斯坦，或者说在此之前，都无须对我们守住尼罗河三角洲和苏伊士运河的能力产生怀疑。这并不是一件一蹴而就的事情。而我们在东地中海的地位已大大改善，继占领克里特岛之后，我们正将其改造为第二个斯科帕湾。由于我们和我们在希腊取得的多次胜利，给予我们极大的便利，在希腊建立起了强大的空军基地，从而可以从那里进攻意大利。

3. 地中海的形势对我海、陆、空三军越来越有利，我们不会因为日本而放弃我海军和陆军在该处取得的胜利。如果在这样关键的时刻，让我们的舰队离开地中海，那么不仅意味着我们之前的胜利果实会全部丢失，而且对未来的计划也将一并化为泡影，因此我们是绝对不会那样做的。反言之，我地中海舰队的机动能力会随着意大利海军力量的逐渐削弱而大大增强，意大利将因其舰队被粉碎而不能再在战争中起到任何作用，届时意大利就很有可能会崩溃，不再是一个交战国，那时我们就可以在不致承受重大风险的情况下，将我们强大的海军作战力量调往新加坡了。因此，我们必须要耐心而坚定地等待这种局面的出现，同时忍受东方带给我们的忧患；不过，澳大利亚作为我们的友邦，如果你们遭到了严重的入侵威胁，我们必然会毫不犹豫地适当放弃或完全放弃在地中海的优势，对此我们是有觉悟的。

4. 我们的海军在地中海以外的海域也有相当大的压力。德国很可能已经完成了“俾斯麦”号和“提尔皮茨”号战舰的建造工作，当这两艘战舰加入德国的舰队之后，他们将有能力再打造一支作战舰队。而我们，虽然“英王乔治五世”战舰已能够作战，但是还要等到好几个月之后，我们才能将“威尔士亲王”号修建完毕，到夏季“约克公爵”号才能竣工，到 1941 年底“岸森”号才能下水。没有任何一个时期比在其后的六个月中，更需要我们将力量集中于斯科帕湾了。我们不得不再次使用舰队来对我们的运输船队进行保护，因为在大西洋上有袭击我们商船的袖珍战舰出没，我们已派出了小型舰队去往南大西洋搜索袭击舰只，如果有必要的话，在印度洋我们也要这样做。同时，我们一直都认为达尔朗有背信弃义的可能，因此不得不提防他会将一些完好无损的法国舰队拱手送与德国。

5. 考虑到以上原因，根据我在上次大战和这次大战中所见到的情形，我认为这次海军所承受的负担是最沉重的。我们在地中海的地位必然会因在新加坡建立一支分遣队而葬送。我相信，除非是日本的威胁已远远超出了现在范畴，或直到那样之前，你一定也不希望看到我们这样做；如果日本参战，我坚信美国也会参战并成为我们的盟友，届时，我们所遇到的种种麻烦会在很大程度上得到缓解，因为我们海军的责任将会由美国人来接替。

6. 在新加坡召开的会议中，有人建议空军应火速向马来西亚增援大量飞机。关于这个问题，我们很难确定到底应该向新加坡增援多少架飞机，因为战局是在时刻变化的。我们不可能因为日本有那么一点点进攻的迹象，就将飞机派过去从而使它们闲置在那里，况且在西北航道我们正在进行一场殊死战役，那里更加需要我们的飞机发挥作用。总之，我们的方针是：在保证中东的海、陆、空三军具有高机动性的情况下，将其力量控制在能够应对利比亚、希腊及将来的色雷斯战事范围以内，并在日本的态度变得更加恶劣时，增援新加坡。这样不仅可以避免兵力被分散开来，而且还能从多个方向保证取得胜利。

7. 最后，我必须将我们正准备用大批运输舰队向中东运输部队和军火一事告诉你，那里的军队到 2 月就将达到近三十万人了。但我们的护航任务也因此加重了。不过由于这件事非常重要，我们若想从危难中脱身——我确信我们可以，就必须承担风险，即使这一风险在世界上的任何一个角落都应该接受。

8. 我将安排陆军部直接和墨尔本陆军司令部取得联系，以便就船务和设备等细节问题进行商谈。

祝一切顺利。

首相致伊斯梅将军　　1940 年 12 月 23 日

我如何才能大量获得，如苏鲁姆、巴迪亚等战区的照片？请为我想想办法。

对于这件事，你可以让你手下的一名职员来办理。

首相致伊斯梅将军，并转参谋长委员会　　　　1940 年 12 月 23 日

请将此便函转送正要赶往北非的皮伊先生。

如果你能见到魏刚或诺盖将军，你可以告诉他们，我们此刻已在英格兰组建了一支规模庞大的、装备精良的军队，除了那些用于抵御入侵的军队之外，我们的后备部队也在不断壮大，并且他们已经接受了良好的训练。

中东的局势也一日好过一日。我们现在已经建立起一支强大的、装备完善的远征军，如果在不久的将来，法国政府决定从非洲重新向德、意宣战的话，我们可随时派遣这支军队去增援摩洛哥、阿尔及尔和突尼斯的防务。只要运输条件适宜，登陆设施齐备，我们的这几个师就能马上出发。你们将来也可得到英国空军的支援，因为我们的空中力量也在不断增长。如果英法能够共享摩洛哥和北非的基地，并且英法舰队能够再度联合，对地中海的控制就能得到保障。如果魏刚将军同意的话，我们非常愿意与他或他所任命的官员进行磋商，并保证磋商的机密性将是最高级别的。

否则的话，拖延将会招致危险。德国人随时都有可能用巧取或豪夺的方式通过西班牙，那么直布罗陀海峡的港口就将不能再为我所用，因为他们可以有效地控制住海峡两岸的炮台，且他们的空军也会在该处的小型飞机场上驻扎下来。闪击战是他们惯用的招数，如果他们在卡萨布兰卡站稳了脚跟，那么我们就走投无路了。我们已做好了等待一段时间的充足准备，我们是有希望制订出一个大胆的计划，且这个计划已经在筹备之中了。不过，这一希望可能因战局随时会发生变化而破灭。我们有能力且愿意为贝当元帅领导下的政府提供越来越多的有力援助，让他们知道这一点是非常重要的。不过，如果继续耽搁下去，

我们就将回天乏术了。

首相致海运大臣　　1940年12月24日

我看到你发表了一篇演讲，主要讲述的是美国正在使用外国船只的事情。可否将你的演讲稿给我看一下？请将你注意到的美国报纸对此事的任何反应也一并发过来。由于美国方面认为我们没有充分利用英国的船舶吨位，因此在我的印象中，美国人似乎对我们向他们所提的要求甚为不满。我想你应该记得，我曾经就这一情况多次向你询问，在联合王国境外各港口行驶的英国船舶的总吨位到底有多少。

在境外从事贸易的英国一千六百吨以上的非油船船只共计两百三十多万吨，这是海运部上个月做出的统计，这一数据是否确凿？请向我详细解释一下。另外，除了油船之外，在境外还有两百万吨挪威、比利时和波兰的船只在从事商务运输。

首相致爱德华·布瑞奇斯爵士及伊斯梅将军　　1940年12月25日

新年将至，为限制机密文件在军队和各部门中传阅，应重新做出一番努力。为确保所有机密文件都能尽量减少阅读人数，应在各军事部门、外交部、殖民地事务部和自治领事务部等部门对这些文件重新进行一次审查。

请统计出各机密文件的复写份数，此事可向负责复写工作的官员进行询问，然后做出一份统计表并交给我。

如何才能保证这件事能够成功，请向我报告。

首相致自治领事务大臣　　1940年12月25日

将战事进展的详情告知各自治领，我认为并不违背原则，且尤其应将有各自治领军队参战的消息进行详细报道，不过与其他各自治领无关的战场消息则不应传播出去。总之，应努力将这些大量的极端机密的情报控制在较小的范围之内……现在，在各自治领事务部门的官员内部盛行着一种报纸，他们喜欢将绝密消息登在这种报纸上，然后将其发送到与他们有合作关系的其他四个自治领政府手中，目前这种行为已成为习惯，这是非常危险的。他们认为，报纸被传阅的份数越多，就能越好地为国家服务。这种癖好在其他的一些部门中也存在，他们也喜欢尽可能多地搜集机密情报，然后非常积极地将这些信息散播到各个政府部门中，并因此而感到自豪。如果不对这种风气加以制止，那么战争将无法继续下去，为制止或杜绝这种现象我正在不断地努力。

因此，虽然这样做并不违背原则，但是适当的保密措施还是应该有的。

我希望，在发送所有涉及机密信息的，尤其是有关作战或军队调动的文件之前，要先取得我的同意。

首相致卫生大臣及国内安保大臣　　1940 年 12 月 25 日

附件内容为昨日我们的会议纪要，请照此施行。

我认为，仅任命一个人来全权负责防空壕内人员的健康和舒适度就可以了。防空壕内的卫生状况和床上用品的储备工作应全权交与该负责人主管。我认为，国安部和内政部不应该再负责害虫和卫生设备方面的工作，因为在敌人的轰炸下，他们还肩负着非常重大的任务。应由卫生部来接管这些问题和防空壕内的生活起居问题，因为这些问题属于该部门的管理范畴，且与该问题相关的一切问题都应由这个部门负责。

首相致爱德华·布瑞奇斯爵士及林德曼教授　　1940 年 12 月 26 日

我必须在下周对 1941 年的进口计划进行审查，时间为周一、周二和周三的下午，地点为地下作战指挥室。议程由你和林德曼教授负责拟定。请将运输粮食和给养的紧急计划及三军当前面临着哪些不足于周六晚告诉我。林德曼教授应将突出事例和重要图表于周六晚送交给我。请告知以下人员参会：枢密院院长、掌玺大臣、国务大臣、飞机制造大臣、军需大臣、粮食大臣、运输大臣和海运大臣。（只需大臣到会即可。）

首相致军需大臣　　1940 年 12 月 26 日

武器多弹药少的情况非常严重。反坦克枪和二英寸、三英寸口径迫击炮都存在这样的问题，其中三英寸口径迫击炮在这方面的问题最为严重。我们反坦克枪的子弹每月只有三万五千发，这些子弹的数量仅能供五个半师使用，而我们却可以用这种枪支装备二十三个半师。我们每个月可为二英寸口径的迫击炮提供三万两千四百枚炮弹，但这些炮弹却仅能供四个半师使用，而我们该种迫击炮的数量足足可以装备三十三个师，每师可配备一百零八门。三英寸口径的迫击炮的情况非常奇怪，差距也最为悬殊，我们每个月仅可为其提供一万四千枚炮弹，仅供一个半师使用，而我们所拥有的这种迫击炮的数量却足足可以装备近四十个师，每师可配备十八门。

首相致海军大臣　　1940 年 12 月 26 日

我对将“坚定”号改装成为一艘适于近海作战战舰的愿望由来已久，虽然这一愿望屡屡落空，但是我并不打算放弃；不过，如果能够在六个月内将那四艘装有十五英寸口径大炮的战舰完全修复，且其他一切战舰的修复工作也能竣工的话，我就答应放弃这一愿望。

开战以来，双螺旋炮塔级战舰“英王乔治五世”号的遭遇为海军史写上了最惨重的一笔，而那四艘战舰的境遇同它相比也好不了多少。

如果在不受敌人军事行动[1]阻挠的情况下——否则可另当别论，我希望你能向我做出肯定保证，六个月内必可竣工。

首相致第一海务大臣　　1940年12月26日

我认为，应该从1月起对通过挪威水道进行矿砂运输的船舶进行拦截，对于此事我们应做出更大的努力才行。这一行动与冰岛—法罗海峡问题相比较，前者应当更加重要一些；对于后者，我们有许多为各种目的而制造的水雷，而此时它们已经过时了，可采取措施将这些水雷布置在那里以解决该问题。同样，在新的一年采取行动袭击挪威海岸似乎也非常有必要，且由于我们现在已不必提前通知他们就可在任何地方铺设水雷，因此在新的一年袭击挪威海岸与去年相比优势已颇为显著。

如有进一步的安排，请详细报告。

首相致伊斯梅将军，并转参谋长委员会及其他相关人员

1940年12月26日

入侵期间，战略物资是最重要的。我发自内心地不希望现在就进行毒气战。正因为如此，我猜敌人很可能已有了使用毒气弹的计划，而且可能很快就会使用。因此，我们必须要做好充分戒备，并竭尽全力增加我们的反击力量。

如果我声明我们决不在敌人对我们使用毒气之前率先使用毒气，这样会不会对他们起到一定的威慑作用？不过，我对这一点是表示怀疑的。所幸，可供我们使用的各类烈性毒气实际上已达数千吨，且这些毒气都已很好地储存在容器中，可以立即用来对德国进行还击。总

① 参见我1940年9月15日的备忘录。——原注

之，我觉得除非或者在有确凿证据证明德国人要对我们使用毒气之前，我们还是先不要表态为好。否则，很可能会像林德曼教授认为的那样，德国人会出于自己的目的，立即制造出借口来反咬一口说，我们是在以毒气战威胁他们。还有，凡是关于这件事的声明，都有太多的夸大成份。我非常想听到不同的观点，如果谁能提出的话，请告知我。对于这个问题，我非常担心。

首相致内政大臣　　1940年12月26日

我发现报纸上登了好多这样的消息，某某因违反战时条例或做了和平时期不会去做的事情而被判刑。与战前相比，包括拘役和被判处徒刑的人在内，现在监狱中的人数是多少？

如果你能告诉给我几个简单的数字，我就非常高兴了。关于被拘押的人数[①]是否较之前大大增加了？

首相致海运大臣　　1940年12月27日

把你目前暂定的进口计划的主要项目做成表格交给我，请按照“今后四个月”和“1941年”，这两个条目进行分类。我希望明天（星期六）即可收到该表格。

（即日行动）首相致伊斯梅将军，并转参谋长委员会

1940年12月27日

1. 我完全不承认他人所说的，我关于“玛丽”作战计划[②]的看法。如果我没记错的话，我应该曾就此事发出过一份书面备忘录。我希望能将它公布出来。我是极少使用口头形式发布指示的。为使误会不致

① 关于该方面的数字，是比较令人放心的。——原注

② 即攻占吉布提的计划。——原注

加深，我现在做出声明。

2. 对于“玛丽”作战计划的价值和重要意义，参谋长委员会及我本人都表示认同。为完成这一计划，在 1 月 4 日，需要让外籍军团和另外两个法国营随从运输船队出发前往苏丹港，并驻扎下来。在那里，他们可以选择参加“玛丽”作战计划，也可以选择前往埃及。如果派遣过去的外籍军队中没有法国部队的话，就起不到任何作用。因此，为使全部法军共同出发，我曾建议先将此处的两个法国营悉数运往弗里敦，待他们与那里的法军会合后，再共同前往。

请于今日即为我拟出计划以便推行此事。

关于政治方面的问题，待这些部队抵达苏丹港后，将有充足的时间去考虑。

首相致掌玺大臣　　　　1940 年 12 月 27 日

你 11 月 14 日的关于冷藏肉的报告我已收到，非常感谢。对于后来出现的新情况，你是否愿意再补充一下？关于鲜肉方面的情况我是非常担心的。

首相致陆军大臣及帝国总参谋长　　　　1940 年 12 月 27 日

1. 我们现在拥有的反坦克枪的数量已近三万支，这意味着我们过去的生产任务完成得很出色。但是，另一方面，供武器使用的弹药的产量却被武器的产量远远地甩在了后面；实际上，弹药量还不到武器数量的五分之一。我们目前军火生产的最大弊端正是如此，不能使弹药和反坦克枪的生产达到“一个萝卜一个坑”的程度。弹药不足的枪支很快就会失去作用变为废铁，如果向军队分发大量的这种反坦克枪就等于是欺骗。有许多地方都无法进行练习，因为每一发枪弹都必须要被节省下来以便作战时使用。

2. 为了不至于使反坦克枪与枪弹之间的差距变得更加悬殊，于当前情况下，陆军部的要求应该集中在弹药上才对。但是，恰恰相反，在师的数量维持不变的情况下，在没有任何方法解决上述问题时，陆军部突然要求将反坦克枪的产量由之前的三万一千支增至七万一千支。什么时候做出的这一决定？何人所做？为何做出这样的决定？鉴于弹药的产量已远远落后于枪支的产量，当时是否考虑过有什么方法可以弥补这样的差距？关于此问题，请向我详细报告。

3. 由于我们小希斯地区的工厂两度遭受德国的轰炸，使得反坦克枪的产量已大为下降。陆军部要求制造的七万一千支反坦克枪是不可能如期完成了。不过，趁此时机，希望弹药的供应量能够超过枪支的产量。如此看来，敌人的行动反倒替我们完成了生产计划的重大调整。

4. 综上所述，如果陆军部再想对现行的计划做出重大改动时，尤其是需要建立工厂才能满足这些改动的需求，从而使其他紧急任务必须要被放弃时，请务必告诉我。凡是要对我图表中所列各项进行重大改动时，请于行动前先向我报告。

首相致空军参谋长及空军部　　　　1940 年 12 月 29 日

截至到 12 月 27 日，在一周的时间内，我们从塔科拉迪仅仅派出去了一架飞机，现在在那里待命的飞机数量应该不少于四十四架才对。是不是那里的管理工作出现了差错？能否针对那里的情况，专门发送一份报告给我们。我们很快就会把第二批“飓风”号飞机运送过去。

（即日行动）首相致空军大臣、空军参谋长及飞机制造大臣

1940年12月30日

（密件）

1. 我国轰炸机中队的发展几乎已陷入停滞的状态，这使我非常担心。战斗机中队的发展态势良好，但是轰炸机中队，尤其是轰炸机飞行员的发展却没有达到期望的要求。能够使轰炸机中队迅速壮大是非常重要的事情，我认为，我们应该将这件事作为当前最重要的军事目标之一。要想保卫我们的海岸线和控制住中东地区，轰炸机中队是必不可少的。如果阻碍轰炸机中队发展的主要原因，照你所说，是缺乏机组人员的话，那么可告知我们派往中东的驾驶员和机组人员，在他们将飞机交付完毕后须立即赶回；或者，在尽可能不影响其他已编成的飞机中队的情况下，将一部分驾驶员和机组人员从中东调回来驾驶轰炸机。对中东进行重组是我们当前的方针政策，在我们能够向那里派遣永久性驻军之前，必须应先完成这一政策。请务必告诉朗莫尔空军中将，他应该送回同等数量的、各级别的、优秀的机组人员；他的人已经太多了，不要再提出增加人员的要求了。

2. 为了增加机组人员的数量，必须加大训练工作的力度，“赶鸭子上架”的方法也是可以接受的。

3. 每天在看到这些向我汇报的数字之后，我都感到非常失落。更令人失望的是，在该方面有绝对权威的人士告诉我，要想大量增加对德作战的机组人员，在未来的很多个月中都是不可能实现的。不过，除非有比现在所掌握的证据更加强有力的证据证明此观点，并且它还要证明，即使我们用尽了人类的所有智慧和力量，也不可能使我们在扩充空军方面获得成功，我才会同意以上论断。

4. 截至目前，关于飞机方面的所有问题，从反馈的统计数据即可

看出，我们是否对轰炸机的生产给予了足够的重视。战斗机的发展态势良好，令人欣慰不已。但是，我们必须要加大对德国的空袭力度，然而好多最适合执行这项任务的某些型号的飞机却未能如愿被生产出来。因为敌人的空袭，使得我们损失惨重，这一点我非常清楚，但是，我们就没有什么补救的措施了吗？就没有可以进一步采取的措施了吗？请告知与我。

5. 我希望每周都能收到一份扩充计划进度表，还有请就如何解决我们当前这种惨淡状况向我提交一份方案。